当代著名翻译家自选集

文美惠译文自选集

文美惠 译编

漓江出版社
桂林

图书在版编目(CIP)数据

文美惠译文自选集/文美惠 译编.—桂林:漓江出版社, 2018.8
ISBN 978-7-5407-8412-6

Ⅰ.①文… Ⅱ.①文… Ⅲ.①文美惠-译文-文集 ②世界文学-作品综合集 Ⅳ.①I11

中国版本图书馆 CIP 数据核字(2018)第 026780 号

出版统筹:吴晓妮
责任编辑:王 坤
封面设计:李诗彤

出版人:刘迪才
漓江出版社有限公司出版发行
广西桂林市南环路 22 号 邮政编码:541002
网址:http://www.lijiangbook.com
全国新华书店经销
销售热线:0773-2583322

三河市西华印务有限公司
(河北省三河市泃阳镇甲屯小学东 邮政编码:065200)
开本:960mm×690mm 1/16
印张:20.5 字数:330 千字
2018 年 8 月第 1 版 2018 年 8 月第 1 次印刷
定价:65.00 元

前言

略说我的译事

我没有想到，在我八十有五的有生之年里，还能有幸出版一本《文美惠译文自选集》，这得感谢漓江出版社和副总编吴晓妮的大力支持。同时我也想趁此机会说几句心里想说的话。

这本集子里的译文全部来自"文革"之后，改革开放初期那百废待兴、欣欣向荣的二十年。我和社科院外文所的同事们从被迫停笔的十多年中甦醒过来，个个都振作精神、争分夺秒，想用勤奋的工作来弥补前一段时期在事业上的空白。我们外文所的同事们真是干了不少工作，对外国文学事业的发展作出了许多贡献。

确切地说，翻译工作并不是外国文学所的本职工作，文学研究才是它的正道。按照外文所之前的规定，外文所要做的是写论文、写专著，进行地区和各国的文学史、文艺理论、作家作品的研究，等等。翻译不算工作成果，不能作为晋升业务职称的条件。但是在停滞了十年的文化界，当大家开始动手大干的时候，我们发现，社会上如饥似渴所要求的，不仅是有分量的大部头的外国文学研究著作和学术论文，广大读者和文艺界还要求读到一些久未读到的外国文学作品，一些普及性的介绍外国文学的文字。

想想也是，读不到作品，你评论作家作品的文章和著作又能有多少知音呢？而那时候，翻译介绍外国文学作品的工作已经停顿了十多年。实际上，摩拳擦掌、急于大干一场的，还有全国的出版发行部门，而推动这一轮出版热潮的，是全国各地的读者大众，尤其是青年学生和青年教师。记得当年(80年代初期)，各地出版社到外国文学所来约稿的真是纷至沓来。外文所的同事们也可以说是在废寝忘食地努力工作，除了按时完成《中国大百科全书——外国文学卷》《外国名作家大辞典》《外国妇女文学辞典》《外国文学作品提要》《外国名剧故事500》等大型工具书外，还迅速写出了《美国文学史》《法国文学史》等著作，还编译了反响巨大的《外国现代派作品选》以及多种国别的文学作品选。

1978 年初,上海文艺出版社的金子信同志多次到外文所来约稿,他原是文学研究所的工作人员,和我们都很熟。他先是来编译《外国短篇小说》三卷本,不到两个月就完成了,继而组织编写《外国文学作品提要》四卷,编译《外国现代派作品》三卷。金子信是个很敏锐很有魄力的人,在组织完这三部书之后,便又策划翻译出版诺贝尔文学奖得主丛书,曾多次到我家来征求我和我丈夫林洪亮对这套丛书的意见和建议,并约我译 1907 年获奖的英国作家吉卜林的作品集。后因与译文出版社的出版范围之争,计划未能实现。不久,漓江出版社的刘硕良同志便把这套书的出版接过去了,他也多次到我们单位来约稿。经与他商定,吉卜林作品集依然由我来完成。吉卜林一生写有 8 部诗集、4 部长篇小说、21 部短篇小说和故事集,以及大量的随笔、杂感、游记和回忆录等。他曾被人誉为"狄更斯的继承者"和"英国的巴尔扎克"。但他也是一个颇有争议的作家,他在政治上持保守立场,积极支持英国政府的殖民政策。因此在选译他的作品时特费了我一番周折。据我所知,长篇小说《基姆》是吉卜林的一部重要小说,但小说主人公基姆虽是个可爱淘气的孩子,却为英国情报部门工作,在当时思想还不大开放的情况下,经再三考虑,只好弃之不译,而把眼光转向他的短篇小说,因为在吉卜林的作品中,短篇小说数量最多,写得也最为出色。

可是这个决定也给我带来不小麻烦,因为我不得不把两三百篇小说一一细读下来,做上笔记,决定取舍。同时我还得把吉卜林的诗歌、散文都找来浏览一遍,同时我还阅读了文学史上对他的各种评论、传记等材料。这些都耗费了我的大量精力,但也增进了我对吉卜林的了解。

篇目的选定也让我斟酌了一番,尽管短篇小说是吉卜林最出色的作品,但在思想倾向上也很不一致。我只好根据当时的情况,自己定了这样几条准则:一是作品不明目张胆地宣扬殖民主义政策;二是尽量选择那些反映下层人民生活,并对他们的不幸命运持同情的态度的作品;三是能体现出他的创作风格而又能引人入胜的小说,以反映出他的"观察的能力、新颖的想象、雄浑的思想和杰出的叙事才能"。于是我决定主要选译吉卜林的印度题材小说,它们最能代表吉卜林的创作特色。吉卜林出生在印度,后来又担任过多年印度地方报纸的编辑、记者,对印度的社会习俗和各阶层的生活命运都有较深的了解,对印度也怀有一种特殊的感情。因此他笔下的人物,以印度下层社会的老百姓和英国驻印度军队士兵的形象刻画得最为生动和鲜明。而且他的创作充满阳刚之气,粗犷雄浑,简洁幽默，才华出众，要翻译这样一位思想复杂、风格多样的作家的作品，确实是很费劲的，而且他常常在小说中使用一些印度的方言土语，有的连辞书上都找不到，这给翻译增添了不小的麻烦。由于当时研究工作已走上正轨，又要写论著又要编辞典，时间不允许，只好请来几位朋友来助译。在他们的帮助下，吉卜林的作品集《老虎！老虎！》得以顺利完成，出版后受到广大读者的喜爱。此书不仅一版再版，还得到其他出版社的垂顾，从中选出他们喜爱的篇目加以出版。1999年以来，由于我患了眼疾，再也无法读书和写字了，人民文学出版社要出吉卜林的《丛林故事》，也只好请他们社的任吉生总编辑把未译的补上五篇，连我译的一同出版，此书在社会上引起巨大反响，已有十多个版本相继问世，为此我感到很高兴，但我也希望有更多的译者，能把值得介绍的吉卜林的作品都翻译介绍过来。

由于我并不是主要从事翻译工作，虽然我翻译了不少作品，但几乎全都是出版社和刊物约我翻译的，有的出于友情，有的则出于职责或义务，自己出于兴趣而主动挑选并翻译的并不多。除了吉卜林的短篇小说集外，霍桑的故事和小品集是商务印书馆约我和另外两位译者共同翻译，由于篇幅太大（两大卷），后来变成了多人翻译。《花衣吹笛人》是重庆出版社编辑出版52卷的《世界反法西斯文学书系》时分配给我的任务。劳伦斯的中篇小说《狐》则是应《世界文学》李文俊先生（当时是副主编）之约，出于“救场”而赶译出来的。因为他们原来约的那位译者去了美国而无法完成译稿，于是临时决定改约我来翻译。虽然时间匆忙，但我还是废寝忘食地将它译了出来。后来解放军文艺出版社要出一套“世界小说名家名篇名译——大众丛书”（每本约15万字），编辑郑鲁南见到过我译的小说《狐》，便约我选译一本劳伦斯的小说集，于是我又加译了《普鲁士军官》《美妇人》等五个短篇，一同和《狐》以《美妇人》书名出版。

写到这里，我也就想回忆一下我学英语的经历和一点心得。

我们这一代人都是在抗日战争时期长大的，经历过逃难、空袭、物价飞涨和生活艰难的岁月，因此我们的学习也是断断续续的。我算是幸运的。抗战开始我家便逃难到了重庆，我上小学时正值重庆的“大空袭”，我的全家搬到了重庆郊外的金刚坡，上的是当地的小学。值得庆幸的是后来我考上了当时最好的中学——重庆南开中学。抗战胜利后，全家迁往南京，我在南京金陵女子大学附属中学读高中，这是一所当时公认的优秀的中学。中华人民共和国成立前夕，我读高三时，全家又回到了老家武汉，于是我又在武汉的一所名校圣希里达中学读完高三下半年的课程，并在那里毕业。总的来说，我受到了良好的教育，打下了我人生的最初的基础。为此我深深感谢我的父母。我深切地体会到，为了使我们四个兄弟姐妹受到教育，他们在动荡、艰难的岁月中不知付出了多少的辛勤劳动和心血。

我学习英语的经历也没有什么特别之处，除了在学校学习之外，并没有请过什么家教。我是在上初中一年级的时候才开始接触到英文字母的，不过那时候我们有一位很好的英语老师陈琇（据说她是陈布雷的女儿），她刚从大学毕业，英文很好，教书十分认真。我到初三时便能用英语讲述简单的故事了。高中期间，我有个同学的父亲在美国，经常给她寄各种英文杂志，她便借给我读。我父亲还常常到地摊上买回战时美国政府给美国大兵印的一些读物，美国大兵回国时都会把这些小册子连同其他物品卖给小贩，以便回国之前大吃大喝一番。这些小册子的内容五花八门，但有不少小说、诗歌等文学作品。记得我就曾读到过美国诗人朗费罗的《海华沙之歌》，毛姆的《剃刀边缘》等。还有许多侦探小说和赞恩·格雷写的西部小说。它们给我带来极大的享受，被我狼吞虎咽地读了又读。

我开始读英语作品时，本想采用精读的办法。大约是在高一时，我拿来一本我最爱的狄更斯的《大卫·科波菲尔》，打算从头到尾，借助辞典一字一字仔仔细细地读下去，并写下中文译义，可是我读到第三页就坚持不下去了。嗣后我就给自己订下一种读书方法：快读。每当我拿起一本书，我就用已学到的词汇，尽量弄懂书中的意思，只有涉及非常关键的生字，弄不懂就无法继续下去时才去查字典，我用这个办法读遍了我所能找到的英文小说，而且我也发现，书读得越多，阅读就会越加容易，就会增加你读书的兴趣，让你越读越想读、越爱读。

那时在南京，我开始接触到美国40年代的电影，并且迷上了其中的文艺片，这些片子不少是从英国19世纪的小说改编的，有的是从流行的言情小说改编的。记得当时上映过《魂断蓝桥》《小妇人》《傲慢与偏见》《青山翠谷》等。观看这些电影便为我打开了理解外国人生活的一扇窗，有助于我了解在书本上读到的西方社会的种种场景，这对我的英语学习大有帮助，也应该算作我学习英语的一种辅助手段吧。

我发现我的这种学习方法，也许可以称为"无痛阅读法"。如果我不是采用这种方法，恐怕我在精读完一部小说之后，就会完全失去学习英语的兴趣了。当然这种方法只能在一定时期内使用，到了后期就会出现许多缺陷。学习英语除阅读作品外，还得学会使用各种辞典和参考资料。实际上，精读和通读两者相辅相成，缺一不可，我在后来的翻译工作中是深有体会的。

说完了我学习英语的一些体会之后，我还想谈一点对待中文的看法。我常常听到这样一种说法，凡是从事外语翻译的人只要外语好了就行。其实不然。外语只是一种工具，一种技能，一种手段，要做好翻译工作，仅此一项还远远不够。凡是从事外翻中的人，如果没有中文的根底，缺乏中国文学的修养，翻译出来的东西不是词不达意，就是索然无味。文学作品翻译更是如此，中文水平在其中占有不小的分量。

我小学的读书环境不太好，是在重庆远郊的一个山村，学校较简陋，也没有图书馆，但我从小就很爱读书，常常被同学讥为“小书呆”。那时候在乡下流行的《七侠五义》、还珠楼主的武侠小说、张恨水的《八十一梦》，我都囫囵吞枣地读完才肯放手。到了中学后，我发现了许多新天地，四大古典名著、唐诗宋词、现当代中国文学、外国翻译小说等都在我的阅读范围之内。

在开始读书时，我还是个小学生，有些字不认识，但我还是采取硬读下去的办法将它读完。几年过去，学业有了长进，读书就不那么困难了。我对读书嗜好成癖，初时见书拿起来就读，到了后来我也渐渐能分辨出书的内容优劣了。来到文学所之后，所长何其芳主持拟定了一份研究人员必读的中外名著书单，我根据书目补读了不少的作品，这更增加了我读书的乐趣，同时也丰富了我的知识，提高了我的写作和翻译的技能。

文学修养的提高，不是一天或一年，而是要长期不懈地努力才能达到。我在翻译工作中感到过去读过的书都化作了养分，滋润着我，使我在翻译时能够尽力达到自己满意的地步。没有过去大量读书的积累，想要完成最近几十年来大量的研究和翻译工作，那是绝对不可能的。

现在年轻人有了更好的条件去从事外国文学的翻译，可以用电脑去代替我们以前一字一字爬格子的劳动。他们使用先进科技手段，使用电脑、手机、网络、大数据……他们很少甚至不再使用书本了。纸质书果真要变成废纸了吗？我不相信。无论什么时候，读书还是要读纸质书。现在流行的那种片断的读书，只能作为一种消遣。我希望出版社和广大的读者都能坚持纸质书的出版和阅读，我的这本集子也算是我支持纸质书的一份心意吧。

我的这本译文自选集，只选了我翻译的一部分中短篇小说，它们代表着所选作家的优秀作品。至于我译的长篇小说、散文和文学评论文章都未列入其中。所选篇目如有不当之处，敬希批评指正。

文美惠

于2016年10月5日

目　录

第一卷

约瑟夫·鲁德亚德·吉卜林

约瑟夫·吉卜林(1865—1936),英国著名小说家、诗人。生于印度孟买。其父曾任孟买艺术学校校长和博物馆馆长。吉卜林六岁时被送回英国上学。十七岁中学毕业后又回到印度,任拉合尔《民政与军事报》编辑,嗣后他开始文学创作,一生创作了大量的诗歌、小说和随笔。在他的作品中,以印度社会生活为题材的短篇小说最富特色,这些小说用神奇浪漫的色彩描写了东方古国的生活习俗和当地风光,同时又以现实主义的批判笔调,刻画了印度殖民地人民的苦难悲惨境地。吉卜林还写有长篇小说《消失的光芒》《勇敢的船长》等,而以《基姆》最为著名。他的《丛林故事》和《丛林故事续篇》是他最为引人入胜的作品,受到世界各地青少年的喜爱。1907年瑞典学院授予他诺贝尔文学奖,称赞他具有"敏锐的观察力、新颖的想象力、雄浑的思想和杰出的叙事才能"。这里所选的十篇小说都是他的代表作。

约尔小姐的马夫

佳人郎君,情投意合,
纵有卡兹[①],岂能奈何?

——谚 语

① 伊斯兰教法官。

有的人硬说在印度没有什么浪漫故事。这些人错了。对我们来说,我们生活里的浪漫故事足够多了,有时简直太多了。

斯垂克兰是当警官的,人们都不大理解他;他们说他有点儿叫人猜不透,最好是躲着他走。这都得怪斯垂克兰自个儿。他有个怪理论,认为在印度当警察的人应该跟当地人一样熟悉当地老百姓的事。说真的,在印度北部地区,只有一个人能随心所欲地装扮成印度教徒、穆斯林、披兽皮的人或者神父,扮什么像什么,从果尔·卡瑟里到查谟·穆斯吉德,当地人都又害怕他,又佩服他;据说他还会使隐身法,又能够指挥许多魔鬼。可是这样一来,他这个人在印度政府眼里就成了不受欢迎的人。

斯垂克兰竟愚蠢到拿这个人当自己的榜样;并且为了实践他可笑的理论,净往体面人绝不去的乱七八糟的地方钻——也就是钻到当地那些下等贱民中间。他用这种特别的办法进行自我教育,已经有七年之久,可是人们都没法赏识他。他经常跑到当地人中间去"入乡随俗",当然,任何一个有见识的人都不会相信这种做法的好处。有一次他在阿拉哈他巴德休假的时候参加了萨蒂拜教派的活动;他会唱禅西斯的《蜥蜴之歌》,还会跳"哈里-胡克"舞,那是一种令人吃惊的宗教性质的"康康"舞。要是有个人知道跳"哈里-胡克"舞的是什么人,还知道他们在什么时间、什么场合跳以及为何跳这种舞,那么他的这种知识确实是值得骄傲的。他已经从表面深入到了内部。不过斯垂克兰并不骄傲,虽然他曾经有一次在雅加德里参加过一次"给死神公牛刷油漆"的仪式,这种仪式可是任何一个英国人都没有见过的哩;他还学会了昌伽人的盗匪行话;在阿托克附近,他单枪匹马,独个儿抓住了一个优素福查的盗马贼;他还曾经在一座边境上的清真寺里,站在有传声设备的讲坛上,以森乃派穆斯林大师的身份主持过法事。

不过他最伟大的成就还是在阿姆利则。他在那里的巴巴·阿塔花园里,扮了十一天的游方僧,就是在那里,他获得了那件著名的纳西班谋杀案的线索。可是人们还是理直气壮地说:"斯垂克兰干吗不坐在他的办公室里写他的日志,招募他的警察,闭上他的嘴,却偏偏要揭露他上级的无能呢?"因此,纳西班谋杀案在局里也并没有帮他什么忙;然而,他发过一阵脾气以后,又恢复了他爱窥探当地人生活的古怪习惯。一个人只要对这种特殊的消遣产生了兴趣,这种习惯就会跟上他一辈子。这可真是世界上最有趣味的事——就连恋爱也比不上它有趣。每当别人到山区去休假十天的时候,斯垂克兰就把他的假期花在他所谓的"打猎"上,也就是说,化装成他当时最中意的某个角色,跨进棕色皮肤的人群里，从此消失一段时间。他是个沉静的黑皮肤、黑头发的年轻人——身材瘦长，眼睛乌黑——当他没有思考什么别的事情时，他是个很有趣的伙伴。听听斯垂克兰根据他的亲身经历讲述地方发展问题，是很值得的。当地人恨斯垂克兰，但他们又怕他。他知道得太多了。

约尔一家初次来到驻屯地，斯垂克兰就——十分认真地，像他做每件事那样认真——爱上了约尔小姐。过了不久她也爱上了他，因为她没法理解他。于是斯垂克兰去找她的父母谈；但是约尔太太说，她不想让她的女儿嫁到大英帝国工资最低的部门里去。老约尔简直是公开地说，他不放心斯垂克兰的为人行事，希望他再也不要跟他女儿讲话，也不要写信给他女儿了。"好吧。"斯垂克兰说，因为他不想连累他的心上人。他只跟约尔小姐长谈了一次，就完全中断了他们的来往。

约尔一家四月份到西姆拉去了。

七月里，斯垂克兰因"紧急私人事务"而请假三个月。他锁上了自己的住宅——其实全省的土著人绝没有一个敢去碰一下"斯垂克兰先生"的财产的——就到塔恩·塔兰去看望他的朋友老染匠去了。

从这时起，他就消失得无影无踪了，直到一天，有个"赛伊斯"，也就是马夫，在西姆拉的林荫大道上递给了我这样一封奇怪的短信：

> 亲爱的老伙计：请付给来人一匣方头雪茄烟——最好是上等的，高级货色。在俱乐部里卖的那种最新鲜。我重新出现时再还给你钱，但目前我要暂离社会。
>
> ——你的，
>
> E.斯垂克兰

我买了两匣雪茄烟，连同我的问候，一同交给了那个马夫。那个马夫其实就是斯垂克兰，老约尔雇下他来照料约尔小姐骑的那匹阿拉伯马。这个可怜的家伙非常想抽一口英国烟，他也知道，不论发生什么事，我都会闭住嘴巴，直到事情过去。

后来，最操心自己的仆人的约尔太太，开始在她拜访的人家里提到她找到了一个模范马夫——这人无论多么忙，从来不忘记一清早起来采摘一把鲜花放在早餐桌上，而且他竟然给他照管的那匹马的蹄子涂上黑鞋油，当真涂上黑鞋油，就跟伦敦的马车夫一个样！约尔小姐那匹阿拉伯马的跟班实在是个奇迹，是个宝贝。当约尔小姐骑马出去的时候，斯垂克兰——我指的是杜洛——听着她对他讲的那些甜蜜的话，就觉得自己得到了报酬。她的父母非常高兴她忘了对年轻的斯垂克兰的一片痴情，他们都夸她是个听话的姑娘。

斯垂克兰坚持说，他当马夫的那两个月里，他在思想上经受了从未有过的最严格的考验。他的一位马夫同行的老婆爱上了他，然后又因为他对她毫不理睬而下了毒手，要用砒霜毒死他。除了这类小事以外，有时约尔小姐跟某个想跟她调调情的家伙一同去骑马，他不得不拿着毛毯在后面紧跟着，而且听得见他们说的每一句话，这时他还得克制住自己，一声也不吭！此外，他有时在剧院门廊上被警察辱骂——有一次，辱骂他的竟是他亲自从伊色·扬村招募来的一个奈克族警察——这时，他也只好按捺住心头的怒火。更糟的是，有一次他没有来得及给一位年轻的少尉让开路，少尉就骂他是头猪。

但是这种生活也自有其乐趣。他对马夫们的生活习惯和小偷小摸行为了如指掌——他认为，此番他如果是为公事而来，那就足够把旁遮普邦半数以上的居民都判了刑。他成了玩羊拐骨的高手之一。所有那些等待在市政厅门口，或是晚上等在欢乐剧院门外的跟班和许多马夫都会玩这种游戏。他学会了抽那种掺了四分之三牛粪的烟草，他听到了市政厅那位白发苍苍的仆役头目的充满智慧的话。他的话是十分宝贵的。他看见了许多使他觉得好笑的事情；他以自己的名誉保证说，任何人如果没有从一个马夫的角度看到西姆拉，那么他就无法充分领略这座城市的风光。他还说，他要是把他看到的一切都写出来，他的脑袋就会不止一处被打开了花。

斯垂克兰还讲到下雨天晚上他的苦恼：那时，他把脑袋裹在一床马毯子里，听着班莫尔酒店传来的音乐声，看着那里射出的灯光，脚指头直发痒，恨不得能去跳一支华尔兹舞。那种情景确实可笑。总有一天，斯垂克兰会写一本小书，讲讲他这段经历。这本书很值得买，同时，更应当受到查禁。

他就这样，像雅各为拉结服役一样①，忠实地为她服务。而就在他的假期快要结束时，事情终于来了个总爆发。他在听到我刚才提及的调情话时，确实已经尽了最大的力量来克制自己的脾气，但是最后他还是压不住了。有个地位很高

---

① 《圣经·旧约》里的故事：雅各为了娶表妹拉结，答应给舅父拉班干七年活。但七年期满后，拉班把大女儿利亚嫁给了他，说必须先娶大女儿。于是雅各又为舅父干了七年活，才娶到拉结。

的老将军带了约尔小姐出去骑马，开始用那种特别讨厌的“你只不过是个小姑娘”的方式向她调情——对一个女人来说，要机智地摆脱这种调情是相当困难的，而这些话听起来又特别让人生气。这些当着她的马夫的面说出的话，吓得约尔小姐直发抖。杜洛——斯垂克兰克制着自己，直到他实在忍受不了的时候。接着，他抓住了将军的缰绳，用最最流利的英语邀请将军跨下马来，好让他把将军扔到悬崖下面去。约尔小姐马上哭了起来，于是斯垂克兰才发现自己把身份泄露了，这下一切全完了。

将军气得差点儿中了风，这时，约尔小姐才抽抽搭搭地把事情讲了出来：什么化装啦，没有得到父母承认的订婚啦。斯垂克兰对自己恼怒得要命，但是他更恼怒害得他露了馅的将军。所以他一句话也不讲，只是拉着马缰，准备揍将军一顿，至少也可以出口气。但是一到将军完全听懂了这个故事，并且知道斯垂克兰是个什么人以后，他坐在马鞍上，开始大口喘着气，大笑起来，笑得他差点儿跌下了马背。他说，斯垂克兰完全够资格获得一枚维多利亚十字勋章，哪怕只是因为他肯披上马夫的毯子。然后他骂了自己一通，发誓说自己实在该挨一顿揍，不过，他不能让斯垂克兰揍他，因为他年纪太大了。然后他向约尔小姐夸奖了她的意中人。他完全没想到这件事有什么骇人听闻的地方，因为他是个好心肠的老头儿，他的弱点是喜欢调情。后来，他又一次大笑起来，说老约尔是个大笨蛋。斯垂克兰松开了马笼头，对将军建议说，他既然有这样的看法，就请他帮帮他们俩的忙。斯垂克兰知道老约尔特别佩服做大官的、名字后头带着头衔和爵位的人。将军说：“这真像一场四十分钟的笑剧，嘿，我一定帮忙，哪怕只是为了免得挨一顿揍，这顿揍我可是罪有应得的。回家去吧，我的马夫——警官，换一身体面衣服，我会去向约尔先生进攻的。约尔小姐，我可以邀请你一同打马回府去等着吗?”

大约七分钟以后，在俱乐部里爆发了一场狂热的骚乱。一个披着毛毯、手握马缰的马夫正在问他认识的每一个人：“看在老天的分上，借给我一身体面衣服!”那些人没有认出他，因此就出现了一些有趣的场面。在这之后，斯垂克兰才在一间屋子里洗了个放苏打粉的热水浴，跟这个人借一件衬衣，跟那个人借一个硬领，从另外一个人那里借一条裤子，等等。他就这样穿上俱乐部里一半人的衣服，骑上一个陌生人的小马，快马加鞭，来到老约尔的住宅。穿上紫色外衣和细麻布衬衫的将军比他先到达那里。将军到底讲了些什么，斯垂克兰是永远也不会知道的了，但是约尔以说得过去的礼貌接待了斯垂克兰；约尔太太被这位已经改了装的杜洛的忠诚所感动，对他的态度甚至可说是和气的。将军满面春风地笑着，约尔小姐也来了，在老约尔还不知道是怎么搞的以前，这位父亲嘴里就被挤出了"同意"两个字。约尔小姐就陪着斯垂克兰一同离开，到电报局发了个电报，让人把他的欧洲服装送来。最后一件窘事是有个陌生人在林荫道上扯住了斯垂克兰，叫他归还偷去的小马。

最后，斯垂克兰和约尔小姐终于结成了眷属。但是斯垂克兰首先得同意严格执行以下协议：放弃他过去的习惯，照警察部门的规矩办事。只有这样他才能受到赏识，将来有希望升迁到西姆拉去。斯垂克兰当时是遵守诺言的，因为他太爱自己的妻子了。但这对他确实是相当严峻的考验，因为那些街道、集市和它们的喧嚣声，对他都是那么熟悉和富有含义，它们都在呼唤他回去，重新开始流浪，寻求新的发现。总有一天，我会对你讲讲他是怎样为了帮助一个朋友而违背了自己的诺言的。不过那已经是许久以前的事了。到现在，他已经没法进行他所谓的"打猎"了。他已经忘记了当地的土话、乞丐的行话以及底层社会的隐语、暗号和黑话。要想掌握这一切的人，必须不断地学习。

但是他填写的部门工作报表却非常出色。

爱神的箭

从前在西姆拉，有位非常美貌的姑娘，她的父亲是个非常正直而贫穷的地区法院的法官。她是位好姑娘，不过，她当然知道自己的魅力，也知道怎么利用它。她的妈妈就像世界上所有的好妈妈一样，为女儿的前途操尽了心。

如果说，有这么一个人，他既是专员，又是个单身汉，他有权利把种种精工镶嵌的金首饰别在衣服上，并且进门的时候有权利走在人们的最前头（除非还有市参议员、代理总督或者总督之类的人在场），那么这个人确实是值得姑娘们出嫁的对象。至少，那些太太夫人们是这么说的。那时候，在西姆拉就有这么一位专员，他的身份和穿戴打扮完全跟我前面讲的一样。他的长相很平常——长得很丑——可以说是亚洲最丑的人，在那里，只有两个人比他还丑。他的脸是人们梦见以后，醒来想把它雕刻在烟斗上的那种脸。他的名字是萨戈特，巴尔-萨戈特，安东尼·巴尔-萨戈特，名字后面还跟着六个字的头衔。他是某部专员，算得上是印度政府手底下最出色的人员之一。在社交方面呢，他就像个善于奉承人的大猩猩。

当他开始向贝顿小姐献殷勤的时候，我相信，贝顿太太看见老天爷在她晚年时给她送来这么一件礼物，简直高兴得流下了眼泪。

贝顿先生没有表示意见。他是个很随和的男人。

专员们全都阔气极了。他们的薪金大大超过了最贪心的人的奢望——那是非常大的一笔钱，足以容许他们用一种几乎会叫市参议员丢面子的办法去进行节约。大部分专员都很吝啬，但巴尔-萨戈特是个例外。他大摆宴席，他骑的是好马，他举办舞会，他是当地有权有势的人物，他的举止也完全符合他的身份。

请注意，我写的这一切都发生在英属印度历史上的一个几乎属于史前的时期。也许有人还记得，在草地网球诞生以前，我们所有的人都玩槌球。在更早些时候，假如你相信我的话，连槌球也还没有发明出来，于是射箭——一八四四年以后它在英格兰复活了——就像现在的草地网球一样，成了一种流行的时髦玩意儿。人们挺有学问地讲什么“持箭”啦、“放箭”啦、“石柱”啦、“反射弓”啦、“五十六磅弓”、“背手弓”或者“整根水松木弓”，等等，正像我们讲什么“连续对打""截击""杀球""回球"和"十六英两球拍"一样。

贝顿小姐射箭技巧高超,射程也超过了妇女射箭的一般距离——那是六十码,她被认为是西姆拉最优秀的女射手。男士们称她为"塔拉—德维的黛安娜[①]"。

巴尔-萨戈特对她大献殷勤;正像我说过的,她的母亲因此心里充满了希望。吉蒂·贝顿对待这件事要冷静得多。当然,有这样一位名字后头带着几个字的头衔的专员垂爱于你,让其他的姑娘心里充满嫉恨,这是令人感到愉快的。但是,巴尔-萨戈特实在丑得出奇,这个事实是无法否认的;他费尽心机打扮自己,结果使自己显得更加怪诞。人们给他起了个外号,叫他"龙古尔"——也就是灰猿——那不是没有原因的。吉蒂觉得,让他拜倒在她的石榴裙下是愉快的,但是躲开他,跟乌巴拉龙骑兵团的一个放荡不羁的龙骑兵卡博一块儿去骑马要愉快得多。小伙子长得很英俊,可就是没钱没地位。吉蒂很有点儿喜欢卡博。而卡博呢,从来不掩饰自己是完完全全地陷入了情网,因为他是个爱说实话的小伙子。于是吉蒂时常躲开巴尔-萨戈特体面堂皇的求爱,跟年轻的卡博出去玩,因此也常常挨她妈妈的骂。"可是,妈妈,"她说,"萨戈特先生实在……实在……丑得太吓人了!"

"亲爱的,"贝顿太太虔诚地说,"我们的模样不都是全能的老天爷造出来的吗?那是没法改变的。再说,你将来会比你自个儿的妈妈还有出息呀,你知道吗?想想吧,这样你就会听话了。"

这时,吉蒂就高高地昂起了她娇小的下巴颏,对地位啦、专员啦、婚姻啦,讲了好多不礼貌的话。贝顿先生只是揉了揉头顶,他是个很随和的人。

这一个季节快过完了,巴尔-萨戈特认为时机已经成熟,便想出了一条计策,这计策说明他确实有办事能力。他要组织一次女子射箭比赛,并且拿出一只富丽堂皇的钻石手镯作为奖品。他十分巧妙地规定出比赛的条款,于是人人都看出,这只手镯是准备送给贝顿小姐的礼物;而接受礼物,就等于接受巴尔-萨戈特专员的求婚了。比赛条款规定:参加者要进行圣伦纳德轮射,按西姆拉射箭协会的章程,就是让每个射手在六十码距离外射三十六箭。

西姆拉的全体居民都接到了邀请。比赛在阿楠代尔,也就是今天的大检阅台那个地方举行。在那里,一棵棵雪松下面摆设了一张张布置得极其精美的用

① 黛安娜,又译为狄安娜,古罗马神话中的狩猎女神,即希腊神话中的阿耳忒弥斯。

茶点的餐桌;那只钻石手镯就单独放在一个蓝色天鹅绒匣子里,在太阳下,光芒四射,显得格外气派。贝顿小姐显然非常急于参加比赛,简直有点儿过分心急。在预定的那个下午,西姆拉的人全都骑着马来到阿楠代尔,观看这场和帕里斯[1]的裁决刚好相反的比赛。吉蒂和年轻的卡博是并肩骑马到场的。可以看出,这个小伙子显然愁眉不展,心事重重。以后发生的事,看来不该归罪于他。吉蒂则脸色苍白,举止不安,长时间地凝视着那只手镯。穿着华丽的巴尔-萨戈特比吉蒂还显得不安,而且从来没有像现在这样丑陋。

贝顿太太呢,就像一位未来的专员夫人的母亲那样,趾高气扬地微笑着。射击开始了。所有的人围成一个半圆形,夫人小姐们一个个出场了。

没有什么比射箭比赛更令人厌烦了。她们射了又射,射了再射,射个不停,直到太阳沉在山谷后面,云松间吹拂起了阵阵轻风。大家都等着看贝顿小姐取得射箭的胜利。众人包围着射手们,站成一个半圆的圈子,卡博站在圈子的一头,巴尔-萨戈特站在圈子另一头。按名单顺序,贝顿小姐是最后一位射手。前面那些参加者分数都不高,那只手镯,加上巴尔-萨戈特专员,看来准是属于她的了。

专员亲自动手,为她绷紧了弓弦。她上前一步,望了一眼手镯,第一箭分毫不差——直射金心——九分。

站在左边的卡博脸色发白。支配着巴尔-萨戈特命运的魔鬼促使他微笑了一下。巴尔-萨戈特的微笑,一向会吓得马匹往后倒退的。吉蒂看见了那个微笑。她朝左前方看去,对卡博几乎难以觉察地点了点头,继续射了起来。

我真希望我的一支拙笔能够把接着发生的事情描绘出来。那简直太不寻常,太不体面了。贝顿小姐不慌不忙,极其从容地把箭压在弓上,好让每个人都能看见她在做的事。她是个十全十美的射手;她使用起四十六磅弓来得心应手、恰到好处。她十分小心地接连射出四箭,每支箭射中靶牌木柱的一条腿。她又一箭射中了靶牌的木柱顶端,所有的夫人小姐们都相互交换了一下眼色。然后她开始对准靶牌上的白圈表演起花样来。那些白圈,射中了正好得一分。她朝白圈射中了五箭。这的确是高超极了的箭术;不过,由于她本来应该射中金心,好赢得那只手镯的,于是巴尔-萨戈特的脸变成了嫩芹菜那样的青绿色。接着,

---

[1] 希腊神话中,三位女神找到帕里斯,要求他作出金苹果应该属于谁的裁决。帕里斯愿得美女,便把苹果判给许给他美女的阿佛洛狄忒。阿佛洛狄忒帮他拐走斯巴达王墨涅拉俄斯的妻子美女海伦,引起了历时十年的特洛伊战争。

她朝靶牌的上空射去了两箭，又朝离靶牌很远的左边射出了两箭——射的时候都那么认真从容。全场观众都陷入冰冷的沉默中，贝顿太太掏出了手绢。然后，吉蒂朝靶牌前的地面上射起箭来，射裂了好几支箭。然后她射中了一次红心——也就是七分——好叫人知道，她要是愿意的话，能射得多准。最后，她又朝靶牌的柱子射去好多支花箭，作为这场惊人表演的结束。下面是她的计分：

贝顿小姐：金心，一；红心，一；蓝心，零；黑心，零；白心，五；总计射中七箭，总分二十一分。

从巴尔-萨戈特的模样看起来，似乎最后几箭的尖头都扎进了他的腿里，而不是射进靶牌木柱的腿里。深深的沉默被一个塌鼻子、小个子、脸上长满雀斑的半大姑娘打破了。她胜利地尖声喊了起来："这下我赢啦！"

贝顿太太费尽力气克制自己，但还是当着众人哭了起来。不管她多么训练有素，也经不住这样巨大的失望和打击。吉蒂使劲嘣的一下放松了弓弦，走回自己的座位，这时巴尔-萨戈特正装出一副满意的样子，把手镯扣到那个塌鼻子姑娘又粗又红的手腕上。这场面实在太叫人难堪了——简直难堪到了极点。大家都赶紧一齐离开现场，好把吉蒂留给她妈妈去教训。

但是卡博把她带走了。然后——其余的事就没什么可写的了。

犯疯病的大兵奥塞里斯

唉,嗓子干得冒烟的时候我想去哪儿?
唉,子弹呼啸飞过的时候我想去哪儿?
唉,快咽气的时候我想去哪儿?
嘿,
当然是到我的伙伴身边去。
他有酒就会给我喝一口,
我快咽气了,他会把我的头搂在他怀里,
我死了以后,他会替我写信回家。
但愿老天爷赐给我们每人一个忠实的好伙伴!

——《营房歌谣》

我的朋友穆尔凡尼和奥塞里斯要出去打一天猎。李洛埃不能去,他在缅甸染上了热病,现在还在医院里休养。他们发了一封邀请信,请我和他们一块儿去。当我本人和我带的啤酒——勉强够两名步兵中士喝——到达那里的时候,他们真诚地表示痛心。

"我们可不是为了这个才请你来的,"穆尔凡尼绷着脸说,"我们只是喜欢和你做伴。"

奥塞里斯赶快打圆场说:"好啦好啦,他带了酒来也没关系。我们又不是一伙公爵,我们只不过是该死的汤米①,你这个爱吵架的爱尔兰佬!来吧,为你的健康干杯!"

整个下午我们都在打猎,我们轻而易举地一下子打死了两条印度野狗、四只抱窝的绿鹦鹉、河边火葬场旁的一只鸢、一条飞蛇、一只甲鱼、八只乌鸦。猎物十分丰富。然后我们在河边坐下吃午饭——穆尔凡尼称之为"掺水老酒加麸皮面包",我们只有一把小刀,大家就轮着用它来切吃的东西。在等着用刀的空隙

① 汤米,指英国大兵。这是吉卜林给英国普通士兵起的别名。

里，我们就朝鳄鱼乱开一气枪。然后我们把啤酒全部喝完，把瓶子扔进水里，一边扔一边朝瓶子开枪。干完这些以后，我们都放松了腰带，伸直身体，躺在温暖的沙滩上抽烟。这时我们都懒洋洋的，不想再打猎了。

奥塞里斯握起拳头抱住了脑袋，脸朝下躺在沙滩上。他深深叹了一口气，接着便翻身冲着蓝天低声骂了起来。

“你在干什么？”穆尔凡尼说道，“难道你还嫌喝得不够？”

“我在回忆托特纳姆法院街[①]，那儿有个我心爱的姑娘。当兵究竟有什么好处？”

“奥塞里斯，你这小子，”穆尔凡尼忙说，“看样子你肚子里的啤酒在跟你闹矛盾了。我的肝脏有点儿不听使唤的时候，我也会有这种感觉。”

奥塞里斯并不理会他的插话，慢吞吞地继续说了下去：

“我是个汤米——一个该死的、只值八安那的、偷鸡摸狗的汤米，只有一个号码，没有规规矩矩的名字。我有什么用处？我要是待在家里，这会儿已经娶了那个姑娘，在汉默史密斯大街开着一家店铺了。那招牌上写着：‘斯·奥塞里斯，熟练的动物标本剥制师。’橱窗里像海尔斯伯里牛奶店一样，放着一只狐狸标本，一小匣子蓝色和黄色的玻璃眼珠，还有个娇小玲珑的妻子，门铃一响，她就会喊：‘顾客来了！顾客来了！’可是现在呢，我只不过是一个汤米，一个该死的、倒霉的、大口喝啤酒的汤米。‘枪放下——稍息；立正。枪放下。向左向右——转。慢步——走，立定——向前看。枪放——下。空弹——上膛。’这就是我的下场。”他喊的是殡仪队的口令。

“住嘴！”穆尔凡尼喊了起来，“等到你像我那样，有那么多回为了一个比你更好的人而举枪朝天射击的时候，你就不会拿殡仪队的口令开玩笑了。这比在营房里吹《葬礼进行曲》的口哨还糟糕。何况你现在肚子吃得饱饱的，太阳又不算毒，一切都舒舒服服！我真替你害臊。你呀，简直比不信教的人好不了多少——去你的殡仪队啦，玻璃眼珠啦。你到底住口不住口，老弟？”

我还能说什么呢？我难道还能对奥塞里斯絮叨什么他自己还不知道的生活乐趣吗？我不是随军牧师，也不是少尉军官。奥塞里斯有权利爱怎么讲就怎么讲。

“让他讲吧，穆尔凡尼，”我说，“是啤酒的劲儿上来了。”

---

① 伦敦的一条街道。

“不，不是啤酒，”穆尔凡尼说，“我早就知道他要来劲儿了。他过一阵子就会来这么一下，真糟——太糟了——因为我是喜欢这小伙子的。”

穆尔凡尼的确显得有点儿过分的焦急；但是我知道他像父亲一样照顾着奥塞里斯。

“让我讲，让我讲吧，”奥塞里斯如痴似醉地说道，“要是有一个热天，你养的鹦鹉关在热得像蒸笼的鸟笼里，把它可怜的小红脚爪子都快烤化了，难道你还不许它嚎叫吗？”

“小红脚爪子！难道你穿的树皮鞋里面是小红脚爪子？你这个胡说八道的……”穆尔凡尼聚集了全力作一次歼灭性的揭露，“女教师！红脚爪子！这个胡说八道的娃娃到底喝了多少巴斯啤酒呀？”

“我喝的不是巴斯啤酒，”奥塞里斯说，“比那种啤酒要苦得多。是思乡病呀！”

“听他说的！用不了四个月，他就该坐上‘谢拉皮斯’号回家了！”

“我不管。什么都一样。你怎么知道我在拿到退伍证以前不会死掉？”于是他又哼哼唧唧地念起了殡仪队的口令。

我从来没有见过奥塞里斯性格的这一面，穆尔凡尼显然见过，而且认为事态很严重。奥塞里斯把头埋在胳膊里，不住地嘟哝着，这时穆尔凡尼悄悄对我说：

“他们现在总是派些毛头小伙子来当军曹，这些军曹把他管得太严的时候，他就会变成这样。再加上没有什么事儿可干。总而言之，我也捉摸不透是怎么回事。”

“咳，有什么关系？让他讲讲就过去了。”

奥塞里斯唱起一支用《拉姆洛德军团之歌》改编的诙谐歌曲，他用轻松愉快的口气唱着战斗啦、谋杀啦、暴死啦之类的内容。他一面唱，一面凝视着对岸；我觉得他的面孔变得陌生了。穆尔凡尼抓住我的手肘，叫我注意。

“什么关系？关系大极了！他犯了病啦。我见过的。今夜一整宿他都会这个样儿，半夜时候他会从床上爬起来，到箱子架上去翻他的那套行头。接着他就会来找我，他就会说：‘我要上孟买去。早晨点名的时候帮我应一声。’然后我们就会像以前那样干起仗来。——他硬要走，我硬要拽住他——最后两人都会因为扰乱营房秩序而挨罚。我抽打过他，我打破过他的脑袋，我劝过他，可是只要他一犯病，这一切都毫无用处。他头脑清醒的时候，是个再规矩不过的好小伙子。我早知道，今晚他在营房里会干什么。但愿老天爷保佑我，在我从床上爬起来把他揍倒在地上的时候,千万别让他跟我干起来。我白天黑夜考虑的就是这一条。”

这番话说明事情并不那么愉快,也说明穆尔凡尼的担忧是有道理的。他像是想哄着奥塞里斯,让他别犯病,因为他冲着躺在河岸上的小伙子喊道:

“喂,听着,你这个长着‘可怜的红脚爪子’和‘玻璃眼珠儿’的家伙!那天晚上你像个棒小伙子那样,跟在我后头游过了伊洛瓦底江,还是像在阿米德·基尔的那次那样,躲在床底下?”

这话既是无端的侮辱,又是睁着眼说瞎话。穆尔凡尼就是想挑动他打一架。但是奥塞里斯似乎陷进了某种神志恍惚的状态中。他一点儿没有表示气恼,而是慢吞吞地,用他刚才发出殡仪队口令的那种有腔有调的嗓门回答道:

“你明明知道,那次攻打伦胜彭镇,我是脱掉衣服赤条条地在黑夜里游过伊洛瓦底江的。你也明明知道,在阿米德·基尔的战斗里,我是待在什么地方的,还有另外四个该死的帕坦人也知道。不过,我那时是不得不那么干,当时我一点儿也没想到死。现在我只想回家——回家——回家!不,我不是想妈妈,我是伯父养大的。但是我真想伦敦,想听见它的声音,想看见它,想闻闻它的臭气;想站在沃克斯豪尔桥上,看看那里的橘子皮、柏油马路和煤气路灯;想坐上去博克斯山的火车,嘴里衔着一只新的黏土烟斗,心上的姑娘坐在自己的膝头上。就这些,还想看看伦敦滨河马路的灯光,我在那儿谁都认识,就连那个逮捕我的警察也是个老朋友——从前,当我还是个小不点儿的小家伙,在法学院和宗教裁判院一带混事的时候,他就逮捕过我。再也不用去站他妈的岗了,不用去擦他妈的枪了,不用披上这身军服了,自己能当家做主,星期天能带上姑娘去看救生队演习,看他们从伦敦海德公园的蛇池里钩出死尸来。我居然为了那个寡妇[1]抛弃了这一切,漂洋过海,到这里来当兵。这里没有女人,没有好酒,这儿没有什么值得看,没有什么值得干,没有什么值得讲,也没有什么能叫你感动、叫你思考。斯坦莱·奥塞里斯,老天爷保佑你吧,你可真是个天大的傻瓜,比团里所有的人再加上穆尔凡尼还要傻!那个寡妇这会儿就坐在家里,头上戴着王冠,而我呢,我斯坦莱·奥塞里斯不过是那寡妇的私有财产,是个该死的**大傻瓜**!”

说到最后,他的嗓门越提越高,用一句六个字的盎格鲁民间骂人话结束了这番话。穆尔凡尼一声不吭,只是瞧瞧我,好像认为只有我能给奥塞里斯的糊涂脑

---

① 指英国维多利亚女王(1819—1901),当时她已丧夫,故称她为寡妇,或寡妇女王。

袋带来平静。

我想起有一次在拉瓦尔品第，我看见一个发酒疯的人被人捉弄了一通，他的酒就醒过来了。有些团队的人可能知道我说的是什么。我想，我们也许能用这个办法把奥塞里斯治好，虽说他一点儿也没有醉。于是我说：

“你在这儿发牢骚骂那位寡妇又有什么用处？”

“我可没有骂！”奥塞里斯说，“老天在上，我敢发誓，我可没有说她一句坏话，我才不干那样的事呢——哪怕这会儿我正准备开小差！”

这下可给我送来了机会。“哦，原来你是打算开小差。你满口胡诌又管什么用呀？要是有机会，你是不是愿意现在就溜号？”

“那当然啰！”奥塞里斯像被人扎了一下似的跳了起来说。

穆尔凡尼也跳起身来。他说：“你想干什么呀？”

“我要帮忙把奥塞里斯搞到孟买或者卡拉奇去，随便他想上哪一处都行。你可以去报告，说他吃午饭之前就跟你分了手，还把他的枪扔在这儿的岸边上了！”

“叫我去报告——叫我去？”穆尔凡尼慢吞吞地说，“好极啦。只要奥塞里斯当真想开小差，确实要开小差，而你呢，先生，你是我们两人的好朋友，你愿意帮他的忙，那么我，特伦斯·穆尔凡尼，我发誓——我从来说话是算数的——我一定照你说的去报告。不过——”他走到奥塞里斯面前，朝他晃了晃猎枪的枪柄，“斯坦莱·奥塞里斯，以后我要是再看见了你，你可得靠拳头来帮你的忙了！”

“我才不在乎呢！”奥塞里斯说，“这种狗过的日子我早腻味了。让我试一试。别跟我开玩笑，让我走吧！”

“把衣服脱下来，”我说，“跟我换一下，换完了我再告诉你怎么做。”

我希望这么荒唐的做法会使奥塞里斯就此罢休。但是，我几乎还没有解开衬衣领子，他就已经甩掉了大皮靴，扒掉了他的军服。穆尔凡尼拽住了我的胳膊：

“他的劲头儿上来了：这会儿他身上的劲头正足呢！我敢发誓，我们当真会成为逃兵的帮凶呢！先生，你会说，这只不过是关二十八天禁闭，要不就是关五十六天禁闭的事。可是这太丢人啦——我跟他两个都没法见人了！”我还从来没有看见穆尔凡尼这么激动过。

但是奥塞里斯却非常冷静。一等到他跟我换完衣服，我像一名常备军士兵那样站在那里，他就急不可耐地说：“好啦！说吧，下面该怎么做呢？你不是开玩笑吧，你说说，我要跳出这个地狱，得做些什么？”

我对他说，只要他肯在河边上等两三个钟头，我就骑马到驻地去，取一百卢比回来。他把那笔钱放进口袋以后，就可以到离这里大约五英里的一个最近的小火车站去，买一张到卡拉奇的头等车票。他的团队知道他去打猎的时候身上没带一个子儿，就不会立刻打电报到各个港口去询问，而会到河边那些当地老百姓的村庄里去找他。何况，谁也不会想到在一节头等车厢里去找一个逃兵。到了卡拉奇，他就去买一身白人的衣服和一张轮船票，最好是搭乘一艘货轮。

讲到这里，他打断了我的话。只要我帮他到了卡拉奇，余下的事他自己都能安排。于是我命令他待在那里，天稍黑一点儿以后，我就骑马到驻地去，那时就不会有人注意我的服装。我真得谢天谢地，虽说英国士兵里有不少人往往是些天不怕地不怕的歹徒，亏得上帝聪明，把他们的心变得像小娃娃一样嫩，好让他们在大灾大难的处境里一心一意地信任他们的军官，紧紧跟着他去冲锋陷阵。他们对文职人员不是那么容易相信的，可是，一旦相信了，他们就死心塌地，毫不怀疑，像只狗那样忠实。我很荣幸地获得了大兵奥塞里斯的友谊，我们的友谊断断续续已经有三年多了。我们一直像男子汉那样坦诚相见。所以他把我的话句句当真，认为我没有半句戏言。

我和穆尔凡尼把他留在河边的草丛里，然后我就沿着草丛到我拴马的地方去。他的粗布衬衣磨得我身上难受极了。

我们等待着天黑，我好趁黑骑马离开这儿。我们等了两个小时。我们一面悄声谈论着奥塞里斯，一面侧耳谛听他那里有什么动静。但是除了草丛里传来的风声以外，什么声音也听不见。

穆尔凡尼认真地说：“我不止一次把他的脑袋打开了花，我还用鞭子抽得他差点儿送了命，可是，我还从来没法把他脑子里那些怪想法打掉。从来没有！而且，他也并不傻，他很讲道理，脾气又随和。到底是什么缘故呢？是他的出身太穷苦？是他没有受过教育？你们这些自以为什么都知道的人，你倒是告诉我呀。”

可是我也找不到答案。我在想，奥塞里斯在河边上到底能熬多久，我到底是不是会被迫真的帮他开小差，因为我已经答应了他呀。

反正，当天黑了下来，我怀着沉重的心情给马备鞍子的时候，就听见河边传来了疯狂的喊叫声。附在 B 连队 22639 号大兵斯坦莱·奥塞里斯身上的魔鬼已经跑掉了。正像我希望的那样，孤独、暮色、等待，把它赶走了。我们急忙跑过去，发现他正在草丛里疯了似的横冲直撞。他已经脱下了他的外衣——应该说是我的外衣，正在像个疯子似的呼唤我们。

等我们赶到他身边，他已经汗流浃背，像一头受惊的马一样全身颤抖不止。我们费了好大的力气才使他安静下来。他抱怨说他穿的是便衣，他硬是把我的衣服统统从他身上扯下来。他命令我脱下衣服，我们尽量快地第二次交换了服装。

他自己那件“灰皮”衬衣发出咔嚓咔嚓的响声，加上他自己那双皮靴发出的吱嘎吱嘎响声，好像使他清醒了过来。他双手捂住眼睛说：

“这是怎么回事？我没有发疯呀，我也没有中暑呀，我都说了些什么，干了些什么……我都干了些什么呀！”

“你干了些什么？”穆尔凡尼说，“你丢了自己的人，现了自己的眼——那倒没什么关系。可是，你给B连丢了脸，最糟的是，你丢了我的脸！我！是我教给你怎么样挺起身子，像个男子汉一样走路——那时候，你还是个脏兮兮的、弯腰驼背的、哼哼唧唧的新兵。就跟你现在一样，斯坦莱·奥塞里斯！”

奥塞里斯沉默了一会儿，然后他解下了自己的腰带。这条腰带上面沉甸甸地挂着跟他的团队并肩战斗过的其他六个团队的肩章。他把这条腰带朝穆尔凡尼递了过去。

“我这么小的个子，是打不过你的，穆尔凡尼，”他说，“过去你就揍过我。不过，你要是愿意，可以拿这条腰带，把我劈成两半。”

穆尔凡尼转身朝着我。

“让我跟他谈谈吧，先生。”穆尔凡尼说。

我走开了。在回家的路上，我陷入了沉思，不但想到奥塞里斯，还想到了我喜爱的大兵汤玛斯·阿特金斯[1]。

但是，我想来想去，也得不出一条结论来。

[1] 即大兵汤米，吉卜林对英国士兵的统称。

在格林诺山上

爱神的柔声絮语她无心倾听；
她的纤手紧握在他红润的手心，
是那样冰凉而沉重。她不愿转身细听；
脸儿掉了过去，只管自己往前赶路。
然而当苍白的死神，面目模糊而又狰狞，
竖起瘦骨嶙峋的手向她召唤，
伸出柏枝编的花环，她却随他而去，
丢下爱神冷冷清清、满心诧异，
为什么她不愿留下，不肯听从他的请求，
而一听见死神的轻语，便起身离去。

——《情敌》

"喂，阿赫默德·迪因！夏菲兹·乌拉！巴哈杜尔·汗！你们在哪儿？走出帐篷来，学我的样儿，跟英国人干。别杀你们自己的同胞了！到我这儿来呀！"

那个土著兵团的逃兵在兵营外边爬着，不时地放上几枪，对他的老伙伴们喊着话。由于天黑，又下着雨，他摸错了地方，竟爬到英国兵住的营房这边来了。他的尖叫和枪声吵醒了士兵们。他们修筑了一整天的道路，都累得要命。

奥塞里斯睡在李洛埃的脚头。"怎么回事？"他哑着嗓子说。李洛埃打了声呼噜，一颗施奈德枪弹嗖地穿进了帐篷。大兵们都咒骂起来。"这是奥朗加贝德团那该死的逃兵干的，"奥塞里斯说，"谁起来告诉他一声，他摸错地方了。"

"睡吧，小个子，"穆尔凡尼说，他是紧挨着门睡的，身上直冒汗，"我可没法起来跟他细讲什么道理，外面的雨下得像挖战壕的铁锹一样猛。"

"你根本不是不能够，你就是不想出去，你这软骨头瘦长条，你这个偷懒的叫花子。你听他号叫吧！"

"争论有什么用？叫那头猪吃颗子弹不就完了！他害得我们全都没法睡觉了！"另外一个人说。

有个少尉怒冲冲地喊了一声，接着，有个淋得像落汤鸡似的哨兵在黑暗中抱怨说：

“没有用，长官。我看不见他，他是躲在山脚下面的。”

奥塞里斯翻身起来，掀开了毯子。“是不是让我去把他干掉，长官？”

“不用了，”少尉回答道，“躺下吧。我不想让整个营房一天二十四小时连轴转地打枪。叫他滚去找他自己的朋友好了。”

奥塞里斯考虑了片刻。然后他从帐篷下面探出脑袋，就像公共马车售票员对一个堵住道路的家伙那样，高声喊了起来：“喂，往前挪一步！再往前挪一步！”

弟兄们大笑起来，笑声顺风传到了逃兵那里，他知道走错了地方，于是便转移到半英里路以外去纠缠他自己的军团去了。迎接他的是几声枪响，奥朗加贝德团的士兵们因为他给他们的军旗带来了耻辱而大大地生他的气了。

“行啦，”奥塞里斯听见了远处施奈德枪叭叭的响声，就把头缩进去说，“不过，说真的，那家伙的确该死，他把我的好梦都吵掉了。”

“那么，你明天早上出去给他一枪好啦，”少尉随口说道，“现在帐篷里都别说话了。好好休息吧，弟兄们。”

奥塞里斯心满意足地轻轻叹了口气，躺了下去。不到五分钟，除了打在帆布帐篷上的雨点声和李洛埃那所向无敌的、吓人的呼噜声外，一切又都寂静无声了。

营房设在喜马拉雅山的一个光秃秃的山脊上，一个星期以来，他们一直在等待一支突击队来和他们建立联系。那个逃兵和他的朋友们每晚来骚扰，已经成了一个祸害。

到了早上，士兵们在炎热的阳光里擦干了身子，清洗着他们污秽的装备。老团这天休息，由土著兵团换班去修筑道路。

“我要去伏击那个家伙，”奥塞里斯擦洗干净了他的步枪以后说道，“他每天傍晚五点钟左右就沿着那条小溪上来。我们要是今天下午到北边的小山那里埋伏起来，就一定能干掉他。”

“你真是个爱吸血的小蚊子，”穆尔凡尼把一缕缕蓝色的烟雾喷向空中，说道，“不过，我看还是我陪你去好。杰克上哪儿去啦？”

“他跟‘杂拌酸泡菜’他们一块儿去了，他自以为是个了不起的神枪手。”奥塞里斯轻蔑地说。

"杂拌酸泡菜"是一支由高明的枪手组成的小分队,一般用来扫清山坡上过于放肆的敌人。这可以使年轻的军官掌握带兵的本领,不过对于敌人倒起不了多大的杀伤作用。穆尔凡尼和奥塞里斯慢步走出营地,路上看见奥朗加贝德团的士兵们正出发去筑路。

"你们今天得卖点力气才行,"奥塞里斯和蔼地对他们说,"我们要去干掉你们那个逃兵。昨晚你们有没有人把他打中?"

"没有。那头猪嘲笑着我们走掉了。我朝他开了一枪,"有个士兵说,"他是我的表弟,本来应该由我来洗刷掉我们的耻辱。不过,祝你们成功。"

他们小心翼翼地来到北边的小山。奥塞里斯走在前头。正如他解释的:"这是远距离射击,得由我来干。"他对自己的步枪爱到了极点,据营房里头传说,他每晚都要亲吻一下自己的步枪才去睡觉。他瞧不起冲锋和肉搏。要是实在避不开的话,他就溜到穆尔凡尼和李洛埃两人中间,让他们为自己,也为了他,去拼死战斗,他们也从没有让他失望过。这会儿他穿过北山的树林快步搜索前进,像一条跟踪着时隐时现的足迹的猎狗。最后他感到满意了,便一屁股躺倒在一片铺满松针的软绵绵的山坡上。这里居高临下,下面的小溪和小溪对岸的一座光秃秃的褐色山坡都可以看得清清楚楚。这儿的树林浓密幽暗,散发出一股清香,哪怕是整整一支军团都可以隐蔽在这里,免受骄阳曝晒之苦。

"这里已经到了树林的尽头,"奥塞里斯说,"他一定得从那条小溪那儿上来,只有那儿能藏身。我们就躺在这里。再说这儿也没有那么多尘土。"

他把鼻子埋进一丛没有香味的白色紫罗兰花里。没有人来告诉这些花儿,它们盛开的季节早已过去,于是它们依然在幽暗的松林深处快乐地开放着。

"这地方位置不错,"他舒舒服服地说,"一枪打过去,距离太合适了。你说有多远,穆尔凡尼?"

"七百码。也许还近一点儿,因为空气太稀薄了。"

"哐!""哐!""哐!"北边的后山坡上响起了一排旧式步枪的射击声。

"那些该死的'杂拌酸泡菜'只会放空枪!他们会把这一带的人都吓跑的。"

"趁着这个闹劲儿,你先放一枪试试准头,"穆尔凡尼说,他的鬼点子最多,"那边有块红色的岩石,他一定会经过那里的。快!"

奥塞里斯瞄准到六百码的地方开了枪。子弹在岩石底部一丛龙胆草旁边溅起一片尘土。

"蛮不错的!"奥塞里斯扳下瞄准尺说道,"你就照我这样瞄准,或者再低一点。你总是射得偏高。不过要记住，头一枪是我的。嗳，下午天气真不错呀。”

枪声越来越响，树林里响起了嘈杂的脚步声。两人都不出声地躺着。他们知道，英国兵只要听见一点儿响动，就会不问青红皂白，马上开枪的。接着，李洛埃出现了，他脸上显得很羞愧，军服前胸被子弹划了一道口子。他喘着粗气，一下子躺倒在松针堆上。

“酸泡菜队里一个该死的种菜园子的家伙，”他摸着撕破的地方说，“朝左翼开了一枪，他明知道我就在那儿。我要知道他是谁，我就剥了他的皮。瞧瞧我的军服。”

“这就是神枪手特别靠得住的地方。你训练他用固定支架打一只七百码外的苍蝇，于是他一看见或者听见一英里外有什么动静，就马上开枪。你算是离开了那伙瞎放枪的人了，杰克。就待在这里吧。”

“他们在朝着他妈的树梢的风开枪呢，”奥塞里斯咯咯地笑着说，“待会儿我放几枪给你们开开眼。”

他们在松针堆里打着滚，躺在那里，被太阳晒得浑身暖洋洋的。“杂拌酸泡菜”们不放枪了，回营房去了。树林里只留下了几只吓坏了的无尾猿。在寂静中，小溪放开了嗓子，和岩石絮絮叨叨说着毫无意义的傻话。隔一会儿就能听见三英里外一声闷雷似的爆炸声，它表明奥朗加贝德团在筑路时遇到了困难。这几个人露出笑容听着。他们静静地躺着，享受着温暖和闲暇的乐趣。不久，李洛埃一面吸着烟斗，一面说：

“真奇怪——那边的家伙——居然要开小差。”

“等我干掉他以后，他可就要他妈的更奇怪了。”奥塞里斯说。他们都把声音压得低低的，因为树林里的寂静和杀人的欲望使他们受到了压抑。

“他肯定有他开小差的理由；不过，我敢担保，别人全都想杀死他，他们更加有理由。”穆尔凡尼说。

“很可能这里面牵涉到一个姑娘，男人们为了姑娘，什么都干得出来。”

“我们当兵多半是她们鼓动的，她们可没权利让我们开小差。”

“唉，不是她们，就是她们的父亲让我们当兵。”李洛埃轻声说道，他的军帽低低地压在眼睛上。

奥塞里斯恶狠狠地皱起了眉头。他在望着山谷。“要是为了一个姑娘，我就要给这叫花子两枪。补第二枪是因为他当了傻瓜。你怎么突然变得这么多愁善感啦？是不是想起了上次差点儿送命的事？”

“不是的，伙计，我只不过想起了过去的事。”

“过去到底发生了什么事，你这个多灾多难的孱头小伙子？你简直像牧场尽头的一头小母牛那样哞哞地叫，好替斯坦莱要杀的那个家伙找些可恶的借口。小个子，你还得再等上一个小时呢。说出来吧，杰克，向月亮唱唱你的苦经吧。要从你嘴里掏出点儿什么来，非得来一次地震，要不就是来一颗子弹蹭着你的皮。讲吧，风流小生！情郎罗萨里奥·李洛埃[1]的恋爱史！斯坦莱，注意监视下面的山谷。”

“事情发生在一座山上，和那边的山一模一样。”李洛埃注视着喜马拉雅山底下一座光秃秃的平坡说道，这儿使他想起了他老家约克郡的荒山坡。与其说他是在讲给同伴听，不如说是在自言自语。“唉，”他说道，“伦波德荒坡就在斯基普顿镇上边，而格林诺山呢，又在帕特利布里格上边。我想你们从来没有听说过格林诺山，不过，远处那块荒山，要是有一条白色的道路环绕着它，那就跟格林诺山一个样了，真是出奇地相像。那里到处是一眼望不到边的荒山坡，没有一棵树可以遮挡太阳。那儿净是用石板做屋顶的灰房子，到处是红嘴鸥在叫，到处是像这儿的鸢鹰一样的茶隼来回盘旋。那才叫冷呢！风像刀子一样锐利。你只要看见谁的脸蛋和鼻尖像苹果一样红，蓝眼睛被风吹得眯成一条缝，你就知道他们准是格林诺山的老乡。他们大部分是挖矿的，在山沟里挖铅矿，像田鼠一样跟踪着矿苗。我从来没有见过这么艰苦的挖矿法。你走到一架只有井台大小的、嘎吱嘎吱直响的木头绞盘井架那里，身上拴根绳子就放下井去，一只手推着井壁，一只手拿着插在黏土烛台上的蜡烛，另一只手抓住绳子。”

“那就得有三只手喽，”穆尔凡尼说，“那地方的气候一定不错。”

李洛埃没有理他。

“等你下到一块平地上，你就得趴在地上，在一条巷道里弯弯曲曲地朝前爬。爬上一英里地，就到了一个像里兹市政厅那么大的洞里，那里有台抽水机，把更深的工作面里的水抽出来。这是块古怪的地方，更不用说挖矿了。因为山里到处都是那种天然洞，河流和小溪的水都流进他们叫‘地壶’的洞里，然后在几英里外的地方又流出来。”

“你在那儿干什么？”奥塞里斯问。

“我那时是个年轻小伙子，经常赶着马匹运送煤和铅；不过，这件事发生的

---

[1] 罗萨里奥是英国作家罗（Rowe，1850—1923）的剧本《忏悔的女郎》中的一个风流公子。

时候，我是在一家大矿里赶运货马车。我并不是当地人。我是在家里吵了架跑出来的。起先我跟一群浪荡的家伙混在一起。有一天晚上，我一定是喝酒喝得太多了，要不就是酒不好。不过说实话，那年头，我还从来没有见过坏酒。”他扬起胳膊，举过头顶，揪了一大把白色的紫罗兰，“是啊，我从来没见过我没法喝的酒，没见过我没法抽的烟，也没见过我没法亲吻的姑娘。嗯，我们非要比赛谁回家跑得最快。我一下子把别人都甩在了后面。当我爬上一道用碎石头堆起来的墙时，一跤摔进了墙下面的沟里，石头块也跟着掉了下来。我的一只胳膊摔断了。在那时我并不知道这些，因为我是后脑勺先着地的，当时就晕过去了。我醒来的时候已经是清早。我发现自己躺在杰西·朗特里家的长靠背椅上，丽莎·朗特里在旁边坐着缝衣服。我浑身疼痛，口渴得像个石灰窑。她端来一杯水给我喝，那是只瓷杯，上面印着‘里兹市赠’几个金字。后来我还曾经好多次看过这只上面有字的瓷杯。‘你得安安静静地躺着，等波瓦顿医生来，因为你的胳膊跌断了，爸爸已经打发一个小伙子去请他了。他是去上工的时候看见你的，他把你背了回来。’她说。我只说了声‘噢’就闭上了眼睛，因为我实在臊得慌。‘爸爸上工已经去了三个小时了，他说他会让他们另找个人去赶车的。’时钟嘀嗒嘀嗒地响着，一只蜜蜂嗡嗡地飞进了屋子，这些声音震得我脑袋里像是有好多个水车轮子在旋转。她又给我喝了一杯水，把我的枕头拍拍平整。‘唉，你还年轻呢，怎么就喝得烂醉，胡闹一气呢！你以后别再这样了，行吗？’我说：‘行，我再也不喝得烂醉了，只要能叫我脑袋里那些水车轮子别那么嘎吱嘎吱地响。’”

“说真的，你生了病能有个女人看护你，可真不赖啊！”穆尔凡尼说，“哪怕摔破二十个脑袋也值得。”

奥塞里斯皱着眉头，转过脑袋注视着山谷那边。他这辈子可没有什么女人看护过他。

“后来波瓦顿医生骑马来了，杰西·朗特里也跟他一起回来了。医生是个有学问的人，可是他跟穷人说起话来一点儿也不拿架子。‘出了什么事呀，’他说道，‘摔破了你的傻瓜脑袋？’然后他摸了我的全身。‘没有摔断骨头，只不过摔傻了一点儿，本来就够糊涂的。’他就这么说了下去，想出各种各样的话来骂我，不过他还是在杰西的帮助下很小心地给我接上了摔坏的胳膊。‘你得让这个大笨蛋在你这儿住几天，杰西，’他给我包扎好，让我吃过药以后这么说，‘你跟丽莎得照顾着他，虽说他一点儿也不值得你们为他操心。而你就得丢掉工作，得靠疾病互助会帮你两个月，也许还要久一点儿。你说你是不是个傻瓜？’”

“可是我倒想知道，不管出身贵贱，哪个年轻人不是傻瓜？”穆尔凡尼说道，“的确，干过蠢事以后，倒是会变得聪明的，我就这么干过。”

“聪明！”奥塞里斯扬起下巴颏，打量着他的同伴们，咧开嘴笑着说，“你们两个都是他妈的所罗门，是不是？”

李洛埃沉静地继续说了下去，眼光稳定，像一头反刍的公牛。

“我就是那样认识丽莎·朗特里的。有几首她经常唱的歌——唉，她老是在唱歌——我一听仿佛格林诺山就在我眼前，跟对面那座山坡一样清楚。她硬要教我唱男低音，要我和他们一起上教堂去。杰西和她在那儿领唱，老头儿还拉提琴。老杰西是个怪人，爱音乐爱得发了狂，他要我答应他，在手臂好些以后学拉大提琴。这把大提琴是他的，它装在一口匣子里，摆在一座可以连续走八天不用上弦的大钟旁边。在教堂里拉这把琴的原来是威利·萨特思维特，可是后来他耳朵完全聋了，这使杰西非常恼怒，他得用琴弓敲打他的脑袋，才能使他在该停的时候止住他那拉锯似的声音。

“但是这一切都被一块黑斑搅乱了，而这块黑斑是一个穿黑衣服的人[①]带来的。那个卫理公会原教旨派牧师到格林诺来的时候，总是住在杰西·朗特里家，他从一开始就揪住了我不放。看来我的灵魂需要拯救，而他则下了决心要拯救我。而同时使我感到妒忌的是，他似乎也非常热心地要拯救丽莎的灵魂，有好多次我差点儿把他宰了。事情就这样继续下去，终于有一天我支持不住了，向丽莎借了钱去买杯酒喝。过了四天，我又垂头丧气地回来了，只是为了想再看看丽莎。但是杰西和那个牧师——阿莫斯·巴拉克洛夫也都在家里。丽莎没说什么话，只是她平时苍白的脸上现在泛起了一点儿红晕。杰西尽量有礼貌地说：‘嗳，小伙子，事情是这样的：你得自己选择究竟走哪条路。我可不愿意让酒鬼跨进我的门槛，而且还是个借我闺女的钱去喝酒的酒鬼。闭嘴，丽莎。’他看见丽莎想开口，就这样阻拦她说。丽莎是想对我说，她很愿意借给我钱，并且相信我一定会还给她的。这时牧师看见杰西要发脾气了，就插了进来，他们两人狠狠教训了我一通。可是最叫我受不了的，比他俩的嘴还起作用的，却是丽莎，她只是在旁边看着，什么话也不说。于是我决定改邪归正。”

“什么！”穆尔凡尼喊了起来。然后，他克制住了自己，轻声说道，“没关系！没关系！圣母马利亚确实是所有的宗教和大多数女人的母亲。只要男人们不干

① 指牧师。

涉，每个姑娘都是非常虔诚的。在这种情况下，我也会改邪归正。”

“噢，”李洛埃的脸红了，他说，“不过，我是诚心诚意要改邪归正的。”

奥塞里斯有他自己监视的任务，所以他想笑可又不敢使劲笑。

“唉，奥塞里斯，你尽管笑吧，你可不了解那位巴拉克洛夫牧师，他是个脸色苍白的小矮个儿，他说起话来能哄得小鸟飞下树枝，能哄得人们以为他们从来没有和这么了不起的好人交过朋友。你从来没有见过他，而且……而且……你也从来没有见过丽莎·朗特里……从来没有见过丽莎·朗特里……我看不只是因为那牧师和丽莎的父亲，而且还多亏了丽莎，反正，他们的想法都一个样，而且我也感到很羞愧，所以我就成了一个他们所说的改过自新的人。我回想起来，很难相信那个参加祈祷会、上教堂、到读经班去的人，居然会是我。不过，关于我自己我从来没有说过什么，尽管在那儿好多人大喊大叫；还有那个患了风湿病、腰都直不起来、眼看即将入土的老萨米·斯特罗瑟，他也高声唱着什么：‘欢乐呀！欢乐！’还说什么坐着煤筐上天堂也比坐六匹马拉的大马车下地狱要强得多。他常常把他那只可怜的老鸡爪子一样的手搭在我肩膀上，问我：‘你是不是感觉到了，傻大个儿？你是不是感觉到了？’有时我觉得我感觉到了，有时又觉得没有，到底是怎么回事呢？”

“人的本性从来就是这样的，”穆尔凡尼说，“而且，我怀疑你是不是适合做一个卫理公会原教旨派的教徒。他们是新教徒。我向来相信旧教，旧教才是所有新教派的母亲——是的，同时也是它们的父亲。我喜欢旧教，因为它的规矩最严。我可能死在檀香山或者新赞不拉，或者死在卡晏角；不管我死在哪里，我既然信奉旧教，那么，只要在那里能找到一个神父，我就要像教皇亲自从圣彼得大教堂的屋顶上下来为我送终一样，按旧教的仪式，用旧教的祈祷词，行旧教的涂油礼。因为旧教里的规矩要求一切都分毫不差，不能太高，也不能太低，不许超过，也不许省略。我就是喜欢它这一点。不过你要知道，旧教对意志不坚定的人可不合适。它要求他全心全意地投身进去，除非他有自己的工作要做。我还记得我父亲死后三个月才下了葬；真是天晓得，他为了少进炼狱十分钟，竟瞒着我们全家把他的小酒店卖给了别人。他可真是竭尽全力了。所以我才说，只有坚强的人才能和旧教打交道，这也是有那么多女人信奉旧教的缘故。这事还真叫人纳闷。”

“操心这些事有什么用？”奥塞里斯说，“不管怎么说，你肯定很快就会明白的。”他把枪膛里的子弹倒在手上，放在手心里。“这就是我的牧师。”他说，同时把那颗杀气腾腾的黑头子弹竖了起来，让它像木偶人儿似的鞠了一躬，“它就要好好地教训那人一顿了，而且是在太阳落山之前。不过，后来怎么样了，约翰？”

“有一件事使他们拿不定主意，差点儿当着我的面把我关在大门外边，那就是我养的小狗‘爆炸’。它是在小铺老板的小屋里一桶开矿用的火药爆炸以后，从一窝被炸死的小狗里救出的唯一的一只狗。他们不喜欢它的名字，更不喜欢它跟所有它遇见的狗打架的脾气。它是只少见的好狗，脸上有黑红两色的斑点，一只耳朵被炸掉了；另外，由于它当时是在一只篮子里被拖过大约一英里[①]半远的铁皮屋顶，所以一条腿也跛了。

“他们一定要我把它扔掉，说它太充满世俗味道，太粗野了；他们说难道我为了一只狗，宁愿让自己被关在天堂的大门外边？‘不行，’我说，‘要是天堂大门那么窄，容不得我们两个一块儿进去，那我们就待在外边，反正我们是绝不分开的。’这时那牧师也出来替‘爆炸’求情了，因为他从一开始就有点儿喜欢它——我猜那是我慢慢喜欢上那牧师的缘故——有些人想把小狗的名字改成‘祝福’，他坚决不同意。于是我和‘爆炸’就经常上教堂去了。但是像我这样性格的年轻小伙子，要想和尘世、欲念、魔鬼一下子断绝关系，实在很不容易。不过我还是坚持了很久，那些到了星期天常常站在镇子边上，倚在桥头往河里吐痰的小伙子们，总是跟在我后边叫喊：‘喂，李洛埃，你什么时候讲道呀，我们都想听！’另一个小伙子就会说：‘别嚷嚷了，他今天早晨没戴白领圈呢！’这时我只好把手塞进我星期天穿的好衣服口袋里，拳头攥得紧紧的，对自己说：‘如果今天是星期一，而我又不是卫理公会的教徒，我一定要狠狠揍扁这帮家伙。’心里知道打得过他们，而又不能动手打架，这是最叫人难受的事。”

穆尔凡尼同情地咕噜了几声。

“于是，又是唱歌啦，又是练习啦，读经班啦，还有杰西硬要我夹在两条腿中间的大提琴啦，我就有许多时间是在杰西·朗特里家里度过的。可是，别看我常去那里，牧师去得比我还勤。老头和姑娘也都很高兴见到他。他住在帕特利布里格，那地方比较远，可他还是来。他还是经常来。一方面我喜欢他——和别人一样喜欢，甚至比别人更喜欢他，可是另一方面我又恨他。我们两人像猫和耗子似的互相防备，不过表面上都客客气气的。我对他总是彬彬有礼的，而且因为他为人是那么光明磊落，我对他也就不能不光明磊落。虽说我经常恨不得拧断他

---

① 1英里约等于1.6千米。——编注

那聪明的小脖子,但他其实是个非常好的伙伴。每当他从杰西家里出来的时候,我常常要陪他走一段路。”

“你是说,送他回家?”奥塞里斯说。

“是啊,这是我们约克郡人送朋友的规矩。这个朋友,我不希望他再回到这儿来;而他呢,也不希望我再回这儿来。于是我们一块儿走到帕特利,然后他又往回送我。我们俩就像一对该死的钟摆一样,在山头和山谷中间送来送去,直到清晨两点钟,这时丽莎窗口的灯光早就熄灭了。我们装着在看月亮,其实一直在看着她的窗口。”

“啊!”穆尔凡尼插嘴说,“你是斗不过那个专门会抢别人东西的、唱赞美诗的家伙的。女人们十有八九只喜欢装腔作势的人,等到发现错误,已经晚了。女人就是这样的。”

“这你就错了,”李洛埃说,他那晒得黑黑的、长着雀斑的面颊泛起了红晕,“我是丽莎的第一个心上人。你会认为这就够了。可是那牧师却是个有耐性的人,杰西完全是支持他的,而且教会里所有的娘儿们都整天在丽莎耳朵边嘀咕,说她心眼太好了,肯跟一个像我这样没有出息的二流子来往,说什么我这样的人太有失体面了,脚后面还跟着一条爱打架的狗,等等。她们说,她想帮助我,想拯救我的灵魂,这当然是件好事,但是她也得小心,自己别上当。人家常说有钱的人喜欢摆架子,装斯文样儿。其实教会里的穷人,才是最爱面子、最讲体面的。这股风气就像格林诺山上刮过来的风一样冷。唉,冷得多,因为它从不停下来。现在我回想起来,最奇怪的一件事就是,他们顶不喜欢人们去当兵。《圣经》里本来有许许多多打仗的故事,军队里也有好多人是卫理公会的教徒;但是听教会里的人讲话的口气,仿佛当兵离受绞刑只隔一步远,而且跟受绞刑简直差不多。他们聚会的时候,讲的全是打仗的事。要是萨米·斯特罗瑟在祷告的时候一时想不出词儿来,他就会高唱起《天主和吉提昂的宝剑》来。他们经常说什么要披挂起正义的全副武装,为信仰而战斗。可是后来有个小伙子想去当兵,他们就为他举行了一次祈祷会,冲着他大声祈祷,差点儿把他的耳朵都震聋了。小伙子最后只好拿起帽子逃跑了。他们在主日学校里常常讲一些坏孩子的故事,说他们星期天掏鸟窝,平常的日子逃学,因此经常挨揍,后来他们又怎么染上了摔跤、斗狗、逮兔、酗酒的嗜好,说到最后,仿佛是给坏孩子写墓志铭一样,他们用‘后来他去当了兵’这句话给这个已经远离山沟的人作了结论,说完话还要深深叹一口气,然后抬眼朝天,像一只正在喝水的母鸡一样。”

“事情为什么是这样的?”穆尔凡尼一巴掌狠狠地拍在大腿上,说道,“老天爷呀,事情为什么是这样的? 而且这些我都见过。这些人骗人、诈财、撒谎、造谣,还干过许多糟糕得多的事;可是他们却认为,最最糟糕的事,是老老实实地去为那寡妇[1]当兵。总的说起来,这有点儿像孩子们讲的故事。”

“要是我们不给这些人一个安安静静的好地方去干仗,你瞧瞧他们不狠狠地大干一仗才怪呢。他们又是怎么打仗的呢! 像屋顶上的猫打架,喵呜喵呜地叫对方快过来。要是能让伦敦那些养尊处优的家伙们到这里来修一天的路,淋一夜的雨,叫我拿出一个月的薪饷来我也心甘情愿。这样他们就能忍受许多别的磨难,就像人家认为我们能忍受一样。有一次我在兰白思一家只有外卖执照[2]的下等小酒店里给轰了出来,那店里挤满了浑身油污的马车夫。”

“也许因为你喝醉了吧。”穆尔凡尼安慰他说。

“比这更糟。醉的是马车夫们。我当时穿着女王的军服。”

“在那些日子里,我并不特别想当兵,”李洛埃说,他的眼睛仍然注视着对面光秃秃的山顶,“可是他们那种说法却使我产生了当兵的念头。这些教会里的人心眼太好了,结果他们反而把话说过了头。不过,为了丽莎,我还是忍受着,特别是因为她正在教我唱‘霍洛托里奥’里的男低音。这场‘霍洛托里奥’是杰西组织的。她自己唱得像一只画眉那样好听,我们每天晚上练唱,一直练了将近三个月。”

“我知道什么是‘霍洛托里奥’,”奥塞里斯冒冒失失地插嘴说,“那是一种牧师唱的调调,词儿都是《圣经》上的,还有哈利路亚之类的合唱。”

“格林诺山的老乡们差不多全都会演奏一种乐器,他们唱起歌来的时候,你在几英里外就可以听见。他们又拉又唱,自得其乐,没有人听也不在乎。牧师吹笛子,要不就唱高二度。由于我到底还是没有学会拉大提琴,他们就叫我坐在威利·萨特思维特身边,轮到他拉琴的时候就推他胳膊肘一把。这些人里就数老杰西兴致最高了。他又是指挥,又是第一小提琴手,又是领唱,一人身兼三职。他用琴弓打拍子,有时甚至用它重重地敲桌子,大声喊道:‘喂,你们都停下来,该我唱了。’于是他就转过身去,充当男高音独唱歌手,脸上得意得冒出汗珠,唱了起来。他是合唱队里最神气的一个,摇头晃脑地唱着,两只胳膊挥舞着,像风车一样,直唱得脸色发青。杰西真是个少有的歌手。

---

① 指英国维多利亚女王(1819—1901),当时她已丧夫,故称她为寡妇,或寡妇女王。

② 英国酒店须领执照才能卖酒。执照分为两种:一种允许顾客在店里饮酒;一种只准许外卖,顾客买酒后只能拿走,不能坐在店里饮用。这里提到的酒店属于后一种。

“你们要晓得，除了丽莎·朗特里，别人都不怎么看得上我。所以在集会上或是‘霍洛托里奥’练唱的时候，我有很多时间是静悄悄地坐在旁边听他们说话的。一开始我就觉得不太对味儿，后来，我越听越觉得不对味儿了。因为那时我被排斥在外，所以可以仔细琢磨这是什么意思。

“刚刚唱完‘霍洛托里奥’，本来身体就很弱的丽莎，这时病倒了。波瓦顿医生来看病，我就牵着他的马在门外头来回遛马。他们不让我进门，虽然我心里急着想进去看看她。

“‘她马上就会好起来的，孩子，她马上就会好起来的，’他总是这样说，‘你必须有耐心。’后来他们说，如果我安安静静，就让我进去。阿莫斯·巴拉克洛夫牧师常常去给她读书听，她躺在床上，枕头垫得高高的。后来她的病好了一点儿，他们让我把她抱到长靠背椅上去坐着。天气暖和起来以后，她又可以照常下地走动了。在那些日子里，我和牧师及‘爆炸’三个常常待在一起，可以说我们是很要好的伙伴。但是，我不止一次地真想把他打翻在地上。我记得有一天他说他很想到地心深处去看看上帝是用什么材料来做这无边无际的山脉的骨架的。他就是那种能言善道的人，讲起话来滔滔不绝，跟咱们这儿的穆尔凡尼一个样。要是穆尔凡尼当初肯下点儿功夫的话，他也能当个了不起的牧师。我借了一套矿工衣服给他，这套衣服宽大得几乎把这个小个子埋了起来，他那苍白的脸蛋埋在衣领和帽檐里面，看上去像个幽灵。他就蹲在运货马车里面。我当时赶着马车爬上斜坡，到了矿洞口上，洞里有架抽水机正在往外抽水，马车就从这里自动下去，好把从地底下运上来的矿石装进马车。我只是拉住闸，让马儿慢慢跟在后面。只要是在明亮的白天，我们两人总是要好的朋友，可是一等到我们进入了黑暗的矿穴，只看得见洞口露出一丝光亮，像街道尽头的一盏路灯似的，我的心里就充满了坏念头。我回头看着这个老是夹在我和丽莎中间的人，我的宗教观念就全都跑到九霄云外去了。人家都说，等她的病好些以后，他们就要结婚；可是不管我怎么问她，她也不肯说这是不是事实。他开始用他那单薄的嗓子唱起了一首赞美诗，我却不住地用粗话咒骂起我的马儿来，这时我才明白我是多么恨他。而且，他的个子那么小，我只消用一只手轻轻一推，就可以把他推进加斯东的铜矿井口去。就在这里，有一条地下小溪淌过一块岩石，然后静悄悄地泻下一道万丈深渊，就是把格林诺所有的绳子都拿来也测不到它的底。”

李洛埃又揪下一把无辜的紫罗兰。“是啊，应该让他到地心去看看，别的什么都不用。我可以沿着坑道带他走一两英里路，然后把他丢在那里，让他拿着一支熄了的蜡烛唱哈利路亚，旁边没有一个人听他的，或是跟着他说声阿门。我只要领着他走下阶梯，到杰西·朗特里干活的巷道去，谁能保证他不会在阶梯上滑一跤？而我的脚就会踩住他的手指头，一直到他松了手，再用脚一踢，把他踢下去。要是我先下扶梯的话，我就可以抓住他，从我脑袋顶上把他扔下井去，叫他撞在一根根横木上，跌得粉身碎骨，就像那个刚来的比尔·阿普尔顿那样。比尔跌到井底下的时候，身上已经没有一根完整的骨头了。从此以后，再也不会有两条该死的腿从帕特利走过来了，再也不会有一只胳膊搂住丽莎·朗特里的腰肢了。再也不会有了——再也不会有了。"

他那厚厚的嘴唇张开了，露出两排发黄的牙齿，他的脸涨得通红，脸上的表情十分难看。奥塞里斯同情地点了点头。奥塞里斯被伙伴的激情感动了，他把步枪举到肩头，眼睛瞧着山边，搜索着他的猎物，嘴里嘟嘟囔囔地骂着什么麻雀啦、喷水嘴啦、暴风雨啦之类的脏话。潺潺的溪流打破了寂静，仿佛在和人谈心。后来李洛埃继续讲了下去。

"但是，要杀死那样一个人，可不是件容易的事。我把马匹交给了接班的小伙子，把矿井指给牧师看。我在他耳边高声叫嚷，压过了抽水机的轰隆声。这时我发现，他什么也不怕。当灯光照着他乌黑的眼睛时，我觉得他又一次把我制服了。我就跟'爆炸'一个样。'爆炸'被锁链拴住，每当一只陌生的狗平安无事地跑过它身边，他就恶狠狠地汪汪吠叫。

"'你是个胆小鬼，是个大傻瓜。'我对自己说。我在心里又跟他斗了起来。等我们来到加斯东的铜矿井口，我就一把抓住了牧师，把他举过头顶，让他冲着黑洞洞的深渊。'喂，小伙子，'我说，'现在不是你，就是我，只有一个人能跟丽莎·朗特里相好。怎么，你难道不害怕？'因为他安安稳稳地待在我手里，像一只麻袋一样。'不，我只是为你害怕，可怜的孩子，因为你什么都不知道。'他说。我把他放在岩石边上，小溪的流水声仿佛更静悄悄的了，我的脑袋里也没有那种像蜜蜂钻进杰西屋子的嗡嗡声了。'你这话是什么意思？'我说。

"'我常常想，这事应该让你也知道，'他说，'可是很难向你开口。咱们俩谁也得不到丽莎·朗特里。世上没有谁能得到她了。波瓦顿医生是了解她的，也了解她故世的母亲。波瓦顿医生说，她的病已经治不好了，她顶多还能活六个月。这事他早就知道。站稳了，约翰！站稳了！'他说。于是那个瘦弱的小个子把我拉了回来，让我靠着他坐下，安安静静地把一切都对我说了。我的手里握着一把蜡烛，一面听着，一面一遍又一遍地数着蜡烛。他的话里有许多是牧师的那一套老生常谈,但是也有不少话使我开始认识到他是个男子汉,我过去太小看他了。直到后来,我不但为自己伤心,也同样为他伤心了。

“我们一共有六支蜡烛。这一整天我们就在地底下爬着,一直到蜡烛全都点完。我对自己说:‘丽莎·朗特里活不了六个月了。’等我们爬到地面上来以后,两人都跟死人一样难看。‘爆炸’跟在我们后面,连尾巴也不摇一摇了。我再见到丽莎的时候,她看了我一会儿,就说:‘是谁告诉你了?我看出你已经知道了。’她吻我的时候勉强装出笑容,我差点儿放声大哭。

“你要知道,我那时是个年轻小伙子,人世间的事知道得很少,更不用说死亡了,虽说死亡总是在等着我们的。她告诉我,波瓦顿医生认为格林诺的空气太凛冽刺骨了,他们打算到布雷特福去找杰西的哥哥戴维,他在那儿一家面粉厂工作。她让我像个男子汉和基督徒,拿出勇气来挺住,她会为我祈祷的。他们就这样走了。那年年底,牧师也调到另一个他们称作‘巡回教区’的地方去了。只有我一个人留在格林诺山。

“我费尽力气想继续待在教会里,但是从此以后,什么都和以前不同了。唱歌的时候,再也没有丽莎的歌声来领着我唱,也看不见丽莎的眼睛在人们的头顶上闪着光。在读经班上,他们说我一定有好多体验可以向大家讲,可是我连一句话也讲不出。

“我和‘爆炸’愁眉苦脸地到处闲逛,可能我们表现得很不怎么样,因为他们后来就不理会我们了,而且还奇怪,以前怎么会跟我们来往的?这一段日子我是怎么熬过去的,现在我实在没法说了。冬天来到的时候,我就辞掉活儿,去了布雷特福。杰西就住在一条很长的街道上,沿街尽是一幢幢小房子。老杰西正站在家门口,他刚刚赶走一群穿着木屐在人行道上咔嗒咔嗒跑的小孩子,免得他们把她吵醒。

“‘你来啦,’他说道,‘不过你不能见她。我才不会为你这样的家伙去把她叫醒呢。她越来越不行了。还是让她安安静静地死吧。你是绝不会有什么出息的,你这辈子再也不会拉大提琴了。走吧,小伙子,走吧!’他就这样当着我的面轻轻地关上了门。

“从来没有人让我听杰西的话,可是这时我觉得他是对的,我就去到了镇上,正好遇见一个来招兵的中士。教会里的人过去讲的那些故事又在我脑袋里嗡嗡地响了起来。我正想远走他乡,而当兵正是像我这类人常走的路。我当时就报了名,领了寡妇女王发的饷钱,帽子上别上了几条绶带。

“可是第二天我又到戴维·朗特里家门前去了，杰西出来开的门。他说：‘你又来了，还佩戴上了魔鬼的绶带——我早就对你说过，这才是你本来的面目。’

“可我还是再三恳求他让我见见她，哪怕只说声再见。最后，有个女人在楼梯顶上向下面喊道：‘她说请约翰·李洛埃上楼来。’老头子马上就让开了道，很温和地用手按住我的胳臂。‘你一定得安静，约翰，’他说，‘因为她太虚弱了。你一向是个听话的孩子。’

“她的眼睛炯炯有神，分外明亮，她那一头浓密的头发披散在枕头上，但是她的脸颊却瘦削得厉害——瘦得使一个强壮的人都害怕。‘不，父亲，你不该说这是魔鬼的绶带。这些缎带多漂亮啊。’她伸出手来，把我的帽子要了过去，把绶带理得整整齐齐的，就像女人抚弄缎带那样。‘是啊，这些绶带很漂亮，’她说，‘唉，不过我更想看到你穿上红色军装的样子，约翰，因为你一直是我心上的小伙子——只有你是我心上的小伙子，别人都不是的。’

“她抬起胳膊，搂住了我的脖子，可是只轻轻地搂了一下，就松开了。她好像是晕了过去。‘现在你得离开了，小伙子。’杰西说。于是我拿起帽子，下了楼。

“招兵的中士在街角的酒店里等我。‘你见过心上人了吧？’他问道。‘是的，我见过了。’我说。‘好吧，我们现在干一杯，你就努力把她忘掉吧。’他说道。他是那种办起事来干脆利索的人。‘好的，中士，’我说，‘我要忘掉她。’直到现在，我还在努力忘掉她。”

他一边说，一边扔掉了手里那束枯萎了的白色紫罗兰。奥塞里斯突然抬起身子，蹲在地上，步枪抵上了肩，借着午后明亮的光线，向山谷那边望去，他的下巴贴住了枪托。在他瞄准的时候，他右边脸颊上的肌肉抽动了一下；士兵斯坦莱·奥塞里斯正在执行任务。一个白色的小斑点沿着小溪爬上来了。

“看见那家伙了吗？……打中了他。”

在七百码外，离山坡下面足有二百码远的地方，那个奥朗加贝德团的逃兵一下子向前栽倒，从一块红色的岩石上滚下来，脸埋进一丛蓝色的龙胆草里，再也不动了。一只大乌鸦扑着翅膀，飞出了松林，想看看究竟是怎么回事。

“这一枪打得利索，小个子。”穆尔凡尼说。

李洛埃若有所思地注视着逐渐消散的烟尘。“也许他也有个心上人。”他说道。

奥塞里斯没有回答。他正盯着山谷那边，脸上浮起一丝微笑，就像一个艺术家欣赏着自己刚刚完成的作品。

野兽的烙印

你有你的神，我有我的神——你和我，又有谁能知道哪个神更加威力无穷？

——土著谚语

有人说，苏伊士以东的地方，不再归上帝直接管辖；那儿的人全都转到亚洲的神和亚洲的魔鬼掌握之下，英国国教的上帝只是有时候才偶尔对英国人略加照顾而已。

这条理论就解释了印度生活里有些并不那么必要的恐怖现象。我们可以把它引申一下，用来解释我要讲的故事。

我的朋友，对印度当地老百姓有足够了解的警官斯垂克兰，可以为这件事的真实作证。我们的医生杜莫瓦亲眼目睹了我和斯垂克兰看见的事实。他从目睹的证据中得出的结论是完全错误的。现在，他已经去世了；他去世时的情况相当奇特古怪，我在另一个故事里写到过这件事。

弗利特最初来到印度的时候，有一笔不多的钱财和一块地产，这块地在喜马拉雅山的达姆萨拉附近。这笔钱和这块地都是他的伯父遗留给他的。他来到印度就是为了经营这份产业。他是个身材高大、举止笨拙、性情和蔼、与世无争的人。他对当地老百姓的了解自然是极其有限的。他抱怨说他们的语言难懂。

为了度过新年，他从山里的住所骑马来到驻屯地，就在斯垂克兰那里寄宿。除夕晚上，俱乐部举办了隆重的晚宴，大家都情有可原地喝得酩酊大醉。的确，当人们从帝国最偏僻的边远地区来到这里，聚会在一堂时，他们确实有权利放肆地欢饮喧闹一场。边防部队派来的是一支剿匪分队，这些人一年到头连二十张白人的面孔都见不到，他们经常要冒着危险骑马奔驰十五英里路，到邻近的要塞去吃一顿晚饭，随时都有可能飞来一颗凯比里人的子弹，打在他们准备盛放美酒的地方。现在他们充分享受着眼前的安全感。他们正试着用一只在花园里找到的蜷成一团的刺猬来打台球，他们中间的一个人，嘴里衔着记分牌，在屋里来回奔跑。六个来自南部的农场主正在跟亚洲第一谎话大王比赛吹牛。这位谎话大王正在想法压倒所有别人的故事。所有的人都来了,这简直像是在集合点名,清点我们过去一年中的伤亡人数。这晚人人都放量畅饮,我记得大家喝到酒酣耳热之际,唱起了《昔日的美好时光》,人人的脚全伸进了马球冠军奖杯,而我们的脑袋都升上了天空,和星星做伴,我们相互发誓说,我们永远是知己好友。后来,我们这些人,有的离开了印度,去吞并缅甸;有的想攻打苏丹,结果在萨瓦金城下那场残酷的激战中被苏丹民兵开了膛;有的人得到了星章和奖章;有的人结了婚,那并不是件好事;还有的人干了些别的事,比结婚还要糟;剩下的人,还是套在枷锁里,努力靠不多的经验来挣点儿钱。

那天晚上,弗利特一上来喝的是掺了黑啤酒的白葡萄酒,接着他不停地喝着香槟,一直喝到吃饭后点心的时候。然后是纯粹的、嗞嗞响的、带着十足的威士忌劲头的卡普里酒。喝咖啡时加的是班尼迪克丁甜酒,再加上四五杯掺苏打水的威士忌,用来加强他打台球的手劲儿。清晨两点半钟的时候,喝的是啤酒,最后压轴的酒是陈年白兰地。因此,当他在清晨三点半钟走出大门,进入零下十摄氏度的霜冻里的时候,他便不禁对自己那匹马儿的咳声勃然大怒,并且想用儿童做跳背游戏的办法跳上马背去。马儿挣脱了,跑回自己的马厩;于是斯垂克兰和我便组成了一支仪仗队,把弗利特护送回家。

途中我们要穿过市场。紧挨着市场,是一座小小的猴王哈努曼庙宇。这是一位受人尊敬的重要的天神。一切神明,就像一切祭司一样,都有他的美德。拿我来说吧,我是非常尊重哈努曼的,并且对他的子民——山区里巨大的灰猿,也表示友善。谁也不敢说他在什么时候会需要朋友的帮助哩。

从庙里射出了一线灯光。我们走过的时候听见庙里有男人们诵经的声音。在当地的庙宇里,祭司们总是还在夜里就早早地起床去供奉他们的神明。突然间,我们还来不及阻拦,弗利特就噌的一下迈上了台阶。他拍了拍两个祭司的脊背,一本正经地把他的雪茄烟蒂摁在红石雕塑的哈努曼神像的前额上,蹭掉了烟蒂上的烟灰。斯垂克兰想把他拽出来,但是他却坐了下来,摆出庄严的样子说道:“瞧见了吗?野——野兽的烙印!是我打的。挺漂亮的吧?”

只有半分钟工夫,庙里就人声嘈杂,喧嚷起来。斯垂克兰完全明白亵渎神明会引起什么样的后果。他说,这下可要出事了。他是个担任公职的人,又在印度居住了多年,喜欢和当地老百姓来往,祭司们都认识他。因此他觉得非常不安。弗利特坐在地上拒绝挪动。他说“好心肠的老哈努曼”是只非常轻柔的枕头。

突然间,没有预先的警告,从神像背后的暗室里走出一个“银人儿”来。在那样凛冽寒冷的天气里,他赤身裸体,一丝不挂。他的身体像结了白霜的银子一样闪闪发光。原来他就是一个在《圣经》上被称作“雪一般白的麻风病人”。他也没有脸孔,因为他患麻风病已有不少年头,已经受到麻风病的严重毁蚀。我们两人弯下腰去拉弗利特起来,庙宇里一下子挤满了人,他们仿佛都是从地底下冒出来的。这时,“银人儿”从我们的胳臂下面钻了过去,嘴里发出哞哞的声音,完全像一头水獭在呼叫。我们还来不及拉开他,他就拦腰一把抱住了弗利特,低下了头,把它搁在弗利特胸前。然后,他退到一个角落里坐下,嘴里仍然发出哞哞的叫声。这时所有的庙门都被人群堵死了。

在“银人儿”触摸弗利特之前,祭司们是非常愤怒的。但是他那么用鼻子碰了碰弗利特,似乎倒叫他们冷静下来了。

经过几分钟的沉默以后,有个祭司走到斯垂克兰跟前,用纯熟的英语说:“把你的朋友带走吧。他和哈努曼算是完事了,可是哈努曼和他还没有完事呢。”人群让开了路,我们把弗利特抬到大路上。

斯垂克兰简直火冒三丈。他说我们三个都差点儿被人宰掉,弗利特应该感谢他的好运气,没有受一点儿伤就逃出来了。

弗利特却根本不感谢任何人。他说他想上床睡觉。他实在醉得够厉害的。

我们就这样往前走着。斯垂克兰满腹怒气,沉默不语。弗利特突然全身一阵阵剧烈地颤抖起来,浑身大汗淋漓。他说市场上的气味太难闻了,他真奇怪,为什么允许把屠宰场开在离英国人居住区这么近的地方。“难道你们没有闻见血腥味?”弗利特问道。

天快亮的时候,我们终于送他上了床。斯垂克兰邀请我再来一杯威士忌加苏打水。我们喝酒的时候,他谈起了庙里发生的麻烦事情,他承认这件事使他完全迷惑不解了。斯垂克兰最讨厌被当地老百姓弄得莫名其妙,因为他的任务就在于利用他们的武器来压倒他们。在这一点上,他还没有获得成功,不过,也许再过十五年或者二十年,他会得到一点儿小小的进展。

“他们应该揍我们一顿,”他说,“而不应该朝我们哞哞地叫呀。他们到底是什么打算?这事真叫我不放心。”

我说,寺庙管理委员会很可能会向我们提出刑事诉讼,控告我们侮辱他们的宗教。在印度刑法里,有一条规定正好适用于弗利特犯的罪过。斯垂克兰说,他只能祈祷上苍,希望他们会这样做。我在回家以前,到弗利特的房间去看了看。他侧身朝右边躺着,正在抓挠他的左胸。然后,在早晨七点钟的时候,我浑身冰冷、垂头丧气、闷闷不乐地上了床。

下午一点钟，我骑马来到斯垂克兰的住宅，想打听一下弗利特的脑袋怎样了。我猜想他的脑袋一定痛得厉害。弗利特正在吃早餐，看起来似乎有病。他的好脾气不知哪儿去了，因为他正在大骂厨子，问他为什么不给他端一盘嫩些的排骨来。昨天晚上喝了那么多酒，今天还吃得下生肉，这样的人实在少见。我对弗利特发表了这样的见解，他大笑起来。

"你们这儿的蚊子真奇怪，"他说，"我被叮得惨透了，不过，叮的全是一个地方。"

"让我们瞧瞧叮的地方，"斯垂克兰说，"也许过了一上午，它已经消了肿。"

趁着厨子在煎排骨的工夫，弗利特掀起衬衫让我们看。在他的左胸上有一个斑块，和豹子身上玫瑰花瓣形状的黑色斑块——由五六个不规则的疙瘩组成的圆形——简直一模一样。斯垂克兰瞧了瞧，说道："今天早上它还是浅红色的，这会儿变成黑色的了。"

弗利特奔到一面镜子前。

"哎呀！"他说，"这可不妙。这是什么？"

我们都没法回答。这时排骨端上来了，鲜红的，还带着血水。弗利特以一种令人厌恶的贪婪姿态一口气吞吃了三块排骨。他咬嚼时只用右边牙床，一面大口吞咽着肉，一面掉过头去朝着左肩后面。他吃完以后似乎觉出自己的举止有点儿古怪，于是便道歉似的说："我这辈子从来没有觉得这么饿。我刚才那么狼吞虎咽，简直像只鸵鸟。"

吃罢早饭，斯垂克兰对我说："你别走。留下吧，今晚就睡在这儿。"

其实我的住所离斯垂克兰的住宅还不到三英里，所以他的要求是荒唐的。但是斯垂克兰再三坚持。他正要对我说点儿什么，弗利特打断了我们的话。他面带愧色地宣称，他的肚子又饿了。斯垂克兰派一个仆人到我的住所去取我的被褥和马匹。我们三个人便到斯垂克兰的马厩去消磨了几个小时，以便到时三人一同骑马出去。喜欢马匹的人是永远也看不厌它们的。当两个人用这种方法消磨时间的时候，他们彼此获得了知识，也听到了谎话。

马厩里有五匹马。正当我们打算视察它们的时候，出现了我永远不会忘记的景象。马儿们仿佛发了疯。它们直立起来，高声嘶鸣，狂暴得差点儿扯断了系马桩；它们汗流浃背、浑身颤抖、嘴吐白沫，恐惧得发了狂。斯垂克兰的马匹过去对于他和他的狗群都很熟悉，因此这事就更令人奇怪了。我们害怕这些畜生在惊慌失措的当儿会摔伤自己，便离开了马厩。随后，斯垂克兰又返回马厩，并且叫我也去。马儿们仍然惊惶不安，但是它们容许我们“驯服”它们，爱抚它们，并且把头埋进我们的怀抱里。

“它们不是怕我们，”斯垂克兰说，“你知道吗？如果奥特瑞治这匹马能说话，我真愿意拿出三个月薪金来。”

但是奥特瑞治是匹哑巴牲口，只会朝主人偎依过去，打着响鼻。每当马儿们想解释一些事情而又无法解释的时候，它们都是这样的。我们在马厩里的时候，弗利特走了过来。马儿们一看见他，立刻又陷入惊恐之中。我们差点儿被马匹踢倒，只得赶快逃出马厩。斯垂克兰说：“看来它们很不喜欢你啊，弗利特。”

“瞎说，”弗利特说，“我的母马总是像只狗一样乖乖地跟在我后面。”他朝着他的母马走去，它是在一个单独的马厩里。他刚刚抽开门闩，它就倒立起来，把他撞倒在地，然后它挣脱缰绳，逃进了花园。我大笑起来。斯垂克兰却一点儿也不想笑。他使劲揪住自己的胡子，差点儿把胡子连根拔了下来。弗利特并不去追他的马，反倒打了个呵欠，说他困了。于是他走进屋子去睡觉。用这种方式度过新年实在是太蠢了。

斯垂克兰和我走进马厩，坐了下来。他问我是否注意到弗利特的举止有什么特别的地方。我说他吃起东西来像一头野兽；不过，那也可能因为他与世隔绝，住在深山里，没有机会接触，比如说，像我们这样的文明高雅的人士。斯垂克兰听了并不觉得可笑。看来他并没有在听我的话，因为他接着便提到了弗利特胸前的那块斑痕。我说，它可能是脓疱蝇叮过后留下的，也可能是一块新出现的胎记，直到现在才显露出来。我们两人都觉得它看起来很讨厌，斯垂克兰还说我是个傻瓜。

“我现在还不能把我的想法告诉你，”他说，“不然你会说我是疯子；但是，只要你抽得出时间，你一定得在我这里住几天。我希望你看守住弗利特，不过，在我打定主意之前，别把你的想法告诉我。”

“可是今天晚上我打算出去吃饭呢。”我说。

“我也一样，”斯垂克兰说，“弗利特也一样。至少，假如他还没有改变主意的话。”

我们吸着烟，在花园里溜达着，两人都沉默无语——因为我们是朋友，谈话就糟蹋了上等烟草——直到我们的烟斗熄灭为止。然后我们去叫醒弗利特。他已经完全清醒了，正在屋里坐卧不安地晃来晃去。

"喂,我还想吃些排骨,"他说,"行吗?"

我们笑了起来,对他说:"去换衣服吧,马匹马上就要牵来了。"

"好吧,"弗利特说,"我吃了排骨就换衣服——可一定要煎得嫩一些呀。"

他一点儿不像在开玩笑。当时是四点钟,而我们一点钟刚刚吃完早饭;然而他不停地闹着要吃半生的排骨,磨蹭了好久。后来他终于换上了骑装,来到门外走廊上。他的小马——那匹母马没有抓回来——不肯让他靠近。三匹马全都无法驾驭——畏惧得发了狂一般——最后,弗利特说,他宁愿留在家里搞点儿东西吃。斯垂克兰和我满腹狐疑地骑上马动了身。我们经过哈努曼神庙的时候,"银人儿"走了出来,向我们发出咩咩的叫声。

"他不是庙里的正式祭司,"斯垂克兰说,"我真想抓住他。"

那个傍晚,我们在赛马场上的奔驰是无精打采的。两匹马都毫无精神,似乎已经跑了许多路而疲惫不堪了。

"早饭后它们受了惊,给吓坏了。"斯垂克兰说。

剩下的那段路程中他只说了这一句话。有一两次我仿佛听见他在低声咒骂什么,不过那不算说话。

我们到家时是七点钟,天已经黑了,那幢平房里一片漆黑。"我的那些仆人全都是粗心大意的懒骨头!"斯垂克兰说。

马车道上躺着什么东西,吓得我的马直立起来。这时,紧挨着马鼻子下面,弗利特站起身来。

"你在花园里爬来爬去干什么?"斯垂克兰问道。

可是两匹马突然蹿了开去,差点儿把我们甩下了马。我们在马厩旁下了马,回到弗利特身边。他正趴在橘树丛里。

"真见鬼,你怎么啦?"斯垂克兰说。

"没事,什么事情也没有。"弗利特说。他说得很快,含混不清,"我在种花——在研究植物。泥土的气味真叫人愉快。我打算散步去——散很久的步——散步一晚上。"

这时我看出情况相当不对头,就对斯垂克兰说:"我不出去吃饭了。"

"上帝赐福给你!"斯垂克兰说,"来吧,弗利特,站起来。不然你会得热病的。进屋去吃晚饭,我们把灯点起来。我们都在家里吃晚饭。"

弗利特不太情愿地站起来,说道:"别点灯——别点灯。这里舒服得多。我们就在外边吃晚饭吧,再吃些排骨——好多好多的排骨,煎得半生——鲜红的,带脆骨的排骨。”

“进去，”斯垂克兰严厉地说道，“马上给我进去。”

弗利特进了门。灯火送上来后，我们发现他从头至脚，全身裹满了污泥。他肯定在花园里打了滚。他避开灯光，走进他的房间。他的眼睛看上去十分可怕。眼睛后面发出一道绿光，你要知道，不是眼睛里面，而是眼睛后面。而且这人的下嘴唇也耷拉下来了。

斯垂克兰说：“今天晚上要出事了，非常严重的事。不要脱掉你的骑装。”

我们一等再等，等待弗利特出来，同时吩咐仆人准备晚餐。我们听见他在屋子里面走动，可是屋里没有灯光。不久，屋里传来一声长长的狼嗥声。

人们常常随便写到和谈到血液凝结啦、毛骨悚然啦以及诸如此类的感觉。这两种感觉都太可怕了，不应该轻易乱说。我的心脏停止了跳动，好像被人插进了一把刀。斯垂克兰的脸色变得像桌布一样煞白。

又是一声狼嗥。从遥远的田野那边，传来应答的嗥叫声。

霎时间，恐怖升华到了顶点。斯垂克兰冲进弗利特的房间，我也跟了进去。我们看见弗利特正要爬出窗口。他的喉咙里发出低沉的野兽吼叫声。我们朝他吆喝，他已经不会回答我们了。他只发出了一声怒吼。

我已经记不清后来发生的事情了。看来斯垂克兰用一根长长的鞋拔子把他打昏了，否则我是绝对不可能骑在他的胸膛上面的。弗利特说不出话，只会咆哮，那不是人，而是一只狼在咆哮。他的人性，在那一整天里，一定是一点点地泯灭下去了。直到傍晚来临，他的人性终于完全消失了。

人的经验和理智实在无法理解这件事。我想说这是“狂犬症”，但是说不出口，因为我知道这不是真话。

我们用吊风扇的皮条把这只野兽捆缚起来，把它的大拇指和脚趾捆在一起，用一只鞋撑当马嚼，只要你知道捆绑的方式，这倒是一只很有效的马嚼子。然后我们把它抬进餐厅，打发仆人去给杜莫瓦医生送信，请他马上到这里来。我们派走信差以后，喘了一口气，斯垂克兰说：“毫无用处。医生治不了这种病。”我明白，他说的是实话。

我们没有捆住这只野兽的头，于是它就不停地把头向左右两侧摆来摆去。这会儿要是有谁走进屋子里来，准会以为我们在鞣制一张狼皮。这是整个事件里最叫人恶心的一点。

斯垂克兰用拳头顶住下颏，坐在那里，凝视着在地上扭动着身躯的野兽，但却什么话也不说。它身上的衬衣在扭打中撕破了，露出左胸上黑色玫瑰花瓣形的斑块。这块斑痕已经肿胀起来，像烫伤的水疱。

我们正沉默地看守着，忽然听见外面传来像只雌水獭发出的哞哞叫声。我们两人都立即跳了起来。我觉得恶心，我不知道斯垂克兰觉得怎样，反正我自己是感到真正的生理上的恶心。我们就像在剧本《皮纳福号》[1]里的水手一样，互相安慰，说那只不过是只猫。

杜莫瓦来了。我从来没见过这个小个子的人会这样违反职业习惯地大吃一惊。他说这是一个极其可悲的狂犬病病例，他表示束手无策。即使采取任何可能的缓解疗法，也只是延长患者的痛苦。这只野兽嘴边冒出了白沫。我们告诉杜莫瓦，弗利特曾被狗咬过一两次。家里养着六条狗的人，有时难免被狗咬一下的。杜莫瓦无法提供援助。他只能出具证明书，说明弗利特因患狂犬病而濒临死亡。这时，那只野兽嗥叫起来，它已经想法把鞋拔子吐了出来。杜莫瓦说，他可以开一张死因证明，并且说，死亡即将到来。他是个善良的矮个子，他表示愿意留下来陪伴我们，但是斯垂克兰拒绝了他的好意。他不想破坏杜莫瓦的新年。他只要求杜莫瓦不要向公众宣布弗利特的真正死因。

于是杜莫瓦非常激动地离开了。他的车轮声刚刚消失，斯垂克兰就低声对我道出了他的怀疑。他的怀疑太不近情理了，所以他不敢高声把它讲出；而我和他想的完全相同，可是我也羞于承认，于是就装作不相信的样子。

“就算是‘银人儿’因为弗利特亵渎了猴王哈努曼的神像而对他施了法术，惩罚也不会降临得如此迅速的。”

正当我悄声说这句话的时候，屋外又一次传来了呼叫声，那只野兽也重新挣扎起来，这使我们真害怕它会把捆住它的皮条挣断开。

“注意！”斯垂克兰说，“这种情况如果再重复六次，我就要自己来采取措施了。我命令你协助我。”

他走进自己的房间。过了几分钟，他就回来了。他带来了一根旧猎枪的枪筒，一根钓丝，几条粗大的绳索，还有他的沉重的木制床架。我报告说，屋里每一次痉挛都是发生在屋外响起呼叫声两秒钟之后，这只野兽看起来明显地更加虚弱无力了。

---

① 英国剧作家吉勃特的喜歌剧《皇家皮纳福号》(1878)里有一段情节，写水手们听见船长的脚步声便安慰自己说，那只不过是只猫。

斯垂克兰喃喃地说:“可是他不该夺走生命哪！他不该夺走生命!”

我虽然知道自己说出的话连我自己也不信,但还是说:“那一定是一只猫。那一定是一只猫。假如是‘银人儿’干的,他怎么敢跑到这里来呢?”

斯垂克兰把木柴码放在炉边,把枪筒搁在熊熊火焰上,把麻绳在桌上铺开,又把一根手杖折成两截。那根有一码[①]长的钓丝是金属线包着挂丝,用来钓马西亚鱼的。他把钓丝两头弯过来挽了个活扣。

然后他说:“我们怎样才能抓住他呢?一定要抓活的,不能伤了他。”

我说我们应该相信上帝的安排,便拿着马球棒轻悄悄地走出屋子,钻进房子前面的灌木丛。那个发出呼叫声的人或者动物,显然是在绕着屋子转圈,像个守夜人那样分秒不差。我们只要在矮树丛里等着他,然后把他打倒在地就行了。

斯垂克兰同意了我的建议。我们从浴室窗口爬到屋外的走廊上,然后穿过屋子周围的环形马车道钻进矮树丛里。

在月光下,我们看见那个麻风病患者从屋角拐了过来。他浑身赤裸,一丝不挂。每隔一会儿,他就发出哞哞的叫声,并且停下来和自己的影子跳舞。这幅景象实在可憎。当我想到这么一个丑恶家伙,竟害得可怜的弗利特堕落成那般模样,便打消了心里的一切犹疑,决心协助斯垂克兰,从烧红的枪筒到打着活扣的钓丝——从腰部到头部,再从头部到腰部——有必要的话,不论上什么刑都成。

麻风病患者在门廊上停了一下,我们抡起棍棒向他扑了过去。他的力气大得惊人,我们真怕抓不住他,被他挣脱逃走,或是使他受了致命伤。我们一向以为麻风病人脆弱无力,事实证明并非如此。斯垂克兰飞起一脚,把他绊倒在地,我立刻用脚踩住他的脖颈。他狠命地哞哞叫起来,甚至透过马靴,我还能感觉到,他的肉体和洁净的人的肉体不一样。

他用残缺了手指和脚趾的手脚残肢敲打着我们。我们用一根狗鞭的绳结套住他的胳肢窝,把他倒拽进了门厅,拖进那只野兽躺着的餐厅。我们用衣箱上的皮带把他捆了起来。他只是哞哞地叫着,并不打算逃走。

当我们让他和野兽面面相对时,那场面真令人无法描述。那只野兽脊背像一张弓似的朝后翻了过去,就像中了番木鳖硷的毒似的发出凄楚的呻吟。此外还发生了其他一些现象,但是我无法用笔墨写出来。

“看来我想对了,”斯垂克兰说,“现在我们就请他来治病。”

---

① 一码等于0.9144米。——编注

可是麻风病人光是哞哞地叫着。斯垂克兰拿了块毛巾缠住手，从火里取出了枪筒。我用半根截断的手杖穿进钓丝的活扣里，把麻风病患者结结实实地扣在斯垂克兰的床架上面。这时，我才理解那些男人、妇女和幼小的儿童为什么能够狠心地眼看一个女巫被活活烧死，因为那只野兽正在地板上呻吟。虽说“银人儿”没有脸孔，但是，当滚烫的铁块——例如枪筒之类——上面冒出阵阵热气的时候，你可以看见在他那块原来是脸孔的平面上晃过令人恐怖的表情。

斯垂克兰用双手掩住眼睛，待了一会儿，然后我们就干了起来。这一部分经过无法诉诸笔墨。

当麻风病患者开口说话的时候，天边已露出一线曙光。在此以前，他的哞哞声并没有使我们感到满意。那头野兽已经筋疲力尽，晕过去了。屋子里一片静默。我们松开麻风病人的绑缚，命令他把恶魔带走。他爬到野兽身边，把手放在它的左胸上。仅此而已。然后他倒吸了一口气，脸朝下扑倒在地上，呜咽起来。

我们察看着那只野兽的脸，看见弗利特的灵魂回到他的眼睛里来了。然后，前额上渗出汗珠，眼睛——它们这时是人的眼睛了——闭上了。我们守候了一个小时，弗利特还在酣睡。我们把他抬进他自己的房间里，让麻风病患者离开，我们把床架给了麻风病患者，又把床架上的被单给他遮住赤裸的身躯，还把我们接触他时用过的手套、毛巾以及用来套他的鞭绳都给了他。他用被单包住身体，没有说话，也没有哞叫，就这样在清晨走了出去。

斯垂克兰擦拭着面孔，坐了下来。从城里远远地传来了巡更的锣声，已经是七点钟了。

“整整二十四小时！”斯垂克兰说，“我干的事足以使警察局把我撤职，并且送到疯人院长期禁闭起来。你相信不相信我们是清醒的？”

那根通红的枪筒跌落到地上，烧焦了地毯。这股煳焦的气味完全是真实的。

那天上午十一点的时候，我们两人一块儿去叫醒弗利特。我们查看他胸前，那块黑色的豹皮花斑已经消失了。他非常困倦，非常疲乏，但是他一看见我们，就说道：“嗨，伙计们，新年愉快！奉劝诸位再别喝混合酒。它害得我差点儿送了命。”

“谢谢你的好意，不过你可说晚了，”斯垂克兰说，“现在已经是一月二号的上午了。你足足睡了一整天。”

门开了，矮小的杜莫瓦伸进头来。他是徒步走来的，他还以为我们正打算装殓弗利特呢。

“我带来了一个护士,”杜莫瓦说,“我想她可以进来装……干那件需要干的事。”

“叫她来吧,”弗利特在床上坐了起来,乐呵呵地说,“把你的护士请进来吧。”

杜莫瓦瞠目结舌,说不出话来。斯垂克兰把他拉了出去,对他解释说,他的诊断一定是出了差错。杜莫瓦仍然无言以对,匆忙离开了这座房子。他认为自己的职业名誉受了损害,并且把这次痊愈看作了和他私人有关的事件。斯垂克兰也出去了一趟。他回来后说,他去拜访了猴王神庙,并表示愿意为了亵渎神像的罪过进行赔偿。但是他得到的是十分严肃的回答,人们向他保证说从来没有任何白人碰过这座神像,并且说他这位道德高尚的大人一定是误会了。“你的看法如何?”斯垂克兰问道。

我说:“这里大有文章……”

但是斯垂克兰不喜欢听这句话。他说我这句话已经说得老掉了牙。

另外又发生了一件奇怪的事,和那天晚上的所有事件一样使我惊骇不已。当弗利特穿上衣服后,他来到餐厅,用鼻子嗅了嗅。他嗅东西的时候有一种掀动鼻孔的特别的动作。“这儿有股难闻极了的狗的臭味,”他说,“你应该想办法把你的狗弄得干净些。用硫磺熏熏看,斯垂克兰。”

可是斯垂克兰没有回答。他抓住椅背,突然歇斯底里地狂笑起来。一个那么强壮的男子汉犯歇斯底里症的景象实在太可怕了。接着我想起来了,我们正是在这间屋子里,为了弗利特的灵魂,和那个“银人儿”进行搏斗的,我们彻底玷辱了我们作为英国人的名誉。想到这里,我也禁不住像斯垂克兰那样哽咽着、抽搭着,狂笑起来。而弗利特却认为我们两人都发疯了。此后我们从来没有把我们做的事告诉他。

几年以后,斯垂克兰结了婚。为了妻子,他成了一个经常上教堂的社会人士。我们不带感情地回顾了这个事件。斯垂克兰建议我把这件事公之于众。

就我自己而言,我并不认为这样做能够澄清其中的奥秘。因为,首先,谁也不会相信一个相当不愉快的故事;其次,任何一个有正常理智的人都知道,土著的神只不过是石雕铜铸的,任何别种对待它们的办法,都要理所当然地受到谴责。

伊姆雷的归来

一扇扇大门敞开着,故事里这样说,
从黑夜里走来那个锲而不舍的幽灵,
他无声无息,吹拂不动
老男爵白毛皮礼服上的一根毛——
他默默无言、浑身无力,一个瘦削的影子,
在城堡里游荡,寻找他的同类。
噢,看哪,真可怜,
那沉默的鬼魂尾随着他的仇人!

——《男爵》

伊姆雷干了一件不可能办到的事。正当他青春年华,处在事业开端的时刻,他没有打招呼,也没有明显的动机,就突然在世界上失踪了——也就是说,在他居住的那个小小的印度驻屯地上失踪了。

头一天他还生活得好好的,既幸福又满足,活跃在他的俱乐部的台球桌旁。到了早上,他就消失了,不论怎么找,也找不到他的下落。他离开了他的住处;到了上班时间,他没有在办公室出现,他的马车也没有出现在大路上。由于以上原因,同时也由于他小小地妨碍了印度帝国的行政工作,帝国便停顿了极其短暂的一瞬间,来调查伊姆雷的下落。池塘被挖干了,水井被掏空了,一封封电报打到铁路沿线各站,直到一千二百英里外——那是离这里最近的一座港口城市;但是伊姆雷并不在井绳的顶端,也不在电报线的另一端。他消失了,不再回到他的住处。于是大印度帝国的工作又继续进行下去,因为工作是耽误不得的。伊姆雷本来是一个人,现在变成了一件悬案——像这类悬案,人们在俱乐部的桌上能议论上一个月,然后就会把它完全忘记。他的枪支、马匹和马车都被卖给了出价最高的人。他的上级写了一封十分荒唐的信给他的母亲,说伊姆雷不知什么缘故失踪了,他的平房空无一人。

酷热的暑天又过了三四个月,我的朋友,警官斯垂克兰,从本地人房东那里把这幢平房租了下来。这还是在他和约尔小姐订婚以前——这件事我在另一个地方写过[1]——当时他正在对当地人的生活进行考察。他的生活方式是够奇特的,人们对他的作风和习惯都颇有怨言。他的屋子里总是存放着一些食物,但是他从来没有固定的用餐时间。他总是在食橱里找见什么就吃什么,有时站着吃,有时边走边吃。这种吃法对人显然是有害无益的。他家里的财产只有六支步枪、三支猎枪和五副马鞍,还有一套比最大号的鲑鱼钓竿还要粗大结实的、接头加固了的马西亚鱼竿。这些装备占了他的平房的一半面积,另一半面积则容纳了斯垂克兰和他的狗蒂金斯——这是条巨大的兰姆普尔产母狗,它一天要吃掉两个人的口粮。它总是用自己独特的语言和斯垂克兰交谈。每次出门,只要看见什么使这位女王陛下心烦的事,它就会回到主人那里去报告。斯垂克兰便会立刻采取行动。只要惊动了他的大驾,结果总是给别人带来灾难、罚款和监禁。当地人认为蒂金斯是个妖精,又恨它,又怕它,对它敬而远之。平房里有间屋子是专门拨给它居住的。它有一张床,一条毛毯,一个水槽。如果夜里有人进入斯垂克兰的房间,它的习惯是先把闯入者撞翻在地,然后大声吠叫,直到有人端着灯赶来为止。有一次是它救了斯垂克兰的命。斯垂克兰到边境上去搜捕当地的一名杀人犯。那个杀人犯在灰蒙蒙的黎明时分来了,他要把斯垂克兰打发到比安达曼群岛更远的地方去。那人嘴里衔着一把匕首,正要爬进斯垂克兰的帐篷,就被蒂金斯一下子抓住了。司法部门证实了他的罪行,于是他被判了绞刑。从那以后,蒂金斯的脖颈上就戴上了一个粗糙的银项圈,它的毯子上也缀上了它名字的头一个字母——那是床加厚的克什米尔毛毯,因为它是条娇嫩的狗。

它总是形影不离地跟随着斯垂克兰。有一回在斯垂克兰发着高烧的时候,它给医生们造成了极大的麻烦,因为它自己不知道怎样去帮主人的忙,可又不许任何人去帮忙。印度军医处的麦卡纳特只好举起枪托朝它头上砸下去,它这才懂得,自己应该让位给那些能用奎宁治病的人。

斯垂克兰租下伊姆雷的平房后不久,我出差经过他那个驻屯地。由于俱乐部的房间总是住满了人,我理所当然地住进斯垂克兰家里。这是一幢很不错的平房,有八个房间,房顶上铺着厚厚的一层稻草,完全不用害怕屋子漏雨。屋顶下面是一块顶棚布,看起来跟粉刷得洁白的天花板一样整洁。斯垂克兰租下平房后,房东把它又重新粉刷了一遍。如果你不了解印度平房的建筑特点,你做梦

---

① 见本书收入的《约尔小姐的马夫》。

也不会猜出，顶棚布上面就是黑洞洞的三角形屋顶空间，房梁和稻草屋顶成了各式各样的鼠类、蝙蝠、蚂蚁以及别的毒虫的藏身之处。

在游廊上，蒂金斯用一声像圣保罗教堂的钟声那样响亮的吠叫迎接了我，它的前爪按在我肩膀上，表示它很高兴见到我。斯垂克兰为我拼凑出了一顿他称之为“午餐”的饭食，吃完后他就又出门去忙他的工作了。留在家里的只有我自个儿，还有蒂金斯以及我自己的工作。炎热的夏天过完了，温暖潮湿的雨季已经开始。闷热的空气呆滞不动，巨大的雨点像枪支通条一样降落到大地上，又溅了回来，扬起一片蓝色的雾气。竹林、番荔枝、猩猩木和芒果树在花园里静立不动，任凭温暖的水流洗刷着它们。青蛙开始在芦荟树篱中间嘈鸣。天快黑了，雨下得正猛，我坐在屋后游廊上，倾听着屋檐上雨水的喧闹声，一边搔着痒，因为我身上布满了被称作痱子的玩意儿。蒂金斯走出屋子，来到了我身边，把它的脑袋搁在我的膝盖上。它看起来非常忧伤，所以，在喝茶的时候我给了它一些饼干。我是在屋后游廊上用茶的，只有那里还稍稍凉快一点儿。在我背后，这幢平房的每一个房间都是昏暗的。我嗅到了斯垂克兰的鞍具气味和他的枪支的油腻味。我才不高兴坐在这堆东西中间呢。我的贴身仆人在暮色中向我走来，他的布衣服紧紧贴在被汗湿透的身上。仆人告诉我，有位先生登门拜访。大概因为屋里那么黑吧，我很不情愿地走进空荡荡的客厅，叫仆人拿盏灯来。屋里似乎有个客人等在那里，也可能没有——我仿佛看见有个人站在一扇窗子旁边——但是当仆人拿来灯以后，屋里什么人也没有，只有屋外唰唰的雨声和扑进我鼻子的潮湿泥土气味。我对我的仆人说，他不应该那样笨，便又回到游廊上去和蒂金斯聊天。它已经跑进大雨里，我拿抹了糖汁的饼干哄它，也没法把它哄回来。晚饭前，斯垂克兰浑身湿淋淋地回到家里，他开口就问：“有客人来过吗？”

我很抱歉地向他解释说，大概是我的仆人谎报了军情，害得我白跑一趟客厅；要不然就是哪个游手好闲的家伙来拜访斯垂克兰，通报姓名以后，又打消了这个念头，一声不响地溜走了。斯垂克兰没有做声，吩咐开饭。这是一顿铺了洁白桌布的正式晚餐，因此我们都规规矩矩坐下吃饭。

九点钟的时候，斯垂克兰准备上床睡觉去，我也觉得疲倦了。蒂金斯本来一直躺在桌底下，一看见他的主人走向自己的房间，就站了起来，往游廊上一块比较不那么受风吹雨打的地方跑去。主人的房间正在为蒂金斯准备的那间富丽堂皇的卧室隔壁。假如哪位主妇甘愿睡在露天里挨大雨浇淋，那倒也没什么关系；可是蒂金斯是只狗，因而，是只更聪明的动物。我瞧了瞧斯垂克兰，以为他准会用鞭子抽它一顿。他很古怪地微笑了一下,人们只有在讲述了一件不愉快的家庭悲剧以后才会那样微笑。“从我搬进来以后,它一直这样,”他说道,“让它去吧。”

这只狗是斯垂克兰的狗,所以我什么话也没有讲。可是我很能体会斯垂克兰在受了这样的怠慢以后的心情。蒂金斯在我的卧室窗外安下了营寨,暴雨一阵又一阵呼啸着打在屋顶上,又渐渐平静。闪电划破长空,像扔向畜栏的鸡蛋,蛋黄四溅。只不过闪电是淡蓝色,而不是黄色的;我透过竹窗帘向外看出去,只见那只大狗并没有睡觉,而是站在走廊上,背上的毛高高耸起,四条腿就像吊桥上的钢索,绷得紧紧的,牢牢地钉在地上。在雷声停顿的短暂时间中,我努力想闭目入睡,但是仿佛有个人正在焦急地找我,不管这人究竟是谁,他似乎是想呼唤我的名字,可是他的声音沙哑得像是低低的耳语。雷声停了,蒂金斯跑到花园里,对着低垂的月亮咆哮起来。有人想打开我的门,他在屋子里到处走来走去,在游廊上沉重地喘着气,我刚刚进入梦乡,就仿佛听见脑袋上面或者门上发出了一阵疯狂的敲击声和喧闹声。

我跑进斯垂克兰的屋里,问他是不是生病了,是不是在叫我。他宽了衣服躺在床上,嘴里衔着烟斗。“我知道你会来的,”他说,“刚才我是不是在屋子里到处走来走去?”

我对他解释说,他刚才迈着沉重的脚步在餐厅里、吸烟室里以及两三间其他屋子里走来走去;他笑起来,叫我回到床上去。我回到床上,一觉睡到了早晨,但是我做了许多乱七八糟的梦:我一直觉得我对不起某人,因为我没有关心他的要求。他到底要什么,我也说不清;不过,有个飘忽不定的人一直在喃喃低语。摸索着门把手,探头探脑地踅来踅去,责备我松懈怠慢,我半醒半睡地听见蒂金斯在花园里咆哮,还听见外边唰唰地下着雨。

我在这幢房子里住了两天。斯垂克兰每天白天都到办公室去,留下我独自一人待上八个或者十个小时,只有蒂金斯和我做伴。只要天还亮着,我就觉得舒服自在,蒂金斯也一样;但是一到黄昏,我和它就转移到屋后游廊上,紧紧挤在一起就伴儿。除了我们,屋里没有别人,然而,屋子却仿佛被一个房客占得满满的,我一点儿也不想去干涉这位房客。我从来没有见过他,但是他走过去的时候,我看见两间房中间挂的帷幕在抖动,我还听见竹椅吱呀的响声,像是有个沉重的身躯刚刚离开这把椅子;我到餐厅去取一本书的时候,觉得有人在屋前游廊的阴影处徘徊,等我走开。到了傍晚,蒂金斯总是瞪视着暗下来的屋子,眼光随着某个看不见的物体移动，全身毛发都耸立起来，这使得傍晚充满了意趣。蒂金斯从来不走进屋里，但是它的眼光总是很专注地移动着；这就够了。当我的仆人进屋修剪灯芯，拨亮灯火，使屋子变得像有人住的样子，它才跟我一块儿进屋，蹲在地上，注视着我背后某个看不见的闯入者走动。狗确实是一种使人愉快的动物。

我尽可能委婉地对斯垂克兰解释说，我想搬到俱乐部去住。我很欣赏他的慷慨好客，很喜欢他的枪支和钓竿，我只是不太喜欢他的房子和房子的气氛。他耐心地听我把话说完，才疲倦地微笑着——笑里一点儿没有轻视，因为他是个很懂事理的人——说道："留下吧，看看这到底是怎么回事。你说的种种情况，我从租下这幢平房以后全都经历过。留下来，等一等吧。蒂金斯已经抛弃了我，你也要走吗？"

我曾经陪着他处理过一件涉及当地神像的小小事件。[①] 那件事差点儿把我送进了疯人院，我可不愿再奉陪他去处理这类事件了。像他这样的人，碰上不愉快的事可说是家常便饭。

于是我更加明确地对他解释说，我非常喜欢他，我很高兴在白天见到他，可是我一点儿也不愿意在他的屋顶下面睡觉。这时，我们已经吃完晚餐，蒂金斯已经出去躺在游廊上了。

"我对天发誓，这事说怪也不怪，"斯垂克兰眼光移到头顶上的顶棚布，说道，"快瞧！"

两条褐色的蛇尾巴从顶棚布和墙壁中间的缝隙里垂了下来，在灯下投射出长长的黑影。

"你要是怕蛇的话，当然……"斯垂克兰说。

我恨蛇，也怕蛇，因为你不论朝哪条蛇的眼睛里瞧，都可以看出，它了解人类堕落的全部秘密。当亚当被逐出伊甸园的时候，它就像魔鬼一样对他报以极端的轻蔑。而且，它咬起人来往往足以使人致命，它还爱缠着人的裤腿往上爬。

"你该把屋顶修一修了，"我说，"递给我一根马西亚鱼钓竿，我们一下子就能把它们捅下来。"

"它们会躲到房梁中间去，"斯垂克兰说，"我要是把它们抖了下来，你就拿根通条等着，好打断它们的脊梁。"

我并不太热衷于帮助斯垂克兰干这件事，但是我还是拿了根通条等在餐厅

---

① 指在《野兽的烙印》里写的事件。这篇小说已收入本书。

里，斯垂克兰则到游廊上搬来了花匠用的梯子，把它靠在屋里的一面墙上。蛇尾巴缩了回去，消失了。我们听见那长长的身躯滑过松垮垮的顶棚布，发出干巴巴的窸窣声。斯垂克兰带来了一盏灯，而这时我则竭力想让他明白到顶棚布和房顶之间搜寻藏在屋顶里的蛇的危险性，何况撕开顶棚布是一种毁坏房屋的行为。

“胡说八道！”斯垂克兰说道，“它们一定是躲在靠墙的顶棚布旁边。它们嫌砖头太凉，屋里的温度对它们最合适。”他伸手拉住顶棚布的一角，把它从墙沿边撕开。哗啦一声巨响，顶棚布被撕了下来，斯垂克兰从撕开的地方把头伸进屋梁构成的三角形空间里。我咬紧牙关，举起通条，因为我完全不知道会掉下什么东西来。

“哼！”斯垂克兰的声音在屋顶里发出闷雷般的轰响，“上面地方大得很，可以再放进一套房间。天哪，这里真有住房呢！”

“是蛇吗？”我在下面问道。

“不，是一头水牛。把马西亚鱼钓竿的最后两截递上来，我捅捅它。它就躺在大梁上面。”

我递上了钓竿。

“真是个猫头鹰和蛇筑窝的好地方！怪不得蛇住在这里。”斯垂克兰说着，爬进了屋顶。我看见他拿着钓竿往前探。“出来，不管你是什么东西！喂，下面小心脑袋！它掉下来了。”我看见几乎就在房间正中，那里的顶棚布被一件东西压得垂了下来，它正朝着桌子上的灯压下来。我抓起灯往后退，免得砸坏了灯。接着顶棚布撕开了，离开了墙壁，它晃动着，有件东西砸在桌子上，我不敢正眼看它，直到斯垂克兰滑下梯子，来到我的身边。

他平常就不爱多话，这时也没说什么；但是他拉起桌布，盖住了桌上的遗骸。

“看来，”他放下灯说，“我们的朋友伊姆雷已经回来了。噢！你想回来，是吗？”

桌布动了一下，一条小蛇蜿蜒爬出来，一下子就被马西亚鱼钓竿的竿柄打断了脊骨。我觉得恶心，没有说什么值得记下来的话。

斯垂克兰喝着酒，沉思起来。桌布底下的东西再没有显出想动弹的意思。

“是伊姆雷吗？”我问道。

斯垂克兰把桌布掀开，瞧了瞧。

“是伊姆雷，”他说道，“他的喉咙被人一直割开到耳朵根底下。”

我们两人接着异口同声地对自己说：“那就是他在屋子里到处哑声哑气地

说话的缘故。”

花园里，蒂金斯开始凶猛地吼叫起来。过了一会儿，它的大鼻子拱开了餐厅的门。

它嗅了嗅，便沉默了。那扯成破片的顶棚布几乎垂到桌子那么低，所以屋里拥挤得谁也躲不开那件被发现的东西。

蒂金斯跑进屋子，坐了下来；它露出了牙齿，前爪撑地，瞧着斯垂克兰。

“事情很糟，老太婆[1]，”他说道，“人们不会自己爬上他们平房的屋顶里面去死，也不会把他们背后的顶棚布再钉好。让我们琢磨琢磨这件事吧。”

“我们还是找个别的地方去琢磨吧。”我说道。

“好主意！把灯熄掉，到我的屋里去。”

我没去熄灯，就领头进了斯垂克兰的屋子，让他自个儿去摸黑。他跟着我来了，我们点着了烟，思索起来。其实是斯垂克兰在思索，我在拼命地抽烟，因为我害怕。

“伊姆雷回来了，”斯垂克兰说，“问题是——谁杀死了伊姆雷？别说话。我有自己的一点儿想法。我租下这幢平房时，也接受了伊姆雷的大部分仆人。伊姆雷是个没有心眼儿，从不招惹是非的人，是吗？”

我同意了，虽说桌布底下那堆东西看起来既不像是没心眼儿，又不像是从不招惹是非的样子。

“假如我把所有的仆人都叫来，他们会抱成一团，像雅里安人那样撒谎。你说该怎么办？”

“把他们一个一个地叫来。”我说。

“他们会跑去把消息告诉他们所有的同伴，”斯垂克兰说，“我们必须把他们隔离开。你看你的仆人是不是知道些什么？”

“他可能知道点儿什么，不过我看不大可能。他才来两三天，”我回答道，“你的想法是什么？”

“我不大好说。真见鬼，这人是怎么搞到顶棚布上面去的呢？”

斯垂克兰的卧室外面响起了沉重的咳嗽声。这说明他的贴身仆人巴哈杜尔·汗已经睡醒了，现在正想服侍斯垂克兰上床睡觉。

“进来，”斯垂克兰说，“今晚很热，是吗？”

---

① 因为蒂金斯是条母狗，所以斯垂克兰不叫它“老伙计”，而叫它“老太婆”。

巴哈杜尔·汗是个身高六英尺[①],头缠绿色头巾的大个子伊斯兰教徒。他说,今晚很热,但是还会下雨的,那么,托老爷的福,我们这块地方就会好受些了。

“只要上帝高兴,就一定会这样,”斯垂克兰一面扯下他的皮靴,一面说道,“巴哈杜尔·汗,我觉得我让你干活受累,已经有不少日子了——打从你来给我干活的时候开始。你是什么时候来的?”

“老爷难道忘记了?那是在伊姆雷先生没有通知就秘密动身去欧洲的时候,我就——正是我呀——就到您这位穷人的守护者家里来干活了。”

“那么伊姆雷先生去欧洲了?”

“那些在他手下当差的仆人都是这么说的。”

“他回来以后你还愿意给他干活吗?”

“当然,先生。他是个好主人,对下人很体贴。”

“这话不假。我很累了,不过明天我要去打公鹿。把我打黑鹿的那支小快枪给我,它在那边的枪匣子里。”

仆人朝匣子弯下身,把枪筒、枪托和前把一件件递给斯垂克兰,斯垂克兰愁眉不展地打着呵欠,把枪拼装起来。然后他把手伸进枪匣,取出一颗整粒的子弹,把它装进那支36毫米的快枪枪膛里面。

“伊姆雷先生秘密地去了欧洲!真奇怪,巴哈杜尔·汗,是不是?”

“白人的事我能知道些什么呀,老爷?”

“的确,你知道得很少。不过你马上就会知道得多一些了。我听说伊姆雷先生在漫长的旅行以后已经回来了,他此刻正躺在隔壁房间里,等着他的仆人。”

“先生!”

枪筒竖了起来,灯光沿着枪筒闪烁着,枪口对准了巴哈杜尔·汗的宽胸膛。

“去看看!”斯垂克兰说道,“拿盏灯去。你的主人累了,他正在等着你,去吧!”

仆人拿起一盏灯,走进了餐厅,斯垂克兰紧跟在后面,几乎是用枪口把他往前推。他先看了看顶棚布里面那黑洞洞的空间,又看了看还在地上扭动的蛇,最后他看了桌布下的东西,他的脸上蒙着一层呆滞的灰色。

“你看见了吧?”停了一会儿,斯垂克兰问道。

---

① 1英尺=0.3048米。——编注

“我看见了。我听白人老爷的吩咐。老爷打算怎么办?”

“在这个月的月底以前把你绞死,怎么样?”

“因为杀死了他? 不,先生,请考虑一下吧。他在我们仆人中间走来走去,看见了我的孩子,我那只有四岁的孩子。他给孩子施了巫术,十天以后,我那孩子,他就害热病死了——我的孩子啊!”

“伊姆雷先生说了些什么?”

“他说他是个漂亮孩子,还拍了拍他的脑袋,于是我的孩子就死了。所以在天快黑的时候,当伊姆雷先生从办公室回来,睡着了的时候,我就把他杀了。然后我把他拖到屋梁上,把顶棚布收拾好。大人是无所不知的。我听从大人的吩咐。”

斯垂克兰端着枪抬头望望我,用当地话说道:“你是这些话的见证人。他杀了人。”

巴哈杜尔·汗脸色灰白地站在屋里唯一的那盏灯底下。他马上就觉得需要为自己辩解一下。

“我上了当,”他说道,“不过,这都是那个人的过错。他用毒眼瞧了我的孩子。我就杀了他,把他藏了起来。只有那些能驱使小鬼干活的人,”他瞪眼瞧着不动声色地蹲在他对面的蒂金斯说道,“只有那样的人,才会知道我干的事。”

“干得很聪明。不过,你本来应该用根绳子把他牢牢地捆在大梁上的。现在你自己得让绳子把你绞死了。卫兵!”

一个昏昏欲睡的警察应声而来。在他背后还有另一个警察,蒂金斯坐着不动,安静得出奇。

“把他带到警察局去,”斯垂克兰说道,“准备审问。”

“那么我会被绞死吗?”巴哈杜尔·汗说道,他垂下眼睛,一点儿也没有想逃跑的样子。

“正像太阳会大放光明,水会潺潺流淌一样——是的!”斯垂克兰说。

巴哈杜尔·汗往后退了一大步,身子抖了一下,便静止不动了。两个警察等待着下一道命令。

“走吧!”斯垂克兰说。

“不,不过我很快就要走了,”巴哈杜尔·汗说道,“瞧! 我马上要死了。”

他抬起一只脚,那条半死不活的蛇的脑袋紧紧贴在他的小脚趾上,在死亡的痛苦中牢牢贴住,一动不动。

“我出生在有产业的人家，”巴哈杜尔·汗站在那里，晃动着身躯说，“我要是死在绞架上，就辱没了家声，所以我决定走这条路。请不要忘记，先生的衬衫一件也不缺，全在那里。在他的脸盆里还有一块剩余的肥皂。我的孩子中了妖术，所以我杀死了那个巫师。你们为什么要判我绞刑？我挽救了自己的名声，我……我……要死了。”

一小时后他死了。凡是被褐色的小卡瑞蛇咬过的人，都是这样死的。警察把他和桌布下的那件东西送往指定地点，为了搞清伊姆雷的失踪案件，这一切都是必要的。

斯垂克兰在上床睡觉的时候十分平静地说：“这就叫十九世纪。你听见那人说了些什么吗？”

“我听见了，”我回答说，“伊姆雷犯了个错误。”

“错误仅仅在于，也完全在于他不了解东方人的天性，加上正巧遇见了一场小小的季节性热病。巴哈杜尔·汗已经跟了他四年。”

我不禁毛骨悚然。我自己的仆人跟随我的时间正好也是四年。当我回到自己房间的时候，我的仆人就在那里，脸上就像一便士钱币上的青铜头像一样毫无表情。他正等着给我脱靴子。

“巴哈杜尔·汗怎么样啦？”我说。

回答是：“他被一条蛇咬了。他死了。余下的事先生都知道了。”

“这件事你知道多少？”

“每天黄昏都有个人来要求复仇，从这里就能让人猜出个大概了。别动，先生。让我把靴子脱下来。”

我刚刚沉入疲惫不堪的梦乡，就听见斯垂克兰在他那间屋子里高喊起来：“蒂金斯回到它的窝里来了！”

它确实回来了。这条巨大的猎鹿犬正神气十足地躺在它自己的床上，身下垫着它自己的毛毯。在隔壁房间里，那懒洋洋、空荡荡的顶棚布正垂在桌子上，来回摆动着。

死心眼儿的水手头目帕姆别

如果你考虑了这件事的前因后果,一定也会认为,他只能这么干。可是,水手头目帕姆别却被判了绞刑,而努尔基德也送了命。

三年前,从埃尔萨斯-格思林根来的轮船"萨尔布鲁克"号正在亚丁[①]装煤。天气热极了。在三十英尺深的舱底的右边第二号锅炉,管烧火的司炉是个桑给巴尔人,他长得又高又胖,名叫努尔基德。他告假上岸。临去的时候,他还只是个被人称为"穷酸小子"的司炉,回来的时候他手握酒瓶,成了地道的桑给巴尔苏丹王赛义德·布尔加西陛下。他在前舱口坐了下来,磨着牙根,嚼起了咸鱼和洋葱,高唱着遥远国度的歌。这些食物是帕姆别的,他是船上印度水手们的"塞朗",意思就是"水手头目"。他刚刚为自己煮好一顿饭,转身去借一撮盐。可是他回来一看,努尔基德又脏又黑的手指头已经伸进了他的米饭。

"塞朗"是有身份的人物,地位比司炉高得多,虽说工资没有司炉高。每当船长的轻便快艇被扯上吊艇架的时候,总是由他带头唱起"嗨! 喔啦! 嗨呀! 咳!"的调子。船上的测深锤也由他拽上来。有时,当船上的人都在懒洋洋地休息时,他就穿上他最洁白的白布衣服,头上缠一块大红头巾,去和后甲板上乘客的小孩们玩。于是,乘客们便会给他一点钱。他把钱都积攒起来,等到了孟买、加尔各答或者槟城[②],他就上岸去狂欢滥饮一番。

"吓! 你这乌黑的胖家伙,你把我的饭吃掉了!"帕姆别说的是一种混杂的法兰克语。在东方语种不通行的地区,从塞得港以东一直往西去,用的都是这种语言,就连千岛群岛捕海豹船的水手,也能用这种语言和偶然迷路到那里的函馆[③]帆船上的人聊聊天。

"埃布利斯的小崽子,猴子脸,干鲨鱼肝,猪崽,我乃是赛义德·布尔加西苏丹王,是全船的统领。把你的猪食拿去。"努尔基德说罢,便把装米饭的空锡盘塞进帕姆别手里。

---

① 在亚洲西南部,也门港口城市。

② 马来亚港口城市。

③ 日本沿海城市。

帕姆别拿起盘子朝努尔基德长着卷毛的头上砸去，盘子砸成了脸盆。努尔基德从刀鞘里拔出了刀，砍在帕姆别腿上。帕姆别也拔出了他的刀，可是努尔基德跳进了黑洞洞的船舱里，隔着格子门向帕姆别吐了一口唾沫。帕姆别的血染红了清洁的前甲板。

只有洁白的月亮看见了这一切，船上的高等船员正在主持装煤事宜，乘客们正在闷热的船舱里的床上辗转反侧。"好吧，"帕姆别到前边去包扎伤腿，说道，"我们以后再算账。"

他是个马来人，出生在印度。他在缅甸结过一次婚，妻子在施韦-达冈街上开了一家卖雪茄烟的店铺；他在新加坡也结过一次婚，娶的是个中国姑娘；他还在马德拉斯结过一次婚，娶的是一个卖鸡的伊斯兰教女人。由于邮政和电讯的便利条件，英国水手没法像他那样一次又一次地结婚；但是土著水手是可以不受西方野蛮人那些野蛮的发明限制的。只要帕姆别偶尔记起他的某个妻子时，他还是一个好丈夫；可是，他同样是一个非常好的马来人；谁都最好别去招惹马来人，因为他从来不会忘记任何侮辱。何况这次帕姆别既流了血，他的饭也被糟蹋了。

第二天清早，努尔基德醒来，什么也记不得了。他不再是桑给巴尔的苏丹王，而只是个热得要命的司炉。于是他跑到甲板上面，迎着晨风掀开他的外套。正在这时，一把出鞘的尖刀像条飞鱼，嗖地扎进厨房的木板墙上，离他右胳肢窝只有半英寸。他没到值班时间就跑进舱底，竭力回忆他对那把刀的主人说过些什么话。到了中午，当船上所有的印度水手都在吃饭的时候，努尔基德走到他们中间。他终究只是个性格温和、胆小怕死的人，于是他开始进行磋商，他说道："船上的人们，昨晚我喝醉了，我知道我侮辱了你们当中的某一位。那一位是谁，可不可以站出来，让我告诉他我是喝醉了呢？"

帕姆别量了一下努尔基德赤裸的胸膛离他有多远。如果他向努尔基德扑过去，可能会被人绊倒；而对准胸膛盲目来一下，有时只会在胸骨上划开一条口子，如果对方不是睡着了的话，常常很难扎进肋骨中间。所以他什么也没有说，别的印度水手也什么都没有说。他们的脸一下子变得毫无表情，这是东方人的习惯。凡是要发生命案或者出什么麻烦的时候，他们都是这样的。努尔基德仔细地看着那些白眼球。他只是个非洲人，无法了解人的性格。他不由自主地发出一声叹息——几乎是呻吟——然后回到炉前。印度水手们接着谈起被他打断了的话题。他们在谈论煮米饭的最好方法。

在轮船开往孟买的路途中，努尔基德充分感到了新鲜空气的匮缺。他只是当人们全都在甲板上的时候，才敢到甲板上去呼吸空气；就连那样，有一次一块沉重的大木头从船上的起重吊杆上砸了下来，离他的脑袋只有一英尺远。还有一次，他刚刚踏上一块似乎牢牢系住了的格栅门，它却在他脚下翻开了，几乎使他跌在下面十五英尺深的货箱上。除此以外，在一个难以忍受的夜晚，一把出鞘的刀从前甲板扔进船舱，这次他受了伤，流了血。于是努尔基德提出了控诉。当“萨尔布鲁克”号抵达孟买后，他立刻逃上岸去，混迹于八十万居民之中；直到这条船离开港口一个月，他才另外签约，去了另一条船上工作。帕姆别也在等待，但是他的孟买老婆不让他得到安宁，于是他就签了约，到一条驶往香港的轮船“斯派切雷”号上去干活，因为他明白：“只玩不干活，日子不好过。”在雾茫茫的中国海上，他经常想到努尔基德。每当“斯派切雷”号在港口遇见埃尔萨斯-格思林根来的船只，他就打听努尔基德的下落。他听说努尔基德已经坐上“格雷弗洛特”号，绕过好望角到英国去了。帕姆别便坐上“沃思”号来到英国。这条船在诺尔·莱特和“斯派切雷”号迎面相遇。努尔基德已经上了“斯派切雷”号，这条船正开往加里喀特海岸。

“你是在寻找一个朋友，是吗，守口如瓶的煤篓子？”一位在商务机构任职的先生说道，“那容易极了。等在奈恩查码头那儿，一直等到他来到为止。不论谁都会到奈恩查码头来。等着吧，可怜的异教徒。”这位先生说的是真话。世界上有三扇人人必经的大门，你只要耐心等待，就可以在这里看到你要找的人。一扇大门是苏伊士运河的河口，不过死神也会光顾那里的；第二扇大门是查林·克罗斯车站[①]——那是所有走陆路的人必经之地；第三扇大门就是奈恩查码头了。在这三处地方，每处都有男男女女在等待着一定会到那里去的人。于是帕姆别开始在码头那里等待。时间对于他来说不成问题；他的妻子也会像他那样，一星期又一星期地，一个月又一个月地等下去。他有时等在“蓝钻石”号的烟囱旁边，或者等在“红朵特”号的烟囱旁，“黄斑纹”号旁，以及那些老是在雾气弥漫的海边装货卸货，挤撞着、呼啸着、咆哮着的无名的、破烂的海上流浪汉轮船旁边。他的钱花完了。这时，有个好心的先生叫帕姆别皈依基督教，帕姆别马上就成了基督教徒。他抓紧等船的工夫学宗教教义，并且向船员们分发宗教小册子，每星期可以拿到六七个先令。帕姆别一点儿也不在乎他信的是什么教，但是他明白，

① 英国伦敦的著名车站。

只要他向穿黑色长外衣的先生们说一句“我是个土著基督教徒,先生”,他就能得到几个铜板;他还可以把宗教小册子拿到一家小酒店去卖,这家小酒店卖板烟论“撮”,也就是说,比“半包”还少,而“半包”呢,又比“半英两”少,因此,这家小酒店的零卖生意十分兴隆。

可是像这样过了八个月,由于老是一动不动地站在泥泞地里,帕姆别患了肺炎;他十分不情愿地躺倒在他那间租金两先令六便士的房间里,怒气冲冲地咒骂命运。

那位好心的先生坐在他的床边,他发现帕姆别叽叽咕咕地说着他听不懂的语言,也不肯听这位先生向他朗读向善的书,简直像是又变成了一个愚昧的异教徒,这使好心的先生感到痛心。可是有一天,半昏迷的帕姆别被码头附近街上传来的一个声音唤醒了。“我的朋友——他,”帕姆别低声说道,“快叫他——叫努尔基德来。快呀!是上帝把他送来的!”

“他想见见自己同种族的人。”好心的先生说;他走了出去,放开嗓门高声呼唤:“努尔基德!”一个肤色漆黑的人转过身来。他穿的是一件刺眼的白衬衣,一件崭新的外衣,一顶光耀夺目的帽子,还别着一枚胸针。努尔基德积累了多次航海的经验,很知道如何花钱和如何把自己打扮成一个世界公民。

“嗨!是的!”他听完了解释以后说道,“我在‘萨尔布鲁克’号上指挥过他,可怜的黑家伙!老帕姆别,善良的老帕姆别。印度水手。请带我去见他,先生。”他跟在那位先生后面走进了房间。这位司炉一眼就看出那位好心的先生没有注意到的事:帕姆别穷得要命。努尔基德便把两只手伸进口袋,拳头攥得紧紧的向病人走去,嘴里喊着:“嗨,帕姆别,嗨!嘻!嘿啦!嗳!塔基诺!塔基诺!拴牢船尾,帕姆别。你认识的,帕姆别。你认识我。德种[①],嘻!瞧瞧!你这又肥又懒的大个子印度水手!”

帕姆别伸出左手招呼他过来。他的右手放在枕头下面。努尔基德摘下了他华丽的帽子,朝帕姆别弯下腰去,他听见一声悄悄的低语。“多美呀!”那位好心的先生说,“东方人彼此就像赤子一般相爱!”

“大声说吧。”努尔基德往帕姆别身边更凑近一些说道。

“是关于那些鱼和洋葱的事……”帕姆别说道,他手中的尖刀沿着肋骨下面深深地扎了进去。

---

① 军队俚语:看一眼。

只听见一声沉重的呛咳，那个非洲人的身躯便慢慢地从床边出溜了下去。他紧握的拳头松开了，撒下满满两把银币，滚得满屋都是。

“这下我可以死了。”帕姆别说。

但是他没有死。他得到了用金钱能买到的最好的治疗，他被救活过来，因为他还得上法庭受审。最后，他的健康恢复到了足以被绞死的地步，他就经过正式程序，被判了绞刑。

帕姆别倒不怎么在乎，只是那位好心的先生受到了沉重的打击。

莫格里的兄弟们

蝙蝠蒙释放了黑夜，
　于是鸢鹰朗恩把它带了回来——
牛群都被关进了牛棚和茅屋，
　因为我们要恣意放纵直到黎明。
这是耀武扬威的时刻，
　尖牙利爪巨钳一齐进攻。
哦，听那呼唤声——祝大家狩猎成功，
　遵守丛林法律的全体生物！

——《丛林夜歌》

这是西奥尼山里一个非常暖和的夜晚，狼爸爸睡了一天，醒来已经七点钟了。他搔了搔痒，打了个呵欠，把爪子一只接一只舒展开来，好赶掉爪子尖上的睡意。狼妈妈还躺在那儿，她那灰色的大鼻子埋在她的四只滚来滚去叽叽尖叫的狼崽子身上。月亮的光辉倾泻进了他们一家居住的山洞。"噢呜！"狼爸爸说，"又该去打猎了。"他正要纵身跳下山去，一个长着蓬松的大尾巴的小个子身影遮住了洞口，用乞怜的声音说道："祝您走好运，狼大王，愿您的高贵的孩子们走好运，长一副结实的白牙，好让他们一辈子也不会忘记这世界上还有挨饿的。"

他是那只豺——专门舔吃残羹剩饭的塔巴克。印度的狼都看不起塔巴克，因为他到处耍奸计，搬弄是非，在村里垃圾堆上找破布和烂皮子吃。但是他们也怕他。因为塔巴克比起丛林里任何一个生物来，都更容易犯疯病，他一犯病，就忘了他过去曾经那么害怕别人，他会在森林里横冲直撞，遇见谁就咬谁。就连老虎遇上小个子塔巴克犯疯病的时候，也连忙逃开躲起来，因为野兽们觉得最丢脸的事儿，就是犯疯病。我们管这种病叫"狂犬病"，可是动物们管它叫"狄沃尼"——也就是"疯病"，遇上了便赶紧逃开。

"好吧，进来瞧吧，"狼爸爸板着脸说，"可是这儿什么吃的也没有。"

“在一头狼看来，的确是没有什么可吃的，”塔巴克说，“但是对于像我这么一个微不足道的家伙，一根干骨头就是一顿盛宴了。我们这伙豺民，还有什么好挑剔的?”他一溜烟儿钻进洞的深处，在那里找到一块上面带点肉的公鹿骨头，便坐下来美滋滋地啃起了残骨。

“多谢这顿美餐，”他舔着嘴唇说，“您家的高贵孩子们长得多漂亮呀，他们的眼睛多大呀！而且，这么年轻，就出落得这么英俊！说真的，说真的，我早该知道，大王家的孩子，打小时候起就像男子汉。”

其实，塔巴克完全明白，当面恭维别人的孩子是最犯忌讳的事。他看见狼爸爸和狼妈妈一副不自在的样儿，心里可得意啦。

塔巴克一动不动地坐在那里，为他干的坏事而高兴，接着他又不怀好意地说:“大头领谢尔汗把狩猎场挪了个地方。从下个月起他就要在这附近的山里打猎了。这是他告诉我的。”

谢尔汗就是住在二十英里外韦根加河畔的那只老虎。

“他没有那个权利!”狼爸爸气呼呼地开了口，“按照‘丛林法律’，他不预先通知是没有权利改换场地的。他会惊动方圆十英里之内的所有猎物的。可是我……我最近一个人还得猎取双份的吃食呢。”

“他的母亲管他叫‘瘸腿’，不是没有缘故的，”狼妈妈从容不迫地说道，“他打生下来就瘸了一条腿。所以他一向都只猎杀耕牛。现在韦根加河一带村子里的老百姓都被他惹得冒火了，他又到这儿来惹我们这里的村民冒火。他倒好，等他走得远远的，他们准会到丛林里来搜捕他，还会点火烧着茅草，害得我们和我们的孩子无处藏身，只好离开这儿。哼，我们真得感谢谢尔汗!”

“要我向他转达你们的感激吗?”塔巴克说道。

“滚出去!”狼爸爸怒喝道，“滚去和你的主子一块儿打猎吧！这一晚你干的坏事已经够多了。”

“我就走，”塔巴克不慌不忙地说，“你们可以听见，谢尔汗这会儿正在下面林子里走动。其实我用不着给你们捎信来。”

狼爸爸侧耳细听，他听见下面通往一条小河的河谷里有只气冲冲的老虎在发出单调粗鲁的哼哼声。这只老虎什么也没有逮着，而且，哪怕全丛林都知道这一点，他也不在乎。

“傻瓜!”狼爸爸说，“刚开始干活就那么吵吵嚷嚷的！难道他以为我们这儿的公鹿都像他那些养得肥肥的韦根加小公牛一样蠢吗?”

“嘘！他今晚捕猎的不是小公牛，也不是公鹿，”狼妈妈说，“他捕猎的是人。”哼哼声变成了低沉震颤的呜呜声，仿佛来自四面八方。这种吼声常常会把露宿的樵夫和吉卜赛人吓得晕头转向，有时候会使他们自己跑进老虎嘴里。

“人！”狼爸爸龇着满口大白牙说，“嘿！难道池塘里的甲壳虫和青蛙还不够他吃的，他非要吃人不可？——而且还要在我们这块地盘上？”

“丛林法律”的每条规定都是有一定原因的，“丛林法律”禁止任何一头野兽吃人，除非他是在教他的孩子如何捕杀猎物，而且即使那样，他也必须在自己这个兽群或是部落的捕猎场地以外的地方去捕猎。这条规定的真实原因在于：杀了人就意味着迟早会招来骑着大象、带着枪支的白人，和几百个手持铜锣、火箭和火把的棕褐色皮肤的人。那时住在丛林里的兽类全部得遭殃。而兽类自己对这条规定是这样解释的：因为人是生物中最软弱和最缺乏自卫能力的，所以去碰他是不公正的。他们还说——说得一点儿也不假——吃人的野兽的毛皮会长癞痢，他们的牙齿会脱落。

呜呜声愈来愈响，后来变成了老虎扑食时一声洪亮的吼叫：“噢呜！”

接着是谢尔汗发出的一声哀号，一声很缺乏虎气的哀号。“他没有抓住，”狼妈妈说道，“怎么搞的？”

狼爸爸跑出去几步远，听见谢尔汗在矮树丛里跌来撞去，嘴里怒气冲冲地嘟囔个不停。

“这傻瓜竟然蠢得跳到一个樵夫的篝火堆上，把脚烫伤了，”狼爸爸哼了一声说，“塔巴克跟他在一起。”

“有什么东西上山来了，”狼妈妈的一只耳朵抽搐了一下，说道，“准备好。”

树丛的枝条簌簌响了起来，狼爸爸蹲下身子，准备往上跳。接着，你要是注意瞧他的话，你就可以看见世界上最了不起的事——狼在向空中一跃时，半路上收住了脚。原来他还没有看清他要扑的目标就跳了起来，接着，他又设法止住自己。其结果是，他跳到四五尺高的空中，几乎又落在他原来起跳的地方。

“人！”他猛地说道，“是人的小娃娃，瞧呀！”

一个刚学会走路的小娃娃，全身赤裸，棕色皮肤，抓着一根低矮的枝条，正站在他面前。从来还没有一个这么娇嫩而露出笑靥的小生命，在夜晚的时候来到狼窝。他抬头望着狼爸爸的脸笑了。

“那是人的小娃娃吗？”狼妈妈问道，“我还从来没有见过呢。把他叼过来吧。”

狼是习惯于用嘴叼他自己的小狼崽子的。如果需要的话，他可以嘴里叼一只蛋而不会把它咬碎。因此，尽管狼爸爸咬住小娃娃的背部，当他把娃娃放在狼崽中间的时候，他的牙连一点儿娃娃的皮都没有擦破。

“多小呀！多光溜溜呀，啊，多大胆呀！”狼妈妈柔声说道。小娃娃正往狼崽中间挤过去，好靠近暖和的狼皮。“哎！他跟他们一块儿吃起来了。原来这就是人的娃娃。谁听说过一头狼的小崽子们中间会有个小娃娃呢？”

“我们有时听说过这样的事，可要说是发生在我们的狼群里，或是在我这一辈子里，那倒从没有听说过。”狼爸爸说道，“他身上没有一根毛，我用脚一碰就能把他踢死。可是你瞧，他抬头望着，一点儿也不怕。”

洞口的月光被挡住了，因为谢尔汗的方方的大脑袋和宽肩膀塞进了洞口。塔巴克跟在他身后尖声尖气地叫嚷道：“我的老爷，我的老爷，他是打这儿进去的。”

“多承谢尔汗赏脸光临，”狼爸爸说，可是他的眼睛里充满了怒气，“谢尔汗想要什么吗？”

“我要我的猎物。有一个人娃娃冲这儿来了，”谢尔汗说，“他的爹妈都跑掉了。把他给我吧。”

正像狼爸爸说的那样，刚才谢尔汗跳到了一个樵夫的篝火堆上，把脚烧伤了，痛得他怒不可遏。但是狼爸爸知道洞口很窄，老虎进不来。就在这会儿，谢尔汗的肩膀和前爪已挤得没法动弹，一个人要是想在一只木桶里打架，就会尝到这种滋味。

“狼是自由的动物，”狼爸爸说道，“他们只听狼群头领的命令，不听随便哪个身上带条纹的、专宰杀牲口的家伙的话。这个人娃娃是我们的——要是我们愿意杀它，我们自己会杀的。”

“什么你们愿意不愿意！这是什么话？凭我杀死的公牛起誓，难道真要我把鼻子伸进你们的狗窝来找回应该属于我的东西吗？听着，这是我谢尔汗在说话！”

老虎的咆哮声像雷鸣一般，震动了整个山洞。狼妈妈抛下了崽子们跳上前来，她的眼睛在黑暗里像两个绿莹莹的月亮，直冲着谢尔汗闪闪发亮的眼睛。

“这是我，是拉克夏（魔鬼）在回答。这个人娃娃是我的，瘸鬼——他是我的！谁也不许杀死他。我要让他活下来，跟狼群一起奔跑，跟狼群一起猎食。瞧着吧，你这个猎取赤裸裸的小娃娃的家伙，你这个吃青蛙的家伙，杀鱼的家伙，总有一天，他会来捕猎你的！你现在马上给我滚开，否则凭我杀掉的大公鹿起誓（我可不吃挨饿的牲口），我可要让你比你出世时瘸得更厉害地滚回你妈那儿去，你这丛林里挨火烧的野兽！滚开！”

狼爸爸惊异地呆呆望着。他几乎已经忘记了过去的时光，那时他和五头狼决斗之后才得到了狼妈妈。她那时在狼群里被称作“魔鬼”，那可完全不是随便的恭维话。谢尔汗也许能和狼爸爸对着干，然而他可没法对付狼妈妈。他很明白，在这儿狼妈妈占据了有利的地形，而且一旦打起来，就定要和他拼个你死我活。于是他低声咆哮着，退出了洞口，到了洞外，他大声嚷嚷道：“每条狗都会在自己院子里汪汪叫，我们等着瞧狼群对于收养人娃娃怎么说吧。这个娃娃是我的，总有一天他会落进我的牙缝里来的，哼，蓬松尾巴的贼！”

狼妈妈气喘吁吁地躺倒在崽子们中间。狼爸爸认真地对她说：“谢尔汗说的倒是实话。小娃娃一定得带去让狼群看看。你还是打算收留他吗，孩子妈？”

“收留他！”她气喘吁吁地说，“他是在黑夜里光着身子、饿着肚子、孤零零一个人来的；可是他一点儿不害怕！瞧，他已经把我的一个小崽子挤到一边去了。那个瘸腿的屠夫会杀了他，然后逃到韦根加，而村里的人就会来报仇，把我们的窝都搜遍的！收留他？我当然收留他！好好躺着，不要动，小青蛙。噢，你这个莫格里——我要叫你青蛙莫格里。现在谢尔汗捕猎你，将来有一天会是你捕猎谢尔汗。”

“可是我们的狼群会怎么说呢？”狼爸爸问道。

“丛林法律”十分明确地规定，任何一头狼结婚的时候，都可以退出他从属的狼群；但是一旦他的崽子长大到能够站立起来的时候，他就必须把他们带到狼群大会上去，让别的狼认识他们。这样的大会一般是在每个月月亮圆的那一天举行。经过检阅之后，崽子们就可以自由自在地到处奔跑。在崽子们第一次杀死一头公鹿以前，狼群里的成年狼绝不能用任何借口杀死一只狼崽。只要抓到凶手，就立即把他处死。你只要略加思索，就会明白必须这么做的道理。

狼爸爸等到他的狼崽子们稍稍能跑点儿路的时候，就在举行狼群大会的晚上，带上他们以及莫格里，还有狼妈妈，一同来到会议岩。那是一个铺满了大大小小的石块和巨岩的小山头，在那里连一百头狼也藏得下。独身大灰狼阿克拉，不论是力气还是智谋，都算得上是全狼群的首领。这会儿他正直挺挺地躺在他的岩石上。在他下面蹲着四十多头有大有小、毛皮不同的狼，有能单独杀死一只公鹿的、长着獾色毛皮的老狼，还有自以为也能杀死公鹿的三岁年轻黑狼。孤狼率领他们已有一年了。他在年轻时期曾经两次掉进捕狼的陷阱，还有一次他被人狠揍了一顿，被当作死狼扔在一边，所以他很了解人们的风俗习惯。在会议岩上大家都很少吭声。狼崽们在他们父母围坐的圈子中间互相打闹，滚来滚去。时常有一头老狼静悄悄地走到一头狼崽跟前，仔细地打量打量他，然后轻手轻脚走回自己的座位。有时有个狼妈妈把她的崽子往前推到月光下面，免得他被漏掉了。阿克拉在他那块岩石上喊道："大家都知道咱们的法律——大家都知道咱们的法律。好好瞧瞧吧，狼群诸君！"那些焦急的妈妈们也急忙跟着叫嚷："仔细瞧瞧啊——仔细瞧瞧，狼群诸君！"

最后，时候到了，狼妈妈脖颈上的鬃毛直竖了起来，狼爸爸把"青蛙莫格里"——他和狼妈妈是这样叫他的——推到圈子中间。莫格里坐到那里，一边笑着，一边玩着几颗在月光下闪烁发亮的鹅卵石。

阿克拉一直没有把头从爪子上抬起来，他只是不停地喊着那句单调的话："好好瞧瞧吧！"岩石后面响起了一声瓮声瓮气的咆哮，那是谢尔汗在叫嚷："那崽子是我的。把他还给我。自由的兽民要一个人娃娃干什么？"阿克拉连耳朵也没有抖动一下，只是说："好好瞧瞧吧，狼群诸君！自由的兽民只听自由的兽民的命令，别的什么命令都不听。好好瞧瞧吧！"

响起了一片低沉的嗥叫声，一头四岁的年轻狼用谢尔汗提出过的问题责问阿克拉："自由的兽民要一个人娃娃干什么？""丛林法律"规定：如果狼群对于某个崽子被接纳的权利发生了争议，那么，除了他的爸爸妈妈，至少得有狼群的其他两个成员为他说话，他才能被接纳入狼群。

"谁来替这个娃娃说话？"阿克拉说，"自由的兽民里有谁出来说话？"没有人回答。狼妈妈做好了战斗的准备，她知道，如果事情发展到非得搏斗一场的话，这将是她这辈子最后一次战斗。

这时，唯一被允许参加狼群大会的异类动物巴卢用后脚直立起来，咕哝着说话了。他是只老是打瞌睡的褐熊，专门教小狼崽们"丛林法律"。老巴卢可以随意自由来去，因为他只吃坚果、植物块根和蜂蜜。

"人娃娃——人娃娃？"他说道，"我来替人娃娃说话。人娃娃不会伤害谁。我笨嘴拙舌，不会说话，但是我说的是实话。让他跟狼群一起奔跑好了，让他跟其他狼崽子一块儿参加狼群。我自己来教他。"

一条黑影跳进圈子里，这是黑豹巴希拉，他浑身的皮毛是黑的，可是在亮光下面就显出波纹绸一般的豹斑。大伙都认识巴希拉，谁都不愿意招惹他；因为他像塔巴克一样狡猾,像野水牛一样凶猛,像受伤的大象那样不顾死活。可是他的嗓音却像树上滴下的野蜂蜜那么甜润,他的皮毛比绒毛还要柔软。

"噢,阿克拉,还有诸位自由的兽民,"他愉快地柔声说道,"我没有权利参加你们的大会,但是'丛林法律'规定,如果对于处理一个新的崽子有了疑问,可还不到把他杀死的地步,那么这个崽子的性命是可以用一笔钱买下来的。法律并没有规定谁有权买,谁无权买。我的话对吗?"

"好哇!好哇!"那些经常饿肚子的年轻狼喊道,"让巴希拉说吧。这崽子是可以赎买的。这是法律。"

"我知道我在这儿没有发言权,所以我请求你们准许我说说。"

"说吧。"二十条嗓子一齐喊了起来。

"杀死一个赤裸裸的娃娃是可耻的。何况他长大了也许会给你们捕猎更多的猎物。巴卢已经为他说了话。现在,除了巴卢的话,我准备再加上一头公牛,一头刚刚被杀死的肥肥的大公牛,就在离这儿不到半英里的地方,只要你们按法律规定接受这个人娃娃。怎么样,这事难办吗?"

几十条嗓子乱哄哄地嚷嚷道:"有什么关系?他会被冬天的雨淋死,他会被太阳烤焦的。一只光身子的青蛙能给我们带来什么损害呢?让他跟狼群一起奔跑吧。公牛在哪里,巴希拉?我们接纳他吧。"接着响起了阿克拉低沉的喊声:"好好瞧瞧吧——好好瞧瞧,狼群诸君!"

莫格里还在一心一意地玩鹅卵石,他一点儿也没留意到一只接着一只的狼跑过来仔细端详他。后来,他们全都下山去找那头死公牛去了,只剩下阿克拉、巴希拉、巴卢和莫格里自己家的狼。谢尔汗仍然在黑夜里不停地咆哮。他十分恼怒,因为没有把莫格里交给他。

"哼,就让你吼个痛快吧,"巴希拉在胡子掩盖下低声说道。"总有一天,这个赤裸的家伙会让你换一个调门嚎叫的,否则就算我对人的事情一窍不通。"

"这件事办得不错,"阿克拉说道,"人和他们的崽子是很聪明的。到时候他很可能成为我们的帮手。"

"不错,到急需的时候,他真能成个帮手。因为谁都不能永远当狼群的头领。"巴希拉说。

阿克拉没有回答。他在想,每个兽群的领袖都有年老体衰的时候,他会愈来愈衰弱,直到最后被狼群杀死,于是会出现一个新的头领。然后,又轮到这新的头领被杀死。

“带他回去吧，”他对狼爸爸说，“把他训练成一个合格的自由兽民。”

于是，莫格里就这样凭着一头公牛的代价和巴卢的话被接纳进了西奥尼的狼群。

现在我要请你跳过整整十年或者十一年的时间，自己去猜想一下这些年里莫格里在狼群中度过的美好生活。因为要是把这段生活都写出来，那得写好几本书。他是和狼崽们一块儿成长起来的，当然，在他还是孩子时，他们就已经是成年的狼了。狼爸爸教给他各种本领，让他熟悉丛林里一切事物的含义，直到草儿的每一声响动，夜间的每一股温暖的风，头顶上猫头鹰的每一声啼叫，在树上暂时栖息片刻的蝙蝠脚爪的抓搔声和一条小鱼在池塘里跳跃发出的溅水声，他都能明明白白地分辨清楚，就像商人对他办公室里的事务一样熟悉。他在不学习本领的时候，就待在阳光下睡觉，吃饭，吃完又睡。当他觉得身上脏了或者热了的时候，他就跳进森林里的池塘去游泳。他想吃蜂蜜的时候（巴卢告诉他，蜂蜜和坚果跟生肉一样美味可口），他就爬上树去取。他是从巴希拉那里学会怎么取蜜的。巴希拉会躺在一根树枝上，叫道：“来吧，小兄弟。”起初，莫格里像只懒熊一样死死搂住树枝不放，但是到后来，他已经能在树枝间攀缘跳跃，像灰人猿一样大胆。狼群开大会的时候，他也参加。他发现如果他死死地盯着某一头狼看，那头狼就会被迫垂下眼睛，所以他常常紧盯着他们，借以取乐。有时候他又帮他的朋友们从他们脚掌心里拔出长长的刺，因为扎在狼的毛皮里的刺和尖石头碴使他们非常痛苦。黑夜里他就下山走进耕地，非常好奇地看着小屋里的村民们。但是他不信任人，因为有次巴希拉指给他看一个在丛林里隐蔽得非常巧妙的装着活门的方闸子，他差点儿走了进去；巴希拉说，那是陷阱。他最喜欢和巴希拉一块儿进入幽暗温暖的丛林深处，懒洋洋地睡上一整天，晚上看巴希拉怎么捕猎。巴希拉饿了的时候，见猎物便杀，莫格里也和他一样，但只有一种猎物他们是不杀的。莫格里刚刚懂事的时候，巴希拉就告诉他，永远不要去碰牛，因为他是用一头公牛为代价加入狼群的。“整个丛林都是你的，”巴希拉说，“只要你有气力，爱杀什么都可以，不过看在那头赎买过你的公牛分上，你绝对不能杀死或吃掉任何一头牛，不管是小牛还是老牛。这是‘丛林法律’。”莫格里也就诚心诚意地服从了。

于是莫格里像别的男孩一样壮实地长大了，他不知道他正在学很多东西。他活在世上，除了吃的东西以外，不用为别的事操心。

巴希拉会躺在一根树枝上,叫道:“来吧,小兄弟。”

有一两回狼妈妈曾经对他说，一定要提防谢尔汗这家伙；她还对他说，有一天他一定得杀死谢尔汗；但是，尽管一只年轻的狼会时时刻刻记住这个忠告，莫格里却把它忘了，因为他毕竟只是个小男孩。——不过，要是他会说任何一种人的语言的话，他会把自己叫作狼的。

他在丛林里常常遇见谢尔汗。因为随着阿克拉愈来愈年老体衰，瘸腿老虎就和狼群里那些年轻的狼交上了好朋友，他们跟在他后面，吃他剩下的食物。如果阿克拉敢于严格地执行他的职权的话，他是绝不会允许他们这么做的。而且，谢尔汗还吹捧他们，说他感到奇怪，为什么这么出色的年轻猎手会甘心情愿让一只垂死的狼和一个人娃娃来领导他们。谢尔汗还说："我听说你们在大会上都不敢正眼看他。"年轻的狼听了都气得皮毛竖立，咆哮起来。

巴希拉的消息十分灵通，这件事他也知道一些。有一两回他十分明确地告诉莫格里说，总有一天谢尔汗会杀死他的；莫格里听了总是笑笑，回答说："我有狼群，有你；还有巴卢，虽说他懒得很，但也会为我助一臂之力的。我有什么可以害怕的呢？"

在一个非常暖和的日子里，巴希拉有了一个新的想法，他是从他听到的一件事想起的。也许是豪猪伊基告诉他的。当他和莫格里来到丛林深处，莫格里头枕巴希拉漂亮的黑豹皮躺在那里的时候，他对莫格里说："小兄弟，我对你说谢尔汗是你的敌人，说过多少次了？"

"你说过的次数跟那棵棕榈树上的硬果一样多，"莫格里回答道，他当然是不会数数的，"什么事啊？我困了，巴希拉。谢尔汗不就是尾巴长、爱吹牛，跟孔雀莫奥一个样吗？"

"可现在不是睡大觉的时候。这事儿巴卢知道，我知道，狼群知道，就连那傻得要命的鹿也知道。塔巴克也告诉过你了。"

"哈哈！"莫格里说，"前不久塔巴克来找我，他毫无礼貌地说我是个赤身露体的人娃娃，不配去挖花生；可是我一把拎起塔巴克的尾巴，朝棕榈树上甩了两下，好教训他放规矩点儿。"

"你干了蠢事。塔巴克虽说是个捣鬼的家伙，但是他能告诉你一些和你有很大关系的事。把眼睛睁大些吧，小兄弟。谢尔汗是不敢在森林里杀死你的。但是要记住，阿克拉已经太老了，他没法杀死公鹿的日子很快就要到来了。那时他就当不成头领了。在你第一次被带到大会上的时候那些仔细端详过你的狼也都老了。而那帮年轻的狼听了谢尔汗的话，都认为狼群里是没有人娃娃的地位的。很快,你就该长大成人了。”

“长大成人又怎么啦,难道长大了就不该和兄弟们一块儿奔跑吗?”莫格里说,“我生在丛林,我一向遵守‘丛林法律’。我们狼群里不管哪只狼,我都帮他拔出过爪子上的刺。他们当然都是我的兄弟啦!”

巴希拉伸直了身体,眯上了眼睛。“小兄弟,”他说,“摸摸我的下巴颏。”

莫格里伸出他强壮的棕色的手。在巴希拉光滑的下巴底下,在遮住几大片肌肉的厚厚毛皮那里,有一小块光秃秃的地方。

“丛林里谁也不知道我巴希拉身上有这个记号——戴过颈圈的记号。小兄弟,我是在人群中间出生的,我的母亲也死在人群中间,死在奥德普尔[1]王宫的笼子里。就是为了这个缘故,当你还是一个赤身露体的小崽子的时候,我在大会上为你付出了那笔钱。是的,我也是在人群中间出生的。我那时从来没有见过森林。他们把我关在铁栏杆后面,用一只铁盘子喂我。直到有天晚上,我觉得我是黑豹巴希拉,不是什么人的玩物。我用爪子一下子砸开了那把没用的锁,就离开了那儿;正因为我懂得人的那一套,所以我在森林中比谢尔汗更加可怕。你说是不是?”

“是的,”莫格里说,“森林里谁都怕你。只有莫格里不怕。”

“咳,你呀,你是人的小娃娃,”黑豹温柔地说,“就像我终归回到森林来一样。如果你在大会上没有被杀死,你最后也一定会回到人那儿去,回到你的兄弟们那儿去的。”

“可是为什么,为什么他们想杀死我?”莫格里问道。

“望着我。”巴希拉说;莫格里死死地盯住了他的眼睛。只过了半分钟,大黑豹就把头掉开了。

“原因就在这里,”他挪动着踩在树叶上的爪子说,“就连我也没法用眼正面瞧你,我还是在人们中间出生,而且我还是爱你的呢,小兄弟。别的动物恨你,因为他们的眼睛不敢正面瞧着你的眼睛,因为你聪明,因为你替他们挑出脚上的刺,因为你是人。”

“我以前一点儿也不懂得这些事情。”莫格里紧锁起两道浓黑的眉毛,愠怒地说。

“什么是‘丛林法律’?先动手再出声儿。他们就是因为你大大咧咧,才看

---

① 即乌代布尔,印度一个邦名。

出你是个人。你可得聪明点儿啊。我心里有数,如果下一次阿克拉没有逮住猎物——现在每一次打猎他都要费更大的劲儿才能逮住一头公鹿了——狼群就会起来反对他和反对你了。他们就会在会议岩那儿召开丛林大会,那时……那时……有了!”巴希拉跳起来说道,“你快下山到山谷里人住的小屋里,取一点儿他们种在那儿的红花来,那样,到时候你就会有一个比我、比巴卢、比狼群里爱你的那些伙伴们都更有力量的朋友了。去取来红花吧!”

巴希拉所说的红花,指的是火。不过丛林里的动物都不知道它的名字叫火。所有的动物都怕火怕得要命,他们创造了上百种方式来描绘它。

“红花?”莫格里说,“那不是傍晚时候在他们的小屋外面开的花吗?我去取一点儿回来。”

“这才像人娃娃说的话,”巴希拉骄傲地说,“它是种在小盆盆里的。快去拿一盆来,放在你身边,好在需要的时候用它。”

“好!”莫格里说,“我这就去。不过,你有把握吗?呵,我的巴希拉,”他伸出胳膊抱住巴希拉漂亮的脖子,深深地盯着他的眼睛,“你敢肯定这一切全都是谢尔汗挑动起来的吗?”

“凭着使我得到自由的那把砸开的锁起誓,我敢肯定是他干的,小兄弟。”

“好吧,凭着赎买我的那头公牛发誓,我一定要为这个跟谢尔汗算总账,或者还要多算一点儿呢。”莫格里说。于是他蹦蹦跳跳地跑开了。

“这才是人呢,完完全全是个大人了,”巴希拉自言自语地说,又躺了下来,“哼,谢尔汗呀,从来没有哪次打猎,比你在十年前捕猎青蛙那回更不吉利的了!”

莫格里已经远远地穿过了森林。他飞快地奔跑着,他的心情是急切的。傍晚的薄雾升起时,他已来到了狼穴。他喘了口气,向山谷下面望去。狼崽们都出去了。可是狼妈妈待在山洞顶里面。一听喘气声她就知道她的青蛙在为什么事儿发愁。

“怎么啦,儿子?”

“是谢尔汗胡扯了些蠢话,”他回头喊道,“我今晚要到耕地那儿去打猎。”于是他穿过灌木丛,跳到下面山谷底的一条河边。他在那里停住了脚步,因为他听见狼群狩猎的喊叫声,听见一头被追赶的大公鹿的吼叫和他陷入困境后的喘息。然后就是一群年轻狼发出的不怀好意的刻薄嚎叫声:“阿克拉!阿克拉!让孤狼来显显威风,给狼群的头领让开道!跳吧,阿克拉!”

孤狼准是跳了,但却没有逮住猎物,因为莫格里听见他的牙齿咬了一个空,然后是大公鹿用前蹄把他蹬翻在地时他发出的一声疼痛的叫唤。

他不再听下去了,只顾向前赶路。当他跑到村民居住的耕地那儿时,背后的叫喊声渐渐听不清了。

“巴希拉说对了,”他在一间小屋窗外堆的饲草上舒舒服服地躺下,喘了口气说,“明天,对于阿克拉和我都是个重要的日子。”

然后他把脸紧紧贴近窗子,瞅着炉子里的火。他看见农夫的妻子夜里起来往火里添上一块块黑黑的东西。到了早晨,降着白茫茫的大雾,寒气逼人,他又看见那个男人的孩子拿起一个里面抹了泥的柳条罐儿,往里面添上烧得通红的木炭,把它塞在自己身上披的毯子下面,就出去照顾牛栏里的母牛去了。

“原来是这么简单!”莫格里说,“如果一个小崽子都能捣鼓这东西,那又有什么可怕的呢!”于是他迈开大步转过屋角,冲着男孩子走过去,从他手里夺过罐儿。当男孩儿吓得大哭起来的时候,他已经消失在雾中。

“他们长得倒挺像我,”莫格里一面像刚才他看见女人做的样子吹着火,一面说,“要是我不喂点儿东西给它吃,这玩意儿就会死的。”于是他往这火红的东西上面扔了些树枝和干树皮。他在半山腰上遇见了巴希拉,清晨的露珠像月牙石似的在他的皮毛上闪闪发光。

“阿克拉没有抓住猎物,”黑豹说,“他们本想昨晚就杀死他的,可是他们想连你一块儿杀死。刚才他们还在山上找你呢。”

“我到耕地那里去了。我已经准备好了。瞧!”莫格里举起了装火的罐子。

“好!我见过人们把一根干树枝扔进那玩意儿里去,一会儿,干树枝的一头就会开出红花来。你不怕吗?”

“我不怕,干吗要怕?噢,我记起来了——不知道这是不是一场梦——我记得我变成狼以前,就常常躺在红花旁边,那儿又暖和又舒服。”

那天莫格里一整天都坐在狼穴里照料他的火罐儿,放进一根根干树枝,看它们烧起来是什么样儿。他找到了一根使他满意的树枝,于是到了晚上,当塔巴克来到狼洞,相当无礼地通知他去会议岩开大会的时候,他放声大笑,吓得塔巴克赶紧逃开了。接着,莫格里仍然不住地大笑着来到大会上。

孤狼阿克拉躺在他那块岩石旁边,表示狼群首领的位置正空着。谢尔汗和那些追随他、吃他的残羹剩饭的狼大摇大摆地走来走去,一副得意的神气。巴希拉紧挨莫格里躺着,那只火罐夹在莫格里的两膝间。狼群到齐以后,谢尔汗开始发言——在阿克拉正当壮年的时候，他是从来不敢这么做的。

“他没有权利，”巴希拉悄声说道，“你来说吧。他是个狗崽子。他会吓坏了的。”

莫格里跳了起来。“自由的兽民们，”他喊道，“难道是谢尔汗在率领狼群吗？我们选头领和一只老虎有什么关系？”

“由于头领的位置空着，同时我又被请来发言……”谢尔汗开口说道。

“是谁请你来的？”莫格里说，“难道我们都是豺狗，非得讨好你这个宰杀耕牛的屠夫不可吗？谁当狼群的头领，只有狼群才能决定。”

这时响起了一片叫嚷声。“住嘴，你这人崽儿！”“让他发言，他一向是遵守我们的法律的。”最后，几头年长的狼吼道：“让‘死狼’说话吧。”当狼群的头领没有能杀死他的猎物时，尽管以后他还活着，也被叫作“死狼”，而通常这只狼也是活不久的。

阿克拉疲乏地抬起了他衰老的头：“自由的兽民们，还有你们，谢尔汗的豺狗们，我带领你们去打猎，又带领你们回来，已经有许多季节了。在我当头领的时候，从来没有一只狼落进陷阱或者受伤残废。这回我没有逮住猎物，你们明白这是谁设的圈套。你们明白，是你们故意把我引到一头精力旺盛的公鹿那儿，好让我出丑。干得真聪明哇。这会儿你们有权利在会议岩上杀死我。那么，我要问，由谁来结束我这条孤狼的生命呢？‘丛林法律’规定我有权利让你们一个一个地上来和我打。”

一片长久的沉默。没有哪一只狼愿意独自去和阿克拉作决死的战斗。于是谢尔汗咆哮起来：“呸！我们干吗理这个老掉了牙的傻瓜？他反正是要死的。倒是那个人崽子活得太久了。自由的兽民，他本来就是我嘴里的肉。把他给我吧，我对这种既是人又是狼的荒唐事儿早就烦透了。他在丛林里惹麻烦已经十个季节了。把人崽子给我，要不我就不走了，我要老是在这里打猎，一根骨头都不给你们留下。他是一个人，是个人崽子，我恨他，恨到了骨头缝里！”

接着，狼群里一半以上的狼都嚷了起来：“一个人！一个人！人跟我们有什么关系？让他回他自个儿的地方去。”

“好让他招来所有村里的人反对我们吗？”谢尔汗咆哮道，“不，把他给我。他是个人，我们谁都不敢正眼盯着他瞧。”

阿克拉再次抬起头来说道：“他跟我们一块儿吃食，一块儿睡觉。他替我们把猎物赶过来。他并没有违反‘丛林法律’。”

“还有，当初狼群接受他的时候，我为他付出过一头公牛。一头公牛倒值不了什么，但是巴希拉的荣誉可不是件小事，说不定他要为了荣誉斗一场的。”巴希拉用他最温柔的嗓音说道。

“为了十年前付出的一头公牛！”狼群咆哮道，“我们才不管十年前的牛骨头呢！”

“那么十年前的誓言呢？”巴希拉说道，他掀起嘴唇，露出了白牙，“怪不得你们叫‘自由的兽民’呢！”

“人崽子是不能和丛林的兽民一起生活的，”谢尔汗嚎叫道，“把他给我！”

“他虽说和我们血统不同，却也是我们的兄弟，”阿克拉又说了起来，“你们却想在这儿杀掉他！说实在的，我的确活得太长了。在你们中间，有的成了吃牲口的狼；我听说还有一些狼，在谢尔汗的教唆下，黑夜里到村民家门口去叼走小孩子。所以我知道你们是胆小鬼，我是在对胆小鬼说话。我肯定是要死的。我的命值不了什么，不然的话，我就会代替人崽儿献出生命。可是为了狼群的荣誉——这件小事，你们因为没了首领，好像已经把它忘掉了——我答应你们，如果你们放这个人崽儿回到他自己的地方去，那么，等我的死期到来的时候，我保证连牙都不对你们龇一下。我不和你们斗，让你们把我咬死，那样，狼群里至少有三头狼可以免于一死。我只能做到这一点，别的就无能为力了；可是你们如果照我说的办，我就能使你们不至于为杀害一个没有过错的兄弟而丢脸——这个兄弟是按照‘丛林法律’有人替他说话，并且付了代价赎买进狼群来的。”

“他是一个人——一个人——一个人！”狼群咆哮道；大多数的狼开始聚集在谢尔汗周围，他开始晃动起尾巴来。

“现在要看你的了，”巴希拉对莫格里说道，“我们除了打以外，没什么别的办法了。”

莫格里直挺挺地站在那里，双手捧着火罐。接着他伸直了胳臂，面对着大会打了个大哈欠；其实他心里充满了愤怒和忧伤，因为那些狼真狡猾，他们从没对他说过他们是多么仇恨他。“你们听着！”他喊道，“你们不用再咋咋呼呼闹个没完没了。今天晚上你们翻来覆去地说我是一个人（其实，你们不说的话，我倒真愿意和你们在一起，一辈子做一只狼），我觉得你们说得很对。所以从今以后，我再也不把你们叫作我的兄弟了，我要像人应该做的那样，叫你们狗。你们想干什么，你们不想干什么，可就由不得你们了。这事全由我决定。为了让你们把事情看得更清楚些，我，作为人，带来了你们这些狗害怕的一小罐红花。”

他把火罐扔到地上，几块烧红的炭块把一簇干苔藓点着了，一下子烧了起来。全场的狼在跳动的火焰面前，都惊慌地向后退去。

莫格里把他那根枯树枝插进火里，枝条点燃了，劈劈啪啪地烧了起来。他举起树枝在头顶上摇晃，周围的狼全吓得战战兢兢。

“你现在是征服者了，”巴希拉压低了嗓门说道，“救救阿克拉的命吧。他一向是你的朋友。”

一辈子从来没有向谁求过饶的坚强的老狼阿克拉，也乞怜地向莫格里看了一眼。赤身裸体的莫格里站在那里，一头黑黑的长发披在肩后，映照在熊熊燃烧的树枝的火光下。许多黑黑的影子，随着火光跳动、颤抖。

“好！”莫格里不慌不忙地环视着四周说，“我看出你们的确是狗。我要离开你们，到我的自己人那里去——如果他们是我的自己人的话。丛林再也容不下我了，我必须忘记你们的谈话和友谊；但是我比你们更仁慈。既然我除了血统以外，还算得上是你们的兄弟，那么，我答应你们，当我回到人群里，成了一个人以后，我绝不会像你们出卖我那样，把你们出卖给人们。”他用脚踢了一下火，火星迸了出来，“我们人绝不会和狼群交战，可是在我离开以前，还有一笔账要清算。”他大步走到正糊里糊涂地对着火焰眨巴眼睛的谢尔汗身边，抓起他下巴上的一簇虎须。巴希拉紧跟在莫格里后面，以防不测。“站起来，狗！”莫格里喝道，“当人在说话的时候，你必须站起来，不然我就把你这身皮毛烧掉！”

谢尔汗的两只耳朵平平地贴在脑袋上，眼睛也闭上了，因为熊熊燃烧的树枝离他太近了。

“这个专门吃牛的屠夫说，因为我小时候他没有杀死我，他就要在大会上杀我。那么，瞧吧，吃我一记，再吃我一记，我们人打狗就是这样打的。你敢动一根胡子，瘸鬼，我就把红花塞进你喉咙里去。”他抄起树枝抽打谢尔汗的脑袋，老虎被恐怖折磨得呜呜地哀叫。

“呸，燎掉了毛的丛林野猫——滚开！可是要记住，下一次，当我作为人来到会议岩的时候，我的头上一定披着谢尔汗的皮。至于其他的事嘛，阿克拉可以随便到哪里去自由地生活。不准你们杀他，因为我不允许。我也不愿看见你们再坐在这儿，伸着舌头，好像你们是什么了不起的家伙，而不是我想撵走的一群狗，瞧，就这样撵！滚吧！”树枝顶端的火焰燃烧得十分旺，莫格里拿着树枝绕着圈儿左右挥舞，火星点燃了狼的毛皮，他们嚎叫着逃跑了。最后，只剩下阿克拉、巴希拉，还有站在莫格里一边的十来只狼。接着，莫格里的心里似乎有什么地方痛了起来,他还从没有这么痛苦过,他哽咽了一下,便抽泣起来,泪珠儿滚下了他的面颊。

“这是什么?这是什么?”他问道,“我不愿意离开丛林,我也不知道这是怎么回事。我要死了吗,巴希拉?”

“不会的,小兄弟。这只不过是人常流的眼泪罢了,”巴希拉说,“现在我看出你的确是个大人,不再是个人娃娃了。从今以后,丛林的确再也容不下你了。让眼泪往下淌吧,莫格里,这只不过是泪水。”于是莫格里坐了下来,放声痛哭起来,好像心都要碎了似的。他打生下来还从来没有哭过呢。

“好吧,”他说,“我要到人那里去了。但是首先我得跟妈妈告别。”于是他来到狼妈妈和狼爸爸住的洞穴,趴在她身上痛哭了一场,四个小狼崽儿也一块儿悲悲切切地哭嚎起来。

“你们不会忘掉我吧?”莫格里问道。

“只要能嗅到你的足迹,我们是绝不会忘掉你的,”狼崽们说,“你做了人以后,可要常常到山脚底下来啊,我们可以在那里和你谈天,我们还会在夜里到庄稼地里去找你一块儿玩。”

“快点来吧,”狼爸爸说,“噢,聪明的小青蛙,再快点来,我和你妈都已经上了年纪了。”

“快点来吧,”狼妈妈说,“我的光着身子的小儿子;听我说吧,人娃娃,我疼爱你比疼我的狼崽们还厉害些呢。”

“我一定会来的,”莫格里说,“下次我来的时候,一定要把谢尔汗的皮铺在会议岩上。别忘了我!告诉丛林的伙伴们永远别忘了我!”

天即将破晓。莫格里独自走下山坡,去会见那些叫作人的神秘动物。

老虎！老虎！

打猎顺利吗，大胆的猎手？
兄弟，我守候猎物，既寒冷又长久。
你捕捉的猎物在哪里？
兄弟，他仍然潜伏在丛林里。
你引以为傲的威风又在哪儿？
兄弟，它已从我的腰胯和肚腹间消逝。
你这么匆忙要到哪儿去？
兄弟，我回我的窝去——去死在那里！

我们现在要回头接着上一个故事讲下去。莫格里和狼群在会议岩斗了一场之后，离开了狼穴，下山来到村民居住的耕地里。但是他没有在这里停留，因为这儿离丛林太近了，而且他很明白，他在大会上至少已经结下了一个死敌。于是他匆匆地赶着路，沿着顺山谷而下的崎岖不平的大路，迈着平稳的步子赶了将近二十英里地，来到一块不熟悉的地方。山谷变得开阔了，形成一片广袤的平原，上面零星散布着块块岩石，还有一条条沟洞穿流其中。平原尽头有一座小小的村庄。平原的另一头是茂密的丛林，黑压压一片，一直伸展到牧场旁；牧场边缘十分清晰，好像有人用一把锄头砍掉了森林。平原上，到处都是牛群和水牛群在吃草。放牛的小孩们看见了莫格里，顿时喊叫起来，拔脚逃走。那些经常徘徊在每个印度村庄周围的黄毛野狗也汪汪地吠叫起来。莫格里向前走去，因为他觉得饿了。当他来到村庄大门时，看见傍晚用来挡住大门的一棵大荆棘丛这时已挪到一旁。

"哼！"他说，因为他夜间出来寻找食物时，曾经不止一次碰见过这样的障碍物，"看来这儿的人也怕丛林里的兽族。"他在大门边坐下了。等到有个男人走过来的时候，他便站了起来，张大嘴巴，往嘴里指指，表示他想吃东西。那个男人先是盯着他看，然后跑回村里唯一的那条街上，大声叫着祭司。祭司是个高高的胖子，穿着白衣服，额头上涂着红黄色的记号。祭司来到大门前，还有大约一百个人，也跟着他跑来了。他们目不转睛地瞅着，交谈着，喊着，用手指着莫格里。

“这些人类真没有礼貌，”莫格里自言自语地说，“只有灰猿才会像他们这样。”于是他把又黑又长的头发甩到脑后，皱起眉毛看着人群。

“你们害怕什么呀？”祭司说，“瞧瞧他的胳臂上和腿上的疤。都是狼咬的。他只不过是个从丛林里逃出来的狼孩子罢了。”

当然，狼崽们和他一块儿玩的时候，往往不注意，啃莫格里啃得重了点儿，所以他的胳臂上和腿上全都是浅色的伤疤。可是他根本不把这叫作咬。他非常清楚真正被咬是什么味道。

“哎哟！哎哟！”两三个妇人同声叫了起来，“被狼咬得那个样儿，可怜的孩子！他是个漂亮的男孩子。他的眼睛像红红的火焰。我敢起誓，米苏阿，他和你那个被老虎叼走的儿子可真有些相像呢。”

“让我瞧瞧。”一个女人说道。她的手腕和脚踝上都戴着许多沉甸甸的铜镯子。她手搭凉棚，仔细望着莫格里。“确实有些相像。他要瘦一点儿，可是他的相貌长得和我的孩子一个样。”

祭司是个聪明人。他知道米苏阿是当地最富有的村民的妻子。于是他仰起头朝天空望了片刻，接着一本正经地说：“被丛林夺去的，丛林又归还了。把这个男孩带回家去吧，我的姐妹，别忘了向祭司表示敬意啊，因为他能看透人的命运。”

“我以赎买我的那头公牛起誓，”莫格里自言自语道，“这一切可真像是又一次被狼群接纳入伙的仪式啊！好吧，既然我是人，我就必须变成人。”

妇人招手叫莫格里跟她到她的小屋里去，人群也就散开了。小屋里有一张刷了红漆的床架，一只陶土制成的收藏粮食的大柜子，上面有许多奇特的凸出的花纹。六只铜锅。一尊印度神像安放在一个小小的壁龛里。墙上挂着一面真正的镜子，就是农村集市上卖的那种镜子。

她给他喝了一大杯牛奶，还给他几块面包，然后伸手抚摸着他的脑袋，凝视他的眼睛；因为她认为他也许真是她的儿子，老虎把他拖到森林里，现在他又回来了。于是她说：“纳索，噢，纳索！”但是莫格里看样子没听过这个名字。“你不记得我给你穿上新鞋子的那天了吗？”她碰了碰他的脚，这只脚坚硬得像鹿角。“不，”她悲伤地说，“这双脚从来没有穿过鞋子。可是你非常像我的纳索，你就当我的儿子吧。”

莫格里心里很不踏实，因为他从来没有在屋顶下面待过。但是他看了看茅草屋顶，发现他如果想逃走，随时可以把茅草屋顶撕开，而且窗上也没有窗栓。“如果听不懂人说的话，”他终于对自己说，“做人又有什么用处呢？现在我什么都不懂，像个哑巴，就跟人来到森林里和我们待在一起一样。我应该学会他们说的话。”

当他在狼群里的时候，他学过森林里大公鹿的挑战声，也学过小野猪的哼哼声，那都不是为了闹着玩儿的。因此，只要米苏阿说出一个字，莫格里就马上学着说，说得一点儿也不走样。不到天黑，他已经学会了小屋里许多东西的名称。

到了上床睡觉的时候，困难又来了。因为莫格里不肯睡在那么像捕豹的陷阱的小屋里，当他们关上房门的时候，他就从窗子跳了出去。“随他去吧，”米苏阿的丈夫说，“你要记住，直到现在，他还从来没有在床上睡过觉。如果他真是被打发来代替我们的儿子的，他就一定不会逃走。”

于是莫格里伸直了身躯，躺在耕地边上一片长得高高的洁净草地上。但是还没有等他闭上眼睛，一只柔软的灰鼻子就开始拱他的下巴颏了。

“嗬！”灰兄弟说（他是狼妈妈的崽子们中间最年长的一个），“跟踪你跑了二十英里路，得到的是这样的报答，实在太不值得了。你身上尽是篝火气味和牛群的气味，完全像个人了。醒醒吧，小兄弟，我带来了消息。”

“丛林里一切平安吗？”莫格里拥抱了他，说道。

“一切都好，除了那些被红花烫伤的狼。喂，听着。谢尔汗到很远的地方去打猎了，要等到他的皮毛重新长出以后再回来，他的皮毛烧焦得很厉害。他发誓说，他回来以后一定要把你的骨头埋葬在韦根加。”

“那可不一定。我也做了一个小小的保证。不过，有消息总是件好事。我今晚累了，那些新鲜玩意儿弄得我累极了，灰兄弟。可是，你一定要经常给我带来消息啊。”

“你不会忘记你是一头狼吧？那些人不会使你忘记吧？”灰兄弟焦急地说。

“永远不会。我永远记得我爱你，爱我们山洞里的全家；可是我也永远会记得，我是被赶出狼群的。”

“你要记住，另外一群也可能把你赶出去的。人总归是人，小兄弟，他们说起话来，就像池塘里的青蛙说话那样哇里哇啦的。下次下山，我就在牧场边上的竹林里等你。”

从那个夜晚开始，莫格里有三个月几乎从没走出过村庄大门。他正忙着学习人们的生活习惯和生活方式。首先，他得往身上缠一块布，这使他非常不舒

“醒醒吧，小兄弟，我带来了消息。”

服；其次，他得学会钱的事，可是他一点儿也搞不懂；他还得学耕种，而他看不出耕种有什么用。村里的小娃娃们常惹得他火冒三丈。幸亏“丛林法律”教会了他按捺住火气，因为在丛林里，维持生命和寻找食物全凭着保持冷静；但是他们取笑他不会做游戏或者不会放风筝，或者取笑他某个字发错了音的时候；仅仅是因为他知道杀死赤身裸体的小崽子是不公正的，才使他没有伸手抓起他们，把他们撕成两半。

他一点儿也不知道自己的力气有多大。在丛林里他知道自己比兽类弱，但是在村子里，大家都说他力气大得像头公牛。

莫格里也毫不知道种姓在人和人之间造成的差别。有次卖陶器小贩的驴子滑了一跤，摔进了土坑，莫格里攥住驴子的尾巴，把它拉了出来，还帮助小贩码好陶罐，好让他运到卡里瓦拉市场上去卖。这件事使人们大为震惊，因为卖陶器小贩是个贱民，至于驴子，就更加卑贱了。可是祭司责怪莫格里时，莫格里却威胁说要把他也放到驴背上去。于是祭司告诉米苏阿的丈夫，最好打发莫格里去干活，越快越好。村子里的头人告诉莫格里，第二天他就得赶着水牛出去放牧。莫格里高兴极了；当天晚上，由于他已经被指派做村里的雇工，他便去参加村里的晚会。每天晚上，人们都围成一圈，坐在一棵巨大的无花果树底下，围着一块石头砌的台子。这儿是村里的俱乐部。头人、守夜人、剃头师傅（他知道村里所有的小道消息）以及拥有一支陶尔牌老式步枪的村里猎人老布尔迪阿，都来到这儿集会和吸烟。一群猴子坐在枝头高处叽叽喳喳说个没完，石台下面的洞里住着一条眼镜蛇，人们每天晚上向他奉上一小盘牛奶，因为他是神蛇；老人们围坐在树下，谈着话，抽着巨大的水烟袋，直到深夜。他们尽讲一些关于神啦、人啦以及鬼啦的美妙动听的故事，布尔迪阿还常常讲一些更加惊人的丛林兽类的生活方式的故事，听得那些坐在圈子外的小孩们的眼睛都差点儿鼓了出来。大部分故事是关于动物的，因为丛林一直就在他们门外。鹿和野猪常来吃他们的庄稼，有时在薄暮中，老虎公然在村子大门外不远的地方拖走一个男人。

莫格里对他们谈的东西自然是了解一些的，他只好遮住脸孔，不让他们看见他在笑。于是，当布尔迪阿把陶尔步枪放在膝盖上，兴冲冲地讲着一个又一个神奇的故事时，莫格里的双肩就抖动个不停。

这会儿布尔迪阿正在解释，那只拖走米苏阿儿子的老虎是一只鬼虎。几年前去世的狠毒的老放债人的鬼魂就附在这只老虎身上。“我说的是实话，”他说道，“因为有一回暴动，烧掉了普朗·达斯的账本，他本人也挨了揍，从此他走路总是一瘸一拐的;我刚才说的那只老虎,他也是个瘸子,因为他留下的脚掌痕迹总是一边深一边浅。”

“对,对,这肯定是实话。”那些白胡子老头一齐点头说。

“所有那些故事难道全都是瞎编出来的吗?”莫格里开口说,“那只老虎一瘸一拐的,因为他生下就是瘸腿,这是谁都知道的呀。说什么放债人的魂附到一只从来都比豺还胆小的野兽身上,全是傻话。”

布尔迪阿吃了一惊,有好一会儿说不出话来。头人睁大了眼睛。

“嗬!这是那个丛林的小杂种,是吗?”布尔迪阿说道,“你既然这么聪明,为什么不剥下他的皮送到卡里瓦拉去,政府正悬赏一百卢比[①]要他的命呢。要不然,听长辈说话最好别乱插嘴。”

莫格里站起来打算走开。“我躺在这儿听了一晚上,”他回头喊道,“布尔迪阿说了那么多关于丛林的话,除了一两句以外,其余的没有一个字是真的,可是丛林就在他家门口呀。既然是这样,我怎么能相信他讲的那些据说他亲眼见过的鬼呀、神呀、妖怪呀等等的故事呢?”

“这孩子确实应该去放牛了。”头人说。布尔迪阿被莫格里的大胆无礼气得呼哧呼哧地喘着粗气。

大多数印度村子的习惯是在大清早派几个孩子赶着牛群和水牛群出去放牧,晚上再把它们赶回来;那些牛群能把一个白人踩成肉泥,却老老实实地让一些还够不着他们鼻子的孩子们打骂和欺负。这些孩子只要和牛群待在一块儿,就非常安全,连老虎也不敢袭击一大群牛。可孩子们如果跑开去采摘花儿,或者捕捉蜥蜴,他们有时就会被老虎叼走。莫格里骑在牛群头领大公牛拉玛的背上,穿过村庄的大街;那些蓝灰色的水牛,长着向后弯曲的长角和凶猛的眼睛,一头头地从他们的牛棚里走出来,跟在他后面。莫格里非常明确地向一同放牧的孩子表示:他是头领。他用一根磨得光溜溜的长竹竿敲打着水牛,又告诉一个叫卡米阿的小男孩,叫他们自己去放牧牛群,他要赶着水牛往前走,并且叫他们要多加小心,别离开牛群乱跑。

印度人的牧场到处是岩石、矮树丛、杂草和一条条小溪流,牛群一到这儿就分散开去,消失不见了。水牛一般总待在池塘和泥沼里,他们常常一连几个小时躺在温暖的烂泥里打滚、晒太阳。莫格里把水牛赶到平原边上,韦根加河流出丛

---

① 卢比和下文中的安那都是印度的货币单位。

林的地方。接着他从拉玛的脖子上跳下来,一溜烟儿跑到一丛竹子那儿,找到了灰兄弟。"喂!"灰兄弟说,"我在这里等你好多天了。你怎么干起了放牛的活儿?"

"这是命令,"莫格里说,"我暂时是村里的放牛娃。谢尔汗有什么消息吗?"

"他已经回到这个地区来了,他在这里等了你很久。眼下他走了,因为猎物太少。但是他一心要杀死你。"

"很好,"莫格里说,"他不在的时候,你或者四个兄弟里的一个就坐在岩石上,好让我一出村就能够看见你。他回来以后,你就在平原正中间那棵达克树[①]下的小溪边等我。我们不能自己走进谢尔汗的嘴里去。"

然后莫格里挑选了一块阴凉的地方,躺下睡着了,水牛在他四周吃着草。在印度,放牛是天下最逍遥自在的活儿之一。牛群走动着,嚼着草,躺下,然后又爬起来向前走动,他们甚至不哞哞地叫。他们只哼哼。水牛们更是很少说什么,只是一头挨一头地走进烂泥塘去,他们一点点钻进污泥里,最后只剩下他们的鼻孔和呆呆瞪着的青瓷色眼睛露在水面上,他们就像一根根圆木头那样躺在那里。酷热的太阳晒得石头跳起了舞,放牛的孩子听见一只鸢(永远只是一只)在头顶上高得几乎望不见的地方发出呼啸声,他们知道,如果他们死了,或者是一头母牛死了,那只鸢就会扑下来。而在遥远的地方,另一只鸢会看见他下降,于是就跟着飞下来,接着又是一只,又是一只,几乎在他们断气以前,不知从哪里就会出现二十只饿鸢。接着,孩子们睡了,醒来,又睡了,他们用干枯的草叶编了些小篮子,把蚂蚱放进去;或是捉两只螳螂,让他们打架;要不他们就用丛林的红色坚果和黑色坚果编成一串项链;或是观察一只趴在岩石上晒太阳的蜥蜴或是一条在水坑旁边抓青蛙的蛇。然后他们唱起了漫长的歌曲,结尾的地方都带着当地人奇特的颤音,这样的白天仿佛比大多数人的整个一生还要长。他们或许用泥捏一座城堡,还捏些泥人和泥马、泥水牛,在泥人手里插上芦苇,他们自己装作国王,泥人是他们的军队,或者他们假装是受人礼拜的神。傍晚到来了,孩子们呼唤着,水牛迟钝地爬出黏糊糊的污泥,发出一声又一声像枪声一样响亮的声音,然后一个挨着一个穿过灰暗的平原,回到村子里闪亮的灯火那里。

莫格里每天都领着水牛到他们的泥塘里去,每天他都能看见一英里半以外平原上灰兄弟的脊背(于是他知道谢尔汗还没有回来),每天他都躺在草地上倾

---

① 印度东部的一种树,它的花可做黄色染料。

听四周的声音,回想着过去在丛林里度过的时光。在那些漫长而寂静的早晨,哪怕谢尔汗在韦根加河边的丛林里伸出瘸腿迈错了一步,莫格里也会听见的。

终于有一天,在约好的地方他没有看见灰兄弟,他笑了,领着水牛来到了达克树旁的小溪边。达克树上开满了金红色的花朵。灰兄弟就坐在那里,背上的毛全竖了起来。

"他躲了一个月,好叫你放松警惕。昨天夜里他和塔巴克一块儿翻过了山,正紧紧追踪着你呢。"灰狼喘着气说道。

莫格里皱起了眉头。"我倒不怕谢尔汗,但塔巴克是很狡猾的。"

"不用怕,"灰兄弟稍稍舔了舔嘴唇说道,"黎明时我遇见了塔巴克,现在他正在对鸢鹰们卖弄他的聪明呢,但是,在我折断他的脊梁骨以前,他把一切都告诉了我。谢尔汗的打算是今天傍晚在村庄大门口等着你——专门等着你,不是等别人。他现在正躺在韦根加的那条干涸的大河谷里。"

"他吃过食了吗?他是不是空着肚子出来打猎的?"莫格里说,这问题的回答对他是生死攸关的。

"他在天刚亮时杀了猎物——一头猪,他也饮过水了。记住,谢尔汗是从来不肯节食的,哪怕是为了报仇。"

"噢,蠢货,蠢货!简直像个不懂事的崽子!他又吃又喝还以为我会等到他睡过觉再动手呢!喂,他躺在哪儿?假如我们有十个,就可以在他躺的地方干掉他。这些水牛不嗅到他的气味是不会冲上去的,而我又不会说他们的话。我们是不是能转到他的脚印的背后,好让他们嗅出他来?"

"他跳进韦根加河,游下去好长一段路,来消灭自己的踪迹。"灰兄弟说。

"这一定是塔巴克教他的,我知道。他自己是绝不会想出这个办法的。"莫格里把手指放进嘴里思索着,"韦根加河的大河谷。它通向离这儿不到半英里的平原。我可以带着牛群,绕道丛林,一直把他们带到河谷的出口,然后横扫过去——不过他会从另一头溜掉的。我们必须堵住那边的出口。灰兄弟,你能帮我把牛分成两群吗?"

"我可能不行——不过我带来了一个聪明的帮手。"灰兄弟走开了,跳进一个洞里。接着洞里伸出一个灰色的大脑袋,那是莫格里十分熟悉的,炎热的空气里响起了丛林里最凄凉的叫声——一头在正午时分猎食的狼的吼叫。

"阿克拉!阿克拉!"莫格里拍起巴掌叫道,"我早该知道,你是不会忘记我的。我们手头有要紧的工作呢。把牛群分成两半,阿克拉。让母牛和小牛待在一起，公牛和耕地的水牛在一起。”

两只狼跳开了四对舞的花样，在牛群里穿进穿出，牛群呼哧呼哧地喷着鼻息，昂起脑袋，分成了两堆。母水牛站在一堆，把她们的小牛围在中间，她们瞪起眼睛，前蹄敲着地面，只要哪只狼稍稍停下，她们就会冲上前去把他踩死。在另一群里，成年公牛和年轻公牛喷着鼻息，跺着蹄子。不过，他们虽说看起来更吓人，实际上却并不那么凶恶，因为他们不需要保护小牛。就连六个男人也没法这样利索地把牛群分开。

“还有什么指示？”阿克拉喘着气说，“他们又要跑到一块儿去了。”

莫格里跨到拉玛背上。“把公牛赶到左边去，阿克拉。灰兄弟，等我们走了以后，你把母牛集中到一堆，把她们赶进河谷里面去。”

“赶多远？”灰兄弟问道，他一面喘着气，一面又咬又扑。

“赶到河岸高得谢尔汗跳不上去的地方，”莫格里喊道，“让她们留在那里，直到我们下来。”阿克拉吼着，公牛一阵风似的奔了开去，灰兄弟拦住了母牛。母牛向灰兄弟冲去，灰兄弟稍稍跑在她们的前面，带着她们向河谷底跑去。而阿克拉这时已把公牛赶到左边很远的地方了。

“干得好！再冲一下他们就开始跑了。小心，现在要小心了，阿克拉。你再扑一下，他们就会向前冲过去了。喔唷！这可比驱赶黑公鹿要来劲得多。你没想到这些家伙会跑得这么快吧？”莫格里叫道。

“我年轻的时候也……也捕猎过这些家伙，”阿克拉在尘埃中气喘吁吁地说道，“要我把他们赶进丛林里去吗？”

“哎，赶吧！快点赶他们吧！拉玛已经狂怒起来了。唉，要是我能告诉他，今天我需要他帮什么忙，那该有多好！”

这回公牛被赶向右边，他们横冲直撞，闯进了高高的灌木丛。在半英里外带着牛群观望着的其他放牛孩子拼命跑回村里，喊叫着说水牛全都发了狂，说他们都跑掉了。

其实莫格里的计划是相当简单的。他只不过想在山上绕一个大圆圈，绕到河谷出口的地方，然后带着公牛下山，把谢尔汗夹在公牛和母牛群中间，然后捉住他。因为他知道，谢尔汗在吃过食，饮过大量水以后，是没有力气战斗的，并且也爬不上河谷的两岸。他现在用自己的声音安慰着水牛。阿克拉已经退到牛群的后面，只是有时哼哼一两声，催着殿后的水牛快点走。他们绕了个很大很大的圆圈，因为他们不愿离河谷太近，引起谢尔汗的警觉。最后，莫格里终于把弄糊涂了的牛群带到了河谷出口，来到一块急转直下、斜插入河谷的草地上。站在那块高坡上，可以越过树梢俯瞰下面的平原；但是莫格里却只注视河谷的两岸。他非常满意地看见，两岸非常陡峭，几乎是直上直下，岸边长满了藤蔓和爬山虎，一只想逃出去的老虎，在这里是找不到立足点的。

"让他们歇口气，阿克拉，"他抬起一只手说，"他们还没有嗅到他的气味呢。让他们歇口气。我得告诉谢尔汗是谁来了。我们已经使他落进了陷阱。"

他把双手围在嘴边，冲着下面的河谷高喊——这简直像冲着一条隧洞叫喊一样。回声从一块岩石弹到另一块岩石上。

过了很久，传来了一头刚刚醒来的、吃得饱饱的老虎慢吞吞的带着倦意的咆哮声。

"是谁在叫？"谢尔汗说。这时，一只华丽的孔雀惊叫着从河谷里振翅飞了出来。

"是我，莫格里。偷牛贼，现在是你到会议岩去的时候了！下去！快赶他们下去，阿克拉！下去，拉玛，下去！"

牛群在斜坡边上停顿了片刻，但是阿克拉放开喉咙发出了狩猎的吼叫，牛便一个接一个地像轮船穿过激流似的飞奔下去，沙子和石头在他们周围高高地溅起。一旦奔跑起来，就不可能停住了。他们还没有进入峡谷的河床，拉玛就嗅出了谢尔汗的气味，吼叫起来。

"哈！哈！"莫格里骑在他背上说，"这下你可明白了！"只见乌黑的牛角、喷着白沫的牛鼻子、鼓起的眼睛，像洪流一般冲下河谷，如同山洪暴发时大圆石头滚下山去一样；体弱的水牛都被挤到河谷两边，他们冲进了爬山虎藤里。他们知道眼下要干什么——水牛群要疯狂地冲锋了，任何老虎都挡不住他们。谢尔汗听见了他们雷鸣般的蹄声，便爬起身来，笨重地走下河谷，左瞧右瞧，想找一条路逃出去；可是河谷两边的高坡是笔直的，他只好向前走去，肚里装满了沉甸甸的食物和饮水，这会儿叫他干什么别的都可以，他就是不想战斗。牛群践踏着他刚才离开的泥沼，不停地吼叫着，直到狭窄的河沟里充满了回响。莫格里听见河谷底下传来了回应的吼声，看见谢尔汗转过身来（老虎知道，到了紧急关头，面向着公牛比向着带了小牛的母牛总要好一点儿），接着拉玛被绊了一下，打了个趔趄，踩着什么软软的东西过去了。那些公牛都跟在他身后，他们迎头冲进了另一群牛当中，那些不那么强壮的水牛挨了这一下冲撞，都被掀得四蹄离了地。这次冲刺使两群牛都涌进了平原，他们用角抵，用蹄子践踏，喷着鼻息。莫格里看准了时机,从拉玛脖子上出溜下来,拿起他的棍子左右挥舞。

“快些,阿克拉!把他们分开。叫他们散开,不然他们彼此会斗起来的。把他们赶开,阿克拉。嗨,拉玛!嗨!嗨!嗨!我的孩子们,现在慢些,慢些!一切都结束了。”

阿克拉和灰兄弟跑来跑去,咬着水牛腿。牛群虽说又一次想回过头冲进河谷,莫格里却设法叫拉玛掉转了头,其余的牛便跟着他到了牛群打滚的泥沼。

谢尔汗不需要牛群再去践踏他了。他死了,鸢鹰们已经飞下来啄食他了。

“弟兄们,他死得像条狗。”莫格里说,一面摸着他的刀。他和人生活在一起以后,这把刀老是挂在他脖子上的一个刀鞘里。“不过,反正他是根本不想战斗的,他的毛皮放在会议岩上一定很漂亮,我们得赶快动手干起来。”

一个在人们中间教养大的孩子,做梦也不会想独自去剥掉一只十英尺长的老虎的皮,但是莫格里比谁都了解一头动物的皮是怎样长上的,也知道怎样把它剥下来。然而这件活儿确实很费力气,莫格里用刀又砍又撕,累得嘴里直哼哼,干了一个钟头;两只狼在一边懒洋洋地伸出舌头,当他命令他们的时候,他们就上前帮忙拽。

一会儿,一只手搭上了他的肩头。他抬头一看,是那个有根陶尔步枪的布尔迪阿。孩子们告诉村里人,水牛全惊跑了,布尔迪阿怒冲冲地跑出来,一心要教训莫格里一番,因为他没有照顾好牛群。狼一看有人来了,便立刻溜开了。

“这是什么蠢主意?”布尔迪阿生气地说,“你以为你能剥下老虎的皮!水牛是在哪里踩死他的?哦,这还是那只跛脚虎哩,他的头上还悬了一百卢比的赏金。好啦,好啦,把牛群吓跑的事,我们就不跟你计较了,等我把虎皮拿到卡里瓦拉去,也许还会把赏金分给你一卢比。”他在围腰布里摸出打火石和火镰,蹲下身子去烧掉谢尔汗的胡须。当地许多猎人总是烧掉老虎的胡须,免得老虎的鬼魂缠上自己。

“哼!”莫格里仿佛是对自己说,同时撕下了老虎前爪的皮,“原来你想把虎皮拿到卡里瓦拉去领赏钱,也许还会给我一个卢比?可是我有我的打算,我要留下虎皮自己用。喂,老头子,把火拿开!”

“你就这样对村里的猎人头领说话吗?你杀死这头老虎,全凭了你的运气和你那群水牛的蠢劲儿。这只老虎刚刚吃过食,不然,到这时他早已跑到二十英里之外去了。你连怎么好好剥他的皮都不会,小讨饭娃。好哇,你确实应该教训我不要烧他的胡须,莫格里,这下子我一个安那赏钱也不给你了,还要给你一顿好揍。离开这具尸体!”

“凭赎买我的公牛起誓,”莫格里说,他正在设法剥下老虎的肩胛皮,“难道整个中午我就这么听一只老人猿唠叨个没完吗?喂,阿克拉,这个人老缠着我。”

布尔迪阿正弯腰朝着老虎脑袋,突然发现自己被仰面掀翻在草地上,一头灰狼站在他身边,而莫格里继续剥着皮,仿佛整个印度只有他一个人。

“好——吧,”他低声说道,“你说得完全对,布尔迪阿。你永远也不会给我一安那赏钱。这头跛老虎过去和我有过冲突——很久以前的冲突,而我赢了。”

说句公道话,如果布尔迪阿年轻十岁的话,他在森林里遇见了阿克拉,是会和他较量一下的,但是一头听这孩子命令的狼——而这个孩子又和吃人的老虎在很久以前有过私人冲突,这头狼就不是一头普通的野兽了。布尔迪阿认为这是巫术,是最厉害的妖法,他很想知道,他脖子上戴的护身符是不是能够保护他。他躺在那里,一动也不敢动,随时准备看见莫格里也变成一只老虎。

“王爷!伟大的国王!”他终于嘶哑着嗓子低声说道。

“嗯。”莫格里没有扭过头来,抿着嘴轻声笑了。

“我是个老头子。我不知道你是个非同一般的放牛孩子。你能让我站起来离开这儿吗?你的仆人会把我撕成碎片吗?”

“去吧,祝你一路平安。只不过下一次再也不要乱插手我的猎物了。放他走吧,阿克拉。”

布尔迪阿一瘸一拐地拼命朝村里跑去,他不住地回头瞧,害怕莫格里会变成什么可怕的东西。他一到村里,就讲出了一个净是魔法、妖术和巫术的故事,使得祭司听了脸色变得十分阴沉。

莫格里继续干他的活,但直到将近傍晚,他和狼才把那张巨大的花斑皮从老虎身上剥下来。

“我们现在先把它藏起来,把水牛赶回家。来帮我把他们赶到一块儿吧,阿克拉。”

牛群在雾蒙蒙的暮色中聚到一块儿了。当他们走近村子时,莫格里看见了火光,听见海螺呜呜地响,铃儿丁当地摇。村里一半的人似乎都在大门那里等着他。“这是因为我杀死了谢尔汗。”他对自己说;但是一阵雨点似的石子在他耳边呼啸而过,村民们喊道:“巫师!狼崽子!丛林魔鬼!滚开!快些滚开,不然祭

他躺在那里，一动也不敢动，随时准备看见莫格里也变成一只老虎。

司会把你再变成一头狼。开枪，布尔迪阿，开枪呀！”

那支旧陶尔步枪砰的一声开火了，一头年轻的水牛痛得吼叫起来。

“这也是巫术！”村民叫喊道，“他会叫子弹拐弯。布尔迪阿，那是你的水牛。”

“这是怎么回事呀？”石头越扔越密，莫格里摸不着头脑地说。

“你这些兄弟跟狼群没什么两样，”阿克拉镇定自若地坐下说，“我看，假如子弹能说明什么的话，那他们是想把你驱逐出去。”

“狼！狼崽子！滚开！”祭司摇晃着一根神圣的罗勒树枝叫喊道。

“又叫我滚吗？上次叫我滚，因为我是一个人。这次却因为我是只狼。我们走吧，阿克拉。”

一个妇人——她是米苏阿——跑到牛群这边来了，她喊道：“啊，我儿，我儿！他们说你是个巫师，能随便把自己变成一头野兽。我不相信，但是你快走吧，不然他们会杀死你的。布尔迪阿说你是个巫师，可是我知道，你替纳索的死报了仇。”

“回来，米苏阿！”人们喊道，“回来，不然我们就要向你扔石头了。”

莫格里恶狠狠地、短促地笑了一声，因为一块石头正好打在他的嘴巴上。“跑回去吧，米苏阿。这是他们黄昏时在大树下面编的一个荒唐的故事。我至少为你儿子的生命报了仇。再会了，快点跑吧，因为我要把牛群赶过去了，他们跑得会比碎砖头块还快呢。我不是巫师，米苏阿。再会！”

“好啦，再赶一次，阿克拉，”他叫道，“把牛群赶进去。”水牛也急于回到村里。他们几乎不需要阿克拉的咆哮，就像一阵旋风似的冲进了大门，把人群冲得七零八散。

“好好数数吧！”莫格里轻蔑地喊道，“没准儿我偷走了一头牛呢。好好数数吧，因为我再也不会给你们放牛了。再见吧，人的孩子们，你们得感谢米苏阿，因为她，我才没有带着我的狼沿着你们的街道追捕你们。”

他转过身，带着孤狼走开了；当他仰望着星星时，他觉得很幸福。“我不必再在陷阱里睡觉了，阿克拉。我们去取出谢尔汗的皮，离开这里吧。不，我们绝不伤害这个村庄，因为米苏阿待我是那么好。”

当月亮升起在平原上空，使一切变成了乳白色的时候，吓坏了的村民看见了身后跟着两只狼的莫格里，他的头上顶着一包东西，正用狼的平稳小跑姿势赶着路，狼的小跑就像大火一样，把漫长的距离一下子就消灭掉了。于是他们更加使劲地敲起了庙宇的钟,更响地吹起了海螺;米苏阿痛哭着,布尔迪阿把他在丛林里历险的故事添枝加叶,讲了又讲,最后竟说,阿克拉用后脚直立起来,像人一样说话。

莫格里和两只狼来到会议岩的山上,月亮正在下沉,他们先在狼妈妈的山洞停下了。

“他们把我从人群里赶了出来,妈妈,”莫格里喊道,“可是我实现了诺言,带来了谢尔汗的皮。”狼妈妈从洞里费力地走了出来,后面跟着狼崽们;她一见虎皮,眼睛便发亮了。

“那天他把脑袋和肩膀塞进这个洞口,想要你的命,小青蛙;我就对他说:捕猎别人的,总归要被人捕猎的。干得好。”

“小兄弟,干得好,”一个低沉的声音从灌木丛里传来,“你离开了丛林,我们都觉得寂寞。”巴希拉跑到莫格里赤裸的双脚下。他们一块儿爬上会议岩,莫格里把虎皮铺在阿克拉常坐的那块扁平石头上,用四根竹钉把它固定住。阿克拉在上面躺了下来,发出了以前召集大会时的召唤声——“瞧啊——仔细瞧瞧,狼群诸君!”那声音正和莫格里初次被带到这里时他的呼叫一模一样。

自从阿克拉被赶下台以后,狼群就没有了首领,他们可以随心所欲地行猎和殴斗。但是他们出于习惯,回答了召唤。他们中间,有些跌进了陷阱,变成了瘸子;有些中了枪弹,走起来一拐一拐的;另一些吃了不洁的食物,全身的毛变得癞巴巴的。还有许多头狼下落不明,但是剩下的狼全都来了。他们来到会议岩,看见了谢尔汗的花斑毛皮摊在岩石上,巨大的虎爪连在空荡荡的虎脚上,在空中晃来晃去。就是在这时,莫格里编了一首不押韵的歌,这首歌自然而然地涌上了他的喉头,他便高声把它喊了出来。他一面喊,一面在那张嘎嘎响的毛皮上蹦跳,用脚后跟打着拍子,直到他喘不过气来为止。灰兄弟和阿克拉也夹在他的诗节中间吼叫着。

“仔细瞧吧,噢,狼群诸君!我是否遵守了诺言?”莫格里喊完以后说;狼群齐声叫道:“是的。”一头毛皮凌乱的狼嚎叫道:“还是你来领导我们吧,啊,阿克拉。再来领导我们吧,啊,人娃娃,我们厌烦了这种没有法律的生活,我们希望重新成为自由的兽民。”

“不,”巴希拉柔声说道,“不行。等你们吃饱了,那种疯狂劲儿又会上来的。把你们叫作自由的兽民,不是没有缘故的。你们不是为了自由而战斗过了吗?现在你们得到了自由。好好享受它吧,狼群诸君。”

“人群和狼群都驱逐了我，”莫格里说，“现在我要独自在丛林里打猎了。”

“我们和你一起打猎。”四只小狼说。

于是从那天起，莫格里便离开了那里，和四只小狼在丛林中打猎。但是他并没有孤独一辈子，因为许多年以后，他长大成人，结了婚。

不过，那是一个讲给成年人听的故事了。

国王的象叉

有四样最最贪得无厌的东西，
　自古以来从没有感到满足：
茄卡那鸟的嘴巴，
　鸢的胃口，
　无尾猿的手和人的眼睛。

——丛林谚语

这是大蟒蛇卡阿出生以来大约第二百次蜕皮；莫格里从来没有忘记陷进“寒穴”那个夜晚，幸亏卡阿救了他一命——这件事你也许还记得——于是这次莫格里便去祝贺他蜕皮。蛇在蜕皮时总是情绪低沉，闷闷不乐，一直要到新的蛇皮变得光亮美观的时候为止。现在卡阿再也不拿莫格里取笑了，而是像丛林里的其他兽族一样，把他奉为丛林的大王，他经常把像自己这么大的身躯的蟒蛇自然而然能打听到的消息都告诉莫格里。卡阿对人们所谓的中部丛林可说是了如指掌——凡是有关地面上跑的、地底下跑的、石头上待着的、地洞里住着的，还有在树上住着的那些生物的事情，他都知道——他不知道的事，满可以全部写在他身上最小的一块鳞片上。

那天下午，莫格里正坐在卡阿蜷成一团的身体中间，抚摸着卡阿刚换下的那身破破烂烂、碎成一片片的旧蛇皮。这块蛇皮还像卡阿蜕掉它的时候那样，纠结在一块，扭得乱七八糟，扔在岩石中间。卡阿非常殷勤地把自己的身躯垫在莫格里光裸的宽肩膀后面，所以这个少年简直就像靠在一张活躺椅里一样舒服。

“连眼睛上的鳞片也是十全十美的，”莫格里抚弄着旧蛇皮，悄声说道，“看见自己脑袋上的皮躺在自己脚底下，真有点儿不可思议！”

“是呀，不过我没有脚，”卡阿说，“而且蜕皮既然是我们这族的规矩，我也就不觉得有什么奇怪了。你的皮难道从来没有感到破旧和粗糙的时候吗？”

“要是那样，我就去洗洗，扁脑袋；不过，在热极了的暑天里，我倒真的希望我能一点儿不觉得疼地把皮脱下来，光溜溜地到处跑。”

“我洗自己，可是同时也脱掉我的皮。你瞧我这身新外衣怎么样？”

莫格里顺着他巨大脊背上的垂直的方格花纹摸下去。“乌龟的背比你更硬，可是没你的鲜艳，”他精明地说，“和我同名的青蛙比你鲜艳，可是没有你坚硬。你的外皮看上去真美——就像百合花蕊边缘上的斑纹。”

“它还缺点儿水。一张新皮不洗一次澡是不会把全部颜色都显出来的。我们去洗个澡吧。”

“我抱你去吧。”莫格里说，于是他乐呵呵地俯下身子，想把卡阿那巨大的躯体的中间那一段，正好是最粗的那一段身子抱起来。这就好比一个人想抬起一根两英尺长的总水管一样；卡阿纹丝不动地躺在那里，鼓起双颊，暗自觉得有趣。接着，他们每天傍晚都要玩的游戏开始了——一个是充溢着巨大精力的男孩子，另一个是换了一身华丽新皮的蟒蛇，他们开始交手，进行一场摔跤比赛，这是眼力和劲头的较量。当然，只要卡阿使足了劲头，他完全能把哪怕是十二个莫格里压成肉泥；但是他玩得很小心，从来不把劲头使出十分之一来。自从莫格里长大了，能承受得了一点点儿粗暴待遇时起，卡阿就教会了他这种游戏，这比什么其他办法都更能锤炼他的四肢。有时，莫格里几乎被卡阿绕成一圈圈的滑动的躯体团团围住，直到嗓子眼那里。他使劲想松出一只手臂，好抓住卡阿的喉咙。接着，卡阿突然变软了，松开了；莫格里就会趁着卡阿巨大的蛇尾向后摆动，去找一块石头或者树桩撑住身体的时候，飞快地移动脚步，不让它找到支撑点。这时他们便互相抱着头滚来滚去，相互窥伺着时机，于是这一对像雕塑般健美的对手就变成了一团黄黑色的蛇圈和胡乱挣扎的胳臂和腿，一次又一次地倒下，然后又竖立起来。“嗨！嗨！嗨！”卡阿说道，他伸出脑袋一次次佯装进攻的样子，快得连莫格里那样敏捷的手也无法把它推开。“瞧吧！我碰着你这儿啦，小兄弟！这儿，还有这儿！你的手麻木了吗？这儿又是一下！”

游戏总是以同一种方式结束——蛇脑袋一记笔直有力的打击，把男孩打翻在地。莫格里始终没学会如何对付那一记闪电似的袭击，而卡阿说，他根本用不着想去对付它。

“祝你打猎顺利！”卡阿最后咕噜道；而莫格里像往常一样，一下子被摔到了六码以外的地方。他一面喘着气，一面大笑。他抓了满满一手的青草，从地上站起来，跟在卡阿后面，来到这条聪明的蛇最喜爱的洗澡的地方——这是一汪围在岩石中间的黑洞洞的深水潭，旁边散布着沉入地里的树桩，给这地方添加了一些情趣。小伙子照丛林的方式，静悄悄地溜进水里，潜水到了对岸。然后同样静悄悄地冒出水面，仰面躺着，两只胳臂交叉在脑袋后面，望着升起在岩石上面的月亮，用脚丫子把月亮映在水里的影子搅碎。卡阿钻石形状的脑袋像一把剃刀划开了湖水，他浮出水面，正好躺在莫格里的肩头上。他们就这样静静地躺着，舒舒服服地浸泡在清凉的水里。

"真棒呀，"莫格里终于睡意蒙眬地说道，"这会儿，在'人群'里，我记得每到这个时候，他们就把一些坚硬的木头片放进一个泥做的陷阱里，他们仔细地把清新空气都关在门外以后，便用一块臭气扑鼻的布蒙住他们的笨脑袋，鼻子里哼呀咳地唱起邪恶的歌来。丛林里可比他们那里好得多。"

一条匆忙赶路的眼镜蛇从一块岩石背后出溜下来，饮了水后，对他们说了声"打猎顺利"，便走开了。

"咝！"卡阿说，他仿佛刚刚想起了什么事，"丛林满足了你的一切愿望，是吗，小兄弟？"

"并不是一切愿望都满足了，"莫格里笑着说道，"否则每个月都得再出生一头新的强壮的谢尔汗，好让我把他杀死。现在，我可以用自己的手杀死他了，不用请水牛们帮忙。另外，我曾经希望在雨季里能够阳光普照，而在夏天最酷热的时候，我希望雨水能盖住阳光。还有，我每次饿着肚子的时候，总是希望我能杀死一头山羊；每次我杀了一头山羊的时候，又总是希望他是一头公鹿；而当我杀了一头公鹿的时候，我又希望他是一头大羚羊。不过，人心不知足，我们全都这样。"

"你没有别的愿望了吗？"大蛇问道。

"我还能有什么更多的愿望呢？我有丛林，还有丛林赐给我的一切恩惠！在日出和日落之间，还有什么地方的东西比这儿更丰富呢？"

"喂，那条眼镜蛇说……"卡阿开口说道。

"哪条眼镜蛇？是那条刚才没说什么就走开的眼镜蛇吗？他正在打猎。"

"我说的是另一条。"

"你和那些有毒的兽族有很多来往吗？我总是让他们走自己的路。他们的门牙里携带着死亡，那可不是件好事——因为他们是那么小。不过，和你说话的那条蛇的头兜是什么样的？"

卡阿在水里慢吞吞地翻了个身，就像在横浪里前进的一艘火轮船一样。"三四个月以前，"他说，"我在'寒穴'那儿狩猎，那地方你大概没忘记吧。我捕猎的那家伙尖叫着逃过蓄水池，逃进那所房子——就是我曾经为了救你而砸破它的墙的那所房子——钻进地洞里去了。”

“可是‘寒穴’里的兽族并不是生活在地洞里的。”莫格里明白卡阿指的是猴子。

“这家伙并不是在‘生活’,倒是想要‘生活’下去,”卡阿回答说,他的舌头颤动了一下,“他钻进一条很深很长的地洞里。

我跟踪上去,捕杀了他以后,我就睡了。醒来以后我向前走去。”

“在地底下吗?”

“正是。后来我遇见了一条‘白头兜’(白眼镜蛇),他告诉了我一些我不知道的事,还带我看了许多我从来没有见过的东西。”

“是新的猎物吗?你的狩猎成功吗?”莫格里迅速地侧过身来。

“那不是猎物,而且它们会把我所有的牙齿都咬断的;可是‘白头兜’说,人——他对人类是很了解的——人为了能看一眼这些东西,哪怕舍出命来也肯干的。”

“我们去看一看吧,”莫格里说,“我现在记起了,我也曾经是人。”

“慢些——慢些。那条吃掉了太阳的黄蛇,就是因为匆忙才送了命。我们在地下谈了起来,我提到了你,说你是一个人。‘白头兜’说(他的确和丛林一样老了),‘我有很久没见到一个人了。叫他来吧,他会看见所有这些东西的。许多人为了这里最小的一件东西也愿意舍掉性命。”

“那肯定是什么新的猎物。可是那些有毒的兽族遇到猎物时是从来不通知我们的。他们是很不友好的一族。”

“它们不是猎物。它是……它是……我说不出它是什么。”

“我们到那里去吧。我还从没见过一条‘白头兜’,另外我还想看看那些东西。他捕杀它们吗?”

“它们是没有生命的东西。他说,他是那所有东西的看守人。”

“噢!就像一头狼看守着他拖回自己巢穴里去的肉那样。我们走吧。”

莫格里游向岸边,在草地上滚干了身体,他们两个便出发到“寒穴”去了。这是一个荒无人迹的城市遗址,你大概听说过它。莫格里那时一点儿也不怕猴群了,可是猴群却对莫格里怕得要命。不过,他们一族全到丛林劫掠去了,所以在月光下,“寒穴”是空旷寂静的。卡阿带路来到阳台上王妃亭的废墟,他从一堆垃圾上溜了过去,钻进了亭子中心通往地下的那座堵住了一半的楼梯。莫格里先是发出了一声蛇的呼喊:“你和我,我们是同胞。”然后手脚并用,跟在后面。

他们爬进一个长长的倾斜的通道。通道拐来拐去,拐了好几个弯,最后他们爬到一个地方,那里有一棵离地三十英尺的巨大的树,树根把墙上一块实心的石头顶了出来。他们就从这个窟窿里爬了过去,爬进了一间很大的地下洞窟,洞窟的圆顶也被树根顶破了,因此有几条光线从洞顶射进黑暗中。

“这是个很安全的窝,”莫格里稳稳站起身来说,“可惜太远了,没法天天来。好吧,我们来看的那些东西在哪里?”

“难道我不值得看吗?”洞窟正中有个声音说道;莫格里看见有个白色的东西在移动,一条他所见过的最大的眼镜蛇慢慢地直立起来——这条蛇足有八英尺长,由于长期待在黑暗里,身体的颜色已经褪成了陈旧的象牙般的白色,就连蛇的头兜也褪成了淡黄色。他的眼睛像红宝石一样鲜红。总而言之,这条蛇简直奇妙极了。

“祝你打猎顺利!”莫格里说,他从不忘记对人要有礼貌,就跟他从不忘记带上他的小刀一样。

“关于那座城市有什么消息吗?”白眼镜蛇没有回答他的问候,却这样问道,“就是那座有围墙的巨大的城市——那个拥有一百头象、两千匹马和不计其数的牛羊的城市——那个统率着二十个国王的王中之王的城市?我的耳朵在这里已经变聋了,我很久没听见他作战的锣声了。”

“我们的头顶上是丛林,”莫格里说,“我只认识象群里的哈蒂和他的儿子们。巴希拉把一个村庄里所有的马都杀死了,而且,什么是国王呀?”

“我告诉过你了,”卡阿温和地对眼镜蛇说,“四个月以前我就告诉过你,你的城市已经不存在了。”

“那座城市——那座森林中的巨大城市,它所有的城门都由国王的塔楼把守着——它是永远不会被消灭的。还在我父亲的父亲从蛇卵里孵化出来以前,他们就建立了那座城市,它会一直存在,直到我的儿子们的儿子也变得像我一样白!它是由叶迦苏里的儿子维叶加,维叶加的儿子昌德拉比加,昌德拉比加的儿子萨洛姆狄在巴帕·拉瓦文时代建造起来的。你是属于谁家的牲口?”

“此路不通,”莫格里转过脸对卡阿说道,“我听不懂他说的话。”

“我也听不懂。他太老了。眼镜蛇的父亲啊,这里只有丛林,自古以来它就在这里。”

“那么,他是谁,”白眼镜蛇说道,“那个坐在我面前,毫不害怕,不知道国王是什么,用人的嘴说着我们的话的人是谁?那个佩带小刀,会讲蛇的语言的人是谁?”

“他们叫我莫格里,”回答是这样的,“我来自丛林。狼是我的同胞,这里的卡阿是我的兄弟。眼镜蛇的父亲啊,你是谁?”

“我是国王宝藏的看守人。当我的皮肤还是黑色的时候,库伦王公建造了我头顶上这座石窟,命令我用死亡来教训那些前来盗宝的人。然后他们从上面把珠宝放进石窟里,那时我听见了我们的主人婆罗门的歌声。”

“嗯!”莫格里自言自语,“我在‘人群’里的时候,已经跟一个婆罗门打过了交道,我心里有数。邪恶也会来到这里。”

“自从我待在这儿以后,上面的石盖已经被掀起过五次,每次都是为了放进更多的珍宝,从来没有取出去过。不论在哪儿都没有这样的宝藏,这是属于一百个国王的珍宝。可是在最后一次石盖被掀起以后,已经过去了很久很久了,我还以为我的城市把我们忘了呢。”

“城市已经没有了。抬头看看吧,在你头顶上,大树的树根把石头都掀开了。树和人是不会在一块儿长大的。”卡阿坚持道。

“有两三回,人们找到了这个地方,”白眼镜蛇恶狠狠地说,“他们在黑暗里摸索,可是他们一直没有出声,接着,他们只短短地喊叫了一声。可是你们却带着谎话来到这里,你们两个:人和蛇,你们要使我相信城市已经不存在了,我的看守职责也就结束了。多少年来,人的变化不大。可是我是绝不改变的!我要一直等到石盖被掀起,婆罗门教徒们唱着我知道的歌走下地窖,用热牛奶喂我,把我带到明亮的地方去的时候,否则我……我……我,而不是别人,仍然是国王宝藏的看守官!你们说城市已经死亡了,你们说,树根长到了这里?那么,你们弯下腰随便拿吧。天下没有这样的珍宝。那个会说蛇的语言的人,你要是能从你进来的地方活着出去,那么那些小国王们就都要听从你的命令了!”

“还是此话不通,”莫格里泰然自若地说道,“难道真有一头豺钻到这么深的地方,咬了这位伟大的‘白头兜’一口吗?他肯定是疯了。眼镜蛇的父亲啊,我看不见这儿有什么东西可以拿走。”

“我以太阳和月亮的神明的名字起誓,这孩子犯了疯病,是在找死啊!”眼镜蛇嗞声说道,“在叫你合上眼以前,我赐给你这个恩惠。瞧吧,瞧瞧从来没有人看见过的东西!”

“还没有哪个丛林里的生物敢说什么赐给莫格里恩惠的话呢,”男孩子低声说道,“不过,我想,在这片黑暗的地方大概谁都会变样的。好吧,我就看看,如果这会使你高兴的话。”

他眯起双眼朝洞窟四周望去，然后从地上拾起一把闪闪发亮的东西。

“啊哈！”他说道，“这很像在‘人群’里他们常常玩的那种东西；不过这是黄色的，他们玩的都是褐色的。”

他扔下了手里那些金币，向前走去，洞窟的地上堆积的金币和银币足有五六英尺深。它们已经挣破了原来包装它们的麻袋而滚落出来，由于年深日久，这些金属就像在退潮时滞留下来的沙砾一样，压得紧紧的，形成一堆。一些镶着珠宝的、有浮雕花样的银制象轿散落在金币和银币上面，或是从金币里面露出来，就像沉船在沙砾中显露出来一样，它们外面点缀着锤得薄薄的金片，上面还装饰着红宝石和绿松石。这里还有女王使用的肩舆和暖轿，它们的骨架是用银和上釉的珐琅制作的，轿杠的把手是翡翠做的，窗帘的吊环是琥珀做的；这儿还有装饰着绿宝石的金烛台，穿了孔的绿宝石在烛台支架上晃动；这儿还有已被人遗忘的神的银制神像，它们有五英尺高，装饰着饰钉，眼睛是用宝石做的；这儿还有嵌金的锁子钢甲，边缘上缀着乌黑的、已经朽坏的细粒珍珠；这里还有顶上饰以一串串深红色红宝石的头盔；这儿还有用龟甲和水牛皮制作的漆盾牌，上面饰以镏金片，边缘上嵌了绿宝石；这儿还有一捆捆柄上镶着钻石的宝剑、匕首和猎刀；这儿还有祭祀用的金碗和金勺以及设在地下从没见过天日的轻便祭坛；这儿还有玉杯和玉镯；这儿还有香炉，梳子，装香水、染指甲水和眼膏的带有浮雕的金瓶；这儿还有数不清的鼻环、臂箍、束发带、指环和腰带；这儿还有七指宽的嵌有四方形钻石和红宝石的皮腰带；这儿还有箍了三层铁圈的木箱，箱子的木头已经朽烂成了粉末，露出里面装的一堆堆没有琢磨过的星彩蓝宝石、蛋白石、猫眼石、刚玉宝石、红宝石、钻石、祖母绿、石榴石。

“白头兜”说得不错。不论多少钱也买不到这些宝藏。这是经过多少个世纪的战乱、抢劫、贸易和税收，经过仔细筛选和淘汰而后挑选出来的宝物。不要说那些宝石，仅仅那些钱币，就是无价之宝；这里的金银大约净重两三百吨。现在印度的每个土著王公，不论怎么穷，都有窖藏的财宝，他们总是不断地往里面增加东西；虽说隔很久会出一个比较开明的王公，他也许会派四五十头水牛载着银子，去换取政府的债券，可是绝大多数王公都保存了他们的宝藏，并且秘而不宣，牢牢保守着自己的秘密。

莫格里当然不会懂得这些财宝的含义。其中那些匕首使他稍稍产生了一点儿兴趣，可是它们不像他自己那把刀有准头，因此他又把它们扔下了。最后，他在一只象轿前面，找到一样被钱币埋掉一半的东西，它可真正使他着了迷。那是根三英尺长的象叉，或者叫象刺——样子有些像一只小小的带钩的撑船篙子。把手的顶部有一块光彩夺目的圆形红宝石，把手约有八英寸长，密密麻麻嵌满了天然绿松石，握起来非常方便。接下来是一个翡翠环，上面雕着一朵花——红宝石做的花瓣，嵌在冰凉的绿宝石叶片之中。把手的其余部分是一根纯粹的象牙。象叉的顶端是一根尖刺和一只钩子——都是钢的，外面镏金，刻有猎象的图画，这些图画吸引了莫格里，他看出这些图画和他的沉默的朋友大象哈蒂有些关系。

“白头兜”一直紧紧地跟在他身后。

“为了看看这些，难道不值得舍掉性命吗？”他说，“你瞧，我难道没有大大地帮你的忙吗？”

“我不懂，”莫格里说，“这些东西又硬又冷，一点儿也不好吃。不过这个，”他举起了象叉，“我想拿到太阳底下去瞧瞧。你说这些东西全都属于你吗？你能不能把它送给我？我会给你抓些青蛙来吃的。”

“白头兜”恶意地笑了，笑得全身都抖动起来。“我当然肯送给你，”他说道，“这儿的一切我都送给你，只要你能离开这个地方。”

“可是我现在就要离开。这里又黑暗又冰冷，我想把这个有尖刺的东西拿到丛林里去。”

“看看你的脚下。那儿是什么？”

莫格里拾起一块白白的光滑的东西。

“它是一个人的头骨，”他安然说道，“这儿还有另外两块头骨。”

“他们是许多年前想来拿走宝藏的人。我在黑暗里和他们说了话，于是他们就安安静静地躺下了。”

“可是我要这叫作宝藏的东西干什么？你只要让我拿走象叉，我这次狩猎就算没有白来。就是不给我，也不要紧，我的狩猎仍然是成功的。我不爱跟有毒的兽族打架，人家也教过我你们这一族的密语。”

“这儿只有一句密语。它是属于我的！”

卡阿眼睛熠熠发光，挺身上前。“是谁叫我把人带到这儿来的？”他咝声说道。

“当然是我，”老眼镜蛇口齿不清地说道，“我很久没有看见人了，而且这个人还会说我们的语言。”

“可是我们没有说过要杀死他呀。你叫我怎么能回到丛林里去，让别人说是我害死他的?"

"不到时候,我不会说出杀他的话。至于你回不回去,那边墙上有个洞。住嘴吧,你这宰猴子的胖家伙!我只要碰一下你的脖子,丛林里就再也不会见到你了。到这里来的人还从来没有活着出去的。我是国王城市的宝藏看守人!"

"可是,你这个黑洞里的白蛆虫,我告诉你,国王和城市都不存在了!我们的四周全是丛林!"卡阿喊道。

"宝藏还在。不过,我们可以这样办。等一等,岩石里的卡阿,让那男孩跑吧。这儿地方很大,够我们好好玩玩的。生命是宝贵的。来回跑跑,玩一玩吧,孩子!"

莫格里悄悄地伸手摸摸卡阿的头顶。

"这个白家伙直到现在只跟'人群'里的人打过交道,他并不了解我,"他悄声耳语道,"这次狩猎是他自己要求的,就让他试试吧。"莫格里本来是刺尖朝下握着象叉的,他迅速地把它抛了出去,象叉斜着横飞出去,正好落在那条大蛇的头兜后面,把他牢牢钉在地上。一瞬间,卡阿便扑到了那扭曲的躯体上,使他从头到尾都无力动弹。他那红眼睛燃烧着,没有钉住的六英寸花脑袋狂怒地向左右扑打着。

"杀死他!"就在莫格里的手伸出去拔出小刀时,卡阿说道。

"不,"他抽出刀来说,"今后,除了找食物,我再也不杀生了。可是,你瞧瞧吧,卡阿!"他揪住蛇的头兜,用刀锋撬开他的嘴,显出了上颚里那对可怕的毒牙,它埋在牙床里,已经萎缩发黑了。像蛇类通常那样,这头白眼镜蛇已经老得没有毒汁了。

"苏(它已经干涸了)①。"莫格里说道,他挥手叫卡阿让开,拾起象叉,放开了白眼镜蛇。

"国王的宝藏需要一个新的看守了,"他郑重地说道,"苏,你可没有干好自己的工作啊,还是来回跑跑,玩玩吧,苏!"

"我太惭愧了。杀死我吧!"白眼镜蛇咝咝地说。

"杀人的话已经说得太多了。我们现在要走了。我要拿走这个带尖刺的东西,苏,因为我和你交了手,打败了你。"

"好吧,瞧瞧到头来这东西会不会把你杀死。它就是死亡!记住,它就是死

① "苏"的字面意思是"腐烂的树桩"。

亡！这一种东西就足够杀死我的城市里所有的人。丛林里来的人，你占有它的时间不会长的；从你那儿抢走它的人，占有它的时间也不会长的。他们会为了它杀人，杀啊，杀个没完！我的力量已经干涸了，可是这根象叉会代替我干活的。它就是死亡！它就是死亡！它就是死亡！"

莫格里从那个洞里爬回到地道里，他最后一眼看见的是白眼镜蛇疯狂地用他无毒的毒牙啃着地上那些神像的坚硬的金脸，咝咝地说："它就是死亡！"

他们又回到阳光下面，心里很痛快。回到自己的丛林以后，莫格里转动象叉，让它在晨曦中闪闪发光，高兴得就像他找到了一丛新的花朵，把它们插在头发里一样。

"这比巴希拉的眼睛还亮，"他旋转着红宝石高兴地说，"我要把它拿去给他看看；可是那个苏说什么死亡，那是什么意思？"

"我也说不清。他没有挨你的刀子，我觉得非常可惜。在'寒穴'里总是有些邪恶的东西——不管是在地上还是地下。可是我现在觉得饿了，今天早晨你同我一块儿去打猎好吗？"卡阿说道。

"不，我一定得让巴希拉看看这东西。祝你狩猎顺利！"莫格里手舞足蹈地挥舞着象叉走开了。他不时停下来欣赏它，直到他来到巴希拉经常待的那块丛林里的地方。他看见巴希拉吃过丰盛的猎物以后正在饮水。莫格里把自己的冒险事从头到尾告诉了他，巴希拉一面听着，不时嗅嗅那根象叉。当莫格里讲到白眼镜蛇最后的话时，豹子呼噜呼噜地表示赞同。

"那么'白头兜'讲的是实话喽？"莫格里急忙问道。

"我是出生在奥德普尔国王的兽笼里的。我心里明白，我对人还是有点儿了解的。有好多人单是为了一大块红石头，就会一晚上杀掉三条性命的。"

"但是石头拿在手里多重啊。我那把发亮的小刀要好得多；而且，你瞧！那红石头不能吃。那么他们究竟为什么要杀人呢？"

"莫格里，去睡觉吧。你在人当中生活过，而且……"

"我记得。人们杀生不是为了打猎——是为了无聊，为了取乐。醒醒吧，巴希拉。这个有尖刺的东西是做什么用的？"

巴希拉的眼睛半睁半闭——他太困了——眼里发出恶意的闪光。

"它是人们造出来，用来扎哈蒂的儿子们的脑袋，好让它流出血来的。我在奥德普尔大街上，在兽笼前面，就见过这样的事。这玩意儿尝过许多哈蒂的同胞们的血。"

“可是他们为什么要用它扎象的脑袋呢?”

“为了教会他们遵守人的法律。人由于没有尖牙利爪,就造出这类东西来,而且有的东西比这更凶狠。”

“无论我走到什么地方,总是要流血,就连‘人群’造出的东西也是这样,”莫格里厌恶地说。他对于沉重的象叉已经有点儿厌倦了。“我要是知道这些,决不会拿走它。起先,是米苏阿染在皮带上的血,现在又是哈蒂的血,我再也不用它了。瞧!”

象叉闪着光芒飞了出去,插进三十码外的树丛中间。“我的双手再也不沾死亡的边了,”莫格里在清新潮湿的泥土上擦了擦他的巴掌,说,“那个苏说死亡会跟随我。他老得变白了,他发疯了。”

“不管是白是黑,是死还是活,我可要睡觉了,小兄弟。我实在没法像有些人那样,打猎打了整晚上,接着又嚎叫一个白天。”

巴希拉到两英里外的一个狩猎用的巢穴去了。莫格里为图省事,爬上了附近的一棵树,把三四根藤蔓捆在一起,转眼间就已经在一张离地五十英尺的吊床里晃悠了。莫格里虽说对于强烈的日光没什么绝对的反感,但他还是按照他的朋友们的习惯,尽可能不去利用白天。当莫格里在林中那些喜欢喧闹的兽族中间醒来时,已经暮色重重了,他一直在梦着他扔掉的那些好看的鹅卵石。

“我至少得再去看一眼那件东西。”他说。于是他攀着一根藤蔓爬到地面上。但是巴希拉比他更快。莫格里看见他在昏暗的光线里嗅来嗅去。

“那个有尖刺的东西在哪儿?”莫格里喊道。

“有个人拿走了它。这儿是他的足迹。”

“这下我们可以知道苏说的是不是实话了。假如那个有刺的东西意味着死亡,那个人就会死。我们跟上他吧。”

“我们先去捕杀猎物吧,”巴希拉说,“空肚子的人眼力一定不济。反正人走起来很慢,丛林又够潮湿的,哪怕最轻微的痕迹也会留下来。”

他们尽快地捕杀了猎物,不过当他们吃完肉,饮过水,开始认真地跟踪足迹时,已经过去了将近三个小时。丛林的生物都知道,不管你急着去干什么,吃饭却不该匆忙。

“你认为那个有刺的东西会在那人的手里掉过头来把他杀死吗?”莫格里问道,“苏说它就是死亡。”

“我们找到他以后就会明白的。”巴希拉说。他正低着头在赶路。“这足迹是独脚(他的意思是说,只有一个人的足迹),这件东西的重量已经使他的脚后跟深深压进了地里。”

“嗨!这是明摆着的,就跟夏天的闪电一样。”莫格里回答说。于是他们重新跟着两只赤裸的脚留下的足迹迅速地追踪着,他们在月光洒下的斑斑点点的黑影里绕出绕进,不时改变着方向。

“现在他飞快地跑了起来,”莫格里说,“脚趾张得非常开。”他们走过一段潮湿的地面,“为什么他在这里拐了弯?”

“等一会儿!”巴希拉说,他使劲往前一跃,跳得非常远。当你跟踪的痕迹变得不清楚的时候,首先就得朝前迈步,别让你自己乱七八糟的足迹留在地上。巴希拉落地以后,转过身对莫格里喊道:“这儿有另一条足迹,是冲着他来的。这人脚板要小些,脚趾是朝里的。”

莫格里跑上去仔细察看。“这是一个冈德猎手的脚板,”他说,“瞧!他拖着弓在草地上走了过去。这就是为什么第一条足迹这么快地拐了个弯。大脚板在躲小脚板。”

“对,”巴希拉说,“我们最好别弄乱了痕迹,踩到了自己人的脚印上,我们还是每人跟踪一条脚印吧。我是大脚板,小兄弟,你是小脚板,那个冈德人。”

巴希拉跳回到原来的足迹那里,留下莫格里弯身考察森林里野蛮的矮人留下的奇特的狭小足迹。

“好啦,”巴希拉沿着一串脚印一步步地挪动着,“我,大脚板,在这儿拐了弯。现在我躲在一块岩石后头,死死地站住了,连脚也不敢挪动一下。把你的足迹说出来,小兄弟。”

“好,我,小脚板,已经来到岩石边了,”莫格里沿着痕迹跑了过来,“现在我在岩石下面坐了下来,倚在我的右手上,我的弓放在我的脚趾中间。我等了很久,因为我在这里留下了很深的脚印。”

“我也一样,”巴希拉躲在石头后边说,“我等待着,把那个有刺的东西的尖头靠在一块石头上。它滑了一下,因为石头上剐了一道痕迹。说说你的足迹吧,小兄弟。”

“这里有一根、两根小树枝和一根粗树干被折断了,”莫格里压低了嗓子说,“喂,那条足迹我该怎么说呢?噢,现在明白了。我,小脚板,离开这里,发出声音,踩出脚步声,好让大脚板听见我。”他离开岩石一步一步在树丛中走着。到了一条小小的瀑布旁边,他的声音从远方传来。“我……走得……远远的……

这儿……哗哗的……流水声……掩盖了我的……声音;我就……在这儿……等着。说说你的足迹吧,巴希拉,大脚板!"

豹子正在四下察看大脚板的足迹是怎样从岩石后边伸展开去的。然后他开口说:"我跪着从岩石后边爬了出来,拖着那根带尖刺的东西。我看看四下没有人,就跑开了。我,大脚板,飞快地跑着,足迹很清楚。我们跟着自己追踪的那条足迹去吧。我跑啦!"

巴希拉沿着清晰的足印奔去,莫格里跟着那个冈德族人的足迹。丛林里寂静了片刻。

"你在哪儿,小脚板?"巴希拉喊道。莫格里的声音从右边不到五十码的地方回答了他。

"嗯!"豹子低沉地咳了一声说,"这两人是肩并肩地向前跑哩,他们越来越接近了。"

他们又跑了半英里路,中间一直保持着同样的距离,直到莫格里——他的头不像巴希拉那样低得俯到地上——喊了起来,"他们碰头了!祝狩猎顺利——瞧!小脚板在这儿站过,他的膝盖曾经靠在这块岩石上——嗨,大脚板就在那儿呢!"

在他们前面不到十码远,一堆高低起伏的岩石堆上,躺着一个当地的村民。一支缀着小羽毛的冈德族长箭从他的后背一直刺到前胸。

"你瞧那个苏果真是老糊涂,是疯了吗,小兄弟?这儿至少已经死了一个。"

"我们继续跟下去吧。可是,那个喝过象血的东西,那根红眼睛的尖叉在哪儿?"

"也许是小脚板拿走了它。现在只剩下一个人的足迹了。"

一个个子瘦小、肩上背着什么东西正在飞快奔跑的人的足迹,沿着一块长着干草的低矮漫长的岩坡延伸下去。在追踪者锐利的目光下,每一步足迹都清晰得仿佛是用烙铁印下来似的。

他们谁也没有开口,直到足迹把他们引到山涧里一堆篝火的灰烬旁边。

"又是一个!"巴希拉收住了脚步,仿佛变成了石头,僵硬地说道。

一个瘦小干瘪的冈德人的尸体躺在那里,脚伸进火堆的灰烬里。巴希拉疑惑地看看莫格里。

"那是用一根竹棍儿干的,"男孩子看了一眼说,"我在'人群'里干活的时候,放牧水牛群时也使用过这样的东西,眼镜蛇的父亲——我很抱歉我取笑过他——很了解这个种族,我早该明白这一点。我不是说过吗?人们杀人完全是出于无聊。”

“他们其实是为了那些红色和蓝色的石头而杀人的,”巴希拉回答道,“你要记住,我曾经在奥德普尔国王的兽笼里生活过。”

“一、二、三、四,四条足迹,”莫格里俯身看着灰烬说,“四个穿鞋的人的足迹。他们不像冈德人走得那样快。唉,那个小个子樵夫干了什么对不起他们的事呀?瞧,他们在杀死他以前,五个人都站了起来,在一块儿谈过话。巴希拉,我们回去吧。我觉得胃里很沉重,可是同时它又在上下晃悠,就像挂在树梢头的一只黄鹂窝一样。”

“丢下正在追逐的猎物,这种打猎习惯可不好。还是跟上去吧!”豹子说,“这八只穿鞋的脚走得不远。”

他们整整一个钟头没有说话,跟着那四个穿鞋的人的宽宽的足迹。

这时已经是炎热的大白天了。巴希拉说:“我嗅到了烟味。”

“人们总是更喜欢吃饭而不喜欢跑路。”莫格里回答道。这是一片长着低矮的灌木丛的丛林地带。他就在这片灌木丛中一会儿穿出,一会儿又穿进。巴希拉走在略为靠左边的地方,从他喉咙里发出了一种难以形容的声音。

“这儿有一个人,他再也不会吃东西了。”在一丛矮树下,仿佛有堆花花哨哨的衣服乱七八糟地堆在那里,四周有些面粉撒在地上。

“这又是用竹棍儿干的,”莫格里说,“瞧,那白颜色的粉末就是人们的食物。他们从这个人手里夺走了猎物——他本来替他们背着食物——又把他作为猎物送给了鸢鹰朗恩。”

“这是第三个了。”巴希拉说。

“我要送些又肥又大的青蛙到眼镜蛇的父亲那里去,把他喂得胖胖的,”莫格里自言自语道,“那件喝象血的东西意味着死亡——可是我还是不懂!”

“跟踪上去吧!”巴希拉说。

他们还没有走出半英里,就听见乌鸦阿科在一棵柽柳顶上高唱着死亡之歌。树荫下躺着三个人。在他们中间,一堆即将熄灭的篝火在冒着烟,火上有个铁盘子,盘子里面有一块没有发过酵的饼,已经烤焦了。那根镶着红宝石和绿松石的象叉就扔在火堆旁边,在阳光下闪闪发光。

“这东西干起活来真快呀,他们都完蛋了。”巴希拉说,“这些人是怎么死的,莫格里?他们身上没有伤痕呀。”

生活在丛林的生物，是凭着经验辨别有毒的植物和果实的，他们跟许多医生知道得一样多。莫格里嗅了一下篝火上升起的烟气，掰开一小块发黑的饼，尝了一口，把它吐了出来。

“‘死亡苹果’，”他呛咳着说道，“刚才那个人一定是把它放进食物里给这几个人吃，这几个人一起先杀了那个冈德人，后来又杀了他。”

“打猎的成绩真不错呀！一个猎物紧接着另一个。”巴希拉说道。

丛林里的生物把刺苹果或者“达图拉”称作“死亡苹果”，它是全印度药效最快的毒药。

“现在该怎么办？”豹子说，“我和你是不是也该为了争夺那儿的那只红眼睛杀人凶器而彼此残杀呢？”

“它会说话吗？”莫格里低声说，“我扔掉它是不是冒犯了它？它是没法引诱我们做坏事的，因为我们不想要那些人想要的东西。我们要是把它留在这儿，它一定会继续一个接一个地杀人，就像大风刮下树上的坚果一样。我并不喜欢人，可是我也不愿让他们一晚上就死掉六个。”

“那有什么关系？他们只是人。他们自相残杀，还觉得很满意，”巴希拉说，“那第一个矮小的樵夫很会打猎。”

“可是他们全都是些小崽子；小崽子们想去咬水里的月亮，结果自己就淹死了。这都是我的过错。”莫格里说。他那神气仿佛什么都懂了似的。“我以后再也不把新奇的东西带到丛林来了——哪怕它像花儿一样美。这玩意儿，”他小心翼翼地掂起象叉说，“得送回眼镜蛇父亲那里去，但是我们首先要睡觉，而且我们不能在这些长眠不醒的人旁边睡觉。还有，我们得把它埋起来，不然它会跑掉，去杀死另外六个人。你给我在那棵树下面挖一个洞。”

“可是小兄弟，”巴希拉往树那里挪动着身子说，“我告诉你，这并不是那个喝血的东西的错儿。麻烦是出在那些人身上。”

“全都是一回事，”莫格里说，“挖一个深一点儿的洞。等我睡醒以后再把它挖出来送回去。”

两夜以后，白眼镜蛇正独自一人坐在黑暗的地窖里自怨自艾，他的宝物被抢走了，他心里感到十分羞愧。突然那个镶着绿松石的象叉呼的一声穿过墙洞被扔了进来，砸在堆满金币的地上。

“眼镜蛇的父亲，”莫格里说（他小心翼翼地待在墙的那一边），“你去找一个年轻力壮的同族，来帮你看守国王的宝藏吧，免得再有人活着离开这里。”

“啊哈！它回来了。我说过，这东西就是死亡。你怎么还活着呢？”老眼镜蛇喃喃地说，亲热地用身体裹住了叉柄。

“我拿赎买我的那头公牛起誓，我也不知道为什么！那东西一晚上杀了六个人。再也别放它出去了。”

第二卷

戴维·赫伯特·劳伦斯

戴维·赫伯特·劳伦斯(1885—1930),英国著名作家、诗人。生于英国诺丁汉一个矿工家庭。曾在诺丁汉的中学和大学附校学习过,后当过职员和小学教师。劳伦斯在大学期间便开始文学创作,1912年与诺丁汉大学的一位大学教授的夫人相爱,私奔到意大利。嗣后他便一直在国外流浪漂泊,到过欧美许多国家,最后病死于法国。劳伦斯在他不长的一生中勤奋写作,共写有十部长篇小说,其中的《虹》和《恋爱中的女人》代表着他创作的最高成就。1928年发表的《查泰莱夫人的情人》曾因涉嫌淫秽而遭英国当局查禁。劳伦斯还写有大量的中短篇小说、诗歌、游记和文学评论。他的中短篇小说格调更为简洁明快,有不少精品,《狐》就是其中最出色的一篇,受到英国文学界的推崇。

普鲁士军官

一

从黎明时分开始,他们沿着这条白茫茫、热气蒸人的大路,已经行进了三十多千米。一路上有时遇到密密麻麻的树林,投下一片阴影,不一会就又走到耀眼的阳光底下了。在大路两旁,是一条宽阔的低浅河谷,在炎日下闪着光;一块块深绿的黑麦地、浅绿的麦苗地、休耕地、牧草地和黑松林,在闪耀的天空下呈现出一幅枯燥而灼热的图画。而前方的浅蓝色山峰，沉寂无声、绵延不绝，山巅的积雪在雾蒙蒙的大气层中柔和地闪亮着。这支团队在黑麦地和牧草地之间，在大路两旁排列成行的高低不齐的果树之间，朝着山里不停地前进。油光闪亮的深绿色黑麦散发出令人窒息的热气。山峰渐渐地近了，也愈来愈看得清楚了。士兵们的脚也愈来愈燥热，汗水从头盔下的头发里流淌下来。肩膀被背包摩擦得已经感不到灼烫，反而产生了一种冰凉的针刺似的感觉。

他沉默着不停地向前走去，眼睛注视着前面拔地而起的群山。山峦起伏重叠，一半在地上，一半在天空中。而天空则像有着一道松软积雪裂缝的壁障，衬托着浅蓝的峰巅。

现在他走起路来，已经几乎不觉得疼痛了。刚出发的时候，他就打定主意，决不一瘸一拐地走路。迈出头几步的时候他难受极了。走头一英里左右，他努力憋住气，脑门上冒出了一颗颗冷汗。但是走着走着他就不觉得疼了。再怎么说，它们也不过是几块青肿的瘀伤罢了！他起床的时候瞧过它们：在大腿后边有几块青紫的瘀伤。早上走出第一步时，他就感到那里很痛。而现在，由于他憋住气忍住疼痛，并且克制住自己的感情，他的胸口有一块紧绷绷、热辣辣的地方，呼吸很不顺畅。不过，他走起路来倒显得轻快多了。

清早，上尉的手在端咖啡的时候打着哆嗦。他的勤务兵这会仿佛又看见了这个情景，并且看见那位身材出众的上尉骑着马在前面的农舍旁兜圈子。他身材英俊，穿着一套佩有大红领章和肩章的浅蓝军服，黑色头盔和刀鞘闪着金属的光泽，胯下毛皮光滑的栗色马已是大汗淋漓，马背上留下了一道道深色的汗迹。勤务兵感觉自己和那个骑在马上恣意驰骋的人是连在一起的，他就像一条影子似的跟随着他，沉默不语、逃脱不掉、背上了厄运。而上尉则始终听得见后面那一个中队士兵的脚步声，他知道他的勤务兵就走在这些士兵们中间。

上尉身材高大，年纪大约四十左右，鬓角已经花白。他有一副英俊健壮的好身材，是西部最优秀的骑手之一。他的勤务兵奉命为他擦身时，总是赞赏他那令人惊叹的、骑马锻炼出来的臀部肌肉。

说到其他方面，勤务兵简直像对自己一样，对这位军官也很少注意观察。他很少看主人的脸：他从不去瞧它。上尉有一头红棕色的硬发，理得短短的。他的小胡子也修剪得短而蓬松，盖着一张厚实而残忍的嘴巴。他的脸孔粗犷，面颊瘦削，或许正是因为他脸上深深的皱纹和他眉际露出的烦躁紧张的神情，让人觉得他是个和人生进行搏斗的人，这才使他更显得英武。在他两条淡黄色的浓密眉毛下，有一双浅蓝色的眼睛，它们总是射出冷冰冰的光芒。

他是个普鲁士贵族，倨傲自大，气焰嚣张。不过他的母亲则是个波兰女伯爵。他年轻时就欠下了大笔赌债，因此也就毁掉了他在军队里的发展前途，直到现在也只是个步兵上尉。他一直没有结婚：他的地位不允许他结婚，再说，也没有什么女人使他想要结婚。他把时间都用来骑马——有时他会骑着自己拥有的马匹中的某一匹马，去参加马赛——或是在军官俱乐部里消磨时光。他也常常养一个情妇。可是，这类事件结束以后，他总是眉头更加深锁，目光更充满敌意和怒气地回到自己的岗位上。不过，尽管他发怒时像个魔鬼，对部下倒并不夹杂个人感情；因此，一般说来，他们虽然怕他，却并不十分厌恶他。他们把他看成是一件无法逃避的事物。

他对待自己的勤务兵，起初是冷淡、公正和漠不关心的。他对一些小事并不过分苛刻。因此他的仆人除了知道他会发什么命令，以及他要求怎么样执行这些命令以外，对他几乎一无所知。这样倒也简单。然而后来，事情渐渐发生了变化。

勤务兵是个中等身材、体格健美的二十二岁左右的小伙子。他皮肤黝黑，四肢粗壮结实，唇边刚刚长出一点柔软的黑胡须。他身上洋溢着温暖的青春气息。在他引人注目的眉毛下，是一双缺乏表情的黑眼睛，仿佛它们从来也不思考，只是通过感官来接触生活，凭着本能来采取行动。

军官逐渐意识到身边有个朝气蓬勃、烂漫无知的年轻勤务兵了。只要小伙子在他身边，他就无法摆脱这种感觉。小伙子的存在，像一团温暖的火，烘烤着这个年长的人了无生气、呆滞生硬、紧张而僵直的身躯。小伙子身上有一种悠然自得、安详持重的神情，在他的举止里也有某种气概，引起了军官的注意。这可使那个普鲁士人生气了。他不愿意在仆人的影响下变得活跃起来。他本来可以随便换掉这个仆人，但是他没有换。他现在很少正眼瞧他的勤务兵，他总是扭开脸，好像不想看他。然而当那个年轻士兵在房间里随随便便地走来走去时，那个年长的人就会注视着他，注意到在蓝军服下面他强壮年轻的肩膀的动作和他脖颈的弧线。这使他恼怒。看见那个士兵用一只农夫的年轻匀称的褐色大手握住面包或是葡萄酒瓶，立刻会使年长的人心头涌起仇恨或者愤怒的感情。这并不是因为年轻人笨手笨脚使那个军官如此恼火的，其实倒是因为那个毫无牵挂的年轻人的动作虽说带有本能的盲目性，却又那么有把握。

有一回，一瓶葡萄酒被打翻了，红色的酒液淌到了桌布上。军官猛地站了起来，大声咒骂，他的眼睛发出蓝色的怒火，死死盯住那个不知所措的小伙子。这使年轻的士兵大为震惊。他感到有什么东西深深地钻进了他那从来没有受过震撼的灵魂深处。这使他一片茫然，感到惊讶。从此他内心的天真烂漫境界被破坏了，开始觉得心慌意乱。从那时起这俩人之间就产生了一种说不清的感觉。

在这以后，勤务兵很怕正面遇见他的主人。他的下意识记住了那双冷酷的蓝眼睛和那两道严厉的浓眉，他不想正眼看着它们。所以他总是避开他的主人，眼睛只望着他的背后。同时他还有些焦急地等待这三个月快些过去，那时他的服役期便满了。他在上尉面前开始感到局促不安，这个士兵甚至比上尉更愿意不受打扰，自自在在地做他的仆人。

他服侍上尉已经一年多了，他熟悉自己的工作，他干起来也得心应手，像是生来就会一样。他把上尉和他的命令都看成理当如此的，正像出太阳和下雨一样，而他服侍上尉也是天经地义的事。这和他个人并没有切身关系。

但是现在，如果他被迫和他的主人发生个人交往，他就会像头被捉住的野兽那样，感到自己必须逃走。

然而，年轻士兵的存在已经穿透了上尉僵化的纪律外壳，使他作为人的内心感到困惑。上尉毕竟是个上等人，有着一双修长的手和文雅的举止，他决不会允许任何人搅乱他固有的自我。他的脾气很暴躁，时时刻刻都得管住自己。有时他也会在士兵们面前发一顿脾气，或是跟别人角斗一场。他知道自己经常忍不住要爆发出来。但他还是尽量努力做到军纪的要求。然而年轻士兵却似乎听任自己热情旺盛的天性在自己的举止中自然发泄出来。他的举动就像自由自在地行动着的野兽那样，带着一种热情。这就使那个军官愈来愈恼怒了。

上尉已经控制不住自己，无法再对勤务兵保持满不在乎的态度。他也无法对小伙子不理不睬。他不由自主地要观察他，向他发出尖刻的命令，尽量不让他闲着。有时他对年轻士兵大发脾气，对他耍威风。这时，勤务兵就会像聋子一样不声不响，绷着一副涨得通红的脸，等待叱责声结束。其实责骂声并没有穿透他的理智，他对主人的情感只好不露声色，采取自我保护的态度。

他的左手大拇指上有一块疤痕，那是穿过指关节的一条深陷的伤痕。上尉对它早就看不顺眼，想利用这块疤来做点文章。而这块又难看又讨人厌的伤疤，却仍然在那只年轻的褐色的手上。上尉终于忍不住了。

一天，勤务兵正在把桌布抚平的时候，军官用一支铅笔按住他的大拇指问道："这疤是怎么留下的？"

年轻人疼得一缩，随着便退回去立正。

“伐木的斧头砍的。Herr Hauptmann。[①]”他回答。

军官等着他继续解释。可是勤务兵没有说下去，却自个儿干活去了。年长的人绷着脸生起闷气来。他的仆人躲开了他。第二天，他尽力克制自己，不去看那个有伤疤的大拇指。他真想抓住它，然后……他的血液里升起了一股灼热的火焰。

他知道他的仆人不久就自由了，并且会因此而高兴。直到这时为止，士兵始终跟年长的人保持着一定的距离。上尉恼怒得快要发狂了。士兵不在的时候他就坐立不安，而士兵在眼前时，他就用受尽折磨的目光瞪着他。他恨那双茫然无知的黑眼睛上面那两道细长的黑眉毛。他也恼恨那优美的四肢的自由自在的动作，那是严格的军纪也无法加以约束的。他变得粗暴残酷、恃强凌弱，经常用言语挖苦和讥笑人。年轻的士兵却变得更加沉默寡言、面无表情。

“你是什么畜牲养的，为什么总不能用正眼看人？我对你说话的时候，你得好好地看着我的眼睛。”

于是那个士兵就把黑眼睛转到上尉的脸上，但是却视而不见：他只用两眼的微光瞥了一眼，却又立刻把眼神收敛起来，只觉察到主人的蓝眼珠，却没有碰上上尉的目光。年长的人的脸变得苍白，红棕色的眉毛抽搐着。他毫无表情地对士兵发出了命令。

有一回，他把一只沉重的军用手套扔到年轻士兵的脸上。他满意地看见那双乌黑的眼睛骤然一亮，直直盯着他的眼睛，像一根稻草扔到了火堆上那样，亮起了火光。于是他带点讥讽，又有点颤抖地大笑起来。

但是，时间只剩下两个月了。年轻人本能地努力保全着自己：他把军官当作一个抽象的权威而不是一个活人来侍候。他竭尽全力避免个人接触，甚至避免表现明确的仇恨。但是在受到上尉的怒骂后，他还是压抑不住仇恨的滋长。不过他把仇恨搁在了一旁。只有等到他离开军队以后，才敢公开承认它。他生就一个活跃的性格，因此交了不少朋友。他觉得他们都是了不起的大好人。然而不知怎的，他感到孤独。现在这种孤独感更加强烈了。这种感觉会持续到他结束服役期的时候。但是军官却像是恼怒得要发疯了，小伙子不禁感到十分害怕。

这个士兵有个恋人，她是个独来独往、纯朴自然的山里姑娘。他们总是默不

---

① 德语，意为“上尉先生”。

作声地一块儿散步。他和她一起走着，不是为了谈话，而是想用胳膊搂住她，只想接触她的身体。这使他心情放松，更容易把上尉撇到脑后；因为他把她紧紧搂在胸前，便仿佛得到了休息。而她以一种默默无言的方式出现在那里，正是为了他。他们在相爱。

上尉觉察到了，气得发疯。他整晚整晚地不让小伙子有一点闲工夫，看见小伙子脸上现出阴沉的神色，他就觉得高兴。有时候俩人的目光相遇在一起，年轻人的目光里含着阴郁、恼恨、不甘示弱，年长者的目光则烦躁不安、轻蔑、讥讽。

军官努力不让自己承认，他已经被一股激情所控制。他并不知道，他对勤务兵的感情，已经完全不是一个被愚蠢而又固执的仆人所激怒了的人的感情了。因此，在他的意识里，他认为自己的做法是有道理的、照规矩办事的，也就让事情照样下去。但是他的神经却在受折磨。他终于拿起皮带朝仆人的脸抽打下去。当他看见小伙子吃惊地往后退缩，疼得流出了眼泪，嘴角淌出鲜血时，他立即感到一阵强烈的愉快和羞耻。

但是，他对自己承认，这种事他以前还从来没有干过。这家伙实在太惹人生气了。他自己的精神恐怕也正在走向崩溃。于是他带着一个女人到别处去住了好几天。

他并没有找到什么快乐。他根本不想要那个女人。但是他还是度完了他的假期。他在假期结束时回去了，满肚子恼恨、烦闷、痛苦和抑郁。傍晚的时候，他骑了许久的马，然后直接回来吃晚饭。他的勤务兵不在家。上尉坐在餐桌旁一动不动，两只修长文雅的手放在桌上。他觉得全身的血正一点一点地被腐蚀掉。

后来勤务兵走进了房间。他注视着那个强壮而从容的年轻人，他那俊秀的眉毛和浓密的黑发。在这一个星期里，小伙子已经恢复了原先悠闲自在的心情。军官的双手在抽动，好似充满了疯狂的火焰。小伙子向他立正，不为所动，不理不睬。

晚餐在沉默中继续吃下去。但是勤务兵显得有些急，把盘子弄出了响声。

"你是不是急着要走？"军官问道，同时观察着仆人那张专注而热切的脸。仆人没有回答。

"请你回答我的问题。"上尉说道。

"是，长官。"勤务兵端着一摞军用深盘子站在那里回答道。上尉注视着他，等了一会，又问道："你是不是急着要走？"

"是，长官。"这个回答使听的人心里涌起一股怒火。

“干什么？”

“我要出去。长官。”

“我今天晚上有事要用你。”

对方迟疑了一会。军官脸上露出古怪的强硬态度。

“是，长官。”仆人从喉咙深处咕哝道。

“明天晚上我也有事要用你。——事实上，除非我允许你出去，今后每天晚上你都得留下。”

仆人那长了一点胡子的嘴紧紧地闭住了。

“是，长官。”勤务兵为了回答，把嘴唇张开了一下。

他再次转身朝门口走去。

“为什么你在耳朵上夹了一截铅笔？”

勤务兵犹豫了一下，没有回答便继续朝前走。他把盘子摞起来放在门外，从耳朵上取下了铅笔头，放进口袋里。他刚才是在把一首诗抄到他准备送给心上人的生日卡上。他回到屋里继续收拾桌子。上尉的眼睛放着得意的光，他的嘴角露出一丝迫不及待的微笑。

“为什么你在耳朵上夹了一截铅笔？”他问道。

勤务兵手里端满了盘子。他的主人正站在绿色的大火炉旁边，脸上露着一丝微笑，下巴向前伸出。年轻士兵一看见他这样，心里突然火烧火燎地翻腾起来。他只觉得两眼发黑，也不回答便昏昏沉沉地转身朝门口走去。就在他蹲下来放好盘子的时候，从他背后飞来一脚，把他踢得扑倒在地。盘子和碗盏都顺着楼梯骨碌碌滚了下去，他一把抓住了楼梯扶手的柱子。他刚要站起身来，又被重重地踢了好几脚，他只好虚弱地抓住柱子歇一会儿。他的主人一阵风似的进了屋子，关上了门。楼下的女仆抬头望着楼梯，对那些被砸得稀烂的杯盘碗盏扮了个鬼脸。

军官的心在往下沉。他给自己斟了一杯葡萄酒，有一些酒泼到了地板上。他倚着冰凉的绿火炉，一口气把杯里剩下的酒喝光了。他听见仆人在收拾楼梯上的盘子。他好像喝醉了酒似的，脸色苍白地等待着。仆人又进来了。上尉看见年轻人一脸困惑，疼痛得站也站不稳的样子，他的心便仿佛是高兴得猛地跳了一下。

“Schöner!”[①]他说道。

士兵这回立正的动作慢了一点。

“是,长官!”

小伙子就站在他的面前,嘴上刚长出来的胡子显得怯生生的。在黑色大理石般的额头上,两道俊秀的眉毛显得格外清楚。

“我刚才问了你一个问题。”

“是,长官。”

军官的声调异常尖锐。

“为什么你在耳朵上夹了一截铅笔?”

仆人的心里又火烧火燎地翻腾起来,他喘不过气来了。他用紧张的黑眼睛望着军官,仿佛被吓昏了头。他傻里傻气地稳稳站直在那里。上尉的眼睛里露出了咄咄逼人的微笑,同时又抬起了他的脚。

“我忘了……长官。”士兵气喘吁吁地说,黑眼睛盯着另外那个人的得意扬扬的蓝眼睛。

“用它干什么?”

他看见年轻人的胸膛起伏不停,使劲想说出话来。

“我在写。”

“写什么?”

士兵又把他上下打量一番。军官能听见他在喘气。蓝眼睛里露出了微笑。士兵清理了一下干巴巴的嗓子,还是说不出话来。突然上尉的脸上像团火似的,亮起了一个微笑,然后一脚重重地踢在勤务兵的大腿上。小伙子往旁边挪了一步。他的脸变得死气沉沉,两只黑眼睛瞪得大大的。

“写什么?”军官问道。

勤务兵的嘴变得干巴巴的,舌头在嘴里舔着,就像舔一张干的牛皮纸。他清了清嗓子。上尉又抬起了脚。仆人的全身绷紧了。

“是诗句,长官。”他的声音沙哑得几乎听不清话语了。

“诗句,什么诗句?”上尉露出令人厌恶的微笑问道。

勤务兵又清了清嗓子。上尉的心突然沉了下去,他萎靡不振、精疲力尽地站在那里。

---

① 德语,意为“干得漂亮一点!”。

"是写给我的女朋友的,长官。"他听见了。那干涩的、不像人发出的声音。

"唔!"他转过身去,说道,"把桌子收拾干净。"

"喀哧!"士兵嗓子里发出了声音,接着又是一声"喀哧",然后才不太清楚地回答:"是,长官。"

年轻的士兵走开了,他看上去变老了,脚步也显得沉重。

军官独自留下了。他全身僵直,不让自己思考。他的本能警告他,不要去思考。在他内心深处,得到强烈满足的那股激情,仍然在有力地产生着影响。然而,接着便产生了一种反作用,他心里有某种东西一下子崩溃了,随即是这种反作用带来的痛苦。他直僵僵地在那里站立了一个小时。他的感觉陷入了混乱之中,却又竭力让意识保持一片空白,不让脑子觉察一切。他就这样克制着自己,直到度过了精神压抑的顶峰,接着他便开始酗酒,喝得酩酊大醉、沉入了忘怀一切的睡梦中。第三天早晨他醒来时,他的良心受到了震动。但是他不让自己去想他做下的事,不让脑子去考虑它。把它和其他的本能一块儿压制下去,就当作他的意识和这件事毫无关系。他就像过去喝醉了酒那样,浑身乏力,这件事却已变得模糊不清,想不起来了。至于他的激情,至今还处在沉醉状态之中,他拒绝去回忆它。当他的勤务兵端来咖啡的时候,军官的态度还是像头一天早晨那样。他拒绝接受头天晚上发生的事——认为它根本没有发生——他的拒绝是成功的。他从来没有做过那种事——不是他干的。再说,就是有过什么,也全要怪那个愚蠢的、不听话的仆人。

勤务兵那天晚上一直在迷迷糊糊地走来走去。他觉得口干舌燥,便喝了点啤酒,但是喝得并不多。喝了酒使他恢复了感觉,这使他难以忍受。他变得麻木不仁,仿佛作为一个正常的人,他全身已经有十分之九变得迟钝了。他只得怪模怪样,一歪一扭地趔趄而行。然而,一想起他挨的那顿脚踢,他就觉得难受。当他想起后来在那间屋里受到更多次脚踢的威胁时,只觉得心里怒火直冒,浑身无力。他一想起最后踢的那一脚,就喘不上气来。那时,他被逼着说出"是写给我的女朋友的"。现在他已经疲倦得连哭都哭不出来了。他的嘴巴像个白痴似的微微张着。他只觉内心空虚,疲惫不堪。因此他心不在焉地干着话,痛楚不堪,动作缓慢而笨拙,他视而不见地拿起刷子摸索着乱刷一气,只要他一坐下来,就没有力气起来再干了。他的四肢和下巴都软绵绵的,死气沉沉。他实在太困倦了。他终于上了床,四肢无力、浑身瘫软地睡着了。这种睡眠,与其说是安眠,不如说是昏迷不醒。在这死一般昏昏沉沉的一夜里,仍然夹杂着一丝丝痛苦的闪光。

早晨要举行军事演习。但是他在军号吹响以前就醒了。他胸口剧烈的疼痛、嗓子的焦渴,以及那种持续不断的可怕的痛苦感觉,使他一睁开眼,眼神便黯淡无光。他不用想便知道了曾经发生的事情。他知道又是新的一天,他还得继续执勤。屋子里最后的一点黑暗也被驱赶出去了。他必须撑起他无力的身体继续干下去。他实在太年轻,没有遇到过多少挫折,所以他现在觉得十分困惑。他只希望永远是黑夜,他就可以一动不动地躺着,藏在黑暗里面。可是什么也阻拦不了白天的到来,他也不可能不起床去给上尉的马装上马鞍,给上尉煮咖啡。事情明摆在那里,他躲也躲不掉。接着,他想到,他实在没法干下去了。然而,他们是不会放过他的。他还是得去把咖啡端给上尉。他已经被震呆了,没法理解这件事。他只知道,不论他无力地躺上多久,这件事他是躲不开的——躲不开的。

他的身体仿佛运转不灵了,他使劲挣扎着才爬下了床。但是他还不得不凭着自己的意志力,才能推动自己的每一个行动。他感到迷惘、眩晕、无依无靠。后来,由于疼痛得厉害,他紧紧握住了床沿。他瞧了瞧大腿,看见黝黑的皮肉上那儿块青紫的伤痕。他知道如果用手按一下伤痕,他准会疼晕过去。但是他不愿意晕倒——他不愿意让别人知道。谁也不应该知道。这是他和上尉之间的事。现在,世界上只有两个人了——只有他和上尉。

他慢吞吞地省着力气穿好了衣服,硬撑着走起路来。除了他用手接触的东西以外,别的一切在他眼里都模糊不清。但他还是勉强做完了他的工作。剧烈的疼痛唤醒了他麻木的感觉。最糟的活儿还没有做。他端着托盘上了楼,走进上尉的房间。苍白而阴沉的军官正坐在餐桌旁边。勤务兵敬礼的时候觉得自己仿佛已不复存在。他一动不动地站了一会,好使自己适应这种虚无的状态——然后他振作了一下,似乎又清醒过来,然而这时上尉却开始变得模糊而不真实了。年轻士兵的心怦怦地跳了起来。他紧紧抓住这种情景不肯放手——上尉并不存在——那么他自己就可以活下去。但是他看见上尉端咖啡时手在颤抖,便觉得一切都破灭了。他走开的时候觉得自己正在崩溃,正在破裂成无数碎片。当上尉骑在马背上发号施令的时候,当他自己背着步枪和背包,疼痛难当地站在那里时,他觉得自己不得不闭上眼睛,他似乎不得不对一切都闭上眼睛。长途行军加上喉咙干渴的无休止痛苦,使他心里只有一个充满睡意的愿望:必须搭救他自己。

二

他对于喉咙的干渴甚至也渐渐习惯了。天空里,白雪覆盖的山峰显得那么辉煌夺目,在下面河谷里,泛着白光的绿色冰河蜿蜒曲折地流过白色的浅滩,又显得那么神奇。可是,他却发着烧,口干舌燥,快要忍受不住了。但他还是毫无怨言,拖着沉重的脚步走着。他不想开口,不想对别人说话。两只鸥鸟,像浪花和雪片,在河上飞过。浸透阳光的绿色黑麦散发出令人晕乎乎的气味。行军在单调地继续着,像晚上失眠一样无休无止。

他们在大路附近遇上了一所低矮宽敞的农舍,门口早已放好了一桶桶的水。士兵们都围上去喝水。他们拿下了头盔,汗湿的头发上冒出了热气。上尉骑在马背上观察着。他需要看到他的勤务兵。头盔在他浅色的凶恶眼睛上投下了一片黑影,但是他的小胡子、嘴巴和下巴在阳光下却很清晰。勤务兵不得不在这个骑马人面前活动。他倒并不感到害怕或者畏怯。因为他仿佛已经被掏去了五脏六腑,里面全空了,像一只空壳。他觉得自己已不存在,只是一个在阳光下蠕动的影子。虽说他渴得难受,可是一觉得上尉在旁边,他就喝不下水了。他不愿摘下头盔擦一擦湿漉漉的头发。他只想留在阴影里,不愿意被逼得清醒过来。他看见上尉用灵活的靴跟踢了一下马的腹部,不由得一惊;上尉骑着马慢慢跑开了,他这才又重新回到一片空幻之中。

总之,无论什么都没法把他在这个炎热而晴朗的早晨里活生生的位置归还给他了。他觉得自己像是这一切事物中的一块空白。而上尉却变得更加趾高气扬、咄咄逼人了。一股怒气充满了年轻仆人的全身,使他头晕目眩。但是他的心却跳得更平稳了一些。

这个中队翻过了山,准备绕个圈子回去。山下,农庄里的钟敲响了。他看见那些光着脚,在茂密的草地上割草的长工都放下活计,朝山下走去,肩头挂着大镰刀,像一只只闪亮的长爪子弯在背后。他们似乎是些梦境里的人,和他好像毫无关系。他感到自己沉入了一个黑魆魆的梦:别的一切都在那里,都有形体,只有他自己是一种意识,一个只能思考和理解的、没有形体的空白。

士兵们默默无言、沉重地登上耀眼的山坡。勤务兵的头开始感到眩晕,一切都在缓慢而有节奏地旋转着。有时他的眼前是一片黑,仿佛他是在透过一块烟熏黑的玻璃观察世界,只看见一些模糊而不真实的影子。他觉得这样走起来他就头疼。

空气里的香味太浓了，简直使人透不过气来。所有那些青葱的绿色植物仿佛都溢出了汁液，使得空气里充满了绿色植物浓得使人恶心的气息。其中有带着纯净蜂蜜和蜜蜂的香气的三叶草；接着空气中弥漫着一股淡淡的辣味——他们来到了山毛榉旁边；然后他们听见了奇怪的嗒嗒声，闻到一种令人窒息的难闻气味，原来他们正在一群羊身边走过，放羊的穿着黑罩衫，手里拿着弯柄的牧羊棍。在这样炎热的阳光下，羊儿为什么要挤成一团？他感觉那个放羊人看不见他，而他却看得见放羊人。

中队终于停了下来。士兵们把步枪架成圆锥形，把背包围着步枪凌凌乱乱地放成一圈，然后他们就稍稍分散开来，坐在山坡高处的小丘上闲聊起来。士兵们身上都冒着热汗，但却很活跃。他静静地坐着，凝视着二十公里外巍然挺立的青蓝色山脉。在起伏的山峦间有一片青翠的洼谷，在洼谷外面，山脚下那条淡灰色的宽敞的河床里，一片片泛着白光的绿色河水，流淌过夹在暗黑松林间的、泛着浅红色的灰色浅滩。那条河就这样流淌到很远的地方。它似乎在朝山下流去。在一英里外的河上，有人在驾着一只木筏。这里是陌生的乡下。稍近一点的地方，在树林边缘上，有一幢红屋顶的宽敞农舍，有着白色墙基和方格小窗，掩映在浓密的山毛榉树叶之中。那里还有一长条一长条的黑麦地、三叶草地和浅绿色的小麦地。在他脚边，山丘底下，是一片暗黑色的沼泽。沼泽里长着金莲花，它们都屏息静心地挺立在细长的花梗上。有些淡黄色花苞已经绽开，一块碎花瓣悬挂在空中。他觉得自己快要睡着了。

突然间，有什么东西进入了他眼前五颜六色的幻象里。上尉那浅蓝和大红色相间的身形，正端坐在马上，沿着平坦的小山顶，在一片片狭长的小麦地中间缓缓地跑着。打信号旗的士兵就跟在他后面。骑马人的身影高傲而自信地移动着，这天早晨的全部光彩，都集中在这个敏捷活泼的人身上了。这使得其余的人都落进了脆弱而闪烁的阴影中。年轻的士兵顺从而冷淡地坐在那里瞧着。但是当那匹马慢了下来，踏上最后那条陡峭的小路时，一股强烈的怒火又在勤务兵的身躯和灵魂中燃烧起来。他坐在那里等待着。他的后脑勺上好似沉重地压着一大团火。他不想吃东西。他的手在移动时也微微地颤抖着。这时，骑在马上的上尉正骄横地慢慢走近。勤务兵心里愈来愈紧张。然后，看见上尉在鞍座上放松自己的样子，一股火焰燃遍了他全身。

上尉注视着山坡上那片浅蓝色和大红色，那些散布在四周的黑压压的人头。

他感到高兴。指挥这队人马，也使他感到高兴。他感到骄傲，他的勤务兵也是这些服从他指挥的人们中的一个。上尉踩着马镫，欠起身察看着。年轻士兵坐在那里，毫无表情的脸转了过去。上尉轻松地坐在马鞍上。他那匹有着像山毛榉果实那样的褐色皮毛的、细长腿的骏马，正雄赳赳地朝山上走去。上尉走进了充满团队气氛的地方：一股热烘烘的男人气味、汗味和皮革味。他非常熟悉这种气味。他跟中尉讲了几句话以后，又骑着马朝山上走了几步，然后坐在马鞍上，俨然是个高高在上的人物。他那汗涔涔的马飒飒地甩着尾巴，而他则居高临下地看着他的部下，看着他的勤务兵，人群中一个微不足道的家伙。

年轻士兵的心在胸膛里像一团燃烧着的火，他的呼吸十分吃力。军官朝山下望去，看见三个年轻士兵抬着两桶水，正脚步趔趄地穿过一块阳光照耀的绿色田野。在一棵树下已经放好了一张桌子。瘦长身材的中尉正站在那里自以为了不起地忙碌着。这时，上尉鼓起勇气，采取了大胆的行动。他召唤他的勤务兵。

年轻的士兵听到命令，立刻觉得怒火涌到了他的喉咙。他茫然地站了起来，觉得憋得透不过气来。他站在上尉前面，行了个礼，没有抬头朝上看。上尉的声音却不太稳定。

“到旅店去给我拿……”上尉发出了命令。“快点！”他加上了一句。

听见最后这句话，仆人心头又闪起了怒火，他感到周身又有了气力。然而他还是机械地服从着命令，转过了身，快步跑下山去，他的裤腿鼓鼓囊囊地挤在军用皮靴上面，看上去几乎像一头熊。军官一直在瞧着他晕晕乎乎地向山下冲去。

但是，如此恭顺而机械地服从命令的，只是勤务兵外在的躯壳。在他心里，逐渐凝集成了一个内核，这个内核压缩和集中了这个年轻生命的全部精力。他完成了任务，又拖着疲倦的脚步急忙回到山上。他一面走一面感到头疼，不知不觉地蹙起了脸孔。但是在他的胸中却有一块强硬的东西，那就是他的自我，他的自我是坚定的，决不让人把它撕成碎片。

上尉走进了树林子里。勤务兵脚步沉重地穿过充满队伍气氛的那个热烘烘、臭烘烘的地区。他的内心现在充溢着一股奇特的精力。上尉倒显得没有他自己那么真实了。他走到进入树林的绿色小径上。他看见那匹马站在稀疏的树阴下，阳光和闪烁的树叶阴影在它褐色的身体上跳动着。那儿新近砍伐过树木，留下了一块空地。在这块阳光灿烂的空地旁边，在杂着金黄阳光的绿阴下面，站着两个身穿浅蓝和浅红军服的人，他们身上的浅红色显得格外清晰。上尉正在和他的中尉谈着话。

勤务兵就站在那块明亮的空地边缘上。这里直挺挺地躺着许多剥去树皮、闪着光的巨大树干，看上去像是一具具赤身裸体的棕色尸体。在人们践踏过的地面上，散落着树木的碎屑，仿佛是溅落的光线。到处是砍倒了树木的树桩，它们平坦的桩顶还留着砍痕。在它们的旁边，则是一棵明晃晃的、在阳光下显得碧绿的山毛榉树。

"好的，我这就骑马到前面去。"勤务兵听见上尉说。中尉敬了个礼便走开了。他自己就走上前去。当他沉重地迈步向军官走去时，腹中感到一阵灼热的火焰在燃烧。

上尉观察着年轻士兵颇为粗壮的身躯蹒跚着走上前来，他的血管里也涌起一股热浪。这回他们两人将要面对面地接触了。而他却在这个低着头、步履蹒跚的壮实小伙子面前退缩了。勤务兵弯下腰把食物放在一块锯平了的树根上。上尉注视着那双被太阳晒红了、闪着光的赤裸的手。他想对年轻的士兵说几句话，但是说不出来。仆人用大腿支撑着酒瓶，打开瓶塞，把啤酒倒进有柄的大杯里。他的头一直低着。上尉接过了那只大杯。

"天真热！"他说，看上去很和蔼。

怒火涌出了勤务兵的心头，使他几乎被憋住了气。

"是，长官。"他咬紧牙关回答道。

然后，他听见了上尉喝酒的声音。他握紧了拳头，手腕疼得要命。他听见盖上杯盖的细微响声，抬头一看，上尉正在注视着他。他急忙把目光移开。这时，他又看见上尉弯身从树桩上拿起一片面包。年轻的士兵一看见那个僵直的身体在他面前弯下，全身又掠过一股怒火。他把眼光移开了。他感觉得到上尉有点紧张。他正在撕开那片面包时，它掉到了地上。于是上尉吃了另一片面包。两个人都一动不动、紧张地站着，主人吃力地嚼着面包，仆人握紧拳头，脸侧了过去，瞪大眼睛瞧着。

然后，年轻的士兵吃了一惊。上尉又把大杯的杯盖掀开了。勤务兵着了迷似的凝视着杯盖和那只握着杯子把手的白净的手。那只手举了起来。年轻人的目光跟着它转。这时，他看见年长的人喝酒时，瘦削而强壮的喉头上下移动，结实的下巴也动了起来。原先使年轻人的手腕跃跃欲试的本能，这时突然挣脱了所有的控制。他猛地跳了起来，觉得自己仿佛被一股烈焰灼烧。

军官的一只靴碰在树根上绊了一下，只听见砰的一声吓人巨响，他仰面朝天倒了下去，脊背恰好撞在一截锋利的树桩尖碴上。大杯子飞了出去。一眨眼工夫，在那个勤务兵稚气的脸上露出了严肃认真的神色。他咬着下唇，跳上前用膝盖压住了上尉的胸膛，使劲把他的下巴朝后面的树桩边沿压了下去，他压着，心里感到无比的轻松，本来绷得紧紧的手腕也如释重负。他鼓足了劲，用巴掌心紧按着上尉的下巴。把上尉的下巴，那个已经长出了一点胡碴的坚硬下颚抓在他手里，这使他感到高兴。他毫不放松，使出全身力气，往后按着那个脑袋，直到他听见轻微的“咔拉”声，感觉有什么东西破碎了。这时他觉得自己的头脑变得虚无缥缈了。军官的身体剧烈地抽动起来，使年轻士兵胆战心惊、毛骨悚然。但是制止住这种抽动，又使他感到高兴了。他很高兴用手继续按住上尉的下巴，感觉另一个人的胸膛在他年轻强壮的膝盖的重压之下停止了呼吸，感觉那个倒下的身体剧烈地抽动着，使得压在它上面的他自己的全身也都猛烈地晃动起来。

但是后来，它不再抽动了。他可以望进另一个人的鼻孔，那人的眼睛却几乎看不见。他的嘴唇噘着，更显得肥厚，小胡子也竖了起来，样子显得很古怪。后来他猛地一惊，看见上尉鼻孔里渐渐充满了鲜血，血积满了鼻孔，待了一会儿，便流淌出来，顺着一道细流，淌进了眼睛里。

这使他感到震惊和不安。他慢慢地站了起来。那个身体抽动着，然后便毫无生气地躺在那里不动了。他站在那里默默地瞧着。可惜这家伙就这么丧了命。它代表的不仅仅是那个曾经踢过他、欺侮过他的人。他不敢看那双眼睛。它们现在十分丑恶，只露出眼白，血正在往眼睛里流淌。这种景象吓得勤务兵的脸蹙了起来。好吧，事已如此。他的内心还是满意的。他曾经厌恨上尉的那张脸。现在这张脸已经被摧毁了。勤务兵的心灵感觉无比轻松。事情就该是这样的。然而，看见那个残破的高大军人的尸体躺在树桩上，细长的手指弯曲着，勤务兵又觉得无法忍受。他想把尸体藏起来。

他迅速而匆忙地把尸体抱起来，塞进那堆砍倒的树干底下。那些光滑美观的树干，都一根根地两头平放在圆木头上面。那脸孔血淋淋的，显得狰狞可怕。他用头盔把它盖住。然后他把上尉的手和脚摆放得笔直而庄重，又把那身讲究的军服上面的枯树叶掸干净。于是，它就安安静静地躺在树干底下的阴影里了。只有一道细细的阳光透过圆木的一条小缝洒在他的胸膛上。勤务兵在它旁边坐了一会。他自己的生命也在这里终结了。

然后，他心神恍惚地听见那个中尉高声对树林外的士兵们解释说，他们应当假设下边河上的那座桥是在敌人手中。他们应当以如此这般的方式发起进攻。中尉并不善于表达自己。勤务兵习以为常地听着，一点也没听明白。等到中尉重新再讲一遍的时候,他就不去听了。

他知道自己必须走了。他站了起来。树叶在阳光下闪烁,地上的碎木屑闪着白光,这都使他惊奇。对他来说,世界已经变了样。但是对别人则不然——一切都和原来一样。只不过他离开了这个世界。他再也回不来了。他的职责是把啤酒杯和酒瓶送回去。但是他已无法做到了。他已经离开了这一切。中尉还在沙哑地解释着。他必须走了,不然他们会追上他的。他现在已经没法和任何人接触了。

他使劲用手指揉眼睛,想弄清自己此刻身在何处。然后他转过身去,看见那匹马站在小路上。他走过去骑上了马。坐在马鞍上使他感到疼痛。他驱马跑过树林,心里只想着骑在马鞍上的疼痛。他已经对什么都不在乎了,但是却无法摆脱与别人隔绝开的感觉。小路通到树林外边。他在树林边上勒住马,站住了,观察着。在阳光普照的河谷里,聚成一堆的士兵正在行进。一个在一块狭长的休耕地上犁地的农民,不时在拐弯的地方大声吆喝着他的牛。村庄和有着白色塔楼的教堂在阳光下显得那么渺小。他不再属于这个世界了——他坐在那里,在远远的地方,像一个留在屋子外面的黑暗里的人。他已经离开了日常生活,进入了一个未知的世界,他不能回去。他甚至于也不愿意回去了。

他离开阳光照耀的河谷,驱马进入了树林深处。灰白的树干像人似的,一动不动地站着,对他的经过毫不理会。一头母鹿跑过阳光斑驳的阴影,它自己本身也形成了一片不断移动的光和影的图像。在枝叶间有一条条明亮的绿色隙缝。然后他便进入了一大片黝黑清凉的松林。他疼痛得晕晕乎乎,头脑里有一根筋在猛烈地跳动,使他难以忍受。他确实是病了。他从小到现在还没有生过病。他觉得迷迷糊糊,眼前这一切使他感到昏头昏脑、天旋地转。

他想跳下马,却摔倒在地,他身上的疼痛和缺乏平衡使他吃了一惊。马儿不安地挪动着。他使劲扯了扯它的缰绳,马儿便急跳起来,小步跑开了。这是他和世上其他事物的最后一点联系。

可是他只想躺下,不受别人打扰。他跌跌撞撞地穿过树林,来到一块僻静的地方。那是一片长满山毛榉和松树的斜坡。他立刻躺了下来,闭上眼睛,而他的知觉却离开了他疾驰而去。他病魔缠身,脉搏激烈地跳动着,仿佛穿透了整个大地。他又燥又热,发着高烧。但是他正在昏迷状态里漫无目的地、急躁而忙碌地折腾不休,根本无暇注意这个了。

三

他猛地一惊,清醒过来了。他的嘴又干又硬,他的心怦怦地猛烈跳动着,但是他没有力气站起身来。他的心猛烈地跳动着。他在哪里?——在营房里——在家里?他听见笃笃的敲打声。他吃力地向四下张望——树林、密密的绿叶、地面上一块块静止不动的红色的明亮阳光。他不相信这是他自己,他不相信他看见的一切。有什么东西在笃笃地敲打着。他挣扎着想清醒过来,却又昏迷过去了。然后他又一次挣扎着。渐渐地,周围的一切开始和他发生了联系。他清醒了,心里产生了强烈的恐惧。什么人在笃笃地敲打着。他看得见头顶上一棵枞树沉重地垂下的黑色残破枝叶。然后,一切又变成漆黑一团。而他却不相信是自己闭上了眼睛。他并没有闭上眼睛。从黑暗中,又慢慢地出现了视象。有人在笃笃地敲打着。他突然看见了他所憎恨的上尉的那张血糊糊的脸,他害怕得不敢动弹。但是在内心深处,他知道事情确实是那样的,上尉肯定是死了。然而,他的身体却陷入了昏迷状态。什么人在笃笃地敲打着。他心惊胆战,一动不动,像死人似的躺着。接着,他又一次昏过去了。

当他再睁开眼睛的时候,不禁吃了一惊,他看见有个东西正轻快地爬上一根树干。那是一只小鸟。小鸟在他头顶婉转啁啾。笃——笃——笃——这只伶俐的小鸟用嘴啄着树干,仿佛它的脑袋就是一把圆圆的小锤子。他好奇地凝视着它。小鸟以它那悄悄的方式机警地移动着。然后它又像老鼠那样从光秃的树干上哧溜下来,小鸟那迅速的蠕动引起了他一阵厌恶的感觉。他抬起头来,头非常沉重。这时,小鸟跑出阴影,穿过一片安静的阳光,小脑袋飞快地上下摆动着,两条白腿明亮地闪耀了一下。它的模样是多么端正,多么小巧,翅膀上还有一片白色羽毛。那里有好几只小鸟。它们都很可爱——不过它们老是在山毛榉果实中间,像机敏的四处乱跑的老鼠那样悄悄地蹿来蹿去。

他精疲力竭地再次躺下,不久就又失去了知觉。他害怕起那些悄悄来去的小鸟。他全身的血液似乎都活跃起来,涌进了他的头脑。然而,他却无法动弹。

在另一次精疲力竭的痛苦中,他又醒了过来。他的头很疼,病痛折磨着他,他无法动弹。他有生以来还没有生过病。他不明白此刻他身在何处,此刻他是什么模样。他很可能中了暑。或许还有其他的事——他已经使上尉永远沉默了——在不久以前——唉,是很久以前了。上尉的脸上全是血,两只眼睛向上翻。那时，一切仿佛毫无问题。一切都很平静。但是现在他已陷入了自己无法控制的局面。他从来没有达到现在这种地步。他是活着的，还是死了呢？他是孤身一人。别的那些人，全都待在一个宽阔明亮的地方。他却被关在外面。市镇和整个乡村就是一大块充满光明的明亮的地方，而他却在这里，在外面，在幽暗空旷的冥府，这儿的每一样事物都孤单地存在着。但是所有那些人，他们总有一天也会到外面来的。他们都很渺小，都被他留在身后了。那里有父亲、母亲和心上人。他们又有什么关系呢？这里是一片空旷的地方。

他坐了起来。有什么东西哧溜一下蹭了过去。那是一只棕色的小松鼠，一跳一蹦欢快地在地上奔跑，它的红尾巴跟着身体起伏摆动——它坐下了，尾巴卷了起来，又伸展开去。他愉快地注视着它。小松鼠又跳跳蹦蹦、欢欢喜喜地跑开了。它猛地扑向另一只松鼠，于是两只松鼠一前一后地追逐着，嘴里发出吱吱喳喳的叫闹声。士兵想和它们说说话，但是嗓子里只发出沙哑的声音。松鼠们嗖地逃走了——攀到树上去了。后来他看见有一只松鼠正在树干的半腰上偷偷地瞧他。他突地感到一阵惧怕，不过他此刻神智也还清醒，觉得很有趣。松鼠还在那里，机警的小脸在树干半腰上盯着他，小耳朵竖了起来，小爪子抓紧了树皮，洁白的胸脯挺了起来。他倒被它吓得一惊。

他挣扎着站起身，跌跌撞撞地走开了。他不停地走啊，走啊，寻找一样东西——寻找喝的东西。由于干渴，他的脑子热得像着了火。他磕磕碰碰地走着。然后他就什么也不知道了。他走着走着便失去了知觉，然而他还是张着嘴、蹒跚地向前走去。

当他睁开眼再看着这个世界时，他惊讶得哑口无言。他不再竭力回想世界原来是什么模样了。在闪着金光的绿叶背后是一片不透明的金黄色光芒，还有紫灰色的高大树干，再过去一些就是黑暗了，黑暗包围了他，越来越浓厚。他意识到，自己是刚刚到达这里。他正置身于现实之中，在现实的黑暗的底部。但是他的头脑还是干渴得燃烧起来。他觉得自己轻飘飘的，不那么沉重了。他猜想这是由于他新来乍到。空中响起了沉闷的雷声。他觉得自己正在异常轻快地走着，正笔直地走向解救——或者是走向水源？

突然他害怕地站住不动了。在他眼前是一片无边无际、广阔无垠的摇曳的金色火焰——只有几棵黑黝黝的树干像栅栏似的隔在他和金色火焰中间。在那片齐刷刷的嫩绿光滑的麦苗上也都闪耀着金黄色的光芒。一个穿着长裙、头上包着黑布头巾的女人，正在像一个黑影似的穿过那块闪耀发光的、绿色的小麦地，走到耀眼的阳光下。那边还有一个农庄，在阴影下显得浅蓝，而树林则是黑魆魆的。那儿有一座教堂，它的尖顶融进了金光里，几乎要消失了。那个女人继续往前走，离他越来越远。他不知道该用什么样的语言去和她说话。她是一个明亮而牢固的幻影。她会说出一种使他困惑不解的话语，她的眼睛瞧着他却又看不见他。她正在穿越到另一边去。他倚着树站立着。

他终于转过身向那片光秃的狭长树林看去。这片树林平坦的底部已经变得黑沉沉了。他看见不远处的群山沐浴在奇妙的阳光里，显得光彩夺目。在最近的那条线条柔和的灰色山脊背后，远处的山脉是金黄和浅灰色的，山顶的积雪像柔软纯净的黄金那样灿烂。群山是如此宁静地在空中闪闪发亮，仿佛纯粹是由天空里的岩石构成的，在沉默中闪耀着。他站在那里注视着它们，他的脸被照亮了。就像积雪放出的金黄色的灿烂光芒一样，他感到自己的干渴也化作了内心明亮的光。他倚在一棵树上，站在那里瞧着。后来，一切事物都融进了浩渺的空间。

那天夜里，一直不停的闪电把整个天空照得发白。他一定是继续朝前走了。有时，悬在他周围的世界是一片青灰色。田野是一片平坦的灰绿色，树林是一团黑乎乎的，连绵的云层在白茫茫的天空里则显得乌黑一片。后来，黑暗像百叶窗似的落了下来，一切都被覆盖在黑夜之下了。一个半隐半现的世界轻微地颤动了一下，这个世界还是无法完全跳出黑暗之外！——然后，大地又呈现出一抹苍白，黑乎乎的形象显现在朦胧中，头顶上飘浮着绵延不绝的云彩。这个世界就像是一个暂时投在浑然一体的黑暗之上的幽灵似的影子，而那片黑暗又总是无所不包的。

他身上仍然发着烧，病得昏昏沉沉——他的脑子就像黑夜一样时开时合——接着，他仿佛看见长着大眼睛的什么东西，在树后面瞪着他，吓得他有时全身抽搐起来——接着是行军造成的长时间痛苦，以及那腐蚀了他的血液的太阳光——然后是对上尉的仇恨，接着是一种温柔舒适的感觉。但是一切都变了形，都产生于痛苦中，又转变为痛苦。

到了早晨，他完全清醒了。接着，他的头脑被可怕的干渴烧灼着！太阳照射在他的脸庞上，他的湿衣服上；露水化成了水蒸气。他像个中了魔的人那样站了起来。在他面前，清凉而温柔的蓝色山脉绵亘在清晨的灰白色天边。他需要它们——他只需要它们——他想摆脱自己，让自己与它们合而为一。它们岿然不动，宁静而温柔，点缀着轻柔的白雪。他呆立在那里，痛苦得发了狂，手紧紧地攥着。然后，他的全身突然抽动起来，倒在地上。

他静静地躺着，进入了痛苦的梦境。干渴的感觉似乎离开了他，站在一旁，成为一种单独的需要。然后，他的疼痛感也成了另一种单独的个体。接着是他那行动不便的身体，也成了一个单独的事物。各式各样单独的事物，把整个儿的他给瓜分掉了。它们之间存在着一种奇特而痛苦的联系，但是它们彼此间又正在越离越远。然后，它们全都会裂开。阳光正向下钻透他的身体，也在钻透这种联系。接着它们就会坠落下去，穿过永远在消逝着的空间，坠落下去。后来，他又恢复了知觉。他用胳臂撑起身体，注视着闪光的群山。那些山峰一排排地耸立在那里，全都静悄悄地、神秘莫测地耸立在天地之间。他凝视着，直到眼睛发黑，而那些如此壮丽的山峰，显得那么洁净、那么清凉，仿佛它们所拥有的，正是他失去了的东西。

四

三个小时以后，士兵们找到了他。他躺在那里，胳膊枕着头，黑头发在阳光下散发出热气。但是他还活着。年轻的士兵们看见了他张开着的黑乎乎的嘴巴，惊吓得急忙把他放回地上。

晚上他在医院里死去了，一直没有睁开眼睛。

医生们看见他腿上的伤痕，全都沉默着。

两个人的尸体并排躺在停尸房里，一个白皙细长，僵直地安息在那里。另一个是如此年轻，如此稚气，看上去仿佛随时都会从沉睡中苏醒过来。

菊花的清香

一

那辆小小的第四号火车头，拉着七辆满载货物的货车，哐啷哐啷地从塞尔斯顿颠簸着开来了。它出现在拐弯的地方，高声警告着，表示要加快速度，可是被火车头吓得跑出了荆豆丛的小公马，只是小跑了几步，就把它抛在了身后。而荆豆丛也仍然在这个阴冷的下午模糊不清地摆动着。这时，一个正在沿着铁路线朝安德伍德走去的女人，把挽着的篮子挪到一边，退进树丛里，注视着驶过来的机车的司机室踏板。当她毫不显眼地被堵在颠簸着的黑色货车和树丛之间时，那一节节的车厢缓慢而刻板地轰隆隆响着，沉重地驶了过去。然后，火车朝一片灌木林拐了个弯，灌木丛中，枯萎的橡树叶无声无息地落下来，正在路轨旁啄食鲜红的蔷薇果的鸟儿，也展翅朝已经悄悄降临到灌木丛中的暮色飞去。旷野里，火车头喷出的黑烟落了下来，沾在乱草丛上。田野里一片荒凉冷清。在通向矿井绞盘的沼泽地带的一片长满芦苇的池沼里，家禽们早就放弃了它们在桤木丛里走熟了的小路，而全都进了涂过柏油的鸡窝。在池沼的另一边，矿井井口隐隐约约地显现着，在下午呆滞的光线里，它的火焰像是红色的伤疤，舔着灰色的井壁。再过去便是布林斯利煤矿高耸的尖塔形烟囱和笨拙的黑色车头厢。两个轮子，背后衬托着天空，正在飞快地转动。提升机发出一阵阵间歇的劈啪声，矿工们正在被送出矿井。

机车鸣着汽笛，驶进煤矿旁边铁路终点的宽阔停车场，那里停着一排排的货车。

矿工们，有的独自一人，一个跟着一个，或者三五成群，幽灵般的走了过去，各自回家。在铁路岔道棱状起伏的路基边缘，从煤渣路往下走三步的地方，坐落着一幢低矮的小房子。一棵瘦骨嶙峋的大葡萄藤牢牢地攀在屋子上，仿佛想把铺着瓦的房顶扯下来。砖砌的院子四周长着几株冬天的樱草花。再过去一些，是一座狭长的花园，朝下倾斜着延伸到一条覆盖着灌木丛的小溪旁。花园里有几株枝丫细瘦的苹果树、一些冻裂了的树，以及皱巴巴的卷心菜。小路旁边有些乱蓬蓬的粉红色菊花，看上去像挂在矮树丛上的粉红色碎布头。一个女人弯着身子从花园中间盖着油毛毡的鸡棚里走了出来，她关好了门，把它锁上，然后掸掉白色围裙上的一点碎屑，挺直了身子。

她是个态度傲慢的高个子女人，容貌漂亮，长着两道清晰的黑眉毛。光滑的黑发平整地从中间梳开。矿工们沿着铁路走过去时，她站在那里专注地瞧了他们一会，然后她又转过身朝着小溪的方向。她的脸安静而坚定，嘴仿佛由于希望破灭而闭得紧紧的。过了一会，她便喊道："约翰！"没有人回答。

她等了一会，然后口齿清楚地问道："你在哪里？"

"在这里！"一个小孩生气的嗓音从灌木丛里传了出来。那个女人透过暮色极力张望着。

"你在小溪边吗？"她严厉地问道。

作为回答，小孩从一片像鞭子似的耸立着的悬钩子枝条后面钻了出来。他是个矮小壮实的五岁男孩。他挑战似的、一动不动地站在那里。

"噢！"母亲放下心来，说道，"我以为你跑到下边那条潮湿的小溪那里去了——你该记得，我告诉过你……"

孩子没有动，也没有回答。

"来吧，回家去，"她的话更加温柔了，"天快黑了。瞧你外公的机车正开过来！"

那孩子不高兴地闭着嘴，慢吞吞地走上前来。他穿的裤子和背心都是用又厚又硬的布料做的，它们显然不适合于做孩子的衣服。这显然是用男人的衣服裁剪短的。

他们慢慢地朝屋子走去的时候，孩子扯着一簇簇乱蓬蓬的菊花，把花瓣一把一把地抛洒在小路上。

"别这么干——看上去乱七八糟。"他的母亲说。他也就住了手。这时她却爱怜地摘下一根带着三四朵疲软花儿的细枝，把花儿贴在自己脸上。母子俩走进院子后，她的手迟疑了一下，没有把花儿放下，反而把它别在自己的围裙带里。母子俩站在门口的三级台阶下面，注视着铁路终点停车场另一边那些正在回家的矿工们。小火车的转动声已经近在耳边。机车突然从屋旁居高临下地驶过，停在大门对面。

火车司机是个蓄着一溜灰白胡须的矮个子男人。他从高过女人头顶的司机室里探出身来。

“你有一杯茶吗?”他高高兴兴、劲头十足地问道。

这是她的父亲。她说她马上就去沏茶,便走进屋里。没多久她就出来了。

“我星期日没有来看你。”灰白胡须的矮小男人开口道。

“我也料到你不会来。”他的女儿说道。

火车司机有点窘。然后他又恢复了高高兴兴、满不在乎的神态,说道:“嗯,那么你也听到了?好的,你觉得怎么样……?”

“我觉得太快了点。”她回答。

听见她这句责备的话,矮个子男人做了一个不耐烦的手势,又哄又劝地,同时也带着恶狠狠的冷静神情说道:“唉,一个男人又能怎么办呢?像个陌生人那样坐在自己家里的火炉旁边,这可不是像我这把年纪的男人应该过的生活。如果我反正要再结婚的话,那么晚结婚不如早结婚——这和别人又有什么关系?”

那个女人没有回答,只是转过身去,又走进了屋子。司机室里的男人自信地站在那里,直到她端着一杯茶和一只装着一片黄油面包的盘子又走了回来。她登上几级阶梯,站在嘶嘶作响的机车踏板旁。

“你用不着给我拿黄油面包,”她的父亲说,“我只要一杯茶。”——他有滋有味地小口喝着茶——“真好喝。”他喝了一会儿,又说道,“我听说沃尔特又跟别人喝酒去了。”

“他什么时候戒过酒?”女人怨恨地说。

“我听人说,他在纳尔逊爵爷酒店吹牛说,不喝完手里的钱不出门——也就是说,半个金镑。”

“是什么时候?”女人问。

“上星期六晚上——我知道这话不假。”

“很可能,”她辛酸地笑了,“他交给了我二十三个先令。”

“哎,一个男人连好好地花自己的钱都不会,只知道胡闹,这可太糟啦!”蓄着灰白络腮胡须的男人说道。女人把脸避开了。她的父亲喝下最后一口茶,把茶杯递还给她。

“真不错,”他抹着嘴叹息道,“喝下去真舒坦……”

他伸手握住操纵杆。小机车使着劲哼哼起来,于是火车隆隆地朝道口驶去。女人又朝铁轨的另一边张望着。夜色已经降临到铁路和货车间的空地上:一群群灰暗阴沉的矿工,还在朝家里走去。提升机匆忙地转动着,夹杂着短暂的停顿。伊丽莎白·贝茨注视着那些阴郁的行人,后来就走进了屋子。她的丈夫没有回来。

小厨房里充满了火光。火红的煤块堆得高高的,明亮地照耀着烟囱口。那座洁白温暖的壁炉和反映出红色火焰的金属围栏仿佛集中表现了这间屋子里的活泼生机。桌上已经铺好了吃茶点的桌布,茶杯在阴影里闪闪发光。在厨房尽头,楼梯最下面几级伸进这间厨房的地方,坐着刚才那个小男孩。他正在用小刀费力地削着一块白木树的木头。他几乎全身都隐藏在阴影里了。已经四点半钟了,只要等父亲回来,他们就可以吃茶点了。母亲瞧着儿子倔强地对付着那块木头,在他的沉默和执拗中看出了自己的特点,又从孩子只顾自己,对别人漠不关心中看到了他父亲的性格。她心里似乎一直在想着她的丈夫。看样子他已经走过自己的家。从自己家门前溜了过去,在回家以前先去喝口酒,也不管晚餐已经摆在桌上,白白地被糟踏了。她看了一下钟,然后走到院子里,把土豆里的水滤掉。花园和小溪那边的田野已经沉浸在朦胧的黑暗中。当她拿着平底锅站直身子,让滤出的水在她身后的夜色中冒着热气时,她看见公路上的黄色路灯已经全部亮了。这条公路从铁轨和田野这边一直延伸到远处的小山上。

然后,她又注视着那群回家的工人,他们的人数已经越来越少了。

在屋里,炉火渐渐微弱,屋里一片暗红色。女人把平底锅放在锅架上,又把一块做布丁的面糊放在烤箱口里。然后她便一动不动地站在那里。这时,她高兴地听见轻快活泼的脚步声来到了门外。有人拉着门闩,停了片刻,接着,一个小女孩走了进来,一进来就脱下她身上穿的户外衣服,在脱掉帽子的时候,还把一大把刚刚从金黄色转变成褐色的卷发也拉了下来,盖住了她的眼睛。

母亲责怪她放学回来晚了,又说今后在黑沉沉的冬日里,她只好让她待在家里了。

"喂,妈妈,其实天还没有黑。路灯还没有点上,爸爸也还没有回家呢。"

"是的,他还没有回家。可是已经五点差一刻了!你看见他了吗?"

孩子严肃起来了。她睁着大大的、忧愁的蓝眼睛,看着她的母亲。

"没有,妈妈,我根本没有看见他。怎么啦?你是说他打这里走过,到老希林斯利那儿去了吗?不会的,妈妈,因为我没有看见他呀。"

"他会小心的,"母亲满腹牢骚地说,"他会注意不让你看见。不过,他准是上威尔士亲王酒店去了,不然他不会这么晚还不回来的。"

小女孩可怜巴巴地看着她的母亲。

"我们吃茶点吧,妈妈,可以吗?"她说。

母亲把约翰叫到餐桌上来。她又一次打开了门，朝黑黝黝的铁路线那边望着。四周杳无人迹，她也听不见提升机的声音。

“也许，”她自言自语道，“他留下来加班多干点采煤的活儿。”

他们坐下来吃茶点了。约翰坐在餐桌尽头靠近门那边，几乎隐没在黑暗里。暗中他们彼此都看不清对方的脸。女孩弯身靠在火炉围栏上，在火上慢慢地转动着一片厚厚的面包。男孩坐在那里注视着她，他的脸在阴影下只显出一个模糊的黑点。女孩在红红的火光里似乎变了一个人。

“我觉得这火光看上去真美极了。”孩子说。

“是吗？”她的母亲说，“为什么？”

“火光是那样红，里面有那么多的小窟窿——而且它让人觉得很舒适，你简直可以闻见它的气味。”

“马上就得给它添煤了，”她的母亲回答，“而且，只要你爸爸一回来，他就会抱怨说，他浑身汗水从矿井底下回来，总是连个火都没有。反正小酒店里总是暖烘烘的。”

沉默了一会儿。后来男孩抱怨地说道：“快点儿烤，安妮。”

“唔，我正在烤呢！我没法催那火烤得快些，是不是？”

“她老在挪动它，好叫它烤得慢些。”男孩子嘀咕道。

“别乱想，孩子。”母亲回答。

很快屋里就响起了咀嚼烤面包片的嘎吱嘎吱声。母亲吃得很少。她认真地喝着茶，坐在那里思虑着，当她站立起来时，从她严厉地昂着的头就可以看出，她显然怒气冲冲。她瞧瞧炉栏里的布丁，就爆发了：“一个男人竟然不回家吃晚饭，这的确太丢人现眼了！要是饭烧得煳成了灰，我才不管呢。他居然走过自己家门不进来，要去酒店喝酒。而我却给他做好了晚饭，坐在这里等他……”

她走了出去。当她把一块块的煤扔到红红的火上面时，阴影不断投射到四面的墙壁上，直到最后，整个屋子几乎变得漆黑一团。

“我看不见了。”在黑暗里失去了踪影的约翰抱怨道。母亲不由得笑了起来。

“反正你知道把吃的东西送进嘴里。”她说着，便把簸箕放到门外。当她像个幽灵般的又回到火炉旁边时，男孩不高兴地又一次抱怨道：“我看不见了。”

“天哪，”母亲烦躁地喊道，“只要天黑一点，你就跟你的爹一样瞎叫唤！”

不过，她还是从壁炉架上的一捆纸捻儿里拿出了一根，开始去点亮房子中央天花板上悬挂的一盏灯。在她伸手点灯的时候，从她变粗了的腰身可以看出她是个孕妇。

“噢，妈妈！”女孩喊了一声。

“什么事？”女人问道。她正要把灯罩罩在火焰上，一下子停住了。她举着一只胳膊，转脸望着她的女儿，铜制的灯映照着她的脸孔，使她显得格外漂亮。

“你的围裙上插着一枝花！”孩子说道，这件不寻常的事情使她感到一阵小小的喜悦。

“唉！”女人喊道，放下了心。“听你嚷得像是屋子着了火。”她放好了灯罩，又等了一会，才把灯芯捻了上去。这时，地面上出现了一个模糊地飘浮着的淡淡影子。

“让我闻闻！”那个孩子仍然喜悦地说着，走上前把脸贴在她母亲的腰上。

“去吧，傻孩子！”母亲一边说，一边把灯捻亮。灯光显出了他们的焦虑，那个女人感觉自己简直受不了啦。安妮这时还弯着身抱着她的腰。母亲便恼怒地取下了别在围裙腰带上的花。

“噢，妈妈——别把花取下来！”安妮喊道，同时拉住了母亲的手，想把那枝花放回去。

“别胡闹了！”母亲转身说道。

孩子把那枝浅色的菊花放在唇边，低声说道：“它们闻起来真香啊！”

她的母亲只是短促地一笑。

“不，”她说道，“我不觉得香。我和他结婚的时候，正开着菊花；我生下你的时候，菊花也正开放；他第一次喝得烂醉，别人把他送回家来的时候，他的纽扣眼里也插着棕色的菊花。”

她瞧着两个孩子。他们的眼睛和张开的小嘴都露出惊异的神情。母亲坐着沉默地摇晃了一会儿。然后她瞧了瞧钟。

“六点差二十分了！”她用微带哀愁而又漫不经心的语调继续说道，“嗯，到了这会儿，别人不把他送回来，他自己是回不来的了。他只好待在那儿了！但是，他也无须带着他那一身矿里的泥巴滚到这里来，因为我是决不会把他洗干净的。他可以躺在地上——哎，我真是个大傻瓜，一个大傻瓜！我来到这里，来到这个到处是老鼠的邋遢窝里，就是为了这个，为了好让他从他自己的家门前偷偷溜过去。上星期有两次——现在他又开始了——”

她克制住自己，不再说下去了，站起来收拾餐桌。

在后来的一个多小时里，孩子们一直在做游戏。他们老老实实、聚精会神、充满想象力地玩着，俩人都害怕母亲发怒，又害怕父亲这时回家来。贝茨太太坐在摇椅上，用一块厚实的浅黄色法兰绒缝一件“背心”，她撕下法兰绒的灰色边缘时，它就发出一种沉闷的破裂声。她起劲地缝着，一面注意听着孩子们做游戏。她心里的怒火这时也感到疲倦了，她躺下来休息，同时仍然时常睁开眼睛，注意地观察着，并且竖起她的耳朵仔细倾听着。有时候，就连她的怒火也灰溜溜地感到气馁了，于是这位母亲便停下手里的活儿，倾听着外边沿着枕木走过来的沉重脚步声；她有时会猛然抬起头来，让孩子们静下来，听着脚步声走过了大门，孩子们也没有被人从他们的游戏天地里驱逐出去了。

然而最后，安妮叹了一口气，不玩了。她瞧了一眼自己用拖鞋搭起来的货车，讨厌起这种游戏来。她乞求地望着母亲。“妈妈！”但是她说不清自己的念头。

约翰像只青蛙似的从沙发下面爬了出来。他的母亲抬头看了一眼。

“嗨，”她说，“瞧瞧你的衬衫袖子！”

男孩伸出胳膊来观察着袖子，什么也没有说。这时有人嘶哑着嗓子在铁路线的那一边叫喊起来，屋里人立刻紧张起来。直到两个人说着话从门前走了过去。

“该上床去了。”母亲说。

“爸爸还没有回来。”安妮可怜巴巴地哀诉道。

“没关系。他想回家的时候，自然会有人把他送回来的——醉得人事不省地给送回来。”母亲说，“他可以睡在地上，直到他自个儿醒过来。我知道，醉成那样他明天是不会去上工的！”

孩子们用一块绒布擦干净了他们的脸和手。他们都很安静，穿上睡衣以后便做祈祷，男孩只是咕噜了一通。母亲低头看着他们，看着女孩后颈上那一大把缠在一起的柔软光滑的褐色卷发，看着男孩长着黑发的小脑袋，她心头不禁涌上一阵对他们父亲的怒气，正是他使得他们母子三人都这么愁眉不展。孩子们想得到点安慰，便把他们的脸孔埋在她的裙子里。

贝茨太太下楼时，房间里显得特别空空荡荡，充满了等待的紧张气氛。她拿起自己的活儿，低着头缝了起来。这时，她的怒气里又夹杂着几分担忧。

二

钟敲响了八点。她猛地站起身,把活计扔在椅子上。她走到楼梯脚下的那扇门前,打开门静静地听着。然后她走到门外,把门锁上。

院子里有什么在噌地跑过去,她吃了一惊,其实她知道这个地方到处都是老鼠。夜晚非常黑,在停满了货车的铁路终点停车场上,黑沉沉的,没有一丝灯光。她只看见后面远处矿井顶上挂着几盏黄色的灯,还有井口那熊熊燃烧着的红光衬托在夜空里。她顺着铁轨边急匆匆地走去,穿过铁路道口,来到两扇白色大门旁边的梯磴,从那里走到公路上。这时她原来的焦虑心情又平静了一些。人们正向新布林斯利走去,她看见一幢幢房屋里的灯光,再朝前走二十码就是威尔士亲王酒店那温暖明亮的宽大窗子,那里清晰地传出了男人们洪亮的声音。她多傻啊,竟会以为他出了什么事!他只不过是在威尔士亲王酒店里喝酒罢了。她犹豫了。她还从来没去叫他走,她是决不会去的。于是她继续朝排列在公路上的一长溜稀稀拉拉的房子走去。她走进了两排住宅中间的通道。

“找里格利先生?——这里就是!你要找他?不,这会儿他不在家。”

那个骨瘦如柴的妇人从黑暗的洗碗间探出身子瞧着另外那个女人。从厨房的百叶窗缝里透出的暗淡光线,正照在另外这个女人身上。

“是贝茨太太吗?”她问道,语气里带着尊敬。

“是的。不知道你的先生回家了没有。我家的还没有回来。”

“他还没回来吗!噢,杰克已经回家了,他吃过晚饭就又出去了。他想在睡觉前出去溜达半个小时。你上威尔士亲王酒店去瞧过了吗?”

“没有——”

“是啊,你不喜欢——那个地方名声不好。”另外那个女人显得很宽容。她们尴尬地沉默了一会儿。“杰克没说过什么关于——关于你们先生的话。”她说道。

“是吗!——我想他一定是醉倒在那里了!”

伊丽莎白·贝茨怨恨而有点不顾一切地说了这句话。她知道院子另一边的那个女人正站在她的家门前听着,但是她不在乎。她转身正要走的时候,“等一下!我马上去问问杰克,看他知道些什么。”里格利太太说。

“噢,不——我不想麻烦!”

“不,我这就去,只是要请你进屋来照看一下,别让孩子们下楼,弄得着起火来。”

伊丽莎白·贝茨一面嘴里客气着，一面走进了屋子。另外那个女人对屋里的混乱状况表示道歉。

厨房里的确需要道歉。沙发上和地面上放着儿童上衣、裤子和孩子的内衣，玩具扔得到处都是。在铺了黑漆布的餐桌上放着几块面包和蛋糕、面包皮、残汤剩粥和一壶凉了的茶。

“唉，我家里也一样乱。”伊丽莎白·贝茨说，眼睛只望着那个女人，没有去看房间。里格利太太用一条大围巾包着头，匆匆走了出去，嘴里说“我马上就回来”。

另一个女人坐下了，带点责怪地看着屋里一片凌乱的状况。然后，她数了数凌乱地放在地上的大小不一的鞋子。一共有十二只。她叹了一口气，自言自语道：“这就难怪了！”并且注视着那乱七八糟的景象。院子里传来两双脚擦鞋的声音，接着里格利夫妇走了进来。伊丽莎白·贝茨站起身来。里格利是个身材高大、骨骼非常粗壮的男人。他头部的骨骼尤其显得粗大。一条青色的伤疤横穿过他的太阳穴，那是一次在煤矿里受伤后留下的，煤屑留在伤痕里，使这块伤疤像刺了花似的变青了。

“他还没有回家？”那个男人没有打招呼就直接问道，但是语气里带着尊敬和同情。“我说不上他在哪里——他反正不在那里！”他扭了一下脑袋，表示他指的是威尔士亲王酒店。

“他是不是上紫杉树酒店去了。”里格利太太说道。

又沉默了一会儿。里格利像是心里有件事想说出来。“我走的时候他正在把一件活儿干完，”他开口说，“大伙儿走了大概十分钟以后我们才走。我对他喊道：‘你走吗，沃尔特？’他说：‘你先走吧，我用不了一分钟就干完了。’所以我们，我和鲍尔斯就来到井口底下，以为他马上就会跟着出来，坐下一拨罐笼上来——”

他窘迫地站在那里，好像被人家指控他抛弃同伴不顾，而他正在为自己辩护似的。伊丽莎白·贝茨这时已经肯定发生了灾难，急忙安慰他说：“我想他一定是像你说的那样，上紫杉树酒店去了。他这样也不是头一回了。以前我就为这急得心里火烧火燎似的。等到有人抬着他，他就会回家了。”

“哎，这可太糟了！”另一个女人叹息道。

“我这就到狄克家去瞧瞧，看他在不在那里。”男人建议道。他不敢显得太惊慌，又怕显得自作主张。

“噢,那样就太麻烦你了。”伊丽莎白·贝茨再三强调道。但是他心里明白,她是喜欢他这个建议的。

他们磕磕绊绊地走到过道那里时,伊丽莎白·贝茨听见里格利太太跑过院子,打开她邻居家的门。这时,她全身的血仿佛一下子全从心脏里流出去了。

“小心!”里格利警告她道,“我说过好多次,要把过道里坑坑洼洼的地方填平,不然总会有人在这里摔折腿的。”

她定了定神,便迅速地跟着矿工走去。

“我不太放心把孩子们留在床上,家里又没有别的人。”她说。

“是呀,你不太放心!”他礼貌地问答道。他们很快就来到了她家那所小房子的门口。

“好啦,我用不了多少时间的。你就不用担心了,他不会有什么事的。”那个矿工同样说道。

“真太谢谢你啦,里格利先生。”她回答道。

“不用客气!”他结结巴巴地说,一面走开去,“我一会儿就回来。”

屋子里很安静。伊丽莎白·贝茨摘下她的帽子,拿下围巾,把小地毯卷了起来,干完这几件事她就坐了下来。这时已是晚上九点过几分了。矿井那儿的提升机急骤地响了起来,还有绳索下降时制动闸尖锐的转动声,都使她吃了一惊。她又觉得血液痛苦地流光了,她把手搁在身旁,大声说道:“天哪!——这只不过是九点钟值班的安全检查员下矿井去了。”她这样责备着自己。

她静止不动地坐着倾听。过去了半小时。她已经十分疲倦了。

“我这么紧张干什么呀?”她可怜巴巴地对自己说道,“我这样只会伤害自己。”

于是她又拿起了针线活。

十点差一刻时,外面传来了脚步声。只有一个人!她仔细瞧着门被打开。来的是一位老太太,戴着黑帽子,围着黑色羊毛围巾——这是他的母亲。她约莫六十岁左右,有一双蓝眼睛,布满皱纹的脸上带着愁容。她关上门,就转身满腹怨气地对着她的儿媳妇。

“哎,利齐,我们该怎么办呢,我们该怎么办呢!”她叫喊道。

伊丽莎白急忙往后一缩。

“什么事呀,妈妈?”她说。

老妇人在沙发上坐了下来。

“我不知道,孩子,我也没法告诉你!”——她慢慢地摇着头。伊丽莎白又急又恼地坐在那里注视着她。

“我不知道，”老太太回答道，深深地叹着气，“我的灾难总是没完没了，没完没了。我受的那些苦呀，我敢说已经受够了！”她哭了起来，也没去擦眼睛，泪冰就这么哗哗地流淌着。

“可是，妈妈，”伊丽莎白打断她的话，说道，“你的话是什么意思？出什么事了？”

老祖母慢慢地擦着眼睛。伊丽莎白直截了当的问题打断了她涌泉般的眼泪。她慢吞吞地擦着眼睛。

“可怜的孩子！哎，你这个可怜的人！”她呜咽道，“我不知道我们该怎么办才好，我不知道——瞧你这身子——的确是出了事，出了事！”

伊丽莎白等待着。

“他死了吗？”她问道。她一说出这句话，心就剧烈地跳动起来，虽说一下子提出这么放肆的问题，使她羞臊得脸都有点发红了。她的话使老太太吓了一大跳，几乎使她清醒过来。

“快别这么说，伊丽莎白！我们只希望事情不至于糟到那个地步。不，愿主保佑，别让事情那么糟，伊丽莎白！刚才我坐在那里，正准备喝上一杯酒就上床睡觉。杰克·里格利来了，他说：‘您最好到铁路线下边那儿去走一趟，贝茨太太。沃尔特发生意外啦。您最好先去陪陪她，等我们把他送回家。’我还没来得及问他，他就走啦。于是我戴上帽子就直接到这里来了，利齐。我心里想：‘唉，那个可怜的孩子，要是有人去了，出其不意地对她讲了，真不知道她会发生什么事。’你可别让这件事弄得你心慌意乱，利齐——不然你知道会出什么事。已经怀孕几个月啦，是六个月——还是五个月呢，利齐？唉！”老太婆摇晃着脑袋——“时间过得真快呀，过得真快！唉！”

伊丽莎白却在忙着想别的事。如果他丧了命——她能靠微薄的抚恤金和她自己挣的一点点钱维持生活吗？——她飞快地计算了一下。如果他受了伤——他们是不会送他去医院的——看护他会是十分麻烦的！不过她也许能帮他戒掉喝酒的毛病以及种种坏习惯。这是她做得到的——在他养伤的时候。想到这样的情景，泪水禁不住涌上了她的眼睛。但是，这是什么时候，怎容得她这样多愁善感起来？她又考虑起孩子们来，无论如何，他们就全靠她了，照顾他们就是她的责任。

“唉！”老太太重复道，“想起他第一次把他的工资交给我，好像只是一两个星期以前的事。唉——他是个好孩子，伊丽莎白，就他本性来说，他确实是个好孩子。我也不知道，他怎么变成了这样一个惹是生非的家伙，我真不知道。他原先在家是个高高兴兴的小伙子，只不过爱玩爱闹罢了。可是后来，毫无疑问，他确实惹了不少麻烦！我希望主会原谅他，让他改过自新。我希望这样。我希望这样。你跟着他也遇上了不少麻烦，伊丽莎白，的确如此。不过他早先跟我在一起的时候倒是个高高兴兴的小伙子，我向你保证。我不知道是怎么回事……"

老妇人继续大声地想着自己的心事，发出单调的、令人生厌的声音。同时，伊丽莎白也在专心地思索着。只是有一会儿她听见提升机飞快地响着，制动闸尖叫着转动起来时，被吓得一愣。后来她听见提升机转得慢多了，制动闸不再发出声音。老太婆没有注意。伊丽莎白却紧张不安地等待着。婆婆还在说，后来渐渐停顿，最后不说话了。

"但是，他不是你的儿子，利齐，所以就会不一样。不管他后来怎么样，我总是记得他小时候的模样，所以我知道怎么去理解他，体谅他。你一定得体谅他——"

已经十点半钟了，老太婆正在说："但是，麻烦总是没完没了的；不管你多大年纪了，还是要遇上麻烦，不管多大年纪都要遇上麻烦——"正在这时，大门砰的一声开了，台阶上响起了沉重的脚步声。

"我去，利齐，让我去。"老太婆一面喊着，一面站了起来。然而伊丽莎白已经走到了门口。门口是一个穿着矿工衣服的男人。

"他们马上就把他送来，太太。"他说道。伊丽莎白的心停顿了一会，后来又猛烈地跳了起来，几乎使她喘不过气来。

"他——他伤得很重吗？"她问道。

那个人转过脸去，望着黑暗："医生说，他已经死了好几个小时啦。他是在矿灯房里给他做检查的。"

站在伊丽莎白后面的老太婆一听见这话便倒在椅子上，叉起两只手，哭喊道："哎，我的孩子，我的孩子！"

"小声点！"伊丽莎白急剧地抽动一下，皱起了眉头，"安静些，妈妈，别吵醒了孩子们。说什么我也不能让他们下楼来！"

老太婆轻声呜咽着，身子晃来晃去。那个男人正要离去。伊丽莎白朝前迈了一步。

"是怎么回事？"她问道。

“嗯,我也不太清楚,”那人局促不安地回答,“他正在干完一件活儿,同事都走了,他的头顶上有一大片矿石塌了下来。”

“把他压死了吗?”那个寡妇颤抖了一下,喊道。

“不,”那个男人说,“它塌在他的背后。他正在采掘面底下,塌下的石头没有碰着他,却把他堵在里面啦。他似乎是被闷死的。”

伊丽莎白吓得往后退缩。她听见背后老太婆喊道:“什么? ——他说是怎么回事?”

那个男人稍稍提高了声音说道:“他是被闷死的!”

老太婆听了便大声痛哭起来。这倒使伊丽莎白放了心。

“噢,妈妈,”她把手放在老太婆身上,说道,“别闹醒了孩子们,别闹醒了孩子们。”

她不知不觉地也哭泣起来,而老母亲一边摇晃着身子,一边低声呜咽着。伊丽莎白想到,他们就要把他送回家来了,她必须做好准备。“让他们把他停放在客厅里。”她自言自语,脸色苍白而惶惑地呆立了片刻。

然后她点燃了一根蜡烛,走进了那个小房间。屋里又冷又潮湿,但是她没法生火,因为房间里没有壁炉。她放下蜡烛,看了看四周。烛光在玻璃的枝形灯架上,在插着几枝粉红色菊花的花瓶上,在深色桃花心木家具上闪亮着。在屋子里有一股冰冷的、死亡般的菊花的清香。伊丽莎白站在那里望着菊花。她转过身,计算着在躺椅和碗橱中间的地面上,是不是有足够的地方放下他。她把椅子都推到旁边。这块地方不但放得下他,还可以在他旁边走过去。然后她拿来那块红色的旧桌布和另外一块旧布,把它们铺在地上,这样就省得用她那块地毯了。她离开客厅时冷得颤抖了一下,于是她从梳妆台抽屉里取出一件干净衬衫,放在火炉前烤着。她的婆婆这时候一直坐在椅子里摇晃着,呜咽着。

“您得挪动一下地方,妈妈,”伊丽莎白说,“他们一会就要把他送来了。坐到摇椅里去吧。”

老母亲机械地站起身,走到火炉旁边坐下,嘴里仍然不停地啜泣着。伊丽莎白走到餐具室再取一支蜡烛。她在那间没有顶棚,裸露着瓦片的小侧屋里听见他们来了。她静静地站在餐具室门口倾听着。她听见他们走过房子的一头,笨拙地走下那三级石阶,只听见一片嚓嚓的杂乱脚步声和窃窃私语声。老太婆沉默了。男人们进了院子。

这时伊丽莎白听见矿井经理马修斯说:“吉姆,你走在头里。小心!”

门开了，两个女人看见一个矿工倒退着走进屋来，他抬着担架的一头。她们可以看见担架上死者那双钉了钉子的靴子，两个抬担架的人站住了。抬着头的那人在门楣前弯下身子。

“你要把他放在哪里？”经理问道。他是个蓄着白胡须的矮个子男人。

伊丽莎白振作精神，从餐具室里拿着没有点燃的蜡烛走了出来。

“放到客厅里。”她说。

“放到那里去，吉姆！”经理指了指，于是抬担架的人后退着绕进了那间小小的屋子。他们在两扇门之间笨拙地转弯时，盖在尸体上的那件外衣滑掉了，于是两个女人看见了她们的男人，他躺在那里，光着上身，像是脱去衣服准备干活的样子。老太婆惊骇地低声抽泣起来。

“把担架搁在一边，”经理厉声命令道，“把他放在布上面。小心，小心！你们注意了——！”

其中一个人碰翻了那瓶菊花。他手足无措地睁大眼睛望着。后来他们放下了担架。伊丽莎白没有看她的丈夫。她一进房间，就去拾起打破了的花瓶和那些菊花。

“等一下！”她说。

那三个男人静静地等待着，她用一块抹布把水擦掉。

“唉，说真的，这差事多窝心啊，这差事多窝心啊！”经理一边愁苦而愧疚地抹着额头，一边说道，“我这辈子从没有遇到过这样糟糕的事情，从来没有！他真不该留下来。我这辈子从没有遇到过这样糟糕的事！恰好落在他的身后，把他堵在里边。不到四英尺的空隙，连四英尺都不到——可是他浑身上下简直没有一点伤。”

他望着地上的死人。死者上身赤裸，脸朝下躺着，全身粘满了煤屑。

“医生说‘是窒息而死的’。这是我遇见的最可怕的一件事。简直像是故意干的。恰好落在他身后，像只捕鼠笼那样把他关在里面。”——他用手做了一个突然往下压的姿势。

站在旁边的矿工们都悲痛地扭转了头，用这个表示了他们的态度。

这样恐怖的事使大家都胆战心惊。

这时他们听见女孩的声音在楼上尖声叫喊道：“妈妈，妈妈——谁来啦？妈妈，谁来啦？”

伊丽莎白急忙走到楼梯底下，打开了房门。

“睡觉去!”她严厉地命令道,“你在那里嚷什么?马上去睡觉——这里没事儿——”

接着她上了楼。他们听见她的脚踩在楼梯上,又踏进那间小卧室的灰泥地面。他们很清楚地听见她说:“怎么啦?——傻孩子,你怎么啦?”她的声音很激动,带着一种勉强的温柔口气。

“我以为有人来了,”孩子用悲哀的调门说,“他回家来了吗?”

“是的,他们把他送回来了。别大惊小怪啦。做个好孩子,睡觉去吧。”

他们可以听见她在卧室里说话的声音。他们等着她给孩子们盖好了被子。

“他喝醉了吗?”女孩子怯生生地轻轻问道。

“没有!没有——他没有喝醉!他——他睡着了。”

“他在楼下睡着了吗?”

“是的——别弄出声音来。”

安静了一会儿。接着男人们又听见那个受了惊吓的女孩问道:“那是什么声音?”

“没什么,我告诉你。你干吗要操心?”

那是祖母啜泣的声音。她对周围的一切已浑然不觉,只是坐在椅子里晃动着、啜泣着。经理把手放在她的胳臂上,让她“小声些——小声些”。

老太婆睁开眼睛望着他。她被这样的打扰吓了一跳,她似乎觉得奇怪。

“现在几点钟了?”孩子用悲哀的细嗓子最后又问了一句,她怏怏不乐地又打算睡觉了。

“十点钟了。”母亲更加温柔地回答道。接着,她一定是弯下腰去亲了亲孩子们。

马修斯向男人们打了个手势,让他们离开。他们戴上帽子,拿上了担架,跨过尸体,轻手轻脚地走出了屋子。他们直到远远地离开了这些容易惊醒的孩子们,才开口说话。

伊丽莎白下楼以后,看见她母亲独自一人站在客厅里,俯身瞧着死去的丈夫,泪水一滴滴地落在他身上。

“我们得来准备为他入殓了。”妻子说。她把水壶放在火上,然后回来在他脚边跪下,开始动手去解开打了结的靴带。屋里又潮又暗,只点了一支蜡烛,因此,她不得不把脸几乎弯到了地面。她终于脱下了那双沉重的皮靴,把它们放在一边。

"现在您得来帮帮我了。"她低声对老太婆说。她们一块儿脱光了死者的衣服。

她们站直身子时,看见他躺在那里,显出死亡后的纯朴和庄严,两个女人都情不自禁、充满敬畏之情地站住了,她们静静地待了一会,朝下望着,老母亲抽抽搭搭地啜泣着。伊丽莎白仿佛觉得自己接到了禁令。她看见他那么神圣不可侵犯地躺在那里。她和他毫无关系了。她无法接受这一点。她弯身把手放在他身上,表明他还是她的。他身上还有一丝温热,因为他死去的煤矿里是很闷热的。他的母亲用双手捧着他的脸,颠三倒四地诉说着。老泪像湿树叶上的水珠那样一滴滴地落下。母亲没有哭泣,眼泪却不断地涌出来。伊丽莎白用脸颊和嘴唇抱吻了丈夫的身体。她似乎在倾诉,在询问,想和他取得某种联系。然后她无法做到。她被赶了出来。他是无法沟通的。

她站起来,走进厨房,把热水倒进盆里,又拿来肥皂、绒布和一条软毛巾。

"我必须替他洗一洗。"她说。

接着老母亲也僵硬地站起来,注意瞧着伊丽莎白仔细地洗干净他的脸,又用绒布把两大撇金黄色胡须从嘴边梳理开。她感到畏惧,心里怀着深不可测的恐惧,因此她才这样服侍他。

老太婆有点忌妒了,她说道:"让我给他擦干吧!"于是她在另一边跪了下来,等伊丽莎白洗过以后,她便慢慢地替他擦干,她那顶黑色的大帽子,有时擦过她儿媳妇长着深色头发的脑袋。她们就这样沉默地工作了很久。她俩一刻也没有忘记,这就是死亡。触摸着这个人的尸体,在她们心中激起了奇特的感情,两个女人的感情又各不相同;她们虽说都陷入了深深的恐惧之中,母亲感受的是她白白生养了这个儿子,他被夺走了;妻子却感觉人类的灵魂是多么的孤独,她腹中的婴儿也成了一个跟她漠不相干的重担。

最后终于洗完了。他长了一副健美的躯体,酗酒没有在他脸上留下半点痕迹。他长着一头金发,肌肉饱满、四肢匀称。然而他已经死了。

"愿上帝保佑他。"他的母亲目不转睛地瞧着他的脸,充满恐惧地低声说道,"亲爱的孩子——愿上帝保佑你!"她沉浸在狂热的畏惧和母爱中,用咝咝的声音低低说道。

伊丽莎白又无力地倒在地上,她把脸颊贴着他的脖颈,哆嗦着,打着寒战。但是她不得不再一次把他放开。他已经死了,而她活生生的肌肤不该再偎依着他。她被巨大的恐惧和疲乏支配着;她是多么力不从心啊。

“他像牛奶一样洁白，像一周岁的小娃娃一样细嫩，愿上帝保佑他，宝贝儿！”老母亲喃喃地自言自语。“他身上没有一点伤疤，透亮、洁净、雪白，像一个娃娃那样漂亮。”她自豪地低声说道。伊丽莎白一直把脸遮盖着。

“他走得很安静，利齐，像睡觉一样安静。你瞧他多美呀，小乖乖。唉——他一定是得到了安宁，利齐。看来他被困在里面的时候，他把一切都想通了，利齐。他有时间这么做。如果他没有得到安宁，他看去就不会这样平静。这个乖乖，亲爱的乖乖。哎，他从前的笑声是多么开心。我最喜欢听他笑。他笑起来比谁都开心，利齐，就像个孩子——”

伊丽莎白抬头望了一眼，男人的嘴没有闭上，在胡须下面微微张着。在昏暗的光线下，眼睛半睁半闭，并不显得呆钝。热火朝天的生命力已经离开了他，使得他和她咫尺天涯，生死永别。她知道，他已经成了一个陌生人。她曾经和这个单独的陌生人做过夫妻，共同生活过，而现在因为这个人，她的腹中感到一团冰冷的畏惧。难道它的全部意义就是这样吗——在热腾腾的生活掩盖下的、绝对的完全的孤独？她怀着敬畏的心情把脸扭向一旁。这个事实太令人心惊胆战了。他们之间并没有任何关系，然而他们却一块儿生活过，一次又一次地肌肤相亲，男欢女爱。每当他和她交欢的时刻，他们其实是两个孤立的个人，就像此刻一样天各一方。他和她一样无法为此负责。她觉得腹中的胎儿像一块冰。因为，当她看着死者的时候，她的头脑是冷静的、超然的。它清晰地问道：“我是谁？我一直在干什么？我一直在和一个并不存在的丈夫争吵。他却始终存在着。我做错了什么事？和我共同生活着的又是什么？而现实就在那里，就是这个男人。”由于畏惧，她的灵魂死去了。她知道，她从来没有看清楚他，他也从来没有看清楚自己。他们相遇在黑暗中，又在黑暗中争斗着，彼此都不知道他们遇见的和争斗的是什么人。现在她看清了，由于看清楚了而变得沉默了。因为她一直都看错了人。她把他说成他实际上并不是的人，她曾经跟他关系亲密。而实际上他一直跟她离得远远的，过着和她完全不同的生活，他的感受也完全和她的不一样。

她又害怕又羞臊地看着他赤裸裸的身体，她曾经错误地以为自己熟悉这个身体。而他还是她的孩子们的父亲。她的灵魂仿佛被人从她的身体里撕扯了出来，分开来站在一边。她凝视着他赤裸的身体，感到羞愧，仿佛她不肯承认他。说到底，他就是自己。这事在她看来很可怕。她瞧了一眼他的脸，便把自己的脸朝着墙壁。因为他的目光和她的不一样，他的习惯也跟她的不一样。她曾经拒绝接受那个真正的他——她现在明白了。她曾经拒绝了真正的他。她的生活就是这样的,而他的生活也是这样的。她要感谢死亡,因为它揭示了真实情况。而且,她知道自己没有死。

而她的心里一直充满了对他的悲伤和怜悯。他经受了些什么痛苦?这个坐以待毙的人熬过了多久的恐怖!她痛苦得全身僵硬。她没能去帮助他。他受了残酷的折磨,这个赤身露体的男人,这另外一个生物,而她却无法给他做出补偿。孩子们在那里——但是孩子们是属于生活的。这个死者同他们毫无关系。他和她只不过是一条通道,生命从通道流过去便产生了孩子们。她曾经是一个妻子——她现在才知道,做个妻子是多么可怕。而已经死去的他,他一定也感到,做个丈夫是多么可怕了。她感到,在来世里,他对于她将会是个陌生人。如果他们在那里,在另一个世界再见面,他们必定会为以往的一切感到羞愧。孩子们是由于某种神秘的原因,从他们俩人之间产生出来的。但是孩子们没有能把他们结合在一起。现在他已经死了,她知道从此他更是永远和她分离了,永远不再和她发生任何关系了。她生活中的这一阶段已经结束了。他们在生活中曾经互相拒绝接受对方。现在他已经退出了。痛苦压倒了她。那么这就是结束了:在他死去之前,他们的关系就已经毫无希望了。而他却曾经是她的丈夫。但那又是多么微不足道!

“你拿出了他的衬衫吗,伊丽莎白?”

伊丽莎白转过身去,没有回答,虽然她尽力地想照她婆婆所期望的那样去表现,去哭泣。但是她做不到,她只好沉默。她走进厨房,拿着衣服回来。

“已经烤过了。”她说,并且四处捏捏那件衬衫,看看是否行了。她几乎羞于搬动他;她或者任何人有什么权利去碰他呢;但是她还是恭顺地触摸了他的身体。给他穿衣服很困难,他是那么沉重又那么毫无生气。这段时间里一种可怕的恐惧一直压抑着她:他是这么沉重,这么毫无生气,毫无反应,与她隔绝开来。他们中间隔得那么远,使她恐惧得几乎支持不住了——那是一片无边无际的空间,她不得不越过这片空间向那边瞭望。

最后,衣服穿好了。她们用一条被单盖着他,让他躺在那里,他的脸被包扎起来。她闩上了小客厅的门,免得孩子们看见停放在那里的是什么。然后,她怀着沉重的平静心情开始把厨房收拾干净。她知道自己对生活屈服了,因为生活是她现在的主人。然而她却怯懦而羞愧地向后退缩。想躲开死亡,她最终的主人。

美妇人

波琳·阿滕伯勒已经七十二岁了,但有时在朦胧的光线里,人们还会把她当作只有三十岁。她确实是个别具风韵,显得格外年轻的女人。当然,这和她的骨骼长得好有很大的关系。她死后一定会是一副完美的骷髅架。她的头骨也一定会是一副完美的头骨,就像某些伊特鲁里亚[①]妇女那样,在骨骼的线条和纯洁美好的牙齿里,女性的魅力依然存在。

阿滕伯勒夫人长着一副绝妙的鹅蛋脸,脸型稍稍扁平,因而更经得起岁月的磨蚀。脸上没有多余的赘肉。她的鼻子线条优美,显得文雅秀气。只有她的灰色的大眼睛,在脸上显得稍稍有点鼓出来,同时也最容易使人看出她的岁数。那一双微带青色的眼皮很沉重,仿佛它们为了使眼珠显得明亮活泼而勉强撑开,已经觉得很累了;她的眼角有一些细小的皱纹,疲劳时就松弛下来,但是需要的时候又会绷紧,露出一副容光焕发的欢快容貌,就像利奥纳多·达·芬奇画中放声大笑的女人。

她的侄女塞西莉亚大概是世界上唯一发现了把波琳眼角的皱纹和她的意志力连接起来的那根看不见的细线的人。只有塞西莉亚才有意识地注意到那双眼睛渐渐变得憔悴、衰老、疲惫不堪,就这样持续几个小时,直到罗伯特回到家里。然后,砰的一下——连接着波琳的意志力和她的面孔的那条神秘的细线绷紧了,那双鼓出来的疲倦憔悴的眼睛突然亮了起来,眼皮抬了起来,波琳额头上划出柔弱弧形的奇特弯眉开始带上挖苦人的味道,于是你就看见了这样一位绰约多姿、仪态万方的真正美妇人了。

她确实掌握了永葆青春的秘诀;就是说,像一头鹰似的披上青春的外衣。但是她从不轻易这么做。她很聪明,从不在太多的人面前显得年轻。只有当着她的儿子罗伯特,在晚上的时候,还有那位有时下午来喝茶的威尔弗雷德·奈普爵士,以及星期日罗伯特在家时偶尔来的客人,对于这些人,她才是美丽的、不变的,岁月无法使她衰老,久看也不会令人生厌。明媚、温厚,而又微微带着一丝嘲

① 伊特鲁里亚,为意大利中西部古国。

弄，就像掌握着一两件秘密的蒙娜·丽莎。但是，波琳掌握的秘密比她更多，所以蒙娜·丽莎不必沾沾自喜，波琳也能露出她那种可爱的、带有嘲笑神气的、酒神女祭司的笑容。这样的笑容永远是不含恶意、纯朴宽厚的，不论对美德还是邪恶都一样。不过，她淘气地暗示说，宽容前者当然要更难一些。

只有在她的侄女塞西莉亚面前，她才不必费力保持自己的魅力。反正西斯的观察力一点也不敏锐，加上她长得相貌平平，而且，她又爱上了罗伯特。更重要的是，她已经三十岁了，全靠她的波琳婶婶养活。唉，塞西莉亚！用不着为她费力气！

塞西莉亚，婶婶和堂兄罗伯特都叫她西斯，这名字听上去像一只猫发怒时的嗞嗞声。她是个肤色黑黑的、鼻子扁扁的、身材高大的青年女子，她很少开口，即使开了口，也仿佛说不出话来。她的父亲是个公理会的穷牧师，生前是波琳的丈夫罗纳德的哥哥。现在罗纳德和他的公理会牧师哥哥都早已死去了。这五年来都是波琳婶婶负责照顾西斯。

他们住在一幢十分精致但却比较小的安妮女王时代风格的房子里。它在伦敦城外大约25英里远的一个偏僻的山谷里，周围是一片小小的但却优雅而赏心悦目的庭园。对于七十二岁的波琳婶婶，这是个理想的地方，也是种理想的生活。当翠鸟从花园的小溪中突然掠起，飞进赤杨树中时，她的心里仿佛也有什么在掠过。她就是那种女人。

罗伯特比西斯大两岁，他每天进城，到法律协会底下的一个律师事务所上班。他是一个律师，他深感屈辱但从不透露的一件事，是他每年只能挣到一百镑左右。他实在没法赚得更多一点，然而想赚得比这更少却很容易。当然，这并没有什么关系。波琳很有钱。但是，波琳的钱到底是波琳的，虽说她给起钱来几乎可说是相当慷慨的，然而接受者总觉得它是一件很可爱但自己不配得到的礼物。当然，波琳婶婶会说，不配得到的礼物，得到后更高兴。

罗伯特的长相也很一般，中等身材，个头儿宽大粗壮，从外表看虽不很胖，但他那淡黄色刮得很光洁的脸却有点胖，表情沉默而隐秘，几乎总是默默无言，颇像一个意大利神父。不过他的眼睛是灰色的，像他的母亲，但是它十分羞涩拘谨，不像她的那样大胆。也许只有西斯是唯一能理解他的极端羞怯和萎靡的人，只有她能够理解，他经常觉得自己走错了地方，几乎像是一个进错了躯体的灵魂。但是他从来没有想什么办法来改变它。他只是到他的律师事务所去阅读法律。然而，所有那些怪诞的古老诉讼程序却引起了他的浓厚兴趣。除了他的母亲,没有任何别人知道,他收藏了一套十分奇特的古代墨西哥的法律文件,包括诉讼程序、审判、答辩及罪状的报告书,它们是17世纪墨西哥的世俗法律和教会法律既古怪又使人敬畏的混合物。他之所以会进行这方面的研究,是因为他偶然读到了一份1620年在墨西哥有两名英国水手因谋杀罪受审的报告。从此他便开始研究,后来他又读到了一份文件,控告一位米盖尔·埃斯特拉达先生于1680年诱奸了奥萨卡镇圣心修道院里的一名修女。

波琳和她的儿子罗伯特一块儿研究这些古老的文件,度过了许多个美妙的夜晚。这位美妇人稍稍懂得一点西班牙语。就连她自己打扮起来也有点像西班牙人了:头发里插了一把大梳子,身上披了一条用银色丝线绣了厚厚一层花样的华丽的深褐色披肩。于是她就坐在精美的古老桌子旁边,深褐的披肩柔滑得像丝绒,高高的梳子插在头发里,耳朵上戴着下垂的耳环,裸露着的手臂还是那么光润,颈上围着几串珍珠项链,穿着一件深褐色丝绒衣服,披着这条深褐色或者另一条同样华美的披肩,这样,在烛光里,她看上去就像是一位三十二三岁的高贵的西班牙美人。她很会安排烛光,能恰到好处地衬托出她面部的明暗对比;她坐的高背椅是老式的绿缎缝制的,在椅背的衬托下,她的面孔就像是一朵圣诞节的玫瑰花。

他们总是三个人一块儿用餐,每次一定要喝一瓶香槟:波琳喝两杯,西斯喝两杯,余下的全归罗伯特喝。美妇人容光焕发,光彩照人。西斯梳着一头黑黑的短发,穿着波琳婶婶帮她做的一件掩盖着她的宽肩膀的、又合身又漂亮的衣服。她用困惑而沉默的淡褐色眼睛反复凝视着她的婶婶和堂兄,扮演着一个心悦诚服的听众角色。她一向如此,总是在某件事上显出悦服的样子。相处了五年之后,她仍然被波琳的光彩感动得哑口无言。不过在她的意识深处,永远藏着一批资料,像罗伯特研究过的文件一样离奇古怪,那就是她所了解的关于她的婶婶和堂兄的全部事实。

罗伯特永远是个绅士,他那古板而老派作风的彬彬有礼态度,十分成功地掩盖了他的羞涩。西斯知道,他不仅羞涩,更糟的是他觉得困窘。他比西斯更感觉困窘。西斯的困窘只不过有五年光景,而罗伯特的困窘大概在他出生前就开始了。还在那位美妇人的腹中时,他一定就感觉非常困窘了。

他的全部注意力都集中在他的母亲身上,就像一朵小花被太阳吸引住一样。然而,他又像一位神父一样,他的意识的末梢却一直感觉到西斯的存在,觉得她似乎被排斥在外,觉得事情有点不对头。他感觉到了屋子里有第三者的意识存在。而波琳却觉得,她的侄女塞西莉亚只不过是她自己的背景里一个恰如其分的组成部分,而不是一个独立的存在。

罗伯特总是和他的母亲及西斯在那间温暖的客厅里喝咖啡。客厅里的全部家具都很精美,都是值得收藏的珍品——阿滕伯勒夫人从前经营过油画、家具以及野蛮国家的收藏品买卖,所以自己赚了些钱——他们三个人随便聊着天,直到八点或八点半钟。一切都很愉快舒适,甚至于很有家庭气氛。波琳最善于用如此众多的高雅材料来营造出一种真正温暖的家庭氛围。聊天的内容是简单的,却几乎总是很活泼。波琳显示了她的本色,浑身散发出友好的嘲弄和奇特的讽刺性的欢乐气息。直到后来她稍稍停顿了一下。

这时,西斯就会站起来道晚安,同时把咖啡的杯盘端出去,以免伯内特再来打扰。

然后呢!噢,然后母子两人就会亲亲热热、愉快友好地度过傍晚,他们辨认着手稿里的字句,讨论着一些要点,波琳显出了她最擅长的本领,变得像个少女一样热切。这也的确是真诚的。只要同男人在一起,她就会以某种神秘的方式积累起深受感动的力量来。稳重、沉默而矜持的罗伯特在两人中倒显得年长些了:几乎像一个神父同一个年轻的女学生。而且他心里也确实有这种感觉。

西斯自己住了一套房间,就在院子另一边,在旧的马车棚和马厩楼上。马厩里没有养马。罗伯特把他的汽车放在马车棚里。在上面,西斯住着三间很舒适的房屋,它们一间接一间,排成一行,她已经听惯了马厩里那只钟的滴答声。

不过她有时并不马上回到自己的房间。夏天里她就坐在草地上,可以透过楼上客厅敞开的窗子听见波琳发自内心的欢乐笑声。冬天里这个年轻女人就穿上一件厚实的大衣,缓缓地走到小溪上那座带栏杆的小桥上,从那里回头望着客厅的三扇明亮的窗子。那对母子正愉快地坐在那里。

西斯爱着罗伯特,她相信波琳准备让他们俩人结婚——在她死了以后。可是,可怜的罗伯特,他不论见到男人还是女人,都羞涩成了那副模样。当他母亲去世以后——也许在十几年以后,他更该变成什么模样了呢?他会变成一个空壳,一个从来没有生活过的男人的空壳。

他们俩人都生活在老人的阴影之下,于是两个年轻人之间就产生了一种奇怪的不言而喻的相互同情。这只是联系他们的一根纽带。但是还有一根西斯不知道怎样才能绷紧的纽带——那就是爱情的纽带。可怜的罗伯特生来是个热情的人。他的沉默和他深藏起来的痛苦的羞涩,都是内心里隐秘的热情造成的结果。波琳多会利用这一点啊！西斯并不是没有看见，他凝视着他的母亲的那一双眼睛，那里面充满了迷恋，然而又充满了屈辱，是一双充满羞耻的眼睛。他感觉羞耻，因为他不是一个男子汉。他并不爱他的母亲。他只是被她迷住了，完完全全迷住了。于是，他便陷进了终身的困窘中而无力自拔。

西斯在花园里停留着，一直等到波琳卧室里亮起了灯光——总是在十点钟左右。美妇人睡觉了。罗伯特还会单独待上一个小时左右，然后他也去睡觉了。在外面的黑暗中，西斯有时真想悄悄跑到他那里对他说："噢，罗伯特！一切都不对头！"但是波琳婶婶肯定会听见。而且，无论如何，这样的事西斯也做不出来。于是她又一次回到她自己的房间里，一切照旧。

每天早晨，咖啡是用盘子端上去，分别送给三个人的。西斯每天九点钟要到威尔弗雷德·奈普爵士家里去，给他的小孙女上两小时的课。这是她唯一的正经工作，除此以外，她喜欢钢琴，所以常常弹弹钢琴。罗伯特大约在九点钟进城。波琳婶婶一般要到吃午饭时才下楼，不过有时要到喝下午茶时才出现。当她出来时，看上去总是年轻而精神饱满。不过在白天，她总是容易像一朵缺了水的花，很快就萎谢了，只有在烛光下才是她的最佳时刻。

所以她在下午总是要休息。出太阳的日子，如果可能，她就做一次日光浴。这也是她的一个秘密。她午餐吃得很少，她有时在午前，有时在午后进行她的日光空气浴，随自己的高兴。但是经常是午后，那时，太阳光暖洋洋地照射着马厩背后一小块被紫杉树密密围住的怪地方。于是西斯拿来躺椅和毛毯，在废弃的马厩红墙外被厚实暗黑的紫杉树丛围成的安静的小院落里摆放好，又撑开一把轻便的阳伞。美妇人就带着她的书来了。西斯这时还得在她的屋子里放哨，免得她那听觉灵敏的婶婶听见什么人的脚步声。

有天下午，西斯忽然想到，她自己也可以做一次日光浴，来打发掉漫长的下午。她正觉得愈来愈烦躁不安。一想到可以从房子尽头的阁楼爬上去的马厩的平坦屋顶，她就好像要从事什么新的冒险活动似的。她常常到屋顶上去：她要给马厩的钟上弦，就必须上房顶。这件差事是她自己找的。这时，她便拿了一条毛毯，爬到屋顶的露天下面，看看天空，看看高高的榆树顶，再看看太阳，然后脱下了衣服，十分宁静地在屋顶角落里的胸墙下面躺了下来，让太阳晒着她的全身。

伸直身体，让全身沐浴在温暖的阳光和空气中，实在令人愉快。是的，太愉快了！就连她心里硬邦邦的怨苦之情，那从没化解过的无言怨恨的硬疙瘩，也似乎有点融化了。她舒舒服服地伸展全身，让阳光照遍她的四肢。假如她得不到别的爱人，就让太阳做她的爱人吧！她酣畅快意地滚动着身体。忽然间，她的心脏仿佛在身体内停止了跳动，她的头发几乎直竖了起来，因为有一个声音，似乎就在她耳边，轻柔而略带沉思地说道："不，亲爱的亨利！你没有同克劳迪娅结婚，而是死了，那不是我的错。不，亲爱的。我其实是非常、非常愿意你和她结婚的，虽然她一点也配不上你。"

塞西莉亚吓得浑身无力地倒在毛毯上，出着冷汗。多么可怕的声音，那样轻柔，那样若有所思，却又那么不自然。根本不是人的声音。然而，屋顶上肯定有人！唉，多么吓人哪！

她抬起软弱无力的脑袋，朝倾斜的铅屋顶偷偷窥探。一个人也没有！烟囱太窄，根本容不下任何人。屋顶上也没有人。那么一定有人藏在树林里，藏在榆树上。否则，更加吓死人了，是一个没有形体的声音！她把头抬得更高一点。

正在这时，那声音又响了起来："不，亲爱的！我告诉过你，在六个月之内你就会厌倦她的。你看，这话不是说对了么，亲爱的。说对了，说对了！我本来不想让你受这样的一次折磨。所以，使你为了想要那个愚蠢透顶的克劳迪娅而变得软弱无力、病病歪歪的，并不是我。瞧她后来那副凄凄惨惨的模样！你想要她，又不想要她，结果使你自己陷进了那么为难的处境，我亲爱的。我只不过警告了你。别的我还能做什么呢？可是你从此就消沉下去，死的时候甚至于认不出我了。这实在太可恨了，太可恨了……"

这声音渐渐消失了。塞西莉亚经过这番极端痛苦的紧张倾听之后，也软弱无力地倒在毛毯上了。唉，太可怕了。阳光还是那么灿烂，天空还是那么湛蓝，一切还是这么可爱，充满夏天午后的温暖。然而，唉，真恐怖啊——她简直要被迫相信鬼魂的存在了！可是她一向就讨厌迷信，不相信鬼魂啦、鬼魂说话啦、鬼魂敲门等等那一套。

但是那个可怕的、使人毛骨悚然的、没有躯体的声音，带着嘶哑的耳语的调门！而且那声音熟悉得使人害怕！可它又那么神秘。可怜的塞西莉亚只好躺在那里，由于还没有穿上衣服，心里也就更加害怕，浑身无力，动弹不得，瘫成一团。

而接着，她听见那家伙在叹气！一声深深的叹息，听上去熟悉得出奇，但又不像是人的声音。"唉，好吧；唉，好吧，心总是要流血的，流血总比心碎了要好些。真伤心哪！但那不是我的错，亲爱的。罗伯特明天就可以同我们可怜的、迟钝的西斯结婚，只要他想要她。但是他并不想做这件事，那么又何必逼他去做呢！"这声音时高时低，有时只是沙哑的低语。听啊！听啊！

塞西莉亚已经忍不住要歇斯底里地高声尖叫了,忽然听见了最后两句话。它引起了她的警惕,也激发了她的机智。那是波琳婶婶!一定是波琳婶婶在练习腹语或者这类事情!她真是个魔鬼!

她在哪里?她一定是躺在底下,正好在塞西莉亚自己躺的地方下面。不是用腹语之类恶魔的诡计,就是用思想传递的方法,使得思想像声音一样传递出去。这声音忽高忽低。有时完全听不见,有时只是轻柔的窃窃私语。西斯用心地听着。不,那不可能是腹语。它比腹语更糟,是某种思想传递。肯定是那种可怕的方式。塞西莉亚仍然躺着,软弱无力,吓得不敢动弹,但是她已经开始镇定下来,开始动了疑心。这是那个古怪女人玩的什么鬼把戏。

这个女人怎么这样阴险毒辣!她甚至于知道塞西莉亚心里认为是她杀死了她的儿子亨利。可怜的亨利是罗伯特的哥哥,比他年长12岁。他在22岁的时候突然亡故了,那是因为他热烈地爱上了一位非常美丽的年轻女演员,而他的母亲却对他的爱情抱着嘲笑的轻蔑态度,他经过一番痛苦的内心斗争之后便死去了。本来他只是染上了一种很普通的急病,但是病毒侵入了他的脑子,在他恢复知觉以前便杀死了他。西斯是从她的父亲那里大致听到这件事的。最近她常想,波琳会像杀死亨利那样杀死罗伯特的。这显然是谋杀:做母亲的谋杀被她像喀耳刻[①]那样用魔法迷住了的敏感的儿子们。

“我想我还是起来吧。”那模糊而持续不断的声音喃喃低语道,“过多的阳光跟阳光缺乏一样糟糕。足够的阳光,足够的爱情欢乐,足够的合适饮食,每一样都不要太多,一个女人就可以长生不老。我当真相信她会长生不老。只要她吸收多少生命力便消耗多少!也许吸收的应当稍微多一些!”

这肯定是波琳婶婶!多么可怕呀!她,西斯,正在听波琳婶婶的思想。噢,简直是骇人听闻!波琳婶婶正在通过某种无线电波把她的思想传播出来,而她,西斯,就只好听她的婶婶在想些什么。太骇人听闻了!太受不了啦!她们俩人中间非得死掉一个不可。

她扭动身子,软弱无力、缩成一团地躺着,无精打采地注视着前面。无精打采地!无精打采地!她突然发现眼睛正瞧着一个窟窿。她正视而不见地瞧着一个窟窿,这个窟窿在角落里,顺着一条铅皮水槽一直往下。它对她毫无意义,只不过使她有点害怕。

---

① 喀耳刻:希腊神话中的女巫,能用魔法将人变为牲畜。

忽然间由那个窟窿里冒出一声叹息和最后一声耳语。“唉，好啦！波琳！起来吧，今天已经晒够了！”天哪！是从雨水管道的窟窿里传出来的！不可能！不，完全可能。她甚至在一本书里读到过。而波琳婶婶这个做了亏心事的老太婆，的确是在大声对自己说话呢。就是这么回事！

西斯的胸膛里涌上一阵阴沉的喜悦心情。原来那就是为什么她从来不许任何人到她的卧室里去，就连罗伯特也不许。那就是为什么她从不在椅子上打瞌睡，从来不会心不在焉地坐在别的什么地方，而一定要回到自己的屋里，独自关在屋子里，直到她头脑清醒精神振作为止。因为她一松弛下来，就会自言自语！她会用一种像是疯狂了似的柔和低沉的声音同自己说话。但是她并不疯狂。她只是不由自主地要把自己的想法大声说出来罢了。

看来她对可怜的亨利的死也受到良心责备了！是的，她应当受到责备。西斯深信波琳婶婶爱她高大英俊、才华出众的大儿子，远远超过她爱罗伯特。他的死对她是一个可怕的打击，也使她十分悔恨。亨利死的时候，可怜的罗伯特才十岁。从此以后，他就成了哥哥的替代品。

唉，真太可怕了！

不过，波琳婶婶是个古怪的女人。她在亨利还是个小孩的时候就离开了丈夫，罗伯特则是几年以后才出生的。两人并没有争吵。以后她还见到过她的丈夫，她对他相当和蔼，只是带点嘲笑的样子。她甚至于还给过他钱。

波琳的钱全是她自己挣来的。她的父亲在东方和那不勒斯担任过领事：他热心地收藏过异国的艺术珍品。他在外孙亨利出生后不久便去世了，把他的全部珍藏都留给了他的女儿。波琳本人也确实对于一切美的东西，不论是质地上的、外形上的，还是色调上的，都十分热烈地爱好并且有鉴赏的才能。于是父亲的收藏便奠定了她财产的基础。她继续收藏珍品，能买的时候便买进，然后转手卖给收藏家或者博物馆。她是最先把古老怪诞的非洲人形木雕，还有新几内亚的象牙雕刻卖给博物馆的人之一。她一见到雷诺阿的画就会把它买下，但是卢梭[①]的画她是不买的。她全靠自己，挣了一大笔财产。

她的丈夫死后，她没有再结婚。人们也没有听说她有情人。假如她有情人的话，也一定不是那些最崇拜她、公开热烈追求她的人。对于这些人，她只是“朋友”。

① 和雷诺阿同一时期的法国画家。

塞西莉亚穿好衣服，拿起毛毯，小心而匆忙地爬下梯子来到阁楼里。她爬下梯子的时候，就听见了美妙悦耳的喊声。“好了，西斯！”这就是说美妇人已经结束了，回到房子里去了。就连她的嗓音也显得非常年轻响亮、十分和谐而沉着冷静。它和那个跟自己说话的低沉声音是多么不同啊。那个声音才更像是老太婆的声音。

西斯急忙赶到紫杉树包围的地方，那把舒适的躺椅和各种各样柔软的毛毯都放在那里。波琳拥有的一切事物都是精品，包括地板上铺的精致的草席在内。现在紫杉树墙的影子变长了。只有在角落里，在堆放着花色淡雅的毛毯的地方，仍然安静地照射着热烘烘的阳光。

毯子叠好了，椅子搬开了，塞西莉亚弯下腰去看雨水管的口。它果然在那里，在角落上一只砖砌的小盖子下面，从墙上攀缘的密密的藤叶下伸了出来。如果波琳躺在那里，脸朝着墙壁，她就正好朝着雨水管口的那个窟窿说话了。塞西莉亚这下放了心。她的确听见了婶婶的思想，但却不是通过什么神秘的方式。

那天傍晚，波琳仿佛觉察了什么，比平时更敏捷一些，不过看起来还是那么平静，那么带点神秘的样子。喝完咖啡后，她对罗伯特和西斯说：“我困极了，太阳晒得我直发困。我像一只蜜蜂一样，充满了阳光。你们如果不介意，我就去睡觉了。你们俩可以坐一会儿，聊一聊。”

塞西莉亚立刻瞧了一眼她的堂兄。

“或许你愿意一个人待一会儿。”她对他说。

“不，不，”他回答道，“我很想请你陪着我，如果你不厌烦的话。”

窗子敞开着，金银花的香气随着一只猫头鹰的叫声飘进了屋子。罗伯特默默地吸着烟。在他颇为矮胖的一动不动的身躯里，有一种绝望的情绪。他看上去就像一个当作承重的柱子的女性雕像。

“你还记得亨利堂兄吗？”塞西莉亚忽然问他。

他惊讶地抬起了头。

“是的，记得很清楚。”他说道。

“他长得什么样子？”她问道，一面注视着堂兄被秘密弄得心烦意乱的大眼睛。在那双眼睛里充满了痛楚。

“噢，他很英俊，高大，面色红润，有母亲那样柔软的棕色头发。”事实上波琳的头发是灰白色。“夫人小姐们都非常爱慕他，每一次的舞会都有他参加。”

“他的性格怎么样？”

“他性情非常温和，非常欢快。他喜欢娱乐。他很机智聪明，像母亲那样。他是个很有趣的伙伴。”

“他爱你们的母亲吗？”

“非常爱。她也爱他——事实上，超过她对我的爱。他更接近于她心目中的男子汉。”

“为什么他更接近于她心目中的男子汉呢？”

“高大——英俊——有吸引力，是个有趣的伙伴——而且我相信如果他还活着，一定能在法律这一行获得成功。而我呢，所有这些方面我一条也不具备。”

西斯用她那双思维迟钝的淡褐色眼睛仔细地打量着他。她知道，在他冷漠的面具下面，他其实很痛苦。

“你是不是认为，和他相比，你什么都不行？”她说。

“至少，在我的生活里，什么也没有。”

她迟疑了片刻，才鼓起勇气问他：“你愿意这样吗？”

他根本不回答。她很泄气。

“你瞧，恐怕我的生活也像你的一样空虚。”她说，“可是现在我非常不愿意再这样下去了。我已经三十岁了。”

她看见他那只淡黄色优雅的手在颤抖。

“我想，”他的眼睛没有看着她，说道，“每当一个人想反抗的时候，总是已经太晚了。”

真奇怪，他竟能说出这样的话。

“罗伯特，”她说道，“你到底喜不喜欢我？”

她看见他那一成不变的淡黄色忧郁的脸变得苍白了。“我很喜欢你。”他喃喃说道。

“你能亲吻我一下吗？从没有人亲吻过我。”她可怜巴巴地说道。

他注视着她，出于畏怯和某种自尊，他的眼睛显得很奇特。然后他站起来轻轻走到她身边，在她的面颊上温柔地吻了一下。

“这实在太不应该了，西斯！”他柔声说道。

她抓起他的手，把它按在自己胸前。

“跟我在花园里坐一会吧，”她艰难地低声说，“行吗？”

他焦急地用探索的眼光注视着她。

“母亲会怎么说呢?”

西斯微笑了一下,显得很滑稽,笔直地瞧着他的眼睛。他的脸忽然涨红了,并且转向旁边。他的样子使人心疼。

“我知道,”他说,“我当不好情人。”

他用这种忍耐克制的态度讽刺着自己。其实就连她也不知道,这对他是多么大的耻辱。

“你从来也没有试一试!”她说。

他的眼神又奇特地变了。

“这种事还用得着试吗?”他说。

“哦,当然啦!一个人如果不试一试,他就什么也做不成。”

他的脸色又变得苍白了。

“也许你的话是对的。”他说。

几分钟后她离开了他,回自己的房间去了。至少,她已经试着掀开那压在事物上面的永恒不变的盖子了。

这几天一直阳光普照。波琳继续她的日光浴,西斯躺在屋顶上继续名副其实地偷听着。但是她再也没听见波琳的话了。雨水管里再也没有传出声音来。她一定是脸朝空地那一面躺着的。西斯竖起了耳朵努力地听。她只听见下面传来极其轻微的低语声,却听不清一个字。

在夜晚的星光下,塞西莉亚坐在那张能望见客厅窗子和花园侧门的座位上,沉默地等待着。她看见婶婶屋里的灯亮了。她看见客厅里的灯光终于熄灭了。她仍然等着。但是他没有来。她在黑暗里一直坐到半夜,猫头鹰在叫。但是她始终是一个人。

已经有两天,她什么都没有听见,她盼婶婶再没有说出她的想法,在傍晚也没有发生什么事。在第二天的晚上,当她孤孤单单却又坚持不懈地坐在花园里的时候,突然吃了一惊。他出来了。她站起来,轻柔地踩在草地上,走到他身边。

“别说话。”他喃喃低声说。

在黑暗里,他们沉默地穿过花园,跨上小桥,来到马房旁的牧场上。很晚才割下的干草,在那里堆放着。俩人愁眉不展地站在星空下面。

“你看,”他说,“如果我自己的内心感觉不到爱,我怎么能要求别人的爱呢。你知道,我是很尊重你的……”

“如果你什么感情都没有,你怎么能感觉到爱呢?”她说。

"这话说得对。"他回答道。

她等着他下面的话。

"而且,我怎么能结婚呢?"他说,"就连在赚钱方面我也是失败的。我没法开口向母亲要钱。"

她深深地叹了一口气。

"那么,先不要发愁结婚的事了,"她说,"只要稍稍爱我一点就行了。好吗?"

他发出了短短的笑声。

"如果我说一切开头难,是不是太不像话了。"他说。

她又叹了一口气。他实在太僵硬了,连推都推不动。

"我们坐一会儿好吗?"她说。他们在干草上坐了下来,她又说:"我可以碰一碰你吗?你不介意吧?"

"嗯,我介意!不过你可以随便。"他的回答既有羞怯又有奇特的坦率,两者掺和在一起,连他自己也知道,这使他显得有点可笑。其实他心里恼怒得简直想杀人。

她用手指摸了摸他那一头永远整洁的黑发。

"我想,总有一天我会反抗的。"突然他又说了一句。

他们坐了些时候,直到寒气袭来。他一直紧紧地握住她的手,但是从没有拥抱过她。后来她站起来说了声晚安就回屋里去了。

第二天,塞西莉亚正昏头昏脑、怒气冲冲地躺在房顶上晒日光浴,被阳光晒得热辣辣的,直想发火的时候,她猛地一惊,不由自主地感到恐怖。又是那个声音。

"亲爱的,亲爱的,你没有见过他![1]"那个声音用塞西莉亚听不懂的一种语言喃喃说道。她躺在阳光下扭动着四肢,专注地听着那些她不懂的话。那个声音是那么轻柔,仿佛在说悄悄话,带着说不尽的柔情蜜意,然而在平滑得像丝绒的表面底下,还有着一份难以捉摸的隐秘的高傲。它用意大利语低声说道:"好,是的,很好,可怜的孩子。但是,他永远不会变成像你那样的人,永远,永远不会!"[2]唉,当那个声音用意大利语说话的时候,塞西莉亚尤其能听出如此爱

① 原文为意大利语。

② 原文为意大利语。

怜，如此温柔和婉，却又如此唯我独尊的声音里所包含的恶毒的魅力。当那个不知来自何方的声音在叹息低语时，她真恨死它了。为什么，为什么它是这样轻柔，这样难以捉摸、温柔和婉，控制得如此完美，而她自己却是那么笨拙！唉，可怜的塞西莉亚，她在午后的阳光下痛苦地扭动着身体，她知道比较起来自己像小丑一样笨手笨脚，一点没有优雅的风度。

"不，亲爱的罗伯特，你永远也不会成为像你父亲那样的人，虽说你长得有点像他。他是一个了不起的情人，像花朵一样温柔，而又像蜂鸟一样敏锐。不，亲爱的罗伯特，你永远不会知道像莫罗主教阁下那样去伺候女人。亲爱的，我的最美的最亲爱的，我在等待你就像一个垂死的人在等待死亡，等待甜美的死亡，对于一个凡人的灵魂来说，这死亡几乎是太甜美了[②]——像花朵一样温柔，而又像一只蜂鸟一样敏锐。他把自己奉献给女人，就像他把自己奉献给上帝一样。莫罗！莫罗，你曾经是多么地爱我哟！"

那声音陷入沉思，停了下来，而塞西莉亚知道了她以前已经猜到的事情：罗伯特并不是罗纳德叔叔的儿子，而是某个意大利人的儿子。

"我对你很失望，罗伯特。你一点也不热烈。你的父亲是个耶稣会教士，但是他却是世界上最完美最炽烈的情人。你哪像耶稣会教士，你只像一条水箱里的鱼。你那位西斯就是想把你捞起来的猫。你的事比可怜的亨利还要差劲。"

塞西莉亚突然低下头把嘴凑到雨水管口，用低沉的声音说："别干涉罗伯特的事！别把他也害死。"

接着，在那个炎热的7月下午，是一片死一般的寂静，天空渐渐阴暗下来，快要打雷了。塞西莉亚筋疲力竭地躺着，她的心脏在怦怦地乱跳。她用尽全身心在倾听着。她终于听见了一声耳语："有人在说话吗？"

她又把嘴靠近水管口的窟窿。

"不要像害死我那样把罗伯特也害死。"她一字一顿，用深沉的声音轻轻说道。

"啊！"传来一声尖叫，"谁在说话？"

"亨利！"那个低沉的声音说。

又是死一般的沉默。可怜的塞西莉亚手脚瘫软地躺在那里。仍然是一片死一般的沉默。最后，耳语声又传来了："我没有害死亨利，不，不！亨利。你实在不该怪我！我是爱你的，最亲爱的。我只是想帮助你。"

"你害死了我！"那个低沉的、不自然的声音谴责道，"现在，让罗伯特活下去吧。放开他。让他结婚！”

接着是一次停顿。

“多么、多么可怕呀！”那耳语沉思道，“亨利，这是真的吗，你成了鬼魂，你判我有罪？”

“是的，我判你有罪！”

塞西莉亚觉得闷在她心里的全部愤怒都由那条雨水管道发泄下去了。而同时她差点儿笑了出来。多么可怕呀。

她躺在那里听呀听，毫无声息，仿佛时间静止了。她全身无力地躺在晦暗下来的阳光里。天色变得昏黄了。她迅速穿好衣服，爬下楼梯，跑到马厩的角落里。

“波琳婶婶！”她谨慎地喊道，“你听见打雷了吗？”

“听见了！我正要进去。你不用等我。”一个软弱无力的声音说道。

塞西莉亚便缩回去，从阁楼上偷偷地窥视着。而那位美妇人，披着一条漂亮的旧蓝绸子披肩，正有点儿磕磕绊绊地走回屋子里去。

天空愈加昏黑了，塞西莉亚急忙把毛毯拿回屋里。然后暴风雨便来了。波琳婶婶没有下来用茶。她说她受不了雷雨声。罗伯特也一直到喝完茶后才冒着大雨回到屋里。塞西莉亚从走廊回到自己的房间，仔细地换上了用晚餐的晚礼服，在胸口戴了几朵白色蒌蒿菜花。

客厅里点着一盏带罩的灯，灯光低柔。穿上晚礼服的罗伯特一边等待，一边听着雨声。他也很奇怪地显得心烦意乱，坐立不安。塞西莉亚走了进来，白色的花朵在她胸前晃动。罗伯特脸上带着一种新的表情，好奇地注视着她。塞西莉亚走到靠近门边的书架旁，开始寻找一件东西，同时仔细地倾听着。她听见衣衫的窸窣声，接着门轻轻地开了。就在这时，西斯突然一下扭开了门边那盏亮堂堂的电灯。

她的婶婶穿着一件镶着黑色花边的乳白色料子的衣服站在门口。她的脸化过妆，然而却带着一种无法形容的恼怒神情，因此显得格外憔悴，仿佛她心里对周围的人所感到的不耐烦和厌恶，在压制下去多年以后，现在突然爆发，把她衰变成了一个老巫婆。

“噢，婶婶！”塞西莉亚喊道。

“嗨，母亲，你成了一个小老太太了！”罗伯特吃惊地说道，像个惊讶的男孩，仿佛这是句笑话。

“难道你直到现在才发现?”老太婆咬牙切齿、恶狠狠地说道。

“是呀!我原以为……”他的话不知所措地中断了。

憔悴而衰老的波琳极其不耐烦地说道:“我们不下楼了吗?”

她连那过于明亮的灯光都没有注意到,而她一向是避开强光的。她就这样脚步不稳地踉跄着走下了搂。

她坐在餐桌旁,面孔皱在一起,充满了难以形容的怒气,像是戴了一副面具。她看上去是老了,很老,就像一个巫婆。罗伯特和塞西莉亚都偷偷地看她。而西斯也注意着罗伯特,她发现他对母亲的容貌如此地感到震惊,同时也感到厌恶,以至于他像是完全变了一个人。

“你驾车回来的路上感觉怎么样?”波琳又恶狠狠地问道,她仿佛很生气,话也说得急促而不清楚。

“当然在下雨。”他说道。

“你真聪明,居然发现下雨了!”他的母亲说,一声令人厌恶的阴险的冷笑,代替了以前那种狡猾的假笑。

“我听不懂你的意思。”他安静而温和地说道。

“意思很明白。”他的母亲说,同时大口大口邋遢地吃着饭。

她像只疯狗一样急忙吃着饭,把仆人都吓了一跳。一吃完饭,她就迈着奇怪的螃蟹一样的步子飞快地奔上楼去。罗伯特和塞西莉亚像两个同谋犯似的心慌意乱地跟在后面。

“你们倒咖啡吧。我讨厌咖啡!我走了!晚安!”老太婆劈劈啪啪放枪似的讲了一通,就迫不及待地奔出了房间。

一片死一般的寂静。他终于说:“我看母亲一定是病了。我得劝她去看看医生。”

“是的!”塞西莉亚说。

这天晚上是在沉默中度过的。罗伯特和西斯留在了客厅里,那里生了火,外面是冰冷的雨。俩人都装做在看书,他们不愿意分离。这一晚似乎带上了神秘的不祥预兆,但是却很快地过去了。

晚上十点钟光景,客厅的门忽然开了,波琳裹着一件蓝色的披肩出现了。她关上门走到火跟前。然后她怀着仇恨、货真价实的仇恨,注视着那两个年轻人。

“你们俩人最好快点结婚,”她用十分刺耳的声音说道,“那样还能留点体面,瞧你们这一对热烈的情人!”

罗伯特抬起头冷静地说:“我还以为你认为堂兄妹不应该结婚呢,母亲。”

“我确是这么认为的。不过你们不是堂兄妹。你的父亲是一位意大利神父。”波琳用过去那种卖弄风情的姿态,把穿着精致的便鞋的脚伸过去烤火。她的身体仍然努力重复着过去那些优美的姿势。然而她的神经已经崩溃,所以所有的姿势都变成了可怕的拙劣模样。

“你的话是当真的,母亲?”他问道。

“真的!你是怎么想的?他是个杰出的男人,不然他也不会做我的情人了。他的人品太出众了,不应该有你这么差劲的儿子。但是我还是尝到了那种欢乐。”

“那对每个人都是不幸的。”他慢吞吞地说道。

“对于你是不幸的?你实在走运。不幸的是我。”她尖酸刻薄地对他说。

她的模样实在可怕,像是一件威尼斯玻璃器皿被打碎了,然后又把那些可怕的锋利的碎玻璃片凑在了一起似的。

她突然又跑出了屋子。

这样下去,过了一个星期。她没有复原。仿佛她身体里的每一根神经,都忽然像发了疯似的、不和谐地大叫大嚷。医生来了,给她开了些镇静剂,因为她睡不着。要是不吃药,她就根本睡不着,只是在屋子里走来走去,看上去邪恶可憎,一副凶狠的样子。她简直见不得她的儿子和侄女。他们俩人只要有一个去看她,她就会恶毒地问:“怎么样!什么时候举行婚礼!你们庆祝了婚礼仪式了吗?”

起初,塞西莉亚被她自己所做的事吓呆了。她模糊地意识到,一旦有一条明确无误的罪状戳穿了她婶婶美丽的盔甲,她就会扭来扭去瘫倒在自己的外壳里。这实在太可怕了。西斯被吓得差点要忏悔了。后来她又想,这才是她一向的本来面目,那么就让她以真面目度过她的余生吧。

但是波琳活不长了。她眼看着枯萎下去。她待在自己的房间里,不肯见人。她让人把屋里的镜子全都拿开。

罗伯特和塞西莉亚两人倒经常坐在一起了。疯狂的波琳的讥笑并没有像她所希望的那样使他们俩人分开。不过,塞西莉亚不敢向罗伯特坦白她所做的事。

“你认为你的母亲曾经爱过什么人吗?”一个傍晚,西斯带着点愁闷,试探性地问他。

他目不转睛地瞧着她。

“她只爱过她自己!”他终于说。“她连自己也不爱,”西斯说,“她爱另一种东西——那是什么呢?”她向他仰起自己苦闷而且完全疑惑不解的脸孔。

“权力!”他简短地说。

“什么权力呢?”她说,“我不懂。”

“就是吞吃别人的生命的权力,”他气愤地说,“她长得很美,于是就吞食生命。她现在吃我,就像她以前吃亨利一样。她把吸盘伸进人的灵魂里,把人的生命精华全吸干。”

“那么你是不原谅她的了?”

“不原谅。”

“可怜的波琳婶婶!”

其实连西斯也不认为她可怜。她只不过是被吓呆了。

“我知道我有一颗心,”他激动地捶着胸膛说,“可是它已经快被吸干了。我看得清那些想掌握吞吃别人的权力的人。”

西斯沉默不语。她能说些什么呢?

两天以后,人们发现波琳死在床上,由于服用了过量的安眠药,而她的心脏早已衰竭。她就连进了坟墓还要回来打击她的儿子和侄女。她只留给罗伯特“颇为可观”的一千镑钱,留给西斯一百镑。其余的钱以及主要的贵重古玩,则用来创建一座“波琳·阿滕伯勒博物馆”。

狐

别人只知道这两个姑娘一个姓班福德，另一个姓玛奇。她们合伙租下了这个农庄，打算亲自来经营它。她们打算养一群母鸡，靠养鸡维持生活，还要喂养一头母牛，让它生一两头小牛。可惜后来事情进行得并不顺利。

班福德是个身材单薄的姑娘，个子又瘦又小，戴着一副眼镜。不过她是农庄的主要投资者，因为玛奇简直没有什么钱。班福德的父亲是艾斯林顿镇的一个小商人。他给女儿这笔钱来开创她的事业，是为了她的健康，因为他疼爱女儿，同时也因为她看样子反正是不打算结婚了。玛奇比她的身体要壮实得多，她在艾斯林顿的夜校里学过粗细木工活儿。她要充当农庄上的男子汉。而且她们刚开始的时候还有班福德的老爷爷在农庄上和她们做伴。老人家早先是个农民。不幸这个老人在贝利农庄住了一年就死了，只剩下两个孤单的姑娘。

她们不算年轻，俩人都是将近三十岁的人了。不过，当然她们也不能算老。她们就这样挺豪迈地干起了自己的事业。她们养了一大群母鸡，有黑来亨鸡、白来亨鸡、普利茅斯鸡和温多特鸡。她们还养了一群鸭子，还在牧场上放牧着两头小母牛。不幸的是，一头小母牛执拗地拒绝老老实实地待在贝利农庄的地界范围内。不论玛奇怎么样用篱笆圈住了它，小母牛总是溜了出去，不是跑到小树林子里撒欢，就是闯进邻居的牧场。玛奇和班福德只好匆匆忙忙跑去追它，气急败坏，拿它没有办法。后来她们在绝望之余就把那头小母牛卖掉了。接着，正当剩下的那头小母牛快要分娩它的头胎小牛犊时，老爷爷去世了。姑娘们一想到母牛分娩的事就害怕，只得匆匆把它卖掉，从此把精力集中到鸡和鸭身上。

她们虽然心里有点不踏实，可是以后她们不用再伺弄大牲口了，俩人都松了一口气。人活着不是为了成天累到晚的。两个姑娘在这一点上意见完全一致。那些鸡带来的麻烦已经够多了。玛奇在那间敞棚里的一个角落上支起一张木工的工作台，就在这里干活，制作鸡笼啦、门啦，还有一些别的零碎用具。鸡舍是另外一间大些的屋子，那里过去用来做谷仓和牛棚。这些鸡有这么一个漂亮的家，应该觉得心满意足了。的确，这群母鸡看起来是挺精神的，不过它们特别容易得各种各样的古怪病，在生活待遇上又百般挑剔，还顽固地拒绝下蛋，这使两个姑娘简直烦透了。

玛奇把绝大部分户外的劳动活都包了下来。她到外面去总是穿着条马裤，打着绑腿，上身穿着一件束腰外套，头上戴一顶宽松的便帽。她肩背挺直，动作灵活而自信，还带着那么点满不在乎的嘲弄人的神气，所以看起来简直像个身材俊美而又随随便便的小伙子。可是她的面貌却完全不像男人。她有一头乌黑的卷发。她弯腰的时候，一缕缕卷发就到处飘拂，而当她直起身子来有点古怪、有点吃惊、有点羞答答、又有点挖苦人地朝上望时，她的眼睛就显得乌溜溜的，又大又圆。她的嘴唇也往往有点痛苦而又带点讽刺似的紧紧抿着。在她身上有些令人费解的奇特之处。她常常把身子的重心移到一条腿上，注视着在院子斜坡里叫人恶心的烂泥中摇摇摆摆地跑来跑去的鸡群，叫唤她心爱的白母鸡。那只母鸡一听见有人叫它的名字就跑了过来，但是当玛奇瞧着她养的那群三只脚趾的家禽在她的目光下逛来逛去时，眼睛里便流露出一丝几乎是讽刺的闪光。她对心爱的母鸡帕蒂说话的时候，声音里也有那么一点危险的嘲弄口气。而帕蒂呢，为了表示友好，就用嘴啄着玛奇的靴子。

尽管玛奇竭尽全力照顾这群母鸡，贝利农庄上的鸡长得并不好，她总是按规矩每天早晨给它们喂一顿热饲料；然而，她发现它们吃过以后总有好几个钟头无精打采，昏昏欲睡。她简直觉得这些鸡要靠在窝棚的柱子上懒洋洋地完成它们的消化过程了。她完全明白它们应该忙忙碌碌地扒来扒去啄食吃，那样才会对它们有好处。于是她决定改到晚上喂它们热饲料，让它们吃饱了就去睡。可是她这么做了以后并没有见效。

况且战争时期的种种条件对养鸡业非常不利。饲料缺乏，质量又低劣。实施节约日光法案①以后，母鸡们顽固地拒绝照平常那样在夏天九点钟的时候进窝。其实这个钟点已经是够晚的了。而不把它们关进笼子睡觉，就简直使人得不到安静。现在它们总是兴致勃勃地四处踱来踱去。一眼也不瞧谷仓，一直到十点钟或者十点钟以后。

班福德和玛奇都不相信人应该只为了工作而活着。她们想在傍晚时刻读点书，或者骑着自行车出去遛遛。另外，玛奇还想用工笔在瓷器上画几只天鹅，用碧绿的颜色作背景，或者干点精巧的细木工活，做一副漂亮的炉档。她这个人有许多稀奇古怪的想法和许多没有满足的欲望。但是那些蠢母鸡害得她干不成这

① 夏季把钟点往前拨一小时的制度。

些事。

有一桩祸害比别的事情更使人心烦。贝利农庄是一座小小的宅子,包括一间古老的木头造的谷仓和一幢有低矮山墙的农庄住宅,它离小树林边缘不远,中间只隔着一块田野。自从战争开始以来,狐狸在这儿简直猖狂得无法无天。它曾经当着玛奇和班福德的面公然拖走一只又一只母鸡。每次都把班福德吓一大跳。她的眼睛睁得老大,透过宽大的眼镜直瞪着,眼看就在她脚下,又是一声哀鸣,一阵扑打。晚了,又有一只白来亨鸡被拖走了。这真太叫人丧气了。

她们想了很多补救的办法。在准许狩猎狐狸以后,她们带上枪,在狐狸惯常出没的时刻两人一块去守候着。然而还是无济于事。狐狸比她们敏捷得多。就这样,一年过去了,又是一年过去了。用班福德的话来说,她们简直是靠亏损来维持生活。有一年夏天,她们曾经把农庄住宅租给别人,自己搬进一间侧屋,那是用一节废弃在田野角落的火车车厢改装的。她们觉得住在这里特别有趣,同时也节约了开支。然而,不管怎么说,情况还是很不妙。

这一对朋友平常还是非常要好的。因为班福德虽说容易兴奋,又有点弱不禁风,却是个慷慨热情的姑娘,而玛奇虽然比较古怪,又常常心不在焉,但她身上却有一种特别的豪爽气概。不过,在漫长的孤独生活里,她们相互间就容易发生一些小磨擦,彼此也感到有点厌烦。玛奇承担了五分之四的劳动活。她虽然不在乎这个,可是情况似乎老是那样,没完没了,于是就使得她眼睛里有时冒出一道奇怪的火花。而班福德的神经也越来越紧张,变得垂头丧气。这时玛奇对她说起话来也更加尖刻。随着时光一个月一个月地流逝,不知怎么搞的,她们好像总是失利,她们在渐渐地丧失希望。她们两个人孤独地住在树林边上那块田野里,广漠的原野空旷寂寥,一直伸延到远处白马山的圆锥形峰顶下面。她们住在那个地方好像太孤单了。没有什么能让她们打起精神——也没有什么希望。

那只狐狸真使她们两人都烦恼极了。夏天清晨,她们刚刚把鸡放出来,就得赶紧端起枪守候在那里,而到了暮色渐渐低垂的时候,她们就又得去看守着。狐狸真够狡猾的,它在茂密的草丛里溜过去,像蛇一样使人不容易发现。而且它好像故意要和这两个姑娘较量似的。有一两次玛奇已经瞥见它那毛茸茸的白尾巴尖,或是看见了它隐藏在深深的草丛里的火红的身影,她对它胡乱开了一枪,可是狐狸似乎并不拿这当回事。

一天傍晚,玛奇背对着落日站在那里,胳臂下面夹着枪,头发塞在帽子下面。她似乎在守候,又似乎在沉思。她经常陷进这种状态。她的眼光锐利而富于观察力，可是她的内心却一点也没有注意到她眼睛所看见的东西。她常常沉入这种奇怪的入迷状态，嘴唇紧紧噘着。她的身子是否当真在那里，她的思想是否开了小差，确实很难说。

森林边上的树在强烈的光线下呈现出一片黯黑而微带棕褐的绿色——因为这时已经是8月底了。远处松树光秃秃的黄铜色树干和枝条在空中闪闪发亮，近处茂长而带点棕色的粗大草茎也闪烁着，充满了光亮。鸡和鸭都在附近。鸭子在松树下面的池塘里泅水嬉戏。玛奇注视着一切，什么都看见了，可是又好像没有看见。她听见班福德正在远处对鸡和鸭说着什么——可是又似乎没有听见。她在想什么呢？天知道。看样子，她似乎抑制住了自己的意识活动。

她垂下眼睛，突然看见了那只狐狸，它抬起脸来正在望着她。它的下巴往回收缩，眼睛朝上望，正好和她的眼睛相遇。它认识她。她像被迷住似的动弹不得。她明白它是认识她的。所以它才那样笔直地望着她的眼睛。她的勇气消失了。它认识她，而且一点也不害怕。

她在困惑中挣扎着定了定神，眼看它不慌不忙地跳过几根掉在地上的树枝，从容不迫，大模大样地跳开了。然后，它又回过头从肩膀上看了她一眼，便一溜烟跑掉了。她看见它的尾巴竖得直直的，像一根羽毛那样光滑，它的白屁股闪着光。接着，它轻柔地消失了，轻柔得像一阵风。

她把枪举到肩上。就是在这个时候，她的嘴还是噘着的。她知道自己做出开枪的样子其实是白费力气。她慢慢地跟在它后面，朝它消失的方向缓慢而固执地走过去。她觉得自己能够找得着它。她打定主意要找到它。至于找到它以后要干什么，她并没有去考虑。不过，她下了决心要找到它。她就这么心不在焉地在树林边上走着，睁得圆圆的黑眼睛炯炯放光，脸颊有些微微发红。她并没有在想什么，她在奇怪的毫无知觉的状态中慢步走来走去。

最后她终于听见班福德在叫她。她努力集中了一下思绪，转身尖叫了一下作为回答，就迈着大步回农庄去了。火红的太阳即将西沉，鸡和鸭都进窝了。她注视着它们，白的、黑的，纷纷向谷仓聚拢。她好像被什么迷惑住了，虽然看着它们，却又没有看见它们。但是她本能地知道该什么时候去关那扇门。

她走进屋子里去吃晚饭。班福德已经把饭摆在桌上。班福德轻松地聊着天。玛奇好像是用她的冷淡而果断的样子在听着。她有时简短地回答一两句话。但是，整个这段时间她都如痴似醉。晚饭用毕，她站起来，也不说一声就走了出去。

她带上枪去找那只狐狸。因为它抬起眼睛看了她。它那狡猾的眼光似乎穿透了她的头脑。她不是在想着它,她已经被它迷住了。她觉得它那机警而泰然自若的乌黑眼睛一眼望到了她心里,一下子看穿了她。她觉得它成了她看不见的精神主宰。她熟悉它朝上看的时候下巴颏低下来的姿态,她熟悉那只长着棕黄和灰白毛的狐狸鼻子。她似乎又看见它掉过头来看着她,带点邀请的样子,又带点轻蔑和狡黠的神气。于是她去了,忽闪着她那双骇怕的大眼睛,胳臂底下夹着枪,沿着树林边缘走去。这时候,天黑下来了,一轮巨大的月亮升到了松树梢头。

班福德又在喊她。

她便回去了,她默默地忙碌着,检查她的枪支。她一面擦着枪,一面在灯光下心不在焉地思索。然后她又走了出去,站在一轮硕大的明月下面,观察一切是否都安顿妥当了。她看见深黑的松树梢衬托在血红色的天空背景上,她的心又一次为了狐狸,为了那只狐狸而激烈地跳动起来。她想带上枪去跟踪它。

过了好几天,她才对班福德提到这件事。那是一天晚上,她突然说:“星期六晚上,那只狐狸就在我的脚跟前。”

“在哪儿?”班福德问道,她的眼睛在眼镜下面睁得很大。

“那时我正站在池塘岸边上。”

“你开枪了吗?”班福德喊道。

“没有。我没有开枪。”

“为什么不开枪?”

“为什么?大概因为我太吃惊了。”完全是玛奇说话时经常用的慢吞吞的、简简单单的口气。

班福德瞪眼瞧了她的朋友好一会儿。

“你看见它了吗?”她叫道。

“哦,看见了。它正抬头望着我,镇静得很呢。”

“哼,胆子真不小!它们一点也不怕我们,耐妮!”班福德喊道。

“唔,它们确实不怕。”

“可惜你没有对它开枪。”班福德说。

“确实可惜!我一直在找它。可是我想它下次不会跑到这么近来了。”

“我看它不会了。”班福德说。

于是她就把这事忘掉了。只不过那家伙那么厚脸皮,使她更生气。玛奇也并没有觉得自己在想那只狐狸。但是不论什么时候,只要她陷进沉思状态,一半出神一半清醒地意识到眼前的事情,那只狐狸就不知不觉地占据了她出神的那一半头脑,控制了她沉思时的那一半空白地方。这种情形延续了好几个星期、好几个月。不管她是爬上树去摘苹果,还是在打下树上剩的几颗李子,也不管她是在给鸭池挖沟,还是在打扫谷仓,每逢她干完了活,或是直起身子,把散到额前的一绺头发抹开时,她的嘴总是那样古怪地噘起来,使她带上和她年龄不相称的老气横秋的样子。这时候,她的脑子里就会再一次地感到狐狸的魅力,就像上次她看见它时那样。这时,她就好像又闻见了它的气味。这样的情形还一再发生,总是在一些料想不到的时刻,比如她入睡的时候,把水倒进茶壶去煮茶的时候——总是那只狐狸,它像魔法一样迷住了她。

几个月过去了。她每次朝树林那边走过去时,总是不知不觉地在寻找它。它成了她心里一个顽固的影响,一个固定的状态。这种状态不是持续性的,可是总在不断地出现。她说不清自己有些什么感觉,有些什么想法。她只知道每当她陷入这种状态,那感觉就像那次它望着她的时候一样。

时光流逝,过了一个月又一个月。阴沉而黑暗的11月来到了。傍晚总是那么昏暗。玛奇整天穿着长统靴,烂泥一直没过脚踝。下午四点钟天就黑了,早晨从来没有好好地天亮过。两个姑娘都怕这个季节。她们怕的是几乎从不间断的阴暗天气,把她们围困在那坐落在树林边缘的荒凉农庄里。班福德感到的是生理上的恐惧。她怕流浪汉,怕有人偷偷摸摸地躲在附近。玛奇并不觉得害怕,只是觉得不愉快,不安心。她只感到情绪低沉,浑身不舒服。

两个姑娘通常都在起居室喝茶。每到傍黑,玛奇就点燃火炉,把她白天砍碎和锯好的木柴一块块放进炉子里。然后,漫长的夜晚就降临了,黑沉沉的、湿漉漉的。屋外一片漆黑,屋里孤寂烦闷,简直有点凄凉。玛奇不愿意谈话,可是班福德却没法闭上嘴。让她坐在那里听屋子外面的松涛声和雨点的滴答声,她实在是受不了。

一天晚上,姑娘们在厨房里洗过茶杯,玛奇换上了拖鞋,拿起一件钩针活儿。这件活儿进行得很慢,她只是偶尔拿起来做做。她沉默了。班福德坐在那里,盯着红红的炉火。炉里烧的是木柴,时时需要有人照料。她不愿意过早地开始看书,因为她的眼睛不能过分劳累。于是她只好坐着,瞅着火,听着远处传来的声音:有牛羊的叫声,有阴郁潮湿的风声,还有附近的小火车站晚班火车开过的轰隆声。她几乎被红通通、亮堂堂的炉火迷住了。

突然两个姑娘都愣住了，一齐抬起头来。她们听见了脚步声——很清楚的脚步声。班福德吓得身子直往后缩。玛奇站起来听了一会，就快步走到厨房门前。这时，她们听见后门口响起了脚步声。她们等了一会，后门慢慢地开了。班福德高声叫起来。一个男人的声音轻柔地说："哈罗！"

玛奇缩了回去，从墙角拿起一支枪。

"你要干什么？"她厉声喊道。

那个带着柔和颤音的悦耳男声又响起来了："哈罗！怎么啦？"

"我要开枪了！"玛奇喊道，"你要干什么？"

"喂，怎么啦？怎么啦？"传来了轻柔、惊讶、吓了一跳的声音。

一个背着沉重背囊的年轻士兵走进昏暗的灯光里。

"喂，"他说，"是谁住在这儿？"

"我们住在这儿，"玛奇说，"你要干什么？"

"噢！"年轻的士兵嘴里传出了长长的悦耳的惊奇声调，"那么，威廉·格伦费尔不住在这里了吗？"

"不——你明知道他不住在这里。"

"我知道，是吗？你瞧，我并不知道。他曾经住在这里，因为他是我的爷爷，五年前我也住在这里。那么，他到哪里去了？"

那个年轻男人——或者不如说是小伙子，因为他至多不超过二十岁——现在朝前走了几步，站在里屋门口。玛奇已经被他那轻柔而悦耳的奇妙声音迷惑住了，她像着了魔似的望着他。他有一张红润的圆脸，长长的浅头发粘着汗水贴在他的前额上。他的眼睛是蓝色的，非常明亮、敏锐。在他面颊的细嫩绯红的皮肤上长出了一些浅色的柔毛，像汗毛一样，不过比汗毛更明显，这使他的脸上微微有点闪光。他肩上背着沉重的行囊，头稍稍向前探着，所以显得背有点驼。他的一只手松松地握着帽子。他活泼而锐利地从这个姑娘望到那个姑娘，特别是玛奇。玛奇脸色苍白地站在那里，眼睛睁得很大。她穿着束腰外套，打着绑腿，头发在脑后绾了一个蓬松卷曲的发髻，手里仍然握着那支枪。班福德站在她身后，两手紧紧地握住沙发扶手，把头侧了过去，直往回缩。

"我以为我爷爷还住在这里哩。我不知道他是不是去世了。"

"我们在这里已经住了三年。"班福德说。她看见小伙子圆圆的脑袋上长着汗津津的长头发，从他脸上察觉出一些孩子气，就慢慢镇定下来。

"三年！是真的吗？你知道原先是谁住在这里吗？"

“我知道有个老头儿一个人住在这里。”

“哎,对啦,那就是他！他后来怎么样了?”

“他死啦。我知道他死啦。”

“哎,那么他是死了。”

小伙子毫不变色,也没有改变表情地瞧着她们。如果说他的脸上除了略微困惑的惊讶神情以外还有什么表情的话,那就是对这两个姑娘的强烈好奇。这种好奇心是强烈的,不掺杂个人感情的,是那个年轻的圆脑袋所特有的好奇心。

但是玛奇觉得他就是那只狐狸。这究竟是因为他喜欢把头往前探呢,还是因为他的绯红颧骨上长着的浅白色柔毛在微微闪光呢,还是因为他那双明亮锐利的眼睛,这恐怕是永远说不清楚的。可是她认为小伙子就是那只狐狸,她无法想象他是什么别的东西。

“你怎么会不知道你祖父是活着还是死了呢?”班福德恢复了她素来的敏锐,问道。

“唉,是呀,”轻柔地呼吸着的年轻人说,“我是在加拿大入伍当兵的,所以我有三四年没有接到家信了。我是从家里逃出去跑到加拿大的。”

“你现在刚从法国回来吗?”

“唔——认真说,是从萨洛尼加回来的。”

停顿了一会儿。大家都不知道说什么好了。

“那么你现在没有别的地方可以去喽。”班福德有点笨拙地说。

“哦,我还认识村里的一些人。不论怎么说,我总可以到天鹅客店去住。”

“你大概是乘火车来的吧。你愿意坐下歇歇吗?”

“哦,我很乐意。”

他卸下背囊,古怪地低声呻吟了一下。班福德看看玛奇。

“把枪放下,”她说,“我们煮点茶吧。”

“嘿,”青年人说,“枪,我可见得不少。”

他显得很疲倦的样子坐在沙发上,身子朝前面靠着。

玛奇恢复了冷静,走进厨房。她在厨房里听见那个年轻柔和的声音沉思地说:“唉,想不到我回来会发现一切变成这样!”他不像伤心,一点也不像,只不过显得很感兴趣,有点惊讶。

“这里和从前大不一样了!”他环顾四周,继续说。

“你觉得不一样吗?”班福德说。

“可不!”

他的眼睛异乎寻常地清澈明亮,它们洋溢着健康体魄的光辉。

玛奇在厨房里忙着另做一顿饭。已经快七点钟了。她一面忙碌,一面不停地注意起居室里年轻人的动静,她不是在听他讲的话,而是在体会他声调的轻柔的起伏流动。她努力让自己保持独立的意志力,把嘴越抿越紧,简直噘得像用针缝上了似的。可是不管她如何克制自己,她的大眼睛却瞪得圆圆的,发着光,她自己失去了控制。她三下两下、马马虎虎地把饭准备好了,切下大块大块的面包和代用黄油——因为她们没有黄油。她绞尽脑汁想找点别的食物——托盘上只有面包、代用黄油和果酱,食橱里空空如也。她实在变不出什么东西来,就端着托盘走进了起居室。

她不愿意让人注意她,尤其不愿意让他看见她。可是她进去以后正在他背后忙着摆碗盏的时候,本来是躺着的他却抬起身子转过脸,朝肩膀后面望过来。她的脸色变得苍白憔悴了。

她的身体弯在桌上,年轻人注意地瞧着她苗条优美的腿,瞧着她束腰外套下摆裹着的臀部,瞧着她乌黑的发髻。本来就活跃在他心里的惊醒的好奇心,再一次被她吸引住了。

油灯的灯罩是深绿色的,灯光射向下方,整个屋子的上半截都笼罩在阴影中。他的脸孔在灯光下面明晃晃地移动着。而玛奇则在远处,显得模模糊糊的。

她把身子转了过来,眼睛还是瞧着旁边,黑黑的睫毛有时垂下,有时扇起,她噘着嘴,直到对班福德说话的时候嘴巴才松开:“你来倒茶好吗?”

然后她又进厨房去了。

“别动了,就坐在那儿喝茶吧,”班福德对小伙子说,“除非你愿意坐到桌子旁边来吃。”

“噢,”他说,“我坐在这里挺舒服的。你要是不反对,我就在这儿喝茶。”

“除了面包和果酱,别的什么都没有。”她说。她替他把盘子放在他身边的凳子上。她很高兴地照料着他。她喜欢有客人上门。而且她现在一点也不怕他了,就像他是她的亲兄弟一样。他简直还是个小孩子呢。

“耐妮,”她叫道,“我给你也倒了茶。”

玛奇出现在门边,接过她的杯子,坐到离灯光尽可能远一点的角落里。她的膝盖很不自在。她没有裙子可以遮住膝盖,只好坐在那里,让膝盖很显眼地露在外面,她觉得难受极了。她拼命把自己缩小,好叫人看不见她。可是那个小伙子四仰八叉地躺在靠背椅上，偏要望着她。他的眼睛长久地、镇定地、追根究底地望着她，使她恨不得找个地方钻进去。然而她外表上还是稳稳当当地端着茶杯，噘着嘴，偏着头，喝她的茶。她想让别人看不见自己，这个愿望实在强烈，连小伙子都给弄糊涂了。他觉得他没法清清楚楚地看见她，她好像是阴影里的一个阴影。他的眼光一再转回到她身上，毫不放松地寻觅着，他在无意间集中了他的全部注意力。

就在同时，他流畅地和班福德轻声说着话。班福德最爱聊天，她就像只小鸟一样叽叽喳喳，兴致勃勃。同时，他还在狼吞虎咽，飞快地吃着东西。玛奇不得不再给他切出几片面包和代用黄油。班福德向他抱歉说，块儿切得太大了。

“好啦，”玛奇突然开口了，“既然没有抹面包的黄油，块儿切得再小巧再精致又有什么用呢！”

那个小伙子又看了看她，然后突然露出牙齿，皱起鼻子，出人意外地笑了起来。

“可不是吗！”他用柔和亲密的声调回答道。

原来他出生在康沃尔郡，在那里长大。十二岁的时候和他的祖父来到贝利农庄。他和祖父的感情一直不怎么融洽，后来他就逃出去，到了加拿大，在遥远的西部干活。现在他来到这里，他的身世就是这样。

他对两个姑娘非常好奇，想打听出她们究竟在干什么。他提的问题都是在农庄上土生土长的年轻人的问题：尖锐、实际、带点嘲笑口气。她们对自己的亏损所抱的态度使他觉得好笑。她们谈到那些小母牛和鸡鸭的话实在有趣。

“唉，好啦，”玛奇插嘴说，“我们不赞成人活着只是为了干活。”

“是吗？”他回答道。他的脸上又浮起了活泼清新的笑容。他目不转睛地盯住了坐在角落里的模糊女人。

“你们花完了本钱以后打算干什么呢？”他问。

“噢，我不知道。”玛奇简单明了地回答，“我想，也许去给人当雇工。”

“好的。可是现在仗打完了，不需要那么多女雇工了。”小伙子说。

“到那时再说吧。我们还可以支撑一段时间呢。”玛奇带着有点哀愁又有点嘲讽的冷淡神气响亮地说。

“这里缺个干杂活的男人。”小伙子轻轻说道。

班福德扑哧一下笑出了声。

“你说话小心点，”她插嘴说，“我们认为自己什么活都对付得了呢。”

“嘿，”传来了玛奇慢吞吞的响亮声音，“恐怕根本不是什么活都能对付的问题。要经营农庄，就得从早干到晚，那还不如变成一头牲口呢。”

“对了，问题就在这里，”小伙子说，“你们不愿意全心全意地干这一行。”

“是的，我们不愿意，”玛奇说，“我们心里也明白这一点。”

“我们想留点时间随自己支配。”班福德说。

小伙子笑得满脸抽动，一下子躺倒在沙发上。他不出声地痛痛快快大笑了一通。姑娘们冷静的傲气逗得他开心得要命。“好的。”他说，“那么你们当初为什么要干这一行呢？”

“哦，”玛奇说，“我们那时候对家禽的天性的估价比现在要高多了。”

“我觉得恐怕是对整个大自然的估价吧。”班福德说，“再也别对我提起大自然了。”

小伙子又一次高兴地笑得脸直抽动。

“你们对家禽和牲口的印象不怎么好，是不是？”他说。

“咳，印象坏透啦。”玛奇说。

他笑出了声。

“包括家禽和小母牛，”班福德说，“也包括山羊和天气。”

年轻人高兴得爆发出一阵狂笑。姑娘们也笑起来。玛奇转过脸，挺有趣地抿着嘴笑。

“唔，是的，”班福德说，“我们不在乎，是吗，耐妮？”

“是的，”玛奇说，“我们不在乎。”

小伙子很愉快，他已经吃饱了，喝足了。

班福德开始盘问他。他的名字叫亨利·格伦费尔。不，人们从不叫他哈利，总是叫他亨利。他带着彬彬有礼的单纯态度，又严肃又可爱地回答了对他提出的一个个问题。玛奇没有参加谈话，她从自己坐的角落向他投去长久的、仔细打量的目光。他坐在沙发上，两手抱住膝盖，脸对着班福德。在灯光下他显得又机警又活泼。他终于差不多完全平静下来。她认出他就是狐狸——它就在这儿。她用不着去找它了。她坐在自己那个昏暗的角落里，舒舒服服地享受着和睡眠差不多的温暖舒适的平静，任随自己陷进那迷人的魔力中去。但是，她还是愿意一直躲藏在角落里。只有当他忘记了她，和班福德谈着话的时候，她才有完全的平静。她藏在昏暗的角落里，不再需要把自己分成两半，维持两种不同水平的知觉状态。她终于可以沉醉在狐狸的气味里了。

因为,那个穿着士兵制服坐在火炉前的青年身上散发出淡淡的却很清晰的气味,它弥漫在屋里,是一种难以捉摸的气味,很像野兽身上的气味。玛奇不再想躲避它了,她安静柔顺地坐在角落里,很像一个老老实实躲在洞里的小动物。

最后,谈话渐渐停了下来。小伙子松开了抱着膝盖的双手,挺直了身子,向四周张望了一下。他又一次注意到了坐在角落里的那个沉默的、几乎无形无影的女人。

“好吧,”他不太情愿地说,“我想我该走了,要不,天鹅客店里的人都上床了。”

“恐怕他们原来就在床上。”班福德说,“那儿的人都患了流行性感冒。”

“是吗?”他喊道。他考虑了一会,接着说:“好吧,我可以到别的地方去找个住处。”

“我看你倒是可以住在这里,不过……”班福德迟疑了。

他转过身来,头向前探着,瞧着她。

“什么?”他问。

“噢,”她说,“我是说,这合适吗?”她显得有点窘。

“这么做不合适吗?”他略微带点诧异地问道。

“我们倒不在乎这个。”班福德说。

“我也一点不在乎这个。”他用严肃而天真的神气说道,“到底,这里也算是我自己的家嘛。”

班福德听见这句话微笑了一下。

“主要是村里的人会怎么说。”她说。

出现了片刻无言的停顿。

“你的意见呢,耐妮?”班福德问道。

“我不在乎。”玛奇一字一顿、清楚地说道,“反正我不理会村里人的看法。”

“对啦,”青年人迅速地轻声说道,“干吗要理会他们?我是说,他们又有什么可以叨叨的?”

“噢,好吧,”传来了玛奇响亮而简洁的话语,“他们要找点东西来议论是很容易的。不过他们说什么都没什么关系。我们照顾得了自己。”

“你当然行。”年轻人说。

“既然那样,好吧,你要是愿意留下,就留下吧。”班福德说,“有一间现成的客房。”

他脸上高兴得发光。“太好了,不过是不是太打扰你们了呢?”他说话总是带着他特有的温柔有礼的态度。

“不,一点也不要紧。”她们两人都这样说。

他喜悦地微笑着,望望这个姑娘,又望望那个姑娘。

“这真太好了,不用再出门去了,是吗?”他感激地说。

“这话不假。”班福德说。

玛奇不见了?她去收拾房间。班福德又满意又体贴,像是她自己的亲兄弟从法国回来了似的。她正是怀着这种满足的心情来照顾他,给他收拾澡盆,料理一切的。她生来就善良热情,现在这些情感有了发泄的机会。小伙子乐滋滋地享受着她大姐姐般的关怀。不过,当他了解到玛奇也在默默地照料着他的时候,不免觉得有点困惑不解。她总是那样奇怪地沉默着,被人遗忘在一边。他觉得他似乎也没有真正地看见她,他觉得如果在路上碰见了她,也不会认出她来。

那天晚上玛奇做了一个非常清楚的梦。她梦见她听到屋子外面有歌声,可是听不懂唱的是什么。歌声缭绕在房子周围,在田野上,在黑夜里飘扬。歌声感动得她止不住想哭。她走出了屋子,突然间她明白了,是狐狸在歌唱。它的颜色非常黄,非常耀眼,像玉米一样。她朝它走过去,它却跑开了,不再唱歌了,它好像就在很近的地方,她想摸摸它。她伸出手去,它忽然一口咬住她的手腕,就在她缩回手的一瞬间,狐狸转过身准备跳开,它那毛茸茸的尾巴一下子拂着了她的脸庞。这只尾巴像着了火似的,烧到了她的嘴唇,烫得她疼痛难耐。她痛醒了,浑身颤抖地躺在床上,就像她真的烫伤了一样。

不过,到了早晨,这个梦已经变得模糊了。她起床后就忙着收拾屋子,照顾家禽。班福德骑上自行车飞快地赶到村子里,想买点食品。她是个慷慨好客的人。不幸在1918年那个年头,实在买不到什么食品。

年轻人只穿着一件衬衫就下楼了。他看起来青春焕发,精神饱满,可是他走路时总是把头朝前面探,他的肩头就显得有点耸起来,而且特别圆,仿佛他的背有点驼似的。这恐怕只是他习惯了的姿势,因为他还正是年轻力壮的时候呢。两个女人在准备早饭,他洗了脸就走出门去了。

他各处都看到了,都检查过了。他的好奇心非常浓厚,很难完全满足。他把农庄的现状和他所记得的情况作了对比,在脑子里琢磨着种种变化带来的成效。他观察了鸡和鸭,注意看它们长得怎样。他看到头顶上飞过许多斑鸠,很多很多。他看见树梢上孤零零地挂着几个苹果,因为玛奇够不着,才留在那里。他注意到她们借来了一台抽水机,看样子她们打算把屋子北面贮存软水的大水槽抽干。

“这真是一座挺有意思的破烂老房子。”他坐下吃早饭的时候对姑娘们说。

由于他经常动脑筋想事情,他的眼光既聪慧又孩子气。他说话不多,吃得却不少。玛奇把脸侧了过去。就是在清晨,她也不愿意注意他。不过,他的黄卡其军服的闪光使她回忆起梦里那只狐狸鲜亮的毛皮。

白天姑娘们各自去干自己的工作。他早上把枪支都擦洗干净了,还打死了一只兔子和一只正在高空中向森林飞去的野鸭子。这就大大地丰富了她们空空的食品橱。姑娘们觉得他已经挣得了他的食宿费用。但是他没有提到离开的问题。下午他到村里去了。喝茶的时候他回来了,圆圆的脸上还是带着那样机警的、伸向前去探究的神气。他轻松地一挥手,把帽子挂在一只钉子上。他好像在考虑什么事情。

“好吧,”他坐在桌旁,对姑娘们说道,“我应该怎么办才好呢?”

“你的话是什么意思?……你要干什么?”班福德说。

“我到村里什么地方找个住处呢?”他说。

“我哪里知道。”班福德说,“你打算住在哪儿呢?”

“哦,”他迟疑了,“天鹅客店里的人患了流行性感冒,犁和耙客店里住满了来给军队征购稻草的士兵。另外,据说还有一个班长和十个士兵住在私人家里。我真不知道到哪里去找个床位。”

他把问题留给她们去琢磨。他自己对这件事很安然自在。玛奇坐在桌子跟前,两只胳膊支在桌子上,手托着腮帮子,无意地看着他。他忽然抬起阴沉的蓝眼睛,不经过考虑就直接朝玛奇的眼睛望过去。俩人都吃了一惊。他也稍稍退缩了一下。玛奇觉得他转过头去的时候,眼睛里又冒出了上次她在狐狸眼里看见的狡黠、嘲讽和会意的火花,这个火花又一次飞进她的灵魂里。她噘起了嘴,好像觉得疼痛,又像是睡着了似的。

“哦,我也不知道。”班福德正在说。她有点不太情愿的样子,好像害怕别人占她的便宜。她瞧了瞧玛奇,可是她的眼睛有毛病,眼力很差。她只看见她的朋友脸上经常有的那种心不在焉的神情。“你怎么不说话呢,耐妮?”她说。

但是玛奇的眼睛睁得老大,沉默不语。而那个小伙子就像着了迷一样目不转睛地看着她。

“说话呀,回答点什么吧。”班福德说。于是玛奇微微地转过身来,好像正在恢复知觉，或者是在努力恢复知觉。

“你要我说什么呀？”她机械地问道。

“你怎么想的就怎么说。”班福德说。

“我随便怎样都可以。”玛奇说。

又是一片沉默。小伙子的眼里似乎有一线刺人的光芒，像一根针那样锐利。

“我也随便怎样都可以。”班福德说，“你要是愿意就在这儿住下吧。”

一丝微笑，像一道狡猾的小小火焰，突然不由自主地掠过他的脸。他迅速低了头，好隐藏这丝微笑。于是他就一直埋着头，把脸藏了起来。

“你要是愿意就住在这儿，随你的便，亨利。”班福德把话说完了。

他还是不回答，还是低着头。过了一会他才抬起头，脸上有一种兴高采烈的奇异光芒。他看着玛奇，眼光异乎寻常地清澈明亮。她把脸转了过去，嘴唇像受了伤一样地疼痛，她的头脑里一片模糊。

班福德有点迷惑不解。她瞧见了小伙子在看玛奇的时候那种沉着透明的目光，和他脸上闪烁着的依稀可辨的微笑。她搞不清他是怎么微笑的，因为他脸上一条肌肉也没有动。只是通过他面颊上柔毛的一丝亮光，或者几乎可以说是一道明亮的闪光，才看得出他在微笑。然后，他用完全不同的眼光看看班福德。

“你的心肠真好，你的心肠简直太好了。我一定不给你添麻烦。”他用有礼貌的声音柔和地说。

“切块面包来，耐妮，”班福德有点不太自然地说，然后添了一句，“你愿意住下就行，不会添麻烦的，就像我的亲弟弟来这儿住几天一样。他跟你差不多大。”

“太谢谢你啦，”小伙子重复道，“我非常高兴住在这里，只要你当真觉得我不会给你添麻烦的话。”

“不会的，你当然不会添麻烦的。我对你说，在这座房子里，除了我们以外再添个把人是件很愉快的事。”热心肠的班福德说。

“玛奇小姐觉得怎样？”他的眼睛望着她，柔声说道。

“噢，我毫无意见。”玛奇含糊地说。

他眉开眼笑，高兴得差点搓起手来。

“那么好吧，”他说，“只要你们让我照付住宿费，并且让我帮忙干点活，我就太高兴了。”

“住宿费不用提了。”班福德说。

一天过去了,又过了一天。小伙子在农庄上住了下来。班福德挺喜欢他。他说起话来总是那样柔声细气,彬彬有礼,他从来不多谈自己,总是愿意听她说话,并且那样聪明地、带点嘲弄味道地大声笑着。他很乐意帮忙干活——不过并不多干。他喜欢拿上枪独自出门去,去守候,去观察。他有非常敏锐的不掺杂个人感情的好奇心,这种好奇心似乎永远不知道疲倦。当他独自一个人悄悄地藏在那里观察的时候,他就觉得特别自由自在。

他特别喜欢观察玛奇。他认为她是个很怪的人物。她的身段像个英俊的年轻男人,激起了他的兴趣。当他望进她乌黑的眼睛里时,他心里有点什么被勾了起来,使他情绪高昂,特别兴奋。而这种情绪又很迫切,很隐秘,他不愿意叫人看出来。况且她说起话来总是又可笑又精明,使他不由自主地笑出来。他决定进一步试探一下。他已经身不由己地被吸引住了。不过,他暂时放下了这些关于她的念头,带上枪到森林里去了。

他回家的时候已是黄昏时分。伴随着黄昏,下起了11月的沥沥细雨。他在起居室窗外看见了屋里火炉内跳跃着的火焰,这火焰在四周漆黑的建筑物中间跳荡着。于是他心里思忖,如果这块地方能够属于他,那倒也是件好事情。接着他脑子里闪过一个精明的打算:为什么不把玛奇娶到手呢?他在田野中间静静地站了好一会儿,手里提着僵硬的死兔子,盘算着这个主意。他的脑子惊讶地等待着——它似乎在计算着——接着他对自己默许似的古怪地笑了一下。是啊,为什么不可以呢?到底有什么不可以的地方?这是个好主意。就算它有点可笑,那又有什么关系?她的年龄比他大些,那又怎么样?没有关系。他一想到她那双乌黑的、惊讶的、脆弱的眼睛,就对自己狡猾地一笑。其实是他比她大。他是她的主人。

这个打算他甚至对自己也不肯承认,对自己也保守秘密。一切都还毫无把握呢。他还得慢慢地走着瞧。是的,他还得看看形势。如果他不小心翼翼地进行,她就会对他这个主意嗤之以鼻。他明白,尽管他很狡猾,但是如果他单刀直入地走到她那里对她说:"玛奇小姐,我爱你,我想娶你。"她必定回答:"滚出去,我可不喜欢来这套玩意儿。"这就是她对男人和男人们的"玩意儿"所持的态度。他如果不小心谨慎,她就会恶狠狠地冲着他说一大串粗野刻薄的讽刺话,还要把他永远地从农庄上和她心中驱逐出去。他得慢慢来。他得像打猎时想法逮住一头鹿或者一只山鹬一样去逮住她。你要是就那样走到森林里对鹿说:"请你倒在我的枪口下面吧。"那才一点用处也没有呢。不,这是一场持久的微妙的战斗。你如果真打算逮住一头鹿,你就得紧缩身体,把自己缩进你的身体里面,在天还没有亮的时候偷偷地走进山里去。在你打猎的时候,怎么打是无关紧要的,要紧的是你的感觉。你一定得变得非常仔细、狡猾,要做好不让它逃掉的充分准备。它就好像是天意,是你自己的命运追上并且决定你猎取的那头鹿的命运。从一开始,甚至在你还没有看见猎物的时候,一场像催眠术一样的奇怪战斗就开始了。你自己的灵魂就是那个猎人,甚至于就在你还没有看见任何一头鹿的时候,它就已经出了窍,正紧紧地附在那头鹿的灵魂上面。而那头鹿的灵魂则挣扎着想逃走,甚至在鹿还丝毫没有嗅到你的气味以前。这是一场又微妙又深奥的意志的战斗,它是在无形的世界里进行的。这场战斗一直持续到你的子弹射中目标以后才结束。当你确实激动到了极点,当你终于进入了射程内,这时,你完全用不着像射一只瓶子那样去瞄准。是你自己的意志把子弹送进你的猎取对象的心口。子弹飞向目标的行程就完全是你自己的命运投入鹿的命运的行程。它发生得像一个极其强烈的愿望,像意志的一次最高行动,而不像一条凭着聪明想出来的诡计。

他的气质像个猎人,不像农夫,也不像隶属于一个连队的士兵。他就是要像个年轻猎手那样去猎取玛奇这个猎物,让她成为自己的妻子。因此他微妙地全身合拢来,好像退缩到自己内部去了,使人几乎看不见他。他还不太清楚自己应该怎样着手进行这件事。况且玛奇像只兔子一样多疑。因此他外表上仍然装出一个只打算在农庄住上两个星期的愉快而有点古怪的陌生小伙子的样子。

那天下午他在锯烤火用的木柴。黄昏降临得很早。还在下着寒冷刺骨的雾。天已经黑得快看不见东西了。劈柴桩子旁边已经码起了一堆锯短了的木块。他还在忙着锯最后一根木头,玛奇走了过来,帮着把木头搬进屋里或者搬到棚子里堆起来。他干活只穿着一件衬衣,并没有注意到她。她不太情愿地、好像有点羞怯似的走了过来。他看见她弯下腰去拾取劈得十分光洁的木柴,就停下了锯子。一道光焰像闪电般顺着他的神经一直传到他的腿上。

“是玛奇吗?”他那年轻的嗓音沉静地问道。

她正在垒木柴,听见这话就抬起头来。“嗯!”她说。

他在昏暗中低头望她。只能模模糊糊地看见她。

“我早就想和你谈一件事。”他说。

“是吗?什么事?”她说。在她声音里出现了恐慌。但是她还能控制住自己。

“喏，”他轻柔而微妙地拉长了声音，这声音穿透了她的神经，“你猜是什么事？”

她直起身子，两手叉腰，目不转睛地盯着他，没有回答他的问题。他又觉得有一股突如其来的力量在他心中燃起。

“唔，”他说，声音柔和得像一下轻轻的抚摸，像猫爪子轻轻地碰了一下，那不像是声音，而像是感觉。“唔……我要你嫁给我。”

玛奇好像不是听见，而是感觉到了他的话。她徒然费力地转过脸，好像她的全身一下子全都松散了似的，头微微偏向一边，沉默地站着。他似乎弯着腰在朝她隐隐约约地微笑。她觉得他身上射出了一丝丝的小火花。

于是她突然说：“别跟我来你那套胡闹的把戏。”

他的神经颤抖了一下。他没有打中目标。他需要一点时间来镇定自己。于是他说话了。他的声音充满了奇妙的柔情蜜意，好像他在不知不觉地抚摸着她。

“噢，那不是胡闹，绝对不是胡闹。我说的是心里话。我说的是心里话。你为什么不信我的话呢？”

他的话听起来显得很委屈。他的声音对她起到了奇妙的作用，使她觉得浑身松弛，懒散无力。她在内心里某个地方挣扎着想恢复自制力。有好一阵子她觉得自己已经被打败了——打败了——打败了。这几个字在她心里晃来晃去，就像她马上要死了似的。她突然说话了。

“你不明白你说的是什么，”她带着转瞬即逝的一丝藐视神气说，“简直是胡闹。我的年龄大得可以做你的母亲。”

“不，我当然明白我说的是什么。我明白。”他柔和地坚持说，好像他想把他的声音灌输到她的血液里去似的。“我完全明白我说的是什么。你完全不是大得可以做我的母亲。这话完全不对。而且就是那样，又有什么关系呢。不论我们两人的年龄多大，你都可以嫁给我。年龄对我有什么关系？年龄对你又有什么关系？年龄毫无关系。”

等他说完这些话，她只觉得一阵晕眩。他的话说得很快——用康沃尔地方那种急促的说话方式——他的声音似乎打在她心里一个毫无抵抗力的地方。“年龄一点也没有关系！”他柔和地坚持这句话，使他在黑暗里隐隐约约地摇晃起来。她答不出话来。

一股狂欢的巨流腾地像火焰一样涌上了他的四肢。他意识到他已经胜利了。

“我要你嫁给我，你瞧，我为什么不能呢？”他轻柔而迅速地接着说。他等待着她的回答。在暮霭中他仿佛瞧见她周身发射出磷光。她的眼皮低垂，脸儿偏到一边，好像失去知觉一样，她看来已经落进了他的手心，但是他仍然警惕地等待着。他还不敢伸手去触摸她。

“说吧，”他说道，“说你答应嫁给我，说呀！……说呀！”他说得很温柔然而也很坚决。

“什么？”她仿佛在远处悄声说着，就像一个觉得痛苦的人一样。他的声音现在变得难以想象的亲密温柔，他紧紧地挨着她。“答应我吧。”

“哎，我不能呀。”她绝望地哀叫道。她的声音含混不清，好像处于半昏迷状态，又像是极端痛苦，跟一个快要死的人一样。“我怎么能呢？”

“你能。”他温柔地说，正当她侧过脸，低着头，茫然失措地站在那里时，他把手轻轻地搁在她肩头上。“你能答应的，是的，你能的。有什么使你说不能呢？你能的，你能的。”他无限柔情地俯下身去轻轻用嘴唇和下巴接触了她的脖子。

“别这样！”她像发神经一样疯狂地低喊一声，跳到一边，把脸转过来冲着他喊道，“你这是什么意思？”但是她一下子连说话的气力也没有了，好像她已经被人杀死了似的。

“我说的是心里话，”他又温柔又残忍地坚持道，“我要你嫁给我，我要你嫁给我，现在你该明白了吧，是吗？你现在该明白了吧，你明白吗？明白吗？”

“什么呀？”她说。

“明白呀。”他回答。

“噢，”她说，“我明白你说的话。”

“而且你心里明白，我说的是正经话，是不是？”

“我明白你说的话。”

“你信不信我的话呢？”他说。

她沉默了好一会儿。后来她噘起了嘴。

“我不知道应该相信什么。”她说。

“你们还在外面吗？”屋里传来了班福德呼唤的声音。

“是的，我们正在把木柴搬进来。”他回答。

“我还以为你们走丢了呢，”班福德不满意地说，“快搬吧，快点，搬完了就来喝茶。茶已经煮好了。”

他马上弯下腰抱起一捆短木块，搬进厨房里，把它们堆在角落里。玛奇也来帮忙，两只胳臂抱得满满的。她把木柴抱在怀里的姿势，像抱着一个沉重的孩子似的。夜晚带来了凛冽的寒气。

木柴全部搬进来以后，两人闹哄哄地在门外的刮鞋板上刮干净了他们的靴子，又在脚垫上擦了擦脚。玛奇关上了门，摘下她的旧毡帽——她那顶农庄女工的帽子。她那一头又厚又卷曲的黑发散开了，她的脸色苍白而不自然。她茫然地把头发往后掠了掠，就去洗干净了手。班福德急急忙忙走进光线昏暗的厨房，从烤炉里取出热在里面的烤饼。

“你们耽搁这么久，在干什么呀？”她不高兴地问，“我以为你们再也不进屋来了呢。我听见你的锯子早已停下来了。你们在外面干什么呀？”

“哦，”亨利说，“我们在堵谷仓里的那个洞，免得老鼠钻进去。”

“什么？我明明看见你们都站在窝棚里，我看见你的衬衫了。”班福德反驳道。

“是啊，我正在把锯子收进去。”

他们进去喝茶。玛奇简直一言不发。她的脸苍白紧张，呆滞失神。小伙子脸上还是平常那种红润而镇定自若的样子，好像他在自己家里一样。他吃东西的时候把头埋进盘子里。

“你只穿一件衬衫，不觉得冷吗？”班福德挑毛病地说。

他抬头看看她。他的下巴紧贴着盘子，眼光非常清澈透明，毫不躲闪地注视着她。

“不，我不觉得冷，”他用平常那种彬彬有礼的态度柔声说道，“你瞧，屋子里比外面要暖和多了。”

“但愿如此。”班福德说，她的火气被他惹上来了。这天晚上，他那奇怪的殷勤而自信的态度和他脸上精神焕发的机灵神气，都叫她看了心烦。

“不过，你大概不喜欢我不穿外衣就来喝茶吧。我忘记了。”他轻柔而有礼貌地说。

“噢，我不在乎。”班福德说。其实她很在乎。

“我去拿来穿上，好吗？”他说。

玛奇的黑眼睛缓缓地转过来朝着他。“不，别麻烦了，”她带着奇特的鼻音对他说，“你要是觉得舒服，就别去换了。她说话用的是生硬的命令口气。

“好吧，我倒是觉得挺舒服的，只要你们不认为我失礼。”他说。

“一般人通常都认为这样做是失礼的，”班福德说，“不过我们不讲究这个。”

“嗬，认为这样做是失礼，”玛奇忽然叫起来，“谁认为这样是失礼呢？”

“噢，就是你呀，耐妮，你对其他人都是这样要求的呀。”班福德说。她傲然仰起了戴着眼镜的脸，一下子觉得吃下去的东西都在喉咙里了。

可是玛奇又发起呆来，对一切毫不理会了。她嘴里机械地嚼着食物，好像根本不知道她在吃东西。小伙子用明亮机警的眼光望望这个，又望望那个。

班福德生气了。小伙子虽然轻声柔气，彬彬有礼，她却觉得他厚颜无耻。她连看都不爱看他。她不喜欢碰上他清澈机警的眼光，不喜欢看他脸上发出的奇异光辉，不喜欢看他长着细柔髭须的面颊和他那虽然没有光泽、却似乎焕发出奇妙的生命活力的红润皮肤。她看到他就觉得不舒服，他的生理存在太刺人、太灼热了。

平常他们喝完茶总是安静地度过晚上。小伙子很少到村里去。他在这个时候常常读读书。他喜欢读书，不过要在他高兴的时刻才读。也就是说，只要他读开了头，就能够专心地读下去。然而他总是懒得开头。他常常在黑夜里独自到地里去，或者沿着篱笆散散步，他对黑夜有一种夜猫子似的奇怪本能，喜欢到处游荡，倾听着荒野的声音。

不过，今天晚上他从班福德的书架上拿了一本描写梅恩·德船长的书，两腿劈开坐了下来，埋头读起了故事。他一头微带棕褐色的浅色长发往两边梳开去，像一顶厚厚的便帽盖在头上。他身上仍然只穿着衬衫，在灯下向前俯着身子，两只膝盖叉得很开，手里拿着书，全神贯注在读书这件颇为艰巨的工作上。他使班福德的起居室变得有点像伐木人的宿营地。班福德对这一点很反感。因为她的起居室地板上铺着一条深色边缘的红色土耳其地毯，火炉是用时髦的绿色瓷砖砌的，钢琴盖子打开了，上面放着时兴的舞曲：她很会弹钢琴。墙上挂着玛奇自己画的天鹅和睡莲。何况屋里木柴在火炉里劈劈啪啪地烧得正旺，厚厚的窗帘拉得严严实实，所有的门都紧紧地关着，而屋子外面松树在风中不住摇晃，发出沙沙的响声，使这间屋子显得实在舒适。它又雅致又可爱。她讨厌那个高大粗壮、长腿的小伙子。他正伸出穿着卡其裤的长腿直挺挺地坐在那里，两只扣着士兵衬衫纽扣的手腕又粗又红。他隔一会就翻一页书，同时还不断敏锐地瞅一下火炉，拨弄一下木柴，然后又沉醉到旁若无人的专心读书的境界里。

玛奇坐在桌子另一头，正在有一搭没一搭地做着钩针活儿。她噘起嘴的样子很特别，就像她那回梦见狐狸用尾巴烫了她的嘴那样，她的漂亮卷曲的黑发有些零乱地一绺绺披散开来。她的整个身心都处在凝神屏息的状态，好像她本人是在好多英里以外的地方。她在半睡半醒的状态中好像听见呼啸的风声里有狐狸围着房子唱歌的声音，歌声如痴似狂，那样粗野，又那样甜蜜。她用发红的但是很俊气的手慢慢地在白棉布上钩着花样，钩得很慢，很笨拙。

班福德也在低矮的靠背椅里坐着努力读书。但她坐在两人中间，一直烦躁不安，不住地扭动着身子，看看四周，听听风声，又偷眼从这个同伴看到那个同伴。玛奇坐在一张直背的扶手椅上，交叉起两条穿着紧窄长裤的腿，正在缓慢而吃力地做钩针活。就连看看玛奇，也让她心烦。

“唉，老天！”班福德说，“我今晚眼力不太行。”她用手捂住了眼睛。

小伙子抬头向她投去清澈明亮的眼光，并没有说话。

“是吗，吉尔！”玛奇心不在焉地说。

小伙子又埋头读起书来，班福德也只好回到她的书上去。可是她实在坐不住。过了一会，她抬头看了看玛奇，瘦削的脸庞上出现了一丝古怪的、几乎带着恶意的微笑。

“我出一个便士买你的念头，耐妮。”她突然说。

玛奇回过头来，黑黑的眼睛惊异地瞪得老大。她脸色变得煞白，像是吃了惊吓。她刚才还在听那只在屋子周围转悠的狐狸那么温存、那么温存地唱着的歌。

“什么？”她茫然问道。

“我出一个便士买它们，”班福德讽刺地说，“要不就出两个便士，假如你的念头是那样深刻的话。”

小伙子在灯下用明亮清澈的眼睛注视着她们。

“唉，”传来了玛奇含糊不清的声者，“你干吗想浪费你的钱呢？”

“我还以为这钱花得值得呢。”班福德说。

“我什么事也没有想。只是在想风怎么刮得这么厉害。”玛奇说。

“唉呀，”班福德回答说，“这样新颖的念头我自己也想得出呢，我看这回我确实白花钱了。”

“哦，你用不着付钱。”玛奇说。

小伙子突然笑起来。两个女人都瞧着她，玛奇颇有点惊讶的样子，似乎她本来一点不知道他就在那里。

“喂，你们每一次都真的付钱吗？”他问道。

“是的，”班福德说，“我们从来每回都给钱的。冬天里我有时候一星期要付给耐妮一个先令呢。夏天就花得少些。

“什么？为了彼此的念头而付钱？”他笑了。

“是的，那是因为我们已经完全没有别的事可做了。”

他活泼地笑了，鼻子像小狗一样皱了起来，眼睛发亮，笑得非常欢快。

“我还是头一回听见这样的事情。”他说。

“假如你在贝利农庄住上一个冬天，我想你会经常听到这种事的。”班福德不禁感慨地说。

“你们竟然会落到这么疲倦的地步吗？”他问道。

“应当说是落到这么厌倦。”班福德说。

“噢！”他严肃地说，“那么你们怎么会觉得厌倦呢？”

“谁能不厌倦呢？”班福德说道。

“听见你这话使我很难过。”他严肃地说。

“你要是打算在这里痛痛快快玩一场，你一定会难过的。”班福德说。

他严肃地看了她很久。

“哦，”他带着年轻人的奇特的严肃神气说，“我觉得这里挺有意思。”

“我很高兴听到你这么说。”班福德说。

于是她又读她的书了。她虽然不到三十岁，稀疏柔软的头发里已经出现了许多灰白的发丝。小伙子没有低头向下看，而是把目光转到玛奇身上。她坐在那里，噘着嘴，吃力地做着钩针活。她的眼睛睁得很大却视而不见。她有温润、苍白而细嫩的皮肤，纤细小巧的鼻子。她噘着嘴显得有些泼辣，但是她那奇特地向上弯成弧形的黑眉毛和睁得大大的、充满惊异的赞美而又有点失魂落魄的眼睛又使人否定了这种泼辣印象。她又在侧耳细听狐狸的声音了。狐狸似乎在黑夜里徘徊到更远的地方去了。

小伙子坐在那圈灯光的边缘上，抬起脸默默地打量着她，眼睛睁得圆圆的，又明亮又专注。班福德没好气地咬着手指甲，从披在前额的头发下面注视着他。他毫无动静地坐在那里。在灯光下，他把绯红的脸蛋稍稍扬起，正好在灯影的边上，脸上是一副完全入了神的专注样子。玛奇骤然从手里的活计上抬起了大大的黑眼睛，一下子看见了他。她吓了一跳，低低地尖叫起来。

“它就在那里！”她好像害怕得要命，不由自主地叫出声来。

班福德惊奇地挺起身子瞧着这边。

“你犯了什么毛病啦，耐妮？”她喊道。

但是玛奇的脸蛋唰的一下变成了粉红色，并且把眼睛转向门那边去了。

“没有什么,没有什么!”她气恼地说,“难道随便说句话都不行吗?”

“行是行,不过要说正经话,”班福德说道,“你说了些什么呀?”

“我也不知道我说什么了。”玛奇火气挺大地说。

“唉,耐妮,请你不要那样暴躁,那样神经过敏,好不好?你再来那么一下我就受不了啦。你到底指谁?是指亨利吗?”可怜的班福德给吓坏了,喊叫道。

“是的,我是指他。”玛奇简短地说道。她死也不肯承认她说的是狐狸。

“唉,今天晚上吓得我够呛。”班福德悲哀地诉起苦来。

到了九点钟,玛奇端进来一盘面包、干酪和茶——亨利曾经坦白过,说他喜欢在晚上喝杯茶。班福德喝了一杯牛奶,吃了一点面包。不久,她说道:“我要上床去了,耐妮,今天晚上我有点心惊肉跳。你也来吗?”

“好的,我收拾了茶盘就来。”玛奇说。

“别搞得太久了,”班福德不满意地说,“晚安,亨利。你要是最后一个上楼的话,就请把炉里的火收拾一下,好吗?”

“好的,班福德小姐,我会把它灭掉的。”他用使人放心的口气说。

玛奇点着一根蜡烛,拿到厨房里去了。班福德拿上她的蜡烛上楼了。玛奇又回到火炉跟前对他说:“我想我们可以放心地让你来灭掉火,把一切都收拾好吧?”她的手叉在腰里,一个膝盖跨开去,头羞怯地偏到一边,好像不好意思看他。他抬起脸观察着她。

“过来坐一会儿。”他柔声说道。

“不,我得走了。吉尔在等我,我不上楼去她会着急的。”

“今天晚上是什么东西吓得你那样跳了起来?”他问道。

“我什么时候跳啦?”她看着他反驳道。

“喏,就在那会儿你跳起来了,”他说,“就在你喊出来的时候。”

“噢!”她说,“是那时候呀!……咳,当时我以为你就是那只狐狸!”她的脸上显出一副微带嘲讽的奇怪微笑。

“狐狸!为什么是狐狸呢?”他柔声问道。

“噢,去年夏天,有天傍晚我拿着枪出去,看见有只狐狸就在我脚边的草丛里,正瞧着我。我也不明白——我想是因为它给我留下了深刻印象吧。”她又转过脸去,一只脚不自在地在地上拨弄着。

“你没有向它开枪吗?”小伙子问道。

“没有,它把我吓了一跳,那样直勾勾地望着我。后来它站住了,回过头从肩膀上瞧我,脸上还在笑。"

"脸上还在笑!"亨利重复说,他也笑了,"它把你吓坏了,是不是?"

"不,它没有吓坏我。它只不过给我留下了深刻印象而已。"

"可是你以为我就是那只狐狸,对吗?"他笑了,还是那样奇怪地机灵地微微一笑,像只小狗那样皱起了鼻子。

"是的。有那么一会儿我还以为你就是它呢。"她说,"也许因为我脑子里正想它,自己也不知道。"

"也许你以为我是来偷你的母鸡,或者是别的什么东西的吧。"他带着同样活泼的笑容说。

但是她只睁大了乌黑迷惘的眼睛看着他。

"我还是第一次被人当作狐狸呢。你愿意坐一分钟吗?"他的声音十分轻柔,带着诱哄的味道。

"不,"她说,"吉尔在等我。"但是她并不急于离开,还是站在那里,一只脚伸到一边,脸儿偏过去,刚好躲开那圈灯光。

"你愿意回答我的问题吗?"他更加低声地说。

"我不明白你指的是哪个问题。"

"噢,你明白,你当然明白。我指的是你跟我结婚的问题。"

"不,我不回答那个问题。"她直截了当地说。

"你不肯吗?"奇怪而活泼的笑意又出现在他的鼻子上。"是不是因为我像那只狐狸?是这个原因吗?"他仍然在笑。

她转身对他不慌不忙地、久久地看了一眼。

"我不会让这件事惹得你讨厌我。"他说,"让我把灯拧暗一点,过来坐一会儿。"

他把一只发红的手伸到油灯底下,突然一下子把灯拧得非常暗。玛奇隐隐约约地站在黑暗中,像个一动不动的黑影子。他沉默地伸直他的两条长腿站了起来。他现在的声音特别温柔,带有挑逗意味,低到几乎听不见。

"待一会吧,"他说,"只待一会儿。"他把手放在她的肩上。她转过脸去背着他。"我想你一定不会认为我果真像那只狐狸。"他说道。他的声调还是那么温柔,含着一丝笑意,一丝嘲笑。"现在你还认为是那样吗?"他把她轻轻拉到身边,温柔地吻着她的脖子。她颤抖了一下,退缩着,想躲闪开。可是他用年轻强壮的手臂挽住她,又轻柔地吻了她一下。但是她把脸蛋一偏,于是他又吻在她脖子上了。

“你愿意回答我的问题吗？你愿意现在就回答吗？”传来了他温柔缠绵的声音。他极力想把她拉过来吻她的脸。他终于轻轻地吻了一下她的脸蛋，吻在靠近耳根的地方。

正在这时，他们听见楼上班福德烦躁不安的声音生气地叫了起来。

“吉尔在那里叫呢！”玛奇吃了一惊，直起身子说道。

就在这时，他像闪电一样飞快地在她嘴唇上吻了一下。这只是一下飞快的接触。它一下子使她浑身上下每一根纤维都燃烧起来了。她异样地低低叫了一声。

“你同意了，是吗？你同意了？”他温柔地坚持说。

“耐妮！耐妮！这么久你到底在干什么呀！”从黑暗的外部空间传来了班福德微弱的呼叫。

但是他紧紧抱住她，还用让人无法忍受的温柔和固执喃喃低语道：“你同意，是吗？你答应吧，答应吧。”

玛奇觉得一股火焰燃遍全身，烫伤了她，她觉得自己再也无法坚持了，就低声说：“好吧，好吧。都随你的意思！都随你的意思！只要你放开！只要你放开我！吉尔在叫我！”

“你可已经答应了啊。”他狡猾地说。

“是的，是的！我答应了。”她提高了嗓门，变成一声尖叫，“好啦，吉尔，我来了。”

他吃了一惊，放开了她，她立刻跑上楼去了。

第二天早上吃早饭的时候，他已经视察过了整个农庄，照料了鸡鸭。他自己思忖，在这里过日子还是蛮舒服的。他对班福德说：“有件事你知道吗，班福德小姐？”

“唔，什么事？”脾气柔顺但是容易激动的班福德说。

他瞧了瞧玛奇，她正在往面包上涂果酱。

“我来说吧？”他对她说。

她抬头看看他，一片深深的红晕布满了她的面孔。

“好吧，假如你的意思是只告诉吉尔一个人，”她说，“总之，我希望你不要到村里去到处对人讲。”于是她很艰难地咽下了嘴里的干面包。

“又出什么事啦？”班福德抬起睁大了的、疲乏的、略有些红肿的眼睛说。她是个弱不禁风的瘦小姑娘，她的头发又少又柔软，梳成短短的发式，褪色的棕发夹杂着灰白发丝轻柔地飘拂在她憔悴的脸庞周围。

“哦，你猜猜是什么事情吧？”他像个掌握了秘密的人那样微笑着。

“我怎么会知道！”班福德说。

“你猜猜吧！”他眉飞色舞，一副得意的样子微笑着说。

“我一点也猜不出，而且我也不打算猜。”

“我和耐妮要结婚了。”

班福德让刀子从她柔弱细瘦的手指里落下，好像她这辈子再也不打算拿起刀叉吃饭了。她毫无表情的红肿眼睛直直地瞪着。

“你们要干什么？”她喊道。

“我们要结婚了，是吧，耐妮？”他转脸朝着玛奇。

“反正你是这么说的。”玛奇只简短地说了一句，却十分苦恼地红了脸。她觉得一口东西也咽不下去了。

班福德就像一只被枪打中的鸟儿，像一只小小的可怜的病病歪歪的鸟儿那样看着她。她注视着脸涨得通红的玛奇，她受了创伤的灵魂全部都流露在她的脸上。

“不行！”她力不从心地喊道。

“完全行。”那个兴高采烈、得意扬扬的年轻人说。

班福德把脸转了过去，好像桌上的食物叫她恶心。她就这样呆呆地坐了很久，好像得了病似的。然后她一只手撑着桌子边站了起来。

“我永远不会相信，耐妮！”她喊道，“这件事是绝对不可能的！”她的声音含着委屈和苦恼，也有一丝灼热的怒气和绝望。

“为什么？为什么你不相信这件事？”年轻人问道，像天鹅绒一样光滑而轻柔的声音里隐藏着傲气。

班福德睁大了呆滞的眼睛望着他，好像他是博物馆里的陈列品。

“噢，”她懒懒地说，“因为她决不会做这样一个大傻瓜。她的自尊心不会丧失到这种地步。”她的声音冰冷而凄凉地传了过来。

“她是怎么丧失自尊心的呢？”小伙子问。

班福德透过眼镜毫无表情地凝视着他。“我是说，如果她的自尊心还没有丧失的话。”

在她透过眼镜那样呆滞而长久的注视下，她的脸变红了，变成血红色。

“我一点也不懂你的话。”他说。

“你大概是不会懂的？我也不指望你能懂。”班福德说，她的语调温和而漫不经心，这使她的话更带有侮辱性。

他僵直地坐在椅子上，满脸通红，瞪着灼热的蓝眼睛，他的眉际出现了隐约的杀气。

“咳，她完全不知道自己陷进什么处境了。”班福德说话的声调是哀怨的，飘忽不定的，侮辱人的。

“这件事和你到底有什么关系？”小伙子发火了。

“至少要比这件事对你的关系大。”她又哀怨又狠毒地说。

“嗬，是这样？我可一点也看不出来。”他气急败坏地脱口而出。

“对了，你是看不出的。”她又飘忽不定地回答说。

“不管怎样，你们争来争去反正是没用的。”玛奇掀开额上的头发，粗野地抬起身说。她一把抓起面包和茶壶，迈着大步到厨房里去了。

班福德呆呆地伸出手指抚一抚额头，又掠了掠头发，便转身上楼去了。

亨利绷着脸，僵直地坐在椅子上，脸蛋和眼睛都似乎在燃烧。玛奇一会进来一会又出去，忙着收拾桌子。但是亨利鼓着一肚子气坐着不动。他一点不理她。她已经镇定下来，恢复了原来的柔嫩光滑鲜艳的面色。可是她还是噘着嘴。她每次过来从桌上收拾东西，总要用她奇特的大眼睛瞥他一眼，主要是出于好奇心。瞧这个高个子、红脸蛋、正在生气的大孩子！他就是这么个孩子。他显得离她非常遥远，他的红脸蛋就像田野对面那家农庄房顶上红颜色的烟囱帽。现在她瞧他的时候，也是那么不带感情，那么疏远。

最后他站起来，带上枪，跨着大步到外面田野里去了。直到午餐时刻他才回来，脸上恨意未消，举止却很有礼貌。谁也没有讲什么正经话。他们带着固执的疏远态度，坐成一个三角形，每人守住桌子的一个角。下午他带着枪又出门了。天黑的时候他带回来一只兔子和一只鸽子。整晚他都没有出门，但是几乎没有开口。他火冒三丈，认为他受了侮辱。

班福德的眼睛是红肿的，她显然哭过。但是她的举止比以前更加疏远和高傲。当他偶尔讲一句什么话的时候，她转过身来听的样子，就像他是个流浪汉，或者那一类专门打扰别人的下等人。这使得他怒不可遏，气得蓝眼睛都变黑了。他的脸色越来越难看。但是他开口说话的时候，仍然没有忘记用客客气气的语调。

在这样的气氛下,玛奇却如鱼得水,显得很活跃。她脸上带着淘气的微笑,显得很高兴的样子坐在两个敌手中间。这天晚上她连吃力地做着钩针活计时的样子也是踌躇满志的。

小伙子上床以后还听见两个女人在她们的房间里说着话,争论着。他从床上坐起来,伸长了耳朵想听听她们说的是什么。但是距离太远了,他什么也听不清。不过,他还是能听出班福德说话时流水般的悲哀声调和玛奇深沉得多的声音。

夜晚宁静而寒冷。屋外,巨大的星星挂在松树梢头闪烁发亮。他侧耳细听,听见远处有只狐狸的尖嗥声和农庄上的狗狺狺的应答声。那都不是他想听见的声音。他想听两个女人的谈话。

他蹑手蹑脚下了床,站到门前。还是只能听见原先那些声音。他非常非常小心地拔开了门闩。他过了好久才轻轻地打开了房门。于是他偷偷地走到过道里。旧橡木地板踩在脚底下是冰凉的,而且咯吱咯吱地响得要命。他小心翼翼地爬上唯一的一级楼梯,沿着墙壁向前走,一直走到她们的房间外。他在那里屏住气息仔细地倾听,班福德的声音说:"不,我简直受不了,要不了一个月,我就会死掉的。当然,你要的就是这个,这就是他的目的,把我送进坟墓。不,耐妮,你要是当真做出嫁给他这样的事来,你就绝对不能住在这里了。我受不了。我没法和他住在同一幢房子里。噢!我闻见他衣服上的气味就要吐。他那张红脸盘真叫我恶心。他坐上桌子,我就吃不下饭。我真是个傻瓜,居然让他住下。无论什么人一辈子绝对不应该做一件好事,任何一件好事最后总是像飞镖一样飞回来,打到你自己的脸上。"

"好吧,反正他只剩下两天的假期了。"玛奇说。

"唉,谢天谢地。他走了就再也别想回这座房子来。他在这儿的时候我心里真难受。而且我什么都明白,我明白他只是在盘算从你身上可以搞到些什么好处。我明白这就是他的全部目的。他是个饭桶,不想干活,以为可以靠我们养活他。可是他休想让我养活他。假如你想做这样一个大傻瓜,那是你自己的事。过去他住在这里时,伯吉斯太太很了解他。那个老头从来没有办法让他正正经经地埋头干活。他一有机会就带着枪出去了,就跟他现在在这儿一样。什么活都不干,只知道打猎!唉,我最讨厌这个。你不知道你干了些什么,耐妮,你不知道。你要是嫁了他,他会搞得你像个大傻瓜。他会扔下你,害得你进退两难,他一定会走掉的,他要是没法从我们两人手里拿到贝利农庄的话。——只要我还有一口气，只要我还活着，他就休想走进这座房子。我知道最后会搞成什么局面。马上他就会以为他是我们俩人的主子。你看，现在他已经认为他是你的主子了。”

“可是他并不是呀。”耐妮说。

“反正他以为他是。他想要达到的就是这个目的：跑到这里来当主人。嗯，想想看！我们俩人搞到了这块地方，为了什么？难道就是为了让一个讨厌的红脸盘小伙子，让一个臭长工来指挥我们、吓唬我们吗？噢，我们让他住下真是犯了一个错误。我们本不应该降低我们的身份的。何况我当初为了不让当地人把我们拖到他们那样低的水平，还曾经和他们作过那么坚决的斗争呢。不，不能让他到这里来。到那时，你瞧——他要是搞不到这座农庄，就会跑回加拿大或者什么别的地方去。就像他这辈子没有认识你一样。而你呢，就会完全被他毁了，被他当傻瓜耍了。我心里明白，从今以后，我再也过不上安生日子了。”

“我们可以告诉他，叫他不要到这里来。我们可以那样告诉他。”玛奇说。

“不用你麻烦了。他走的时候由我去对他讲。我还有些别的话要对他讲哩。只要我还能说话，还有一口气，就不能让他为所欲为。噢，耐妮，你一向他屈服，他就会看不起你的。这个可恶的小畜生就会看不起你了。我一点不相信他。哪有猫儿不吃腥的？他太狡猾了，太狡猾了。他专横霸道、自私自利到了极点，冷酷得像块冰。他的全部打算就是要利用你。等你对他没有用处的时候，到那时我才可怜你呢。”

“我觉得他还不至于坏到那种地步。”玛奇说。

“那是因为他现在正在讨好你。不过，你要是经常和他在一起，就会发现的。啊，耐妮，想到这个我就觉得难过。”

“哦，反正这件事和你没关系，吉尔，亲爱的。”

“没关系？怎么没关系？从今以后，我再也享受不了片刻安宁了，再也享受不了片刻幸福了。不，耐妮……”班福德痛哭起来。

门外的小伙子听见那女人闷住的哽咽声，还听见玛奇轻柔、深沉而温存的声音。她正非常温柔体贴地安慰着那个哭泣的女人。

他的眼睛睁得那么圆那么大，似乎能看见整个夜色。他的耳朵几乎要从他的脑袋上掉下来了。他冻僵了。他偷偷爬回床上，但是他觉得他的头顶好像要胀裂了似的。他坐卧不安，怎么也睡不着。他起了床。静悄悄地穿上衣服，又一次爬到楼上。女人们沉默了。他轻轻地下了楼，走到厨房里。

然后,他穿上靴子和外衣,拿上了枪。他并不是想离开农庄。不,他只是拿上了枪。他尽量轻手轻脚地打开门,走进12月的寒夜里。空气是静止的,星儿闪着光。松树似乎耸立在空中,发出沙沙的响声。他悄悄地穿过篱笆,想猎到点什么东西。正在这时候,他想起了:他不能开枪,不然会吓着那两个女人。

于是他沿着金雀花树丛悄悄地游荡着,穿过一片高大古老的冬青树,一直走到树林边上。他在那里绕过了篱笆,向黑暗里窥视着,他眼睛睁得大大的,好像能变成黑色,像只猫一样在黑暗里能看见东西。有一只猫头鹰正围着大橡树发出缓慢忧伤的啼叫。他握着枪悄悄地踱着,倾听着,守候着。

他站在树林边那些大橡树下,听见附近小山上的那家农民的狗忽然齐声狂吠起来,周围农庄上的狗被惊醒了,也用吠声呼应。他突然觉得英国实在是块非常拥挤狭窄的地方,四周的景物在黑暗里也显得那么局促,夜里狗显得太多了,它们的吠叫声造成了一层声音的壁障,像连绵不断地交织成一片的英国篱笆,挡住了视线。他觉得那只狐狸一定跑不掉了。惹起这场喧闹的一定是那只狐狸。

对了,干吗不去守候那只狐狸呢?它一定要嗅到这边来的。小伙子下山向农庄走去。农庄旁有几棵松树,显得黑糊糊的一片。在伸手不见五指的黑暗中,小伙子走到长窝棚的角上蹲了下来。他知道狐狸会来的。他仿佛觉得在英国,在这个狗群高声吠着、到处人声鼎沸的英国,在这个被无数幢小房子挤得满满的英国,这是最后一只狐狸了。

他坐了很久,目不转睛地凝视着敞开的大门,一丝光线射在门上,似乎是从星星上掉下来的,或许是从天边照射过来的,有谁知道呢!他坐在一根搁在漆黑角落里的木头上,把枪放在膝盖上面。松树在劈啪地响。过了一会儿,谷仓里有只母鸡从鸡群栖息的支架上掉了下来,咯咯地惊叫起来,引起一阵骚动,把他惊动了。他站起来仔细地窥视着,以为是一只老鼠惹出的事。但是他感觉得出并没有什么动静。于是他又坐了下来,把枪搁在膝盖上,两手捂在袖子里,免得冻僵了。他的眼睛眨也不眨地盯着不远处微微显得发白的敞开的大门。他仿佛在寒冷的空气里嗅到了活母鸡身上热烘烘的令人作呕的浓厚气味。

接着——一条黑影。大门里出现了一条悄悄溜过来的黑影子。他把全部眼力集中成小小的一点火花那么大。于是他看见了狐狸的黑影。狐狸肚皮贴着地面,正偷偷地爬进大门。它像蛇一样贴着地皮向前爬。小伙子对自己微微一笑,把枪举到肩上。他很清楚会发生什么事。他知道狐狸一定会到鸡舍那扇堵着的门前去嗅一嗅。他知道它一定会在那里静静地趴一会儿,嗅着里面的母鸡,然后它会窜到老谷仓的墙根下面逡巡徘徊,找机会溜进去。

鸡舍的门开在一个小土坡上面。狐狸轻得像影子一样溜上土坡,蹲下用鼻子嗅着板壁。正在这时,一声震耳欲聋的枪响回荡在几座老房子之间,整个夜晚似乎爆裂了。但是小伙子还在敏锐地观察着。狐狸在垂死时不住地舞动脚爪,小伙子连它的白肚皮都看清楚了。这时他才走上前去。

到处是骚乱。母鸡拍着翅膀咯咯地大叫,鸭子嘎嘎地喧闹,小马驹跳起身来狂暴地踢打。然而,狐狸已经斜躺在地上,在作最后的挣扎。小伙子俯下身去嗅着它的狐臭气味。

楼上传来了开窗的声音,然后玛奇喊起来:"谁呀?"

"是我,"亨利说,"是我开枪打了那只狐狸。"

"噢,天哪,你差点儿把我们都吓死了。"

"真的吗?我太抱歉了。"

"你怎么会起床的?"

"我听见狐狸在附近转悠。"

"你把它打死了吗?"

"是的。它在这儿。"小伙子在院里拎起那只还带着微温的死兽。

"你看得见吗?等一下。"他从口袋里取出手电筒,照在死狐狸身上。他是抓住尾巴提起它来的。玛奇在一片黑暗中只看见它火红色的皮毛、白肚皮、尖下巴下面的白毛和奇怪地耷拉下来的爪子。她不知道说什么好。

"它漂亮极了,"他说,"可以给你做个很好看的皮围脖。"

"我才不爱戴狐皮围脖呢。"她回答说。

"是吗?"他说完一下子关上了手电筒。

"喂,我想你现在总该进来睡觉了吧。"她说。

"我大概得睡一会儿。几点钟了?"

"几点钟了,吉尔?"玛奇的声音喊道。是一点差一刻。

那天晚上玛奇又做了另外一个梦。她梦见班福德死了,而她,玛奇,哭得心都要碎了。然后,她还得把班福德放进棺材里去。而棺材却原来是厨房里火炉边盛放劈柴的那只粗糙的木箱。它就是棺材,没有别的棺材。玛奇又痛苦又惶惑,她想找点东西垫在木箱底下,好让它软些,好盖住死去的那个可怜的亲爱的人儿。总不能叫她只穿着薄薄的白睡衣躺到那只吓人的劈柴箱里去呀。所以她找呀,找呀,拣起一样东西,又拣起另一样东西,在梦境里那烦躁痛苦的心情中又一件一件地把它们扔开。她在梦里怀着绝望的心情找了半天,只找到了一张狐狸皮。她知道用狐狸皮是不合适的,不应该用这张狐皮。可是别的什么也找不到。她只好把狐狸尾巴叠起来,把亲爱的吉尔的脑袋放在上面,再把狐狸皮拉开盖在吉尔身上,狐狸皮就像一整床扎眼的火红色被单。她哭啊,哭啊,醒来时发现泪水还在从她脸上不断地淌下来。

早上她和班福德起床后头一件事就是去看那只狐狸。亨利已经把它的脚拴起来倒挂在棚子里。它那可怜的尾巴倒垂着。这是一只正当壮年的漂亮的公狐狸,有一身美丽厚实的冬季毛皮,颜色是美妙的金红色,从胸部到腹部逐渐变成灰色,腹部的毛皮是纯白色的。尾巴又松又大,是柔和的灰黑色,尾巴尖是纯白的。

“可怜的畜生!”班福德说,“要不是它那么爱偷东西,还真有点叫人可怜它呢!”

玛奇没有说话,一只脚耷拉在身后,一条腿跨开去站在那里。她的脸色苍白,又大又黑的眼睛注视着倒悬着的死狐狸。狐狸肚皮像雪一样洁白柔软,雪一样的洁白柔软。她轻轻地顺着毛皮抚摸这张肚皮。那条发着乌亮光泽的尾巴蓬松而丰满,太美妙了,她也用手摸了它一下,然后她颤抖了。她隔一会就握住那条厚实尾巴上的蓬松的毛皮,轻轻地顺毛抚着。多么美妙、机灵、厚实,多么美丽的一条尾巴!可是它已经死了!她噘起了嘴,眼睛变得黑幽幽的,又迷惘又空虚。然后她用手握住了狐狸脑袋。

亨利懒散地踱了过来。班福德立刻昂然走开了。玛奇握着狐狸的头还站在那里发呆。她对着柔细的长长的狐狸鼻子在奇怪……奇怪……奇怪……不知道什么缘故,她觉得它像一只汤匙,或一把抹刀。她觉得自己没法理解这只野兽。它是一只她无法理解的、超出她的认识范围的陌生野兽。它长着美妙的银白色髭须,像一根根冰丝一样,它的耳朵是翘起来的,里面长着毛。可是它那只长长的、像一只细长的汤匙一样的鼻子才有趣呢——下面还长着白得耀眼的尖牙!这牙生来是为了咬东西的,是为了狠狠地深深地埋进活的猎物,咬呀咬,咬出血来。

“它漂亮吧?”亨利站在旁边说。

“哦,是的,这是只很漂亮的大狐狸。我在想,它不定抓走了多少只鸡呢。”她回答说。

“少不了。它是不是你今年夏天里看见的那只狐狸?”

“很可能就是那只。”她回答道。

他注视着她，却捉摸不定她的态度。她的身上有羞涩、纯洁的一面，也有非常冷酷、实际、泼辣的一面。他觉得她嘴里说的话和她奇异的乌黑的大眼睛里的表情很不一样。

“你是不是要剥下它的皮来？”她问道。

“是的，吃过早饭我就动手。我得找块板把它钉在上面。”

“天哪，它的气味真大！啃，真得好好洗洗手才行。我不知道我怎么笨得居然用手去摸它。”她瞧了瞧摸过狐狸肚皮和尾巴的那只右手，这只手摸到狐狸皮上一块深色斑点，还沾上了一丝血污。

“你见过闻到狐狸味儿的鸡那副害怕样子没有？”他说。

“见过。它们吓得够呛！”

“你得小心，别招上它身上的跳蚤。”

“嘿，跳蚤！”她无所谓地回答说。

隔了不久，就在当天，她看见那只狐狸被撑开钉在木板上，好像钉上了十字架一样。她心里有些不安。

小伙子在生气。他紧闭着嘴巴走来走去，好像把自己的半个下巴吞进去了似的。可是他的举止照旧彬彬有礼，和蔼可亲。关于他的打算，他一句也不讲。他也不理会玛奇。

那天傍晚他们都坐在餐厅里。班福德再也不肯让他进她的起居室了。火炉里烧着一根很大的木柴。人人都很忙。班福德在写信，玛奇在缝一件女上衣，他在修理一件小工具。

班福德写一会信就停下来四周看看，恢复一下眼力。小伙子低着头，埋头在干自己的活。

“喂，”班福德说，“亨利，你打算坐哪班火车走？”

他抬起头笔直地望着她。

“坐上午的火车。上午走。”他说。

“什么？八点十分的还是十一点二十分的？”

“大概坐十一点二十分那趟车吧，我想。”他说。

“是后天走吗？”班福德说。

“是的，后天。”

“噢。”班福德喃喃地咕噜了一声，就又写信去了。后来，她一面舔着信封口，一面问："你今后有些什么打算，可以允许我问一声吗？"

"打算？"他说。他的脸变得怒气冲冲。

"我指的是你和耐妮的事，假如你想把这桩事继续下去的话。你们打算什么时候举行婚礼？"她用讥讽的声调说道。

"哦，婚礼呀！"他回答说，"我不知道。"

"你究竟知道些什么？"班福德说，"你是不是打算在星期五跑掉，让事情就这样悬着呢？"

"嗯，那有什么不可以的？我们可以通信。"

"是的，你们可以通信。可是我打听这件事，是为了这座农庄。假如耐妮突然决定要结婚，我就得另外再找个伙伴。"

"难道她结了婚就不能继续在这里住下去吗？"他说道。他明知会得到什么回答。

"噢，"班福德说，"这里不是给一对夫妇住的地方。首先，这里的工作太少，不够一个男人干的。而且，在这里也赚不到多少钱。你们要是打算结婚以后还留在这里，那是白费心思。绝对不行！"

"好吧，不过我自己并不想留在这里。"他说。

"哼，我就是想问清楚这一点。那么，耐妮怎么办呢？在那种情况下，她要在农庄上和我一起住多久呢？"

两个敌手对瞧着。

"我说不准。"他回答。

"唉，去你的吧，"她急躁地喊道，"你既然请求一个女人嫁给你，那么你总该知道自己有什么打算吧？除非这一切都是个骗局。"

"怎么会是骗局呢？我要回加拿大去。"

"那么你带她一同去吗？"

"当然。"

"你听见了吗，耐妮？"班福德说。

正低头缝衣服的玛奇现在抬起头来，面颊羞得鲜红，眼睛和扭歪着的嘴唇上挂着奇异的冷笑。

"我还是头一回听说我要到加拿大去哩。"她说。

"好吧，反正你总要有个头一回听见这个消息的，是吗？"小伙子说。

"当然啰。"她无所谓地说，又低头去缝她的衣服了。

"你挺愿意去加拿大,是吗,耐妮?"班福德问道。

玛奇又抬起头来看了看。她的肩膀松弛下来,拿针线的手也垂到膝盖上。

"那要看怎么个去法,"她说,"我可不愿意像那些当兵的老婆那样被人塞进三等舱里去。我恐怕我不太习惯那种方式。"

小伙子用明亮的眼睛注视着她。

"你愿意暂时留在这儿,让我先去吗?"他说。

"假如没有别的方法,那我宁可留在这儿。"她回答。

"这是最明智的方法。你们先不要把话说得太死,"班福德说,"等他回到那里给你找到住处以后,到底去还是不去,也还可以由你自己决定。别的想法都是胡闹。"

"你看在我离开以前,我们是不是先举行婚礼——以后再看情况,或者一同走,或者分开去?"小伙子说。

"这个主意糟透了。"班福德喊道。

但是小伙子只望着玛奇。

"你觉得怎么样?"他问她。

她的眼睛呆呆地望着空中。

"唉,我也不知道,"她说,"我还得考虑一下。"

"为什么?"他很中肯地问。

"为什么?"她用嘲弄的口气重复了一遍他的问题,朝着他笑了,然而她的脸不由得又红了,"我看为什么的理由很不少。"

他默默地注意着她。她好像又逃离了他。她已经和班福德携起手来反对他了。她脸上又出现了奇特的冷笑神情,她会不顾一切地对他说的每一句话和生活向她提供的每一个机会都固执地加以嘲笑。

"我当然不会逼着你干你不愿意的事。"他说。

"我看你也不敢,哼。"班福德愤然说道。

睡觉的时候,班福德可怜巴巴地对玛奇说:"耐妮,帮我把热水袋拿上楼去好吗?"

"行啊,我来拿。"玛奇带着不太情愿的殷勤态度说,她总是用这种态度来对待她心爱的那个喜怒无常的吉尔。

两个女人上楼去了。过了一会儿,玛奇从楼梯口向下面叫道:"晚安,亨利。我今晚不下楼来了。你照看一下灯火和炉子吧!"

第二天，亨利的眉头上堆积着阴云走来走去，他那年轻的娃娃脸绷得紧紧的。他一直在那里思索。他本来想让玛奇和他结婚，跟他一块儿到加拿大去。他很有把握，以为她一定会答应。他不知道他为什么想要她。但是他非常想要她，他已经打定了主意要得到她。所以他一碰了钉子就像个毛头小伙子一样怒不可遏。碰了钉子！碰了钉子！他怒火中烧，不知道如何是好了。但是他还是控制住了自己。即使到了这步田地，事情也并不是毫无转圜的可能。她还有可能投进他的怀抱。她当然会的。她本来就应该这样。

将近傍晚的时候，形势再度紧张起来。他和班福德整天都相互避而不见。实际上，班福德是搭乘十一点二十分的那班火车到镇上去了。那天是赶集的日子。她回家搭的是下午四点二十五分的火车。天刚擦黑的时候，亨利看见了她瘦小的身影，穿着一件深蓝色外衣，戴着一顶深蓝色苏格兰宽顶圆帽，正穿过紧挨着火车站的那块草地走过来。他站在一棵野梨树下面，脚下是成堆的枯叶。他注视着那个小小的蓝色身影顽固地跨过被寒冬摧残得一片枯黄的、凸凹不平的草地。她的怀里满满地抱着大包小包的东西，这个弱不禁风的小家伙走得很慢，可是她身上那种可恨的小小的自信神态，是他最讨厌的。他藏身在梨树下面，监视着她迈出的每一步。如果眼光能够对人发生作用，那么她向前走的时候一定会觉得每只脚踝上都拖着一大块铁。“你是个可恶的小家伙，是的。”他隔着那段距离低声说，“你是个可恶的小家伙。你无缘无故地伤害我，但愿你遭到报应。但愿如此。你这个可恶的小家伙。我希望你遭到惩罚。只要愿望能实现，你一定会受到惩罚的。你这个讨厌的小家伙。”

她正在吃力地爬上那个小土坡。但是，哪怕她正在一步一滑地滑进无底的地狱，他也绝不去帮她拿那些包裹。啊哈，玛奇出现了，她穿着马裤和紧身短上衣，迈着走惯旱路的步子大踏步地走上前去。她飞快地下了山坡，那么热心地去帮班福德的忙，简直连走带跑起来。小伙子观察着她，心里藏着怒气。瞧，她纵身一跃，跳过小沟，就跑起来了，好像哪里着了火似的，其实只是为了跑到下面那个慢慢爬着的黑糊糊的小家伙那里去！而班福德呢，索性站住不走了，等在那里。玛奇大踏步走了过去，一把接过她的全部包裹，只给她留下一束黄菊花。班福德的手里还拿着它——一束黄菊花！

“嘿，瞧你那模样儿倒蛮不错的，是吗？”他轻声冲着空漠的暮色说，“你抱着一束花儿闲荡过来，模样儿倒蛮不错的。是不错呀。你把花儿搂得那么紧，我会叫你拿它当茶点吃下去，还要让你拿它当早点，你瞧我会不会。瞧我给你花儿吧。什么都不给,只给你花儿。"

他注视着两个女人的行程。他能所见她们说话的声音:玛奇的声音直率,在温柔中带着责备;班福德则含糊地喃喃低语。她们显然是很要好的朋友。他听不清她们在说些什么,直到她们走到门前那块草地上的篱笆跟前,他才听清楚了。她们必须爬过篱笆。他看见玛奇胳臂里夹着所有的包裹,果断地一下就爬过了栏杆,他在宁静中听见班福德烦躁的声音:"你为什么不让我帮你拿几个包裹呢?"她说起话来带着奇怪的埋怨的哽声。

接着是玛奇耿直、鲁莽的声音:"哦,我拿得了,不用管我。你能自己爬过来就算不错了。"

"噢,说得倒很好听。"班福德不满意地说,"说什么'不用管我',其实你心里一直觉得委屈,因为没有人来管你。"

"我什么时候觉得委屈啦?"玛奇说。

"你从来都是,你一向都觉得受了委屈。现在因为我不同意让那小伙子住在农庄上,你正在觉得委屈呢。"

"我根本不觉得委屈。"玛奇说。

"我明白你觉得委屈。他走了以后你就会生闷气。我知道你会的。"

"我会吗?"玛奇说,"你等着瞧吧。"

"是的,不幸的是,我们会瞧到的。我简直不理解你怎么会干出这样贬低自己的事,我不能设想你居然会这样降低自己的身份。"

"我并没有降低自己的身份。"玛奇说。

"既然如此,我可不知道该把这叫什么了。让一个那样的毛孩子跑来老着脸皮冒冒失失地欺负你,简直把你当个傻瓜在耍。我不知道你对自己是怎么估价的。你以为事后他能对你有多少尊敬吗?天哪,你要是嫁给了他,我可一点不愿处在你的地位上。"①

"你当然不愿意。我的靴子你穿起来一定嫌大,一点不够雅致。"玛奇话里的讽刺有点搞错了方向。

"我本来还以为你很高傲呢。真的,一个女人应该把自己看得高贵些,特别对那样的小伙子。嘿,他的脸皮真厚,从他一开始闯进我们这儿就可以看

① 这句话原文为 I wouldn't be in your shoes,直译为"我可一点不愿穿着你的靴子",因此下文玛奇的回答里提到靴子。

出来。”

“是我们让他住下的。”玛奇说。

“那几乎是他逼得我们这样做的。而且他那样子多趾高气扬，多专横跋扈呀，哎呀，他真叫我上火。我真不懂你为什么会让他这样满不在乎地对待你。”

“我没有让他满不在乎地对待我，”玛奇说，“你不用操心。谁也不能满不在乎地对待我，连你也不例外。”她说话的声音里带着一点温柔的挑战，也有那么一点火气。

“是啊，这笔账最后总是算到我头上来。”班福德刻薄地说道，“结果总是这样。我敢肯定你这么做只是为了气我。”

她们现在沉默地走上陡峭的青草坡，翻过坡顶，穿过一丛丛金雀花树。暮色中，小伙子在灌木篱笆的另一边隔着一小段距离跟在她们后面。他有时能隔着长得像树一样高大的古老灌木篱笆看见两个黯黑身影爬上小山。他来到山坡顶上，看见了薄暮中的农庄，一棵巨大的老梨树斜靠着它的一面山墙。厨房侧面的一扇小窗口闪耀着一点黄色的灯光。他听见拉门闩的声音，看见两个女人打开厨房门进去时屋子里射出的亮光。她们到家了。

好哇！原来她们对他的看法是这样的。他生性就有点爱偷听，所以他对听到的东西一点也不感到惊奇。别人背后讲他的话总是打不着他个人的要害。他只是对两个女人相互之间的态度有点奇怪。他非常讨厌这个班福德，同时也就觉得玛奇对他更有吸引力，他觉得自己又一次无法克制地被她吸引住了。他觉得，在他和她之间存在着一种秘密的联系，拉着一条秘密的线，这种联系只包括他们两个人，把其他任何人排斥在外，使得他和她能够秘密地相互占有对方。

他又一次希望她能答应他的要求。他的血液沸腾了，他希望她能同意快点和他举行婚礼，最好就在圣诞节。圣诞节快到了。不论发生什么事，他希望速战速决，跟她尽快地结婚和同居。至于将来的事，可以以后再作安排。但是他希望能一切如愿。他希望今晚班福德上楼以后，她能和他在一起待一会。他希望摸摸她柔软鲜嫩的面颊，摸摸她陌生的、胆怯的脸庞。他希望挨得非常近地凝视一下她那睁得很大的惊慌的黑眼睛。他甚至希望他能把手伸到她的胸脯上……

他去喝茶的时候遇到一件意外的事，使他吃了一惊。他像往常一样微微探着头，走到里屋门口。他脸色红润，洋溢着生气，蓝眼睛发着光。他进门前先在门口停了一下，锐利而谨慎地观察了一下屋内的动静，然后才走了进去。他穿着一件长袖衣服。他的面孔显得很特别，像一件本来属于室外的东西被拿进了屋里,有点像冬青树上的红果子。他在门口停了一秒钟的时间,一眼看见两个女人面对面坐在桌子旁边。他这一眼看得分外清楚。他特别惊奇的是玛奇穿上了一件暗绿绉绸衣裙。他惊奇得张开了大嘴。假使她的脸上忽然长出两撇八字胡子,他也不会比这更惊奇了。

"怎么,"他说,"你也穿裙子?"

她抬起头来,脸涨得通红,嘴角挂着一丝微笑说:"我当然穿裙子。你说我不穿裙子应该穿什么呢?"

"当然是农庄女工的工作服喽。"他说。

"哦,"她冷淡地说,"那是在这儿干又脏又臭的活儿的时候才穿的。"

"那不是你平常穿的衣服喽?"他说。

"不是,我在屋子里不穿。"她说。但是她给他倒茶的时候一直羞红着脸。他坐在桌子边的一张椅子上,眼睛简直离不开她了。她的衣裙是用绿里带蓝的绉绸做的,样子非常简单,领口和袖口都用金线绗过边。袖子盖住手肘。这件衣服样式很朴素,上面的圆领露出了她雪白柔嫩的脖子。他对她丰满壮实的手臂很熟悉,因为他常常看见她卷起袖子。然而现在他还是从上到下不住地打量着她。

坐在桌子另一头的班福德一句话也不说,只是用叉子拨弄着自己盘子里的沙丁鱼。他已经忘记了她的存在。他只是盯住玛奇,同时大口地嚼着面包和人造黄油,连茶都忘了喝。

"嘿,我从来没见过有什么东西能叫人变得这么厉害的!"他边吃边咕哝着。

"唉,天哪!"玛奇叫道。她的脸更加红了。"我简直变成一只粉红色的猴子了!"

她猛地站起身来,把茶壶端到火炉上坐着的水壶那里去。就在她在炉边蹲下的当儿,绿衣裙紧贴在她身上。小伙子的眼睛睁得更大了。她充满女性魅力的身躯在绸衣服下面显得更加柔软而婀娜多姿。她站起来走动的时候,他看见她的腿在时髦的短裙下面优美地摆动。她的脚上穿着黑丝袜和一双有小小的金色扣带的窄小合脚的皮鞋。

嗬,她简直变了一个人。她的模样完全不同了。他平常总是看见她穿着一条臀部肥大、膝盖上扣着一排扣子、硬得像盔甲一样的粗布马裤,小腿上打着褐色绑腿。脚上穿着笨重的靴子,他从来没有想到她也有女性的腿和脚。这个事实他现在才发现。她有一双穿着裙子的女性的柔美长腿,而且她是可以亲近的。

他的脸一直红到头发根下面。他把鼻子伸进茶杯里咕嘟嘟地喝起茶来,喝的时候发出一些声音,班福德听见了气得身子不住地扭动。他忽然觉得自己不再是个毛头小伙子,而是个男子汉了。他觉得自己是个男子汉:肩负着男人的严肃责任。他的灵魂里出现了一片奇异的宁静和肃穆。他觉得自己是一个冷静的男子汉了,自己身上也带上了一点男性命运所共有的沉重感。

她穿上衣裙,显得又柔软又容易亲近。这个念头钻到他心里,就像一个永远卸不下的负担。

"天哪,随便哪个人,说一句话吧。"班福德烦躁地说,"这儿简直像在举行葬礼一样。"小伙子瞧了瞧她。她一看见他的脸就觉得受不了。

"葬礼!"玛奇咧嘴微笑了一下,"那可把我的梦打断了。"

她突然想到了躺在用木柴箱子做的棺材里的班福德。

"什么?你梦见了婚礼吗?"班福德讽刺地说。

"有这么回事。"玛奇说。

"谁的婚礼?"小伙子说。

"记不起了。"玛奇说。

虽说她穿了衣裙,举止比穿工作服的时候要文静得多,但是这天晚上她的神色却有点羞涩,相当不自然。她觉得自己仿佛被剥掉了衣服,露出了身体似的。她甚至觉得自己有些不成体统。

他们东拉西扯地聊着亨利第二天要走的事情,做了些零星安排。但是他们谁也没有说出自己心里想的事情。这个晚上他们相当安静和友好,班福德简直没说什么话。她的内心似乎是平静的,也许是亲切的。

晚上九点钟,玛奇把一成不变的晚茶和班福德设法弄来的一点冷肉放在托盘上端了进来。这是最后一顿晚饭,所以班福德不想闹别扭,她有点可怜这小伙子,认为她应该尽量对他和蔼一点。

他希望她去上床睡觉。她通常总是头一个去睡。可是这次她稳稳地坐在灯下的椅子上不动,时而看看书,时而望望火。屋子里是深深的寂静。后来玛奇打破了寂静,低声问道:"几点钟了,吉尔?"

"十点零五分。"班福德看了看手腕上的表说。

又沉寂下来。小伙子从他放在膝上的书上抬起头来。他那宽宽的、有点像猫的脸上又带上了固执的神气,他的眼睛里带着警惕的表情。

"睡觉去好吗?"玛奇终于说。

“只要你去睡,我随时都可以。”班福德说。

“好吧,”玛奇说,“我去给你灌热水袋。”

她说罢就干。等热水袋灌好了,她点了一根蜡烛,拿着热水袋就上楼去了。班福德仍旧坐在椅子上仔细地倾听着。一会儿玛奇又下楼来了。

“给你放好了。”她说,“你上楼吗?”

“过一分钟就上来。”班福德说。可是一分钟过去了,她还坐在灯前的椅子上。

亨利一直在警惕地观察着这一切。他的眼睛像猫眼一样发光,脸显得更宽、更圆、更像一只猫,样子仍然是那么固执。这时候他站起来试试他的运气。

“我想去看看那只母狐狸会不会来,”他说“它也许在附近转悠呢,你愿意跟我来待一分钟吗,耐妮?看看我们能不能看到点什么?”

“我?”玛奇抬起吃惊的脸,满面疑云地叫道。

“是的,来吧!”他说。他的声音非常奇妙地一下子变得百般温柔热情,那么迷人,那么亲热,班福德一听见这声音就止不住怒火直往上冒。

“只待一分钟。”他向下望着她抬起来的犹疑不决的面孔说。

她好像被朝下注视着她的那张年轻红润的面孔吸引住了,不由自主地站了起来。

“我还以为你从来不在这么晚的时候到外面去逛呢,耐妮!”班福德喊道。

“只出来一分钟。”小伙子回头瞧着她说,他的声音异常高亢,有点像狗在狺狺吠叫。

玛奇瞧瞧这个,又瞧瞧那个,好像弄糊涂了,有些拿不定主意。班福德站了起来,准备战斗。

“太荒唐了!外边多冷呀。你只穿着那么薄的一条裙子,一定会冻坏的,瞧你穿的是一双便鞋呢。你千万不能出去。”

停顿了一会。班福德像一只竖起毛的小斗鸡,脸冲着玛奇和小伙子。

“噢,我认为你不用担忧。”他回答,“在星光下待一会儿不会对任何人有损害的。我去把餐室沙发上的毯子取来。来吧,耐妮。”

他对班福德说话的口气里充满了怒气,又轻蔑又狂暴,但是对玛奇说的话却那样温柔,带着骄傲的权威口吻,使玛奇不由得回答说:“好吧,我来。”

她跟着他走到门口。

班福德站在屋子中央,忽然爆发出一声哀号和一阵呜咽。她用两只干瘦的小手掩住面孔，抖动着瘦削的肩膀，悲恸地抽泣起来。玛奇站在门口回头望着。

“吉尔！”她焦急地喊叫起来，像是刚刚醒过来一样。她似乎要朝她的小宝贝扑过去。

但是小伙子紧紧抓住了她的胳膊，使她无法动弹。她不知道自己为什么动弹不了。她好像是在做梦：心里在拼命挣扎，可是身体就是动弹不了。

“没关系。”小伙子柔声说，“让她哭吧，让她哭吧。迟早她得哭一场的。眼泪会让她的感情发泄一下，哭了心里也会好受些。”

于是他拉着玛奇慢慢走出了门。然而她还是回头望了最后一眼，瞧见那个可怜的小人儿蒙着脸孔站在屋子中央。剧烈的哭泣使她瘦削的双肩不停地颤动。

他在餐室里拿起毯子说：“把它裹在身上。”

她照办了，于是他们走到厨房门口。她并没有觉察到他轻轻而又坚决地握住了她的胳臂。她一看见屋外的夜色，就惊讶地倒退了一步。

“我得回去照顾吉尔，”她说，“我一定得回去！是的，一定得回去。”

她的声调不容反驳。小伙子松了手，她转身要进门。但是小伙子又抓住了她。不让她走。

“等一分钟，”他说，“等一分钟。你就是打算回屋里去，也用不着那么急呀。”

“放开我！放开我！”她叫喊道，“我现在应该陪着吉尔，可怜的小人儿，她哭得心都碎了。”

“是的，”小伙子恨恨地说，“碎了你的心，也碎了我的心。”

“你的心？”玛奇说。他还是紧紧地抓住她不放她走。

“我的心难道就比她的心贱些？”他说，“也许你是这样认为的吧？”

“你的心？”她再一次不相信地问。

“对了，是我的心，我的心！你以为我没有心吗？”他用滚烫的手抓住她的手贴到自己胸膛左边。“我的心就在这里，”他说，“你该相信了吧？”

她惊讶地听着他的话。接着，她感觉到他的心脏正在深沉有力地跳动着，它是那样可怕，像从另一个世界来的东西。他的心脏似乎来自另一世界，是从外界来的可怕东西，正在向她召唤。这个召唤使她全身瘫软无力，像是在她的灵魂里跳动，使她软弱下来。她忘了吉尔。她根本不再想吉尔了，她没法去想她，从外界来的这可怕的召唤！

小伙子用胳臂搂住了她的腰肢。

“跟我一起来吧，”他温柔地说，“来吧，让我们把要说的话通通说出来。”

他把她带到屋子外面，关上了门。她跟上他，沿着花园小路摸黑走过去。他居然有那样激烈地跳动着的心脏！他居然隔着毯子用胳臂搂着她，她心乱如麻，简直没法思考他是谁，或者他是什么人了。

他带着她来到棚子里一个黑暗角落里，那里有一只带盖的工具箱，又长又低。

“我们在这里坐一会儿吧！”他说。

她温顺地和他并肩坐下。

“把手伸给我。”他说。

她把两只都递给了他，他就把它们紧握在自己的两只手中间。他还年轻，这么做就使他禁不住浑身颤抖起来。

“嫁给我吧，在我回去以前和我结婚吧。”他恳求她说。

“嗳，为什么？难道我们是一对傻瓜吗？”她说。

他特意让她坐在一个角上，使她没法朝外边看，看不见黝黑的花园对面那座房子里还亮着灯的窗户。他想让她一心一意地跟他待在棚子里。

“怎么会像傻瓜？”他说，“你如果和我一起回加拿大，那里有一个工资很高的工作等着我，是在山区附近一块很美丽的地方。你为什么不能跟我结婚呢？为什么我们不应该结婚？我很想和你一块去那里。我很希望到了那儿我身边有个人，一辈子跟我在一起。”

“你很容易找到一个更合适的人。”她说。

“是的，我可能很容易找到另外一个姑娘，我知道我能找到。但是找不到我真正想要的姑娘。我还从来没有遇到一个我真正想跟她要好一辈子的姑娘。你瞧，我考虑的是一辈子。我要是结婚，那就是终身的结合。至于别的姑娘们呢，她们只是些好姑娘，挺可爱的姑娘，可以一块去散散步，玩玩而已。可是我要是不得不和她们当中的一个结婚，一想到这是件终身大事，我就会后悔的，我一定会后悔的。”

“你的意思是说，她们不能给你当一个好妻子。”

“对了，我的意思就是这样。但是我说的不是她们对我会不会尽妻子职责的意思，我是指……我也不知道我要指的是什么。不过，只要一想到我的一辈子，再想到你，这两件事就自然而然地连接到一块了。”

“两件事要是连接不到一块呢?”她带着异样的嘲弄口气问。

“啊,我想它们能连接到一块。”

他们沉默地坐了一会儿。他把她的手握在自己手里。但是他没有向她求爱。他既然已经意识到她是个女人,是脆弱的,是容易亲近的,他的灵魂就压上了一个沉重的负担。他不想向她求爱。他几乎带着畏惧的心情避免这类行动。她是个女人,她脆弱,她最后终于可以和他亲近了,可是他却在即将发生的事情面前几乎是胆怯地退缩了。这是一种混沌状态,他知道他最后一定要进入这种状态,然而他现在连想都不愿意去想它。她是女人,他突然在她身上发现了奇异的脆弱性,他要为这种脆弱性承担责任。

“不,”她终于说话了,“我是个傻瓜。我知道我是个傻瓜。”

“傻什么?"

“傻得会把这件事继续下去。”

“你是指我吗?”他问道。

“不,我是指我自己。我让自己当了傻瓜,当了一个大傻瓜。”

“为什么呢?是因为你并不真正愿意和我结婚吧?”

“啊,实际上,我也不知道我到底是不是不愿意。问题就在这里。我真不知道。”

他在黑暗中疑惑地看了看她。他一点也不懂她的意思。

“你难道不知道在这一分钟里你到底是不是高兴和我坐在一起吗?”他问。

“对,我真不知道。我也不知道我是不是希望我现在是在别的地方,也不知道我是不是真喜欢坐在这里。我不知道,真的。”

“你是不是希望你这会儿是跟班福德小姐在一起呢?你是不是希望这会儿你已经跟她一起上床了呢?”他挑战似的问。

过了好长时间她才回答。

“不,”她最后回答说,“我不希望。”

“你打算和她一起过一辈子,一直到你的头发白了,你老了为止吗?”他说。

“不,”她没有经过多少犹疑就说,“我不可能想象我和吉尔在一块变成两个老太婆。”

“你能不能想象我变成一个老头儿,你变成一个老太婆以后,我们俩还是在一起,就像现在这样呢?”他说。

“嗯,不是像我们现在这样,”她回答,“可是我能想象——不,我不能想象。

我不能想象你变成老头。再说,这太可怕了!”

“什么可怕?变成老头吗?”

“当然啦。”

“到那时候就不会觉得可怕了,”他说,“不过时候还没有到哩,但是,一定会到那个时候的。到了那个时候,我希望你还在我身边。”

“真有点养老金的味道。”她淡淡地说道。

她那种轻率的幽默每次总是使他吃惊。他总是不明白她的意思。她自己大概也不明白。

“根本不是。”他说。她伤了他的感情。

“我不懂你干吗老是扯到老了的时候,”她说,“我还没到九十岁哩。”

“谁说你九十岁啦?”他生气了。

他们沉默了一段时间。两个人在沉默中心思跑到相反的方向去了。

“我不高兴你取笑我。”他说。

“是吗?”她使人莫测高深地回答道。

“是的。因为此时此刻我是十分严肃的。在我严肃的时候,我觉得不该随便开玩笑。”

“你的意思是说,别人不该开你的玩笑吗?”她回答说。

“是的,我是这个意思。同时,我觉得我自己也不该开自己的玩笑。这种情绪上来的时候我就变得很严肃,于是我就不愿意让人家笑话我。”

她沉默了好久。后来她含糊地、几乎带着几分痛苦地说:“不,我不是在笑话你。”

他心里涌起一股热潮。

“你相信我说的话吧,是吗?”他说。

“是的,我相信。”她回答的声调里带着一点她过去那种疲乏的无所谓态度,好像她所以会屈服,是因为她疲倦了。但是他不在乎。他的心是火热的,它在高声喊叫。

“那么你同意在我走以前和我结婚?……或者就在圣诞节结婚?”

“是的,我同意。”

“好极了!”他欢呼起来,“事情就这样解决了。”

于是他沉默地坐了一会,什么也不觉得,热血在他的每一条血管里激荡,像烈火一般燃烧着他身上的每一条支脉。他不知不觉地把她的两只手紧紧地贴在自己胸膛上。当这一阵奇异的激情渐渐平息了,他才似乎醒过来,回到这个世界上。

“我们该进去了,好吗?”他似乎刚刚发现外边很冷。

她没有回答就站了起来。

“你已经答应了我,那么在进去以前吻我一下吧。”他说。

于是他温柔地亲吻了她的嘴唇,这是个年轻、胆怯的吻,使她也觉得特别年轻,特别胆怯,她觉得惊讶而且疲倦,疲倦得要命,就像马上就要睡着了似的。

他们进了屋子。在起居室里,班福德像个古怪的小女巫那样蹲在火炉边。她转过红肿的眼睛看着他们进来,但是没有站起来。他觉得她蹲在那里回过头来瞧他们的样子有点吓人,看起来很不自然,他觉得她的眼光里有邪气,便把自己的两个手指头交叠起来。

班福德瞧见了小伙子红光满面、神采飞扬的脸孔:他好像出奇地变高了,神气了,有些咄咄逼人。玛奇脸上出现了娇柔的神色,她想藏起自己的脸来,想遮住它,不让人瞧见。

“你们到底回来了。”班福德恶狠狠地说。

“是的,我们回来了。”他说。

“你们去得够久的。”她说。

“是的。我们商量好了。我们要尽快结婚。”他回答。

“哦,你们商量好了,是吗!哼,我希望你们别后悔。”班福德说。

“我也希望如此。”他回答。

“你现在打算上床去吗,耐妮?”班福德问。

“是的,我现在就去。”

“那么,看在老天爷的面上,来吧。”

玛奇瞧瞧小伙子。他正用极其明亮的眼睛看着她和班福德。玛奇有些舍不得地望着他。她希望她能留下跟他一起。她希望她现在已经嫁给他了,一切都结束了。因为她突然觉得跟他在一起是那么安全。她在他跟前,就觉得特别安全,觉得特别平静。她真希望能在他的庇护下沉沉睡去,而不用和吉尔一同睡觉去。她觉得她怕吉尔。在她现在这种怅惘温柔的心情下,叫她跟吉尔一起去睡觉真使她痛苦。她想让小伙子救救她。于是她又朝他望了一眼。

而他呢,正目光敏锐地观察着。他有点觉察到她的情绪了。她不得不跟着吉尔去,这使他又困惑又苦恼。

“我一定牢记你答应的事。”他深情地一直望进她的眼睛里，望进她眼睛的深处。他似乎用自己奇异的明亮眼光把她据为己有了。

她对他温柔而无力地笑了笑。她又一次感到安全——和他在一起就安全。

尽管小伙子事先精心安排，他还是遭到了一次挫折。在离开农庄的那天，他说服了玛奇，让她陪他到六英里外的集市小镇去。他们俩到结婚登记处作为一对即将结婚的男女登上了名字。他打算在圣诞节回来，到那时他们就举行婚礼。现在战争确实结束了，他希望到了春天能带着玛奇回加拿大去。他虽然还很年轻，却已经积攒了一些钱。

“一个人只要有点办法，就决不应该搞得手头没有一点积蓄。”他说。

她把他送上了开往西部去的火车，他的驻地在萨尔斯伯里草原。她的乌黑的大眼睛目送着他远去了。火车去远了，似乎把生活里所有真实的东西都带走了。远去的火车也带走了他那奇特的红润的圆脸蛋，那面颊显得特别宽。除了他眉际挂上一片愠怒的乌云，或者他明亮的双眼目不转睛地死死盯视什么东西的时候，他脸上的表情似乎从来没有改变过。现在他脸上的表情就是这样的。火车开动了，他探身到车窗外向她告别，回头看着她，面部的表情完全没有改变。脸上也显得毫不动情的样子。但是他的瞳孔缩小了，死死地专心瞧着，像只猫目不转睛地瞧着它突然发现的一样东西那样。火车越走越远，小伙子就是这样目不转睛地凝视着她。她突然产生了极端孤苦无依的感觉。他离开了她，就好像他一点东西都没有留给她似的。她也就似乎什么也没有得到。只有他的面容铭刻在她头脑里：丰满红润，没有变化的面颊，还有那挺直的短鼻子和鼻子上面两只直勾勾地盯着人的眼睛。她只记得他笑的时候突然皱起鼻子的样子，好像一只那样打闹着玩似的咆哮着的小狗。但是她对他一点也不了解，不了解他，不了解他是什么样的人。他离开她以后，她连他的一点什么东西也没有留下。

在离开她以后的第九天，他接到了这样一封信。

亲爱的亨利：

我把我们俩的事又在脑子里再三考虑过了，这件事我看是不行的。你不在这里的时候，我认识到我是多么傻。你在这里时似乎总是使我看不清事情的本来面貌，你使我看起什么事情来都是那样不真实，弄得我糊里糊涂。现在我和吉尔两人单独在一块了，我好像清醒过来了。我认识到我的行为多么像傻瓜，而且对你是怎么样的不公平。因为我在心里并不觉得我是真正爱你的,那么再把我俩的关系继续下去,对你就太不公平了。我知道人家谈到爱情总要说一大堆无聊的话,我不想那样做。我只想讲求实际,办事通情达理。可是现在我并没有做到这一点。我不知道我为什么答应和你结婚。我知道,我并不像过去当我还是一个年轻的傻姑娘时自以为爱上了某个男人那样疯狂地爱你。你对于我完全是个陌生人,我觉得你永远会是个陌生人。所以,我到底为什么要嫁给你呢?当我想到吉尔的时候,我觉得她比你要显得真实十倍。我了解她,很喜欢她,哪怕我只伤害过她的一只小指头,我也会因此悔恨得要命。我和她是能在一起过日子的,哪怕这种日子不长久,至少在这段时间里可以算过日子吧。只要我们有一个人还活着,这种日子就可以继续下去。谁知道我们还有多少年好活?她是个弱不禁风的小东西,也许只有我一个人知道她身体是多么柔弱。至于我,我觉得我说不定随便哪天就可能掉进井里淹死。只有你,是我无法想象的。我一想到自己过去的为人,一想到我答应你的事,就觉得自己的头脑恐怕有点不正常。我很不愿意承认自己这么早头脑就开始糊涂了,然而事实似乎就是如此。你完全是个陌生人,和我过去所习惯了的一切都非常不同。我们中间好像没有任何共同点。至于爱情,光是这个字眼本身就显得不现实。我甚至连吉尔心目中所想象的爱情是什么意思都完全懂得,我认为我和你的事是绝对不可能的。至于说到去加拿大,我居然会答应你这件事,我那时一定是发疯了。这使我为自己担忧。我很可能做出一些我无法负责任的、非常糊涂的事,最后到疯人院了此一生。在我干了这么多蠢事以后,你一定也认为我只配进疯人院,但是这对我可不是什么愉快的想法。吉尔在这里,谢天谢地,她在这里使我感到神智正常起来,要不然我真不知道我会干出什么事来。说不定哪天晚上我的枪会走火出事呢。我爱吉尔,她使我觉得又安全又清醒,她亲切地责怪我干了这样的傻事。好吧,我要说的就是,你能同意我们了结这件事吗?我不能嫁给你,而且说真的,假如我觉得这样做是错误的话,我肯定不会做这样的事的。这件事从头到尾是一场大错误。我当了一个彻头彻尾的傻瓜,我只能请你宽恕我,并且请你忘记这一切,不要再理我了。你的那张狐皮快要鞣制好了,看起来很不错。假如你能告诉我,你是否还在这个地址,并且为了我和你在一起时我那疯狂的举止，接受我的歉意，今后再也不提这回事，我就把狐皮寄给你。

吉尔向你致以亲切的问候。她的父母都来了，他们要和我们共度圣诞节。

你最真诚的

爱伦·玛奇

小伙子是正在兵营里刷洗他的背囊时收到这封信的。他咬牙切齿，脸一下子变得煞白，眼圈气得发黄。他什么也说不出，看不见，感觉不到了。他只觉得一股无名怒火从心中燃起。失败了，又失败了。失败了！他要得到那个女人，他下了决心，不得到她决不罢休。他觉得，得到那个女人，是他的劫数，是他的命运，也是他的报酬。她是他在人间的天堂和地狱，他再也不肯到别处去找别的女人了。整个上午他怒气冲冲，挫折引起的狂怒弄得他什么也瞧不见了。假如不是因为他在脑子里酝酿和策划着一次彻底的摊牌，他一定会干出什么疯狂的行动来。他在心底深处简直想狂吼、想嚎叫、想咬牙切齿，把手边的东西都摔个粉碎。但是他太聪明了。他知道在他头顶上还压着社会，所以他一定得想条对策。于是他咬紧了牙关，鼻子奇怪地翘起来，像头凶猛的野兽，眼睛直勾勾地盯着。整个上午他一肚子怒气，压抑住感情，干着一些需要他干的事情。他的脑子里只有一个念头——班福德，他一点不去理会玛奇向他吐露的心事，一点也不理会。只有一根刺扎在他的头脑里，使他觉得疼痛。班福德，只有这根刺扎进他的头脑，他的灵魂，他的全身，疼得他快要疯狂了。他非把这根刺拔除不可，他非把班福德这根刺从他的生命里拔掉不可，哪怕他因此而送掉性命。

他怀着这样一个固定的想法，去请二十四小时的假。他知道还没有轮到他休假。他的思想异乎寻常地敏锐。他知道该找谁去请假——他必须去找上尉。可是到哪儿去找上尉呢？那么大的营房，那么大一片木头房子和帐篷，他根本不知道他的上尉在哪里。

他找到军官食堂里。他的上尉正站在那里和另外三个军官说话。亨利在门口立正。

“我可以和贝里曼上尉说句话吗？”上尉跟他是同乡，也是康沃尔地方的人。

“有什么事？”上尉说。

“我能跟您单独谈吗，上尉？”

“有什么事？”上尉说。他并没有离开他那伙军官的意思。

亨利没有开口,只是望着他的上级军官,足足看了有一分钟。

"您不会拒绝我吧?是吗?"他庄重地说。

"那要看是什么事了。"

"我想请二十四小时的假。"

"不行。你根本不应该开口。"

"我知道我不该。可是我一定得请假。"

"我已经答复你了。"

"请您不要这样一口拒绝我,上尉。"

小伙子非常顽固地站在门口不走,样子有点古怪。从康沃尔来的上尉一下子就注意到这种古怪神色,便精明地打量着他。

"怎么啦?出了什么事?"他好奇地问。

"我遇到一点麻烦,我必须去布卢伯里镇一趟。"

"布卢伯里镇,呃?是去追求姑娘们吧?"

"是的,是一个女人,上尉。"小伙子本来是头稍稍朝前探着站在那里的,讲到这里,他突然脸色变得苍白,或者不如说,变得焦黄。他的嘴唇似乎吐出痛苦的气息来。上尉见了,脸色也变得有点苍白。他转过身去。

"去吧,"他说,"不过,看在老天爷分上,千万别给我闯出什么祸来。"

"不会的,上尉,谢谢您。"

他走了。上尉心神不定地喝下一杯杜松子药酒。亨利设法借到一辆自行车。他离开营房已经是正午十二点钟。他得骑六十英里潮湿泥泞的道路。但是他根本没想到要吃点东西,跨上自行车就出发了。

玛奇在农庄上正忙着干一件她已经着手进行了一段时间的工作,在窝棚尽头的河岸上长着一片苏格兰枞树。在这条河岸上还有一道篱笆,把长满金雀花丛的草地隔成两块。这片枞树最靠边上的一棵完全枯死了——还在夏天,它就枯了,现在它的全部针叶都已枯黄,在空中瑟缩着。这棵树不算很大,而且它完完全全枯死了,所以玛奇下了决心要砍掉它。虽说不允许她们砍掉任何一棵树,但是在薪柴极其匮乏的日子里,这棵树可以提供多么好的木柴啊。

最近一个多星期,她经常去偷偷砍几下树干,隔些时就去砍上五分钟,砍在树干底下挨近地面的地方,好使别人看不出来。她没有用锯,因为只有一个人,使锯是太费力了。现在这棵树底部已经豁开了一道大口子,好像只靠它的一条树筋支撑着,随时都会倒下似的。但是它还没有倒下。

这是12月一个潮湿的下午，将近傍晚，寒冷的雾气已经从树林和峡谷里侵袭过来，暮色也似乎伺机从头顶上压下来。太阳在远处的矮树林顶端消失了，留下一道黄色的余晖。玛奇拿上斧头走到那棵树下。她的斧头砍在树上，发出无力的锵锵声，在冬天的农庄上空激起低低的回声。班福德走出门来。她穿着厚大衣，但是没有戴帽子。她那薄薄的短头发随着松树间和树林里呼啸回响着的风声飞扬起来。

"我怕这棵树会打在棚子上，那我们就得费好大的工夫去修理它。"班福德说。

"噢，我想不会的。"玛奇直起身子，用胳臂擦了擦发热的前额。她的脸涨得通红，眼睛睁得又圆又大，显得有点怪，她掀起上唇，露出两颗洁白的门牙，样子很特别，几乎有点像兔子。

一个穿着黑大衣、戴着圆顶礼帽的矮胖男人穿过院子晃晃悠悠走了过来。他面色微红，胡须雪白，有一双小小的浅蓝色眼睛。他不太老但是很神经质，走起路来迈着小碎步。

"爸爸，您说呢？"班福德说，"您觉得它倒下来会打在棚子上吗？"

"棚子上？不会的。"老头说，"它不可能打着棚子，你还不如说它会打着篱笆呢！"

"篱笆一点也碍不着。"玛奇扯着她的尖嗓门说。

"我又错了！"班福德说。她把一绺乱发从眼睛上掠开。

那棵树好像是靠自己的一根树筋连接着，歪歪斜斜地站在那里，风一刮就嘎吱嘎吱地响。这棵树长在两块草地中间的一条干涸的河沟边。岸上有一条篱笆蜿蜒曲折地通到小山坡上的树丛边。那儿有几棵树长在靠近棚子和通到院子去的大门旁那块田野的角落上。在大路上又岔出一条杂草丛生、印着车辙的便道，横穿过宽阔得让人厌倦的牧场，直通这扇大门。便道上还有另外一道东倒西歪的篱笆，那是用一些开裂的细长木棒钉在隔好远才竖着一根的粗短笔直的木桩上的。这三个人站在那棵树背后，正好在院子大门上面盖着棚子的草地角上。农庄的房子很整洁地坐落在院子对面的一座青葱的小花园里，有两面尖峭的山墙和一个门廊。一个面色红润、肩上披着红色羊毛大围巾的矮胖老太太走出了屋子，站在门廊下。

"树还没有倒吗？"她用又尖又细的嗓音叫道。

"它正在考虑这件事呢！"她的丈夫喊道。他对两个姑娘说话总是带点嘲弄和讥笑的口吻。玛奇不太愿意当着他的面继续砍下去。而他呢，平时连弯腰从地上拣起根小棍来都懒得干。他像他女儿一样，总是抱怨他的肩膀上的关节炎又犯了。所以在这个寒冷的下午，三个人就这么默默地在院子下面不远的角落里站了一会。

他们听见远处的一扇大门响起拍门的声音，都伸长脖子去瞧。远处有个人站在对面那条横插过来的岔道上。他正在重新跳上自行车，通过坑洼不平的草地，歪歪斜斜地向这边骑来。

“噢，那是农庄上的小伙子吧……是杰克。”老人说。

“不可能。”班福德说。

玛奇伸长脖子瞧着。只有她一个人认出了那个穿军服的人。她的脸红了，但是没有说话。

“嗳，我看不像是杰克。”老人睁大了白睫毛下的蓝色的小圆眼睛使劲瞧着。

只过了一会，自行车就东倒西歪地来到了他们看得清的地方。骑车人在大门口跳下了自行车。那是亨利，他的脸被汗打湿了，满脸通红，沾上了污泥。他简直浑身上下都是泥。

“啊！”班福德似乎有些恐惧地叫起来，“那是亨利！”

“什么！”老头喃喃问道。他说话很快，咬字不清，喜欢自言自语，还有点儿聋。“什么？什么？是谁？你说是谁呀？那个小伙子？是耐妮的那个小伙子吗？噢，噢！”于是他红润的脸和白眼睫毛都挂上了嘲弄的微笑。

亨利抹开了搭在冒着热汗的前额上的湿头发。他已经瞧见了他们，听见了老人说的话。他的灼热的年轻脸庞似乎在寒冷的暮色中燃烧起来了。

“哦，你们全在这儿！”他说着就突然发出了他那种小狗般的笑声。他骑自行车骑得浑身发热，头昏脑胀，简直不知道自己身在何处了。他把自行车靠在篱笆上，不穿过院子，而是直接爬过角落上的篱笆，来到沟边的岸上。

“噢，老实说，我们可没有想到你会来。”班福德简单明了地说。

“嗯，我看是这样的。”他眼睛望着玛奇说。

她站在一边，身子松弛，弯着一只膝盖，手里的斧头朝下拿着，任斧锋垂到地上。她的眼睛睁得很大，显得空虚，她的上唇又掀了起来，露出无路可逃、吓得发呆的兔子一般的神色。她从看见他那张发亮的绯红脸膛开始，就再也无力抵抗了。她一看见他的头似乎向前探着的样子，马上就像全身被人捆住一样束手无策。

“喂,是谁呀?到底是谁呀?”爱讥讽的老人带着微笑喃喃地问道。

“是格伦费尔先生呀,您听我们讲过他的,爸爸。”班福德冷冰冰地说。

“听你们讲起过吗,这话倒不假,我整天听见你们简直没谈过别的事。”老年人脸上挂着奇怪的嘲笑咕噜道。“你好!”他添了一句,突然把手伸给亨利。

小伙子非常吃惊地和他握了握手,然后两个人就分开了。

“你是从萨尔斯伯里平原骑自行车来的吧?”老人问道。

“是的。”

“哼,道儿可不近呀。骑了多少时间?时间不少吧?我想可能骑了好几个钟头吧。”

“将近四个钟点。”

“嗯?四个钟头!跟我想的差不多。那么你什么时候回去呢?”

“我可以待到明天傍晚。”

“到明天傍晚?噢。嘿!姑娘们不知道你要来吧,是吗?”

于是老人嘲笑地转过白睫毛下面浅蓝色的小圆眼睛,朝姑娘们望过去。亨利也转过头来。他变得有点困窘。他看了看玛奇。玛奇在眺望远处,好像要巡视一下牲口在什么地方。她的手放在斧头把上,斧刃轻轻地靠着泥地。

“你在这里干什么?”他用柔和有礼的口气问,“在砍树吗?”

玛奇好像出了神,似乎没有听见他的话。

“是的,”班福德说,“我们砍了一个多星期了。”

“噢!你们全靠自己砍吧?”

“耐妮一个人在干,我什么也没有干。”班福德说。

“真的吗!那么你一定是很卖力地干的。”他用特别温柔的口吻直接对玛奇说。她没回答,只是侧过半边脸朝树林上空望去,好像进入了梦境一样。

“耐妮!”班福德严厉地喊道,“你怎么不回答?”

“什么?……我吗?”玛奇吃了一惊,转过脸来望望这个,又望望那个,说道,“是在对我说话吗?”

“做梦!”老头儿嘟哝着,转过脸去微笑了一下,“一定是在谈恋爱,呃,大白天做梦!”

“你和我说话了吗?”玛奇说,她像是从奇异的遥远地方看着小伙子,她的眼睛睁得很大,露出疑惑的表情,她的脸娇柔地羞红了。

“我是说,你一定很卖力地干活了。”他很有礼貌地回答。

“噢,那棵树呀！那是一点一点地砍的。我想它现在该倒下来了。”

“幸亏它没有在晚上倒下来,那会把我们都吓死的。”班福德说。

“让我来给你干完,好吗?”小伙子说。

玛奇把斧头柄斜着递给了他。

“你愿意帮忙吗?”

“是的,假如你肯让我帮忙的话。”

“啊,我倒无所谓,只要让这棵树倒下我就感激不尽了。”她冷淡地回答。

“它会朝哪个方向倒下来呢?”班福德问,“它会打在棚子上吗?”

“不会的,它打不着棚子。”他说,“我想它会朝那边倒——什么也打不着。不过它可能扭个弯儿,打在篱笆上。”

“打在篱笆上!”老头儿喊道,“什么,打在篱笆上！在那样的角度上?哼,它离得比棚子还远呢,不可能打在篱笆上。”

“是的,”亨利说,“我想它不一定打着篱笆,有这么宽的地盘,什么东西也打不着的。我想它什么也打不着。”

“它不会掉过头来打到我们头上吧?会吗?”老头讽刺地问道。

“不,不会的。”亨利说。他脱去了短外衣和军服。“鸭子！鸭子！回去!”

四只带棕褐色斑点的鸭子排成一行,由一只棕绿色相间的公鸭领着,正从坡上的草地向坡下跑来。它们像一只只小船在波涛起伏的海洋上那样轻快地全速前进,一面兴奋地大声嘎嘎叫着,一面对着篱笆和那一伙人冲过来,似乎它们带来了关于西班牙舰队的重要消息。

“傻东西！傻东西!”班福德叫道。她跑到前面去阻拦它们。但是它们仍然兴冲冲地朝她跑过来,张大黄绿色的鸭嘴,嘎嘎叫个不停,似乎它们异常兴奋,很想说点什么。

“这里没有吃的,什么也没有,你们等一会吧。”班福德对它们说,“走开,走开,绕到院子里去。”

它们不肯走。于是她爬过篱笆去赶着它们转弯,让它们从大门底下钻进院子里去。于是它们又兴奋地排成一行,摇摇摆摆地上了路,一面摆动着屁股,就像一只只威尼斯小游船的船头,钻过大门的横杠。班福德站在岸上,正好在那道篱笆的上边,望着下面三个人。

亨利朝上望着她。她的古怪的圆瞳孔的近视眼透过眼镜和他的眼光接触了。他呆呆地伫立着,把眼光转到那棵倾斜着快要倒下的树上。然后他朝天空望去，好像一个正在张望飞鸟的猎人，心里想道："假如这棵树朝这边倒下，并且倒的时候稍微这么旋转一下，树上那根大树枝就正好会打着站在岸顶的她。"

他又朝她望了一眼。她正用从来不变的手势抹开拂在眉际的头发。他在心里已经宣判了她的死刑。他心里似乎有一种可怕的固定的力量，而这种力量只有他一个人有。如果他朝着错误的方向哪怕移动分毫，他就会失去这种力量。

"小心点，班福德小姐。"他说。而他心里却保持着那绝对固定的意念，一个可怕的纯粹的愿望，那就是希望她不要动。

"谁？我？让我小心点？"她喊道。她父亲的讥笑口吻在她声音里出现了。"怎么？你以为你能用斧头把我砍倒？"

"不是的，不过那棵树可能会打着你。"他认真地说。但是她觉得他的口气听起来好像是在假献殷勤，他肯定只是想叫她动一动，才说出这番话，好让她挪动一下地方。

"绝对不会打着我。"她说。

他听见了她的话。但是他保持着自己固定的状态，不然他就会失去自己的力量。

"不，还是有可能。你最好下来，到这边来。"

"噢，好吧，让我们瞧瞧加拿大砍树能手的表演吧。"她反唇相讥道。

"好吧，准备好了。"他拿起了斧头说，同时四下看看，一切是否都妥当了。

接着是一刹那屏息静气的悬念，仿佛整个世界都静止不动了。突然间，他的身躯显得无比的高大可怖。他飞快地接连挥了两下斧头，树被砍断了，缓缓地转了个身，在空中奇怪地打着旋转，倒了下来，像一阵突如其来的昏暗降临到大地上。除了他自己，谁也没有看见接着发生的事。当那根大树枝的黯黑树梢猛然向班福德扫下来的时候，谁也没有看见班福德发出的微弱而古怪的喊叫声。谁也没有看见她怎样微微地蹲下身子，树枝正打在她的后颈上。没有别人看见她怎么摔倒在地，浑身瘫软，手足抽搐，躺在篱笆下。只有小伙子看见了。他用敏锐明亮的眼睛注视着，就像在观察一只他射杀的野鹅一样。它受伤了呢，还是死了？死了！

他立刻高叫了一声。玛奇也立即狂乱地尖叫起来。在这个下午，这尖叫声远远地、远远地传开去。那个做父亲的也发出奇怪的嚎叫声。

小伙子跳过篱笆，跑到岸上。她的后颈和头部一片血肉模糊，使人惨不忍睹。他把她的身体翻过来。身体还在一阵阵的痉挛中颤抖，但是她实际上是死了。他明白这一点。他的灵魂和他的血液都明白这一点。他的生命的内在要求得到了满足。他将要活下去,扎在他身上的那根刺已经拔掉了。于是他轻手轻脚地把她放到地上。她已经死了。

他站起来。玛奇变成了一个石头人,站在那里毫不动弹。她的脸煞白,眼睛像两汪黯黑的深潭。老人正哆哆嗦嗦地爬过篱笆。

"我恐怕这棵树把她砸死了。"小伙子说。

老人歪歪倒倒地爬过了篱笆,嘴里不断发出莫名其妙的哽咽声。"什么!"玛奇像触电一样惊跳起来。

"是的,恐怕事情是这样的。"小伙子重复说。

玛奇走上前去。小伙子没等她走到篱笆跟前就跳过了篱笆。

"你说什么?把她砸死了!"她厉声责问道。

"不幸这是真的。"他轻声回答。

她的脸变得更加惨白,更加怕人。两人面对面瞧着。她的黑眼睛里还带着最后一点反抗。然后,她在这最后一个回合中惨败下来。她开始号哭。那样子就像是一个孩子,不想哭出声来,可是内心又感到无比沮丧,于是就发出那种起初还说不上是哭泣的干巴巴的、可怕的哽咽声。

他胜利了。她毫无依靠地站在那里,浑身打战,干巴巴地哽咽着,嘴唇不住地抖动。然后,她像孩子一样突然涌出了眼泪,开始什么也看不见地痛哭起来。她一下子坐到草地上,手捂胸口,脸孔朝上,浑身颤抖,哭得昏天黑地。他站在她身边,从上向下望着她,沉默、苍白,似乎要永远这样站下去。他毫不动弹地朝下望着她。尽管这景象是痛苦的,给他自己的心灵和身体内部造成了痛苦,然而他还是觉得高兴,他胜利了。

过了很久,他向她弯下身,握住她的手。

"不要哭了,"他温柔地说,"不要哭了。"

她抬头望着他,泪水涌出眼眶,不断地流下来,不觉露出一副无依无靠、完全顺从的样子。她好像什么也看不见而又完全依赖地看着他。她再也不会离开他了。他赢得了她。他明白这一点,心里很高兴,因为他是为了自己的生命才要她的。他的生命里必须有她。而现在他赢得了她。这是他的生命的需要。

他虽然赢得了她,但是暂时还没有得到她。正像他计划好的,他们在圣诞节结了婚。他请了十天假,他们俩到康沃尔去,到了海边上他出生的那个小村庄。他知道,让她再住在农庄上她实在受不了。

虽然她已经属于他，虽然她生活在他的荫庇下，好像完全离不开他了，她却并不快活。她不是想要离开他，然而她和他在一起觉得不自由。周围的一切都好像在监视着她，挤压着她。他赢得了她，她和他在一起，成了他的妻子。而她呢，她是属于他的。她明白这一点。但是她不快活。他还是失败了。他认识到虽然他和她结了婚，在所有方面看起来都占有了她，虽然她愿意让他占有她，她要求的就是这一点，她现在别的什么都不要。然而，他还是没有取得完全的胜利。

还缺少点什么。她的灵魂并不是光彩焕发，充满了新的生命；而是在萎谢，在流血，似乎受了伤。她老是握着他的手，坐在那里，长久地眺望着大海。在她乌黑空虚的大眼睛里有一道伤痕。她的脸瘦了，显得有点尖。他对她说话，她就转过头用新的方式对他微微一笑，那是一个女性的古怪而颤抖的微笑。这个女人旧日的爱情方式已经死亡了，但是她还没有适应新的爱情方式。她还是不住地觉得自己还该做点什么事，还该向某个方向努力。可是又没有什么事可做，也不用向哪个方向去努力。她还不能完全接受他的那种新的爱情，它使她处于一种完全被包围的地位上。她如果在爱，她就应该在某些方面用力去爱。她觉得让她用力去爱是我们这个时代的使人疲乏的一种需要。可是，她也明白，事实上，今后不再要求她在爱情中出力了。他并不接受她努力向他献上的爱情。这使得他板起了面孔，不，他不接受她努力献给他的爱。她应该被动地接受爱情，淹没在爱情里。她应该像她坐在小船里朝水里望时看见的那些海藻一样，它们永远在水下柔和地顺着水势摆动，把自己纤细的柔毛温柔地伸进潮流中，极其敏感而柔顺地待在充满阴影的大海里，一辈子都不能抬起头伸出水面望一望。它们决不能伸出水面望一望，一直到死，直到那时，它们的尸体才会被冲到水面上。但是它们活着的时候，总是沉在水底下，总是埋在波涛中，只有在波涛下面它们才能长出比钢铁还要坚韧有力的根部，在顺着潮水柔和地摆动时才能那么坚强，那么有威胁力。它们只有在水底下才能比长在陆地上的结实的橡树更强壮，更难以摧毁。但是一定要在水底下，永远待在水底下。而她既然是个女人，就得跟海藻一样。

但是她已经习惯了完全相反的方式。她曾经不得不主动承担爱情和生活的全盘考虑，承担所有的责任。每天她都得负责考虑下一天、下一年的计划：为她亲爱的吉尔的健康、快乐和幸福作出安排。的确，她在自己那狭小的天地里，简直以为自己要为全世界的幸福负责呢。而这种想法、这种认为在她自己的小天地里，她要为全世界的幸福负责的广阔胸怀，曾经成了她最强有力的推动力量。

可是她失败了。她明白，即使在她那小小的天地里，她也失败了。她没有能满足自己的责任感。真难啊，开始的时候看来却那么重要，那么容易做到。你越做越觉得困难。让你心爱的人儿快乐，本来似乎是那么容易办到。而你越试下去，失败得就越惨。太可怕了。她一辈子都在追求呀追求，而她所努力追求的东西好像马上就够得着了，于是她把手伸长了，拼命够呀，够呀，然而却永远也够不着。

永远够不着。它渺茫而无法实现，总是只差那么一点。最后只留给她一片空虚。她越是伸手去够，她所追求的生活，她所追求的快乐，她所追求的幸福，反而都溜走了，变得越加虚幻。她希望有个目标，有个结局——可是什么也没有。总是令人寒心地去努力追求、追求，想得到点什么，而那个什么距离她似乎只有那么一点远了。在使吉尔快乐这件事情上，也是一样。她庆幸吉尔已经死了。因为她认识到，她是永远不能使吉尔快活的了。吉尔会永远烦躁不安，弄得人越来越瘦，越来越弱。她的病痛不会痊愈，只会越来越重。事情会一直这样下去。她庆幸吉尔已经死了。

假如吉尔嫁了人，情况还是一样。女方拼命地想使男方快乐，在她力所能及的范围内努力追求她的天地里的幸福，而永远是失败。在金钱方面或者野心方面可能会得到一些小小的愚蠢的成功，但是在她最希望取得成功的地方，她作出绝望的努力，想使某个心爱的人儿幸福美满，却遭到了灾难性的失败。你希望使你的爱人幸福，而他的幸福看起来总好像唾手可得，只要你做这件事，做那件事，再做另外一件事就行了。于是你满怀信心地做了这件事、那件事和另外一件事，然而一次比一次失败得更惨。你一点不顾惜自己，拼命地努力去爱，把自己折磨得皮包骨头，但是在追求幸福的途中，情况却越来越糟。幸福铸成了大错。

可怜的玛奇，她有善良的愿望，她怀着责任感拼命地努力，直到后来，整个生活和一切事物在她眼中都成了一个虚无缥缈的可怕深渊。幸福这朵危险的花朵，就开放在岩石缝里，那么湛蓝，那么可爱，迎风招展，似乎伸手可得。然而你越是努力去够它，你就越是心惊胆战地发现，在你站立的悬崖脚下有一道可怕的吓人的深渊。你再往前走一步去伸手摘那朵花，就会掉进这地狱般的深渊。你摘了一朵又一朵的花，却都不是你要的那朵花。那朵花——它的花托是一道可怕的深渊，那就是地狱。

这就是追求幸福的全部历程。不管你想取得的是你自己的幸福，还是别人的幸福，最后的结果一定是而且永远是：你意识到前面就是深渊，你意识到如果你再往前跨一步，你就一定会跌进那无底的深渊里去。

女人嘛——任何一个女人，除了幸福还能有什么别的目标？自己的幸福和全世界的幸福。就是这些，别的什么也不要。于是，她承担起这个责任，向她的目标出发了。她看见了它，就在那彩虹的脚下。或许她看见它在稍远的地方，在那蔚蓝色的彼方，不算太远，并不算太远。

但是彩虹的顶端是无底的深渊，你如果跌了下去，就跌呀跌呀，总也跌不到底。而蔚蓝色的彼方是一个张着大口的无底洞，它把你和你的一切努力都吸进那个空洞里面以后，仍然是那么空虚。你和你的一切努力，唉，这就是可以得到幸福的幻想！

可怜的玛奇，她那么高兴地出发，走向蔚蓝色的目的地。她越走越远，就越恐怖地认识到一切都是空虚的。最后是痛苦，是疯狂。

她高兴这一切都已成为过去。她高兴她能坐在大海边，望着西边的海洋，知道那累人的努力已经结束。她再也不用为得到爱情和幸福而使尽力气了。而吉尔也安安稳稳地死去了。可怜的吉尔，可怜的吉尔。死一定是很甜蜜的。

至于她，死亡还不是她的命运。她得让那个小伙子支配她的命运。可是那个小伙子呢，他要的不止是这些。他要她毫无保留地献出自己，沉浸到他的内部里，完全沉没到里面。而她呢？——她只希望安安静静地坐着，像坐在最后一块里程碑上的女人。让她观察。她想看，想知道，想了解。她希望独自待着，有他在她身边。

而他呢？他不希望她继续观察，继续看，继续了解下去了，他想像东方人用面纱蒙上女人的脸一样，蒙上她女性的心灵。他要她把自己整个儿地交给他，让她独立不羁的心灵沉沉睡去。他要夺走她的一切努力，所有她认为正是她存在的理由的东西。他要她屈服、让步、盲目地摆脱她那种努力追求的知觉状态。他要夺走她的知觉，让她只做他的女人，只做他的女人。

而她已经十分疲倦了，她是那么疲倦，像个非常想睡觉的孩子，但是又拼命地抵抗睡意，好像睡觉就意味着死亡。她似乎在拼命地睁开眼睛，顽固而紧张地让自己保持清醒。她一定要保持清醒，她一定要知道。她一定要考虑、判断和作出决定。她一定要把生活的缰绳握在自己手里。她一定要做个独立的女人，一直做到底。但是她太疲乏了，对什么都厌倦了。睡眠看起来是那么可爱。而小伙子又显得多么令人安宁啊。

她坐在康沃尔西部陡峭荒凉的悬崖边的一块凹地上，向西方的大海望去，她的眼睛越望越远。她向西方看，向加拿大，向美洲看去，她一定要知道，她一定要看看将来会怎样。而坐在她身边的小伙子向下注视着海鸥，眉头却堆起了愁云，眼光晃出不满的痕迹。他要她沉沉入睡，在他身上得到安宁。他要她平静地沉睡在他身体内。而她却在那里，被自己的清醒状态折磨得要死，但是她还是不肯睡，不，她一点也不肯睡。有时他恨恨地想，他应该离开她，他不该杀死班福德，他该丢下班福德和玛奇，让她们自相残杀。

但是他知道，那只是因为他很焦急。他正在等待，等待出发到西部去。他简直是在痛苦地等着离开英国，到西部去，把玛奇带走，离开这块海岸！他相信只要他们渡过了大海，离开了他痛恨的英国——因为它在某些方面似乎用毒药伤害了他——她就会沉沉睡去。她就会终于闭上眼睛，完全依从他。

到那时他就算得到她了，也就是说，终于得到了他自己的生命。他焦急，因为他还没有得到自己的生命。除非她向他屈服，并且在他身体内部睡去，否则他就永远得不到自己的生命。只有她屈服了，他作为一个年轻男人，一个男性，才能得到自己的全部生命；而她，作为一个女人，一个女性，才会得到她自己的生命。那时，这种可怕的挣扎和努力都不会再发生了。她也再不是一个男人，一个承担了男人职责的独立的妇女了。再不会了。她甚至会把对自己的灵魂所承担的责任也转交给他。他知道事情一定会这样，于是他就顽固地坚持着，等待她屈服。

“等我们渡过海洋到了加拿大那边，你就会好起来的。”他们坐在悬崖的岩石中间，他对她说。

她把眼光移到大海尽头的天边，好像它一点也不真实。然后她转过头瞧瞧他，神色憔悴而古怪，好像一个挣扎着不肯入睡的孩子。

“我会吗？”她说。

“会的。”他沉静地回答。

于是她的眼皮被睡意压得无意识地慢慢合拢了。但是她勉强挣扎着张开眼睛说：“是的，可能会的，我也说不上。我不知道那儿会是什么样子。”

“但愿我们能早点动身！”他说。他的声调里隐藏着痛苦。

第三卷

纳撒尼尔·霍桑

纳撒尼尔·霍桑(1804—1864),美国19世纪最重要的浪漫主义小说家。出身于美国新英格兰地区的没落贵族家庭。大学毕业后从事过海关工作,当过驻英国利物浦领事。一生主要从事文学创作,著有四部长篇小说和数十篇短篇小说和故事,其代表作有《红字》和《福谷传奇》等。他受加尔文宗教神秘主义思想的影响,从道德伦理和人性善恶观点出发,抨击美国早期殖民社会的种种不平等现象。他擅长描写超自然的现象和人物的怪异心理,以揭示社会中存在的"恶",因而其作品具有强烈的道德倾向和独特的艺术感染力。

布尔弗罗格太太[1]

我看见有些很聪明的人,在选择妻子的时候,却像傻瓜一样,这种情况,真叫我心里难过。他们完全不必要地过分注意个人外貌、举止、性情以及其他一些只涉及这位女士本人而与别人毫无关系的琐事,以致作出了错误的判断。有这样的不幸绅士,他下定决心,要娶一个完美无缺的妻子,结果直到他年事已高、老态龙钟,还是未婚单身,就连勉强合格的女性也不肯嫁给他了——当然,这只是荒唐到了顶点的情况。仁慈的上天总是巧妙地安排男男女女,各自在芸芸众生中找到合适的对象,除了某些明显的例外,不论哪一对男女,结婚以后都可以过着

① 布尔弗罗格原义为牛蛙。——译者注

还算幸福的生活。最要紧的一条是，弄清楚这对男女基本上是般配的。然后，对于所有那些细小的缺陷，即使存在的话，你也不必介意，如果不加理会，它们到时自会消失。只要你不在婚姻幸福的真正基础的问题上冒险，而且容忍一些小小的不协调之处，这时，夫妇间的爱情便会产生你难以想象的奇迹。

至于我自己，我坦白承认：当我还是个单身汉的时候，我自己正是现在我奉劝读者切不可当的那种过于好奇的傻瓜。我早年的生活习惯使我养成了女性般的敏感和过分精致的高雅趣味。我是一家绸布店里训练有素的商人，善于迎合衣着华丽的夫人们一时的兴致，要把丝袜穿到纤秀的脚上，要摆弄绸缎、丝带、印花布、白棉布、棉布带子、纱罗、引线针，到后来，我就变成了一个非常像女士的男士。如果说，就连女士们也没有托玛斯·布尔弗罗格那样像女人，这话可一点也没有夸张。我对于女性的缺陷是那么难以忍受地敏感，对于我能够爱的女人应该具有的许多条优点又是那么苛求，于是我就冒了可怕的风险，不是根本找不到老婆，就是最后不得不同镜子里我自己的影子结婚。除了刚才提到过的基本原则以外，我还要求朝气蓬勃的青春活力，珍珠般的皓齿，富有光泽的卷发，和其他一系列美妙的项目，加上最最优雅的举止和情感、如丝绸般温柔的性情，尤其重要的是，一颗纯洁少女的心。总而言之，假如有一位刚刚从天堂下来，而又穿着人间的服装的年轻的安琪儿，走到我跟前向我求婚，我也还不一定会接受。正当我完全可能变成一个极其悲惨的老光棍的时候，吉人自有天相，我到另一个州去作了一次旅行，遇见了现在的布尔弗罗格太太。我对她一见钟情，神魂颠倒，于是向她求婚，获得了她的芳心，和她结了婚，这全都是在两个星期内完成的。由于事出突然，我不但深信我的新娘具有一些我尚未发现的优点，同时也忽略了细小的缺点。这些缺点，早在蜜月结束以前，就在我眼前隐隐约约地闪现出来了。然而由于对前面提到的基本原则并没有看错，读者将会看到，不久我便懂得了如何恰如其分地估价布尔弗罗格太太的不足之处及多余之处。

就在布尔弗罗格太太和我结合成一体的那个早上，我们在公共马车上订了两个座位，动身前往我做生意的地方。马车上没有其他乘客。我们两人单独相处，可以自由自在地表达我们的欢乐，就像我们包下了一辆马车作新婚旅行一样。我的新娘头戴一顶绿色丝织带褶大兜帽，身穿一件女式轻便外衣的骑装。每当她红唇微启，浅浅一笑时，便露出了一粒粒好似无价的珍珠般的牙齿。我的热情燃烧起来——亲爱的读者，这时我们的马车已经驶出了村子，我们就像天堂里的亚当和夏娃那样单独相处了——我大胆地吻了她一下！——布尔弗罗格太太温柔的目光一点也没有怪罪我的亵渎。我受到她的纵容,大胆起来,推开了挡住她的秀眉的大褶帽,伸出像她一样白嫩纤细的手指,在她乌黑亮泽的卷发中抚弄着,我终于实现了我所向往的一头茂密的美发的梦想。

"亲爱的,"布尔弗罗格太太柔声说道,"你要弄乱我的卷发了。"

"哦,不,我可爱的劳拉!"我回答道,一面仍然玩弄着光滑的卷发,"就连你的纤手也没有我的手卷起头发来更为轻柔。我很愿意每天晚上在做我自己的卷发时,也用纸卷做你的卷发。"

"布尔弗罗格先生,"她重复道,"你别弄乱我的卷发。"

直到现在为止,我还没有从我最温柔的妻子嘴里,听到比这更为坚决的语调。同时,她伸出手来,抓住了我的手,但是她仅仅是把我的手从她禁止我抚弄的卷发上拿了下来,然后便立刻松开了手。可我是个坐不住的小男人,手里总喜欢摆弄着什么东西。既然不让我抚弄我妻子的卷发,我就四下寻找,看看有什么别的东西可以玩弄。在马车的前排座位上有一只小篮子,出门旅行的太太都很娇弱,不愿出现在饭馆的餐桌上,她们常常用小篮子装些姜饼啦,夹乳酪的饼干啦,冷火腿啦,以及别的清淡的小吃,仅仅是为了在旅途结束之前充充饥。这么少量的食物有时候可以使她们维持整整一个星期,仍然精神饱满,身体健康。我抓住这只小篮子,把手伸进用一张报纸盖得严严实实的篮子里。

"这是什么呀,亲爱的?"我喊道,因为一只瓶子的黑色瓶颈从篮子里探了出来。

"是一瓶卡利多[1]。"我的妻子说道,并且镇定自若地从我手里拿过了篮子,把它放回前座。

我绝不可能怀疑我妻子的话;但是我从来没有料到——我自己也用它来搽脸的——真正的卡利多竟会散发出如此像樱桃白兰地酒的气味。我正要表示我的担心,恐怕这种液体会伤害她的皮肤,这时突然发生了一件不仅是伤害皮肤的意外。我们的耶户[2]不小心把马车赶到一堆砂石上,马车翻了个四轮朝天,我们的脚跟和脑袋也掉换了位置。我实在不知道我的机智到哪里去了,每到我最需要它的时候,它总是恶作剧似的抛弃了我;事情就是这样,在我们翻车的一片混乱之中,我完全忘记了世界上还存在着一位布尔弗罗格太太。就像许多男人的

① 指一种化妆品,卡利多是这种化妆品的商标。——译者注

② 据《旧约·列王纪》,耶户为古以色列王,相传他是个莽撞的驭车手。这里戏指莽撞的马车夫。——译者注

妻子一样，这位好太太也被她的丈夫当成了一块垫脚石。我跌跌撞撞地爬出了马车，正在出于本能地整理我的领带，这时，有个人粗鲁地从我身边蹭了过去，接着，我听见马车夫的耳朵上挨了一记响亮的耳光。

“揍你这个坏家伙！”一个陌生的沙哑嗓音喊道，“你毁了我，你这下流胚！我再也不是原来那样的女人了！”

接着又是一记耳光，朝着马车夫的另一只耳朵打下去，但是没有打中，打在了他的鼻子上，于是鼻血骇人地汹涌流出。但是，对那可怜的家伙施加了如此沉重的惩罚的，究竟是什么人还是什么可怕的鬼怪呢，这对于我一直是个不解之谜。打耳光的人，外貌吓人，头几乎是秃的，两腮凹陷，显然属于雌性，但又很难归于女人之列。由于没有牙齿来调节嗓音，那声音是含混不清而又恶狠狠的。它并不急躁，却很严厉，听后使我绝对像一块小牛蹄肉冻子那样颤抖起来。这个鬼怪究竟是谁呢？我还没有说出这件事里最可怕的细节：因为这个妖怪，或者无论它是什么东西，穿了一件布尔弗罗格太太那样的女骑装。背后也吊着一顶用带子系住的绿色丝织的带褶大兜帽。我满脑子恐惧和混乱，只能想象是老尼克[①]在马车翻倒的时候消灭了我的妻子，跳进了她的裙子。既然我到处都看不到活着的布尔弗罗格太太，而我仔仔细细地察看马车的周围，也找不到那位可爱女人的尸体的任何痕迹，因此上面的设想似乎更加可能了。如果能给她举行基督教的葬礼，那倒也是一种安慰。

“过来，先生，干点活儿！帮助这个流氓把马车扶正。”这个妖怪对我说道；然后又对站在远处的三个乡下人发出可怕的刺耳尖叫：“来呀，你们这些家伙，你们站在一边，眼看着一个可怜的女人遭难，不觉得害臊吗？”

那些乡下人没有吓得逃命，却飞快地跑了过来，抬起了四轮朝天的马车。我虽说身材矮小，也跑过去像亚衲族[②]的后裔一样卖力干了起来。那个马车夫虽说鼻子还在流血，也非常顽强地拖呀拉呀，毫无疑问，他是害怕再挨一记，说不定会打破他的头。不过，那个可怜的家伙尽管挨了揍，却似乎在用怜悯的眼光瞥视着我，仿佛我的处境比他更可怜。但是，我仍然希望，这一切只是一场梦，于是趁着我们抬起马车的时候，我便把两只手指塞到车轮下，相信疼痛会使我从梦中惊醒。

---

① 老尼克，指魔鬼。——译者注

② 据《旧约·民数记》，亚衲族的后裔是居住在伽南地的希伯仑城的土著，以身材高大、体魄健壮著称。——译者注

“噢,好啦,一切都妥当啦!”背后有个甜蜜的声音喊道,“谢谢你们的帮助,先生们。我亲爱的布尔弗罗格先生,瞧你出了多少汗!让我来给你搽搽脸吧。好车夫,不必为这件小小的意外而烦恼。谢天谢地,我们没有一个人摔断脖子!”

“在三个脖子里,我们本来可以饶了一个的,”马车夫一面嘀咕说,一面揉揉耳朵,扯扯鼻子,想弄清他究竟是否挨过耳光,“哼,那女人一定是个巫婆!”

我怕读者不会相信,然而,那却肯定是事实:布尔弗罗格太太就站在那里,乌油油的卷发波浪似的覆盖在眉毛上,两排东方珍珠似的贝齿显现在含着无比纯真微笑的两片半启的朱唇之间。她已经从那可怕的鬼怪手里夺回了她的骑装和带褶大兜帽,现在不论从哪个方面说,都是那个在翻车的一刹那间曾经坐在我身边的可爱的女人。她怎么会消失的,是谁取代了她的位置,她又是什么时候回来的,这些都是我无法解决的难题。我的妻子站在那里。这是一大堆神秘事件中唯一能够肯定的事。现在我能做的事,只有把她扶进马车,让我们尽可能舒适地缓缓走完这一天的旅程,也走完整个人生的旅程。马车夫为我们关上车门的时候,我听见他低声对三个乡下人说:“你们想想,一个人同一只雌老虎一起被关进笼子,他会有什么感觉?”

这个问题当然同我的处境没有关系。但是,我得承认,虽然也许是毫无道理的,但我的感情已经完全不像我第一次把布尔弗罗格太太称作妻子时那样欣喜若狂了。的确,她是个可爱的女人,是个天使般的妻子,但是,那个戈尔工[①]说不定在我们夫妇间琴瑟欢愉的时刻又会回来,取代这位安琪儿,那便如何是好!我记起了一个妖精的故事:她一半时间是个美丽的女人,而另一半时间则是头丑恶的野兽。我是否正巧娶了那个妖怪为妻呢?这些奇思妄想闪过我的心头,我开始斜眼瞧着布尔弗罗格太太,几乎相信她会在我眼前改变形状。

为了转移我的思想,我拿起原先盖在装食物的小篮子上面的报纸,它现在已落在马车的地板上,染上了深红色的污痕,还散发出卡利多破瓶里的液体的强烈酒精气味。这是张两三年前的旧报纸,上面刊载了一篇占了好几栏的文章,我立刻对它发生了浓厚的兴趣。那是一篇关于毁弃婚约的审讯报道,它全文刊载了证词,还热情洋溢地摘录了那位先生和那位小姐双方的来往情书。那位被遗弃的小姐亲自出庭作证,对她的情人的背信弃义和她的感情受到的强烈摧残,都提

① 希腊神话中三个蛇发女怪之名。——译者注

供了有力的证词。至于被告，也曾竭力攻击原告的名誉，却缺乏足够的根据，被告还申诉说，由于对方狂暴的脾气，请求对赔偿金酌予减少。这位小姐的姓名引起了我恐怖的设想。

“夫人，”我把报纸拿到布尔弗罗格太太的眼睛前面说道——我虽说是个矮小、柔弱、脸皮薄的男人，我敢断定当时我的样子一定十分凶恶——“夫人，”我咬紧牙关重复道，“你是这件案子的原告吗？”

“哦，我亲爱的布尔弗罗格先生，”我的妻子温柔地回答道，“我还以为全世界的人都知道那件事哩。”

“骇人听闻！骇人听闻！”我惊呼着倒在马车座位上。

我双手掩住面孔，发出一声死人般深沉的呻吟，仿佛我受尽折磨的灵魂正在把我撕得粉碎。我是个男人当中最敏感最挑剔的人，我的妻子本来应该是女人中最优美最文雅的人，最清纯的露珠正在她那颗玫瑰花似的处女的心上闪闪发亮！我想到了光滑的卷发、珍珠般的牙齿——我想到了那瓶卡利多——我想到了马车夫青肿的耳朵和流血的鼻子——我想到她面对法官和陪审团，以及成千个窃窃发笑的听众们低声申述的那些充满柔情的爱情秘密——于是又发出了一声呻吟！

“布尔弗罗格先生。”我的妻子说。

我没有搭理。她温和地握住我的两只手，把它们从我的脸上移开，她的眼睛坚定地注视着我的眼睛。

“布尔弗罗格先生，”她说道，她的语调并不粗暴，却带着她的坚强性格所特有的严峻，“我要忠告你，快点克服这种愚蠢的软弱！尽你的一切力量，做一个好丈夫，就像我会做一个好妻子一样。你也许发现了你的新娘身上的一些小小的缺点。可是，你指望过什么呢？女人并不是安琪儿。否则，她们就该到天堂里去找丈夫了。至少，在这个世界上，她们是很难作出选择的。”

“但是为什么要隐瞒这些缺点呢？”我声音颤抖着插嘴说道。

“唉，亲爱的，难道你不是个最最不讲理的小男人？”布尔弗罗格太太拍拍我的脸蛋儿，说道，“一个女人是不是应该在她举行婚礼的那天以前就公开她的弱点？我向你保证，很少有做丈夫的会这么及时地发现这些弱点的，而且更少有丈夫抱怨说，这些细枝末节的小事被隐瞒得太久了。好啦，你真是个古怪的男人！嘀，你是在开玩笑。”

“可是那件毁约案！”我呻吟道。

“噢！原来是这件事使你恼火？”我的妻子喊道，“你怎么能用如此反感的眼光来看待这个案子？布尔弗罗格先生，我真连做梦也没有想到！面对诽谤，我在法庭上胜利地捍卫了自己，并且维护了我的纯洁，这难道值得反感？难道你的妻子显示了一个女人的刚强气概，惩罚了那个玩弄她的感情的恶棍，你反倒要抱怨吗？”

“但是，”我坚持道，同时却缩进了马车的角落里，因为我还不太明确地了解，一个女人的刚强气概到底能够忍耐多少反对意见，“但是，亲爱的，如果用那个恶棍应该受到的沉默的蔑视来对待他，不是更显得尊严吗？”

“那样做，当然很好，布尔弗罗格先生，”我的妻子狡黠地说，“可是那样一来，给你的绸布店进货用的那五千块钱，又从哪里来呢？”

“布尔弗罗格太太，以你的名誉担保，”我追问道，仿佛我的生命取决于她的回答，“那五千块钱没有问题吧？”

“以我的诺言和名誉担保，毫无问题。”她回答道，“陪审团把这流氓所有的钱都判给了我，而我把这笔钱全部保存起来，留给了我亲爱的布尔弗罗格先生！”

“那么，你这亲爱的女人，”我怀着无限的柔情喊道，“让我紧紧把你抱在胸前吧！我们婚姻幸福的基础是牢固的，你的所有的小小的缺点和弱点都得到了宽恕。不仅如此，既然结果如此圆满，我要为那驱使你去进行这次有福的诉讼所受的冤屈而高兴。我确实是幸福的布尔弗罗格！”

大卫·斯旺

——一则幻想

那些实际能影响我们的生活道路，甚至影响我们最终命运的事件，我们往往只能知道其中的一部分。有数不清的其他事件，如果可以把它们称为事件的话，几乎就发生在我们的身上，却和我们交臂而过，没有产生任何实际结果，也没有在我们脑海中反射出任何光亮和阴影，从而使我们觉察到它们的来临。如果我们能够预知自己命中注定的悲欢祸福，我们的生活就会充满了希望和恐惧，狂欢和失意，使我们得不到片刻真正的宁静。这种观点，我们可以用大卫·斯旺的一页隐秘的个人历史来加以说明。

我们同大卫本来并没有关系。直到他二十岁那一年，正走在从他的故乡到波士顿城去的大路上时，我们才发现了他。他有个叔叔在波士顿经营食品杂货，是一个小商人，这位叔叔想让他去自己的店里站柜台。我们只想提一句，他出生在新罕布什尔州，父母都是体面人。他受过普通学校教育，又照传统习惯，在吉尔曼顿学院学习过一年，从而结束了他的学业。夏季里有一天，太阳一出来他便徒步出发了，走到将近中午的时候，他感到疲乏，天气也愈来愈热，他决定一看见合适的荫凉地方就坐下来，等待公共马车。不久，就出现了一片小小的枫树林，仿佛是专门为他种植的，树林中间有一块使人愉快的隐蔽的空地，还有一条清新的溪水潺潺地流着，似乎它从来不为别的过路人，而是专门为大卫·斯旺才闪烁起泉水的光辉。他用干渴的嘴唇吻了吻溪水，不管这溪水是不是从来没有人见到过的，然后一下子躺在溪边，用一块条纹棉纱手绢把几件衬衫和一条裤子捆在一起，作为枕头，垫在头底下。阳光晒不到他；经过昨天的一场大雨，大路上也还没有扬起灰尘；年轻人觉得，他这个青草铺成的窝比羽绒床更加舒适。泉水在他身边潺潺低语，催他入睡；他头顶上的蓝天，树枝轻拂，有如在梦中；于是，大卫·斯旺酣甜地睡着了，也许在沉睡中他还做了一些梦，但是我们要讲述的事情却是他没有梦见的。

当他在树荫下熟睡时，其他一些人却十分清醒，他们有的步行，有的骑马，或是坐着各式各样的车子，沿着阳光普照的大道，在他的卧室旁边来来往往，有的人并不左顾右盼，他们并不知道他睡在那里；有的只是朝那边瞥了一眼，并没有把这位酣睡者接纳进他们忙碌的思绪中；有的人看见他睡得那么酣甜，便笑了起来；还有几个心里充满轻蔑之情的人，便把他们满腔过剩的恶毒心情发泄在大卫·斯旺身上。一位中年寡妇趁着旁边没有人的时候，把头稍稍探进树丛空地里，她断言：这位年轻人在睡梦中看上去实在可爱。一个宣传戒酒的讲演者看见了他，便把可怜的大卫作为倒卧路旁的酩酊大醉者的一个可怕例子，编进了他当天傍晚打算宣读的演说词里。可是，不论指责也罢，赞美也罢，嘻笑也罢，轻蔑嘲讽也罢，漠不关心也罢，对于大卫·斯旺，都是一样，或者说，都毫无关系。

他刚睡了一会儿，便有一辆套着两匹高大的骏马的棕褐色马车平稳地驶过来，几乎正对着大卫休息的地方停了下来。车轮榫缝里的一根楔子掉下来，使得一只轮子滑脱了。毛病并不算大，只使坐着这辆马车回波士顿去的一位上了年纪的商人和他的妻子经历了片刻的惊恐。当马车夫和一名仆人正在修理那只轮子的时候，夫人和先生走到枫树林下去躲避太阳。于是他们就看见了那条潺潺而流的泉水和睡在泉边的大卫·斯旺。一个地位最卑微的人睡着了，也会在他周围造成一种使人肃然敬穆的气氛。商人也被这种气氛感染了，便在他的痛风症许可的情况下尽可能轻手轻脚地走动，他的妻子也小心翼翼地不让她的丝绸长袍发出窸窣的响声，以免突然把大卫惊醒。

"他睡得真香！"老先生低声说道，"他那轻松自在的呼吸是从多么深的地方发出来的啊！这种不需要催眠药的安睡对我来说，比我一半的收入还宝贵，因为它意味着健康的身体和无忧无虑的心境。"

"也许还意味着青春，"夫人说道，"健康而心地安宁的老年人也不可能睡得这么香甜。不但我们的睡眠和他不一样，就连我们醒着时的情况也和他不一样。"

这对老夫妇愈看愈对这个不相识的青年产生了兴趣。大路旁边和枫树荫下仿佛是这个青年的隐秘卧室，浓密的阴影像锦缎的帷幕笼罩在他头上。夫人看见叶缝里漏进来一丝阳光，照在他的脸上，便想法把一根树枝拉弯，给他挡住光线。她做了这件小小的善举，开始觉得自己像是他的母亲。

"老天像是有意把他安置在这里的，"她对丈夫低声说道，"并且有意把我们引到这里来发现他，正好在我们对表兄的儿子失望以后。我觉得他和我们去世的亨利看起来有点相像。我们叫醒他好吗？"

"叫醒他做什么？"商人犹豫不定地说道，"我们并不了解这个青年的品性呀。”

“看看他那张坦率的脸孔!”他的妻子还是那样悄声地回答,但态度却是热诚的,“多么天真无邪的睡眠!”

他们在低声交谈的时候,睡眠者的心并没有激烈地跳动,他的呼吸也没有变得急促,他的脸上也没有露出丝毫感到兴趣的表情。但是命运之神正向他俯下身子,准备让一副黄金的担子落到他的肩头。老年商人已经失去了独生子,除了一个远亲以外,没有人来继承他的财产,而他对这个远亲的品格并不满意。在这种情况下,人们有时会干出些比魔术师的魔术更稀奇古怪的事情来,会叫醒一个在贫困中入睡的青年,让他醒来后享尽富贵荣华。

“我们要不要叫醒他?”夫人又一次劝说道。

“先生,马车修好了。”仆人在他们背后说。

老夫妇吃了一惊,不觉脸红了,他们急忙走开了,两人都很吃惊,他们怎么会梦想去干这种荒唐透顶的事情。商人舒舒服服地坐进了马车,开始在心里盘算建立一所富丽堂皇的救济院,专门收容做生意亏了本的人。这时候,大卫仍然在享受他的午睡。

马车只不过离开了一两英里路远,这里又走来了一位年轻漂亮的姑娘,她脚步轻快,正好表明她那颗小小的心脏在胸膛里是跳荡得多么开心。也许正因为她的步伐是那么欢快——这样说并不失礼吧?——她的吊袜带上的结子松开了。她觉得自己的丝袜带——如果它是丝质的话——松动了,便转身走进了枫树丛的荫蔽处,可是,她在那儿却发现了一个小伙子,正睡在泉水旁边!她的脸立刻羞得比任何一朵玫瑰花还要红,因为她竟闯进了一位绅士的卧室,而且还是为了如此这般的目的。她打算踮起脚尖悄悄地逃开。但是,睡眠的人正在遇到危险。一只其大无比的黄蜂正在他头顶盘旋,嗡嗡地叫着,一会儿飞到叶片中间,一会儿在一缕缕阳光之间闪过,一会儿又消失在幽暗的阴影中,最后,它看来似乎就要落到大卫·斯旺的眼皮上面了。黄蜂的刺有时候会致人死命。姑娘既天真无邪,又爽朗大方,当下就用手绢去拍打这个入侵者,毫不留情地掸开它,终于把它赶出了枫树的树荫。多么美好的一幅画面啊!她做完这件好事,呼吸急促,面颊更加羞红,偷偷朝年轻的陌生人瞧了一眼,要知道,为了他,她刚才同空中的飞龙打了一仗呢。

“他很英俊!”她想道,面颊羞得更加绯红了。

他的心中怎么会一点也没有梦见这么巨大的幸福呢？本来，这个幸福的梦是会变得如此强烈有力，甚至会冲破它自己，使他能在梦中的种种幻影里也能看见这位姑娘。为什么他的脸孔没有被一丝欢迎的微笑照亮呢？她来了，按照那种古老而美好的说法，她的灵魂该是从他自己的灵魂里分割出来的，而且是他在所有模糊不清而又热烈的愿望里所渴求遇见的那位姑娘。只有她，他才会全心全意地去爱；只有他，她才会接纳进她心底深处。如今她的身影正在他身边的泉水中映出淡淡的羞红色；如果它消失了，那么，幸福的光辉便再也不会照射到他身上了。

"他睡得多么香甜啊！"姑娘喃喃道。

她离去了，但是她的脚步不再像来的时候那么轻快了。

这位姑娘的父亲是附近一位生意兴隆的乡间商人，恰好这时，他正在物色一个像大卫·斯旺这样的年轻人。如果大卫能够在路边结识这位女儿，他就可能当上那位父亲的伙计，而他今后的发展，也就是顺理成章的事了。所以在这里，好运气——不可能再好的运气——又一次悄悄地走近了他，她的衣裙已擦拭着他了；可是他对此却一无所知。

姑娘刚刚离开，就有两个汉子转悠进了枫树林的树荫下面。两人的面孔都是黝黑的，还衬上一顶歪扣到眉际的布帽。他们衣衫破旧，式样却颇为时髦。这是两个胆大妄为、靠作恶谋生的无赖，今天他们在干其他勾当的空余时间里，正打算到大树下面玩一玩牌，用他们两人下一次作恶将要获得的赃款作赌注，看看这笔赃款应该归谁。但是，他们一发现大卫睡在泉水旁边，其中一个无赖就对另一个低声说道："嘘！你看见他脑袋下面枕的那个包裹了吗？"

另外那个无赖点了点头，挤了挤眼睛，又斜眼瞟了一下。

"我可以用一杯白兰地跟你打赌，"第一个无赖说道，"那家伙的几件衬衣，要么藏着一只皮夹子，要么是一小袋鼓鼓囊囊的钱币。如果衬衣里没有，我们也能在他的裤子口袋里找到。"

"他醒过来怎么办？"另一个说。

他的同伙掀开自己的马甲，指着一把匕首的刀柄，点了点头。

"就这么办！"第二个无赖喃喃说道。

他们走到浑然不觉的大卫身边，一个用匕首对准他的心脏，另一个便动手去掏他头下的包裹。两人弯下身对着他们的受害者，他们的脸孔狰狞凶狠，满是皱纹，又由于心虚胆怯而面色苍白。他们这副样子实在吓人，如果大卫突然醒来，准会把他们当作是魔鬼。不仅如此，如果两个无赖转脸朝泉水里看一眼，恐怕他们也简直要认不出自己在水中的倒影了。但是，大卫的面容却显得那么宁静，比睡在母亲怀里还要安详。

“我得把包裹抽出来。”一个低声说。

“他如果动一动，我就捅他一刀。”另一个喃喃说道。

但是就在这时，一条狗在地上嗅来嗅去，走进枫树林里，瞧瞧这个坏蛋，又瞧瞧那个坏蛋，后来又瞧了瞧安安静静睡着了的人。然后它就舔着泉水，喝起水来。

“哼！”一个坏蛋说道，“现在我们什么也干不成啦。狗的主人一定就在它后面不远。”

“咱们喝口酒就走。”另一个说。

拿匕首的那个人把凶器塞回怀里，又从怀里抽出一把小手枪，它可不是那种射出一发子弹就会杀死人的家伙，而是一只装着酒的长颈瓶子，瓶口上拧着一个带螺丝口的平底锡酒杯。他们两人都舒舒服服地喝了几口，随后便离开了这个地方，一边走一边不停地开着玩笑，对于他们这次没有干成的坏事捧腹大笑，简直可说是高高兴兴地继续赶他们的路去了。没过几个小时，他们就把这件事忘得一干二净，完全没有想到，专管记录的天使已经把这次谋杀案用磨灭不了的字母永远记在他们灵魂的账上了。至于大卫·斯旺，仍然平静地睡着，他没有感觉到死神的阴影曾经一度笼罩着他，而当死神的阴影离开他以后，他也没有体会到获得新生的喜悦。

他仍然睡着，但是已不像刚才那么安静了。一小时的睡眠，已经驱散了几小时的长途跋涉给他那富有弹力的身体带来的疲劳。现在，他动弹了一下。他的嘴唇无声地张了张，接着，便低声向他梦中的正午幽灵们说起话来。但是一阵车轮声咕隆隆地沿着大道奔驰而来，愈来愈响亮，终于冲散了大卫睡梦的迷雾——公共马车到了。他头脑十分清醒地跳起身来。

“喂，车夫！——能捎个客吗？”他喊道。

“车顶上有座位！”车夫回答道。

大卫爬上车顶，高高兴兴地朝着波士顿驶去，压根儿没有向那个梦一般变幻多端的泉水投去最后一眼。他不知道财神的幻影曾经把金色的光辉投在泉水上，也不知道爱神的幻影曾经对着潺潺流水轻声叹息，更不知道死神的幻影曾经威胁要用他的鲜血染红这条溪水。而这一切，都是在他躺下睡觉后短短一个小时之内发生的。不论是睡着了,还是醒来,我们都听不见几乎会发生的那些奇特事件的轻柔脚步声。虽说看不见也没有料到的事件不断地闯入我们前进的道路,人生中总还是有一定的规律性,向我们提供哪怕只是一部分预见的能力,难道这不正好说明,有一个上帝在掌管着一切吗?

大红宝石[1]

——白山的秘密

从前,有一群寻找大红宝石的冒险家,在辛辛苦苦而又徒劳无功地奔忙一天之后,那天傍晚,正在水晶山一侧的一片崎岖不平的山坡上休息用餐。他们虽说同聚此地,但既非朋友,也不是事业上的伙伴,除了一对年轻的夫妇以外,他们都是由于对这块奇特的宝石产生了自私而又孤独的渴望而来到这里的。不过,足够强烈的同伴情谊使他们一齐动手,用树枝搭起了一座简陋的茅屋,并且在他们过夜的阿莫努萨克河下游岸边,拣拾了许多被滚滚激流冲下来的松树的残枝断条,点燃了一堆熊熊的篝火。这群人里,也许只有一个人是被寻找宝石迷住了心窍,失去了天生的人类情感,所以他即使攀登到了这片遥远偏僻、孤寂无人的高山上,在看到这些人的面孔时,也并不觉得高兴。一片茫茫无际的荒野,横亘在他们和最近的村子之间。在他们头顶上将近一英里的高处,便是暗淡荒凉的森林边缘,浓密的森林到这里便中止了。从这儿往上去,秃岭峭壁有时影影绰绰地被云海掩映着,有时又毫无遮掩地直插天穹。阿莫努萨克河的奔腾怒吼会使一个孤独的人听了感到心惊胆战,难以忍受,而同时,山间溪流的潺潺声又似乎在和呼呼的风声相互应和。

因此,冒险家们相互殷勤地问候着,欢迎彼此到茅屋里去,在那里,每人都是主人,所有的人又是大家的客人。他们把各自带来的干粮摊在一块平坦的岩石上,大家一同分享;他们吃完这顿饭的时候,人人都流露了亲密无间的友情,可是,又都压抑了这种感情,因为他们知道,第二天早晨他们又得像陌生人一样,各自出发,继续寻找大红宝石。他们一共有七个男人和一个年轻女人,一起坐在火旁取暖。明亮的火光照亮了他们的茅屋的整个正面。他们互相观察着在场这群人各色各样、形成鲜明对比的外貌,在闪烁晃动的火光照耀下,个个的相貌都变了样,像是根据他们自身画的漫画。他们不约而同地得出一个结论:不论在城市

---

① 这个稍稍有些夸张的故事,是根据一个印地安传说创作的。这个传说极其粗犷又极其美妙,实在难以用散文恰如其分地表达出来。萨利文在美国独立后写的《缅因州的历史》一书中指出,即使在他写此书的时候,人们也并未完全怀疑过大红宝石的存在。——作者注

还是在荒野,在高山或是在平原,他们从来没有见过这么古怪的一群人。

这群人里面年龄最老的,是一个又高又瘦、饱经风霜,约莫六十岁光景的男人。他穿着一身野兽皮,他所模仿的这种服装样式,倒是十分适合他的,因为很久以来,他和鹿、狼和熊就是极其亲密的伙伴了。他是印地安人所说的那种倒霉鬼,这类人还在青年时代就被大红宝石迷得如痴如醉、神魂颠倒,大红宝石成了他们毕生追求的狂热梦想。凡是到过那个地区的人都称他为“寻宝人”,他们从不知道他还有别的姓名。谁也记不得他是从什么时候开始他的寻宝生涯的,于是在萨科山谷便流传开了这么一个故事,说是由于他对大红宝石的过度贪心,他就被罚一辈子在这崇山峻岭中游荡,每天日出时怀着满腔热望出发,傍晚时都陷入同样的绝望之中。在这个悲惨的寻宝人身边坐着一位身材矮小的长者,头戴一顶形状颇像坩埚的高顶帽。他是来自海外的卡卡福德尔博士。由于他在进行化学和炼金术的研究时,长久地俯身在炭炉上,吸进了大量有害的气体,所以身体便萎缩干瘪得像一具木乃伊了。据说——不知这话是否当真——他开始从事研究时,曾经抽出了自己身体内全部最宝贵的血液,加上其他贵重的配料,把它们全都白白耗费在一次不成功的实验中了。从此以后,他便失去了健康。另一位冒险家是伊卡博德·皮格斯诺大爷,他是波士顿一位有影响的商人和市政委员,还是著名的诺顿先生教堂的长老。在他的仇人中间流传着一个荒诞可笑的故事,说皮格斯诺大爷每天早祷和晚祷以后,总是习惯于脱光了衣服,在密密匝匝一大堆马萨诸塞州最早铸造出来的银币——“松树”先令里赤条条地翻滚玩乐上整整一个小时。我们看见的第四个人,他的同伴都不知道他叫什么名字,他引人注意的地方,主要是一丝冷笑,冷笑起来便经常扭曲着他那瘦削的脸孔,以及一副其大无比的眼镜,它使他眼中的大自然的整个面貌都改变了形状和颜色。第五位冒险家也没有姓名,这实在令人感到遗憾,因为他看上去像是一位诗人。他目光清澈明亮,可惜模样儿憔悴消瘦得让人心疼。如果像有些人认为的那样,他日常的饮食只是些晓岚和晨雾,如果可能,有时还加上一片他伸手够得着的最浓的云彩,再洒上点儿月光作为调料,那么,他的憔悴消瘦也就不足为奇了。有一件事是可以肯定的:从他笔下倾泻而出的诗句,全都沾上了这些珍馔佳肴的滋味。第六位是个神色高傲的青年。他坐得离大伙儿稍远一点儿,在比他年长的人们中间旁若无人地戴着他那顶有羽饰的帽子,火花照耀出了他华丽的刺绣衣服,他的佩剑剑柄上镶嵌着珠宝,也被火光照射得闪闪发亮。他是德·维尔勋爵,听说他在自己家里的时候,总是把许多时间消磨在他死去的先辈的墓穴里,翻动他们腐朽霉烂了的棺材，寻觅隐藏在死者的骨头和尘埃中的所有尘世间的骄傲和虚荣；所以在他身上，除了他自己的那一份傲气以外，他还继承了他历代祖先的高傲。

最后，还有一位穿着乡下人衣服的英俊青年，在他身边是一位正当妙龄、身材娇小的姑娘，她身上少女的娴静端庄正在融化为年轻妻子的缠绵柔情。她叫汉娜，她的丈夫叫马修；这是两个朴素的名字，对这对单纯的夫妇倒很合适，在这些被大红宝石弄得坐卧不宁的古怪人群中间，他俩似乎姓得特别不协调。

在同一间茅屋里，同一堆明亮的火照耀着这群各色各样的人，他们心里全都热望着同一个目标，不论他们开口谈什么，最后的话总是归结到大红宝石上来。好几个人谈到了促使他们到这里来的原因。有一个人说，他在自己遥远的国家里听见一位旅行者谈到了这颗奇妙的宝石，于是立刻产生了看看这颗宝石的热切愿望。只有宝石的灿烂夺目的光辉才能使他的渴望得到满足。另一个人说，多年以前，还是当著名的史密斯船长航行到这一带海岸的时候，他就在遥远的海上看见这颗大红宝石在闪闪发光，于是，这么多年来他一直得不到安宁，直到他这次来从事搜寻宝石的冒险为止。第三个人说，他正在离白山南部足足四十英里远的地方打猎，并且扎下了帐篷，半夜时分他醒来了，看见大红宝石像一颗流星似的从天空掠过，以致森林的树影都飞快地往后倒退了。他们谈起人们为了找到藏宝的地点而作的无数次尝试，他们还谈到，虽说追寻那道使月光显得逊色，而且几乎可以与太阳媲美的光辉似乎并不困难，然而总是有什么奇特的天意，使得至今为止，那么多冒险家还没一个得到过成功看得出来，他们每人都在嘲笑别人心中那种自以为会比过去的人运气更好的狂妄想法，却又几乎掩饰不住自己的信心，认为自己才是那个命中注定的成功者。仿佛为了冲淡一下大家过于乐观的希望，他们提起了印地安人的一个传说，据说有一位神灵一直守护着这颗宝石，并且用种种办法来迷惑搜寻者，不是把宝石从这座高山顶移到那座高山顶，就是召唤来一场浓雾，笼罩着那个低垂于宝石之下的受魔法制约的湖面。但是人们认为这些故事都不可信；他们全都坚信，搜寻之所以失败，是由于冒险家不够精明，或是缺乏坚定不移的决心，要不就是有什么其他的原因，自然而然地阻碍了他们到达位于曲折幽深的森林、峡谷和高山的某个地点。

在谈话停下来的片刻，戴着那副硕大无朋的眼镜的人向四周的人打量了一番，使得每个人都成了那经常挂在他脸上的嘲笑的对象。

“嗨，朝拜宝石的伙伴们，”他说道，“我们一共有七位聪明的男士和一位美丽的女郎——毫无疑问，她也和在座的胡须灰白的长者同样聪明——我们大家都在进行着同样一件非凡的事业。如果诸位不介意的话，我建议每个人都说一说，如果他有幸获得大红宝石的话，他打算把它怎么办。我们这位穿熊皮的朋友，请你说说，亲爱的先生，你打算怎样享用你一直在寻找的这件宝物？天知道，你在水晶山里寻找它已经有多长时间了。”

“怎样享用它！”那位上了年纪的寻宝人愤愤地喊了起来，“我根本不打算享用它——那早已是多少年以前的愚蠢念头了。我之所以不停地寻找这颗该死的宝石，只不过是因为我青年时期虚荣的雄心壮志在作祟，到老年来却成了我的灾星。寻找宝石本身就成了我的力量，我灵魂的动力，我血液里的温暖和我骨骼里的骨髓精华！一旦我停止了寻求，我就会倒毙在峡谷的这一边，那儿正是进入这片山区的门户。但是，哪怕我不能重新找回我浪费了的一生，我也不愿放弃找到大红宝石的希望。假如我找到了大红宝石，我就会带着它躲进一个我知道的山洞里，然后把它紧紧抱在怀里，倒在地上死去，让宝石永远和我埋葬在一起。”

“啊，坏东西，你一点也没有考虑到科学的利益！”卡卡福德尔博士怀着哲学家的愤慨喊道，“你根本不配看见这颗在大自然的实验室里配制出来的最最珍贵的宝石的光芒，哪怕是远远地瞧一眼也不配。只有我寻找它的目的，才是一个有智慧的人想拥有大红宝石的唯一目的。我一旦找到了它——我有一种预感，诸位，这件宝物正是专门为了使我在科学研究上的名誉达到顶峰而保留的——那时，我就立刻回欧洲去，用我的余生把它还原为最基本的元素。我要把它们的一部分研磨成最细小的粉末；把其余的宝石一部分溶解在各种酸类或是其他能够溶解这么美妙的合成物的溶剂里；剩下的部分我打算放在坩埚中融化，或者用吹管使它燃烧。我采用了这些不同的方法，就可以取得精确的分析结果，最后把我劳动的成果写成一部对开本的著作，贡献给世人。”

“妙极了！”戴眼镜的人说，“有学问的先生，而且，你不必因为你不得不毁坏这颗宝石而有所犹疑，因为只要读了你那对开本的大作，我们每个慈母之子自己就可以动手配制出一颗大红宝石来。”

“不过，说真的，”伊卡博德·皮格斯诺大爷说道，“就我个人来说，我是反对制作这种仿造货的。我认为这样做的目的，就是要压低真宝石的市场价格。先生们，我坦率地告诉你们，保持价格稳定对我是至关重要的。我放下了手边的日常生意，把货栈交给我的伙计们去照顾，让我的信用冒着巨大的风险，不仅如此，我自己还冒了被那些该死的异教野蛮人杀死或者俘虏的危险——而我做了这一切，竟没有敢让教区的教友们为我做祈祷，因为大家都认为，去寻找大红宝石比起跟魔鬼做交易也好不到哪里去。请你们想想，我既然让我的灵魂、我的肉体、我的名誉和我的财产受了这么严重的损失，难道我会不要求一个合理的获利机会吗？”

“虔诚的皮格斯诺大爷，我是不会那么想的，”戴眼镜的人说道，“我从来也没有认为，你会做出那么愚蠢的事来。”

“真的，我希望你不会那么想，”商人说道，“至于说到大红宝石，我坦白承认，我还从没有看过它一眼；不过，只要它果真有人们说的百分之一那么明亮，它的价值就无疑要超过莫卧儿大帝①拥有的那颗被他看作是无价之宝的最大的钻石；因此我打算把大红宝石放到船上，带上它航行到英国、法国、西班牙、意大利去，如果老天有意要派我去的话，我甚至可以到异教的国度去。总之，我要把宝石卖给世上所有君主中肯出最高价钱的人，让他把宝石镶嵌在他的王冠上其他的宝石中间。假如你们哪一位有比这更聪明的计划，那就请他说说看。”

“我就有，你这卑鄙的家伙！”诗人喊道，“难道只因为你自己不要比黄金更加光辉灿烂的东西，就该把这颗超凡绝俗的宝石也变成你在里面打滚的破铜烂铁吗？说到我自己，我要把这颗宝石藏在我的斗篷下面，赶回伦敦一条昏暗的陋巷里我那间小阁楼房间去。我在那里将日日夜夜凝视着它，我的灵魂将会吮吸它的光华，它将渗透到我的智能中去，在我写的每一行诗句中闪烁着光辉。即使在我死去以后很久很久，辉煌壮丽的大红宝石也仍然会围绕着我的名字发出灿烂夺目的光彩！”

“说得好，诗人先生，”戴眼镜的人喊道，“你是说，要把它藏在你的斗篷下面？嗨，它会从你衣服的破洞里透出光亮来的，那不是会使你看上去像一盏南瓜灯笼了吗？”

“想想看！”德·维尔勋爵仿佛在对自己而不是在对他的同伴们喊叫道。在他眼里，同伴中地位最高的人也还不配跟他说话。“想想看，一个穿着破烂斗篷的家伙竟敢夸口说要把大红宝石带到穷酸文人住的格拉布街上的一间小阁楼里去！我早就下定决心：世界上没有什么比大红宝石更适合做我祖先城堡大厅的装饰品了。它将世世代代在那里大放光芒，使得黑夜像白昼一般明亮，它将照耀在四周墙壁上悬挂的盔甲、旗帜和饰有纹章的盾牌上，使历代英雄的业绩万古常

① 莫卧儿大帝是16、17世纪印度莫卧儿帝国的皇帝。——译者注

青。为什么别的冒险家都没有成功，那不正是为了要让我得到它，使它成为我这个高贵世家的光荣象征吗？那颗位于白山顶巅的大红宝石，再也不可能得到像德·维尔家大厅里为它保留的位置的一半那么尊贵的地位了！”

“这倒是个高尚的想法，”玩世不恭者脸上挂着一丝谄媚奉承的假笑说道，“不过，请容我多一句嘴，这颗宝石如果挂在贵府祖先的地下墓室里，定会成为一盏珍贵的墓灯，恐怕比挂在府上的城堡大厅里更能显示阁下祖辈的光荣呢！”

“不，说真的，”年轻的乡下人马修说道，这时他正和他的新婚妻子手拉着手坐在那里，“这位先生给这颗明亮的宝石派上了一项很合算的用途，汉娜和我寻找它也是为了同样的用途。”

“怎么，伙计！”勋爵惊讶地喊了起来，“你要把它挂在哪一座城堡的大厅里？”

“不是城堡，”马修回答道，“而是水晶山附近的一座最整洁的农舍。朋友们，你们要知道，汉娜和我上星期刚刚结了婚，我们来寻找大红宝石，因为我们在漫长的冬夜里需要它的光亮；而且邻居们来作客的时候，我们就可以让他们看看一件这么漂亮的东西，它会把整座房子都照得透亮，连墙角的一根针都看得见，我们就可以把它拾起来，它还会使所有的窗口都映射出通红的光亮，就像烟囱里正用松树干的节子燃着一堆熊熊大火一样。当我们在夜里醒来时，竟能看清彼此的脸，我们会多么愉快呀！”

冒险家们听见这对年轻夫妇对这颗世上最伟大的帝王们都会以能用它来装饰自己的宫殿而自豪的无价之宝的神奇宝石，所打算派上的那么天真的用场，都不禁微笑起来。其中特别是那个戴眼镜的人，他刚才已经挨个儿地讥笑过所有的人，现在脸上又露出如此恶意的嘲笑，使得马修禁不住恼怒地问他，他自己对这颗大红宝石又打算怎么办。

“大红宝石！”那个玩世不恭者以无可比拟的轻蔑口吻回答道，“你这个蠢家伙，自然界里根本不存在这样的东西。我已经跑了三千英里路，我还决心要踏遍这里的每一座山峰，探察每一座峡谷，唯一的目的只是向每一个稍稍比你聪明一点的人证明，大红宝石只不过是一派胡言。”

促使大多数冒险家来到水晶山的动机是虚荣和愚蠢的，但是没有哪一个的动机，像那个戴着巨大眼镜的嘲讽者那么虚荣，那么愚蠢，那么邪恶。他是那种无耻的阴险小人，他们不是向往天堂，而是渴望黑暗的地狱，他们只要能够熄灭上帝为我们点燃的火光，就会把午夜的黑暗当作他们最主要的光荣。正当玩世不恭者说话的时候，在场的好几个人吃惊地看见了一片红色的亮光，这片红光照亮了四周崇山峻岭的幢幢黑影，也照亮了湍急的河流，在它那河床上遍布着嶙峋的巨石。这种亮光，完全不像他们用森林里的树干和黝黑的枝条点燃的篝火的亮光。他们侧耳细听，是不是有隆隆的雷声，但是什么也没有听到，于是他们庆幸，在这里，他们不会受到雷雨的袭击。这时，星星们像是天堂的时针，正在警告这些冒险家们，该是他们对着熊熊燃烧着的木柴闭上眼睛的时候了，他们在梦里，便可以睁开眼睛，看看那大红宝石的光芒。

那对年轻的夫妻在茅屋最里边的角落里躺了下来，有一条用枝条巧妙地编织成的帘子，把他们和其余的人隔开，就像夏娃的新婚洞房四周挂着密密的花穗一样。那位羞怯的小妻子趁着其他客人们聊天的时候编成了这块帘子。她和丈夫温柔地手拉着手进入了梦乡。他们从神秘光芒的幻影中惊醒过来，彼此在对方的眼睛里看见了更加幸福的光芒。他们是同时醒来的，两人的脸上都露出了幸福的微笑，当他们意识到自己正处在生活和爱情的现实中时，他们的微笑变得更加灿烂了。可是新婚妻子一想起他们在什么地方，就从枝蔓交缠的帘子缝里朝外面望了一眼。她发现茅屋的外间已经空无一人了。

“快起床吧，亲爱的马修！”她急忙喊道，“那些古怪的人全都走了！起来吧，马上起来，否则我们就会失去大红宝石了！”

说实话，这对可怜的年轻夫妻确实没有资格得到那件诱使他们来到这里的无价之宝，因为他们竟然安安稳稳地一觉睡到了天亮，山顶上都已经闪烁着阳光了；其他的冒险家都辗转反侧，心潮澎湃，不能成眠，或是在睡梦里也攀缘着悬崖峭壁，因而天刚破晓，他们便出发去实现他们的梦想了。但是马修和汉娜经过一夜安静的休息，像两头小鹿那样轻快，他们只是做了祷告，又在阿莫努萨克河的一片清凉的小水塘里洗了洗脸，吃了一点食物，便动身上山了。他们历尽辛苦，互相帮助，互相鼓舞着向上攀登，实在可以作为恩爱夫妇的动人典范。他们在经历了一些小小的意外，诸如衣服被撕破啦，鞋丢了一只啦，汉娜的头发缠在树枝上了等等之后，终于到达了山上的那片森林边缘，开始了更加艰难曲折的路程。原先那些无边无际的树干和稠密的枝叶使他们没有工夫去思索，如今他们面对着眼前突然冒出的一片狂风、密云、光秃秃的岩石和惨淡的阳光的山区景象，不禁吓得往后退缩。他们回头看看他们走过的那片隐约可见的荒野，真希望自己重新被埋在它的深处，而不愿面对眼前显露的一片如此广漠的孤寂。

“我们还要往前走吗？”马修问道，他伸出胳臂搂住汉娜的腰，既为了保护她，也为了把她拉进自己的胸怀，好使自己的心得到安慰。

可是，这位娇小的新娘，虽然那么纯朴，却有着女人爱好珠宝的天性。她虽然知道得到它要冒多大的危险，也舍不得放弃占有世界上最光辉的珠宝的愿望。

“我们再往上爬一点吧。”她低声说，声音却有些颤抖，一边仰脸望着寂寥的天空。

“那么，来吧。”马修说道，同时鼓起了男子汉的勇气，拉上了她一块儿走；因为他刚刚壮起胆子来，她倒又变得胆怯了。

那两位去朝拜大红宝石的人，便向上爬去，他们踩在枝蔓密密麻麻纠缠在一起的矮小松树的树枝和树梢上。那些松树已经生长了几百年，虽说古老得长满了苔藓，却勉强只有三英尺高。接着，他们又爬上了一些大小不一、乱七八糟垒起来的光秃秃的石堆，它们像是巨人族为了纪念某位巨人酋长而建立的石冢。在这片凄凉空寂的高处，没有东西在呼吸，也没有什么在生长；唯一的生命仿佛都集中在他们的两颗心里了；他们已经爬得如此之高，以至于连自然之神也似乎不再陪伴着他们。自然之神只在他们下面的森林范围之内徘徊，当他们漫游到了她自己绿色的脚印从没到过的地方时，她便向她的孩子们投去一个告别的目光。不久，自然之神就会看不见他们了。大块浓密黝黑的雾气开始从下面升起，在广漠的景物上投下点点阴影。那些雾霭沉重地聚合到一起，仿佛最高的峰巅正在召集它的近亲云霞们来开会。最后，雾霭凝结成一团，看上去像是一条可以供两个漫游者步行的人行道，但是他们在那里却不会找到返回他们已经失去了的幸福大地的道路的。唉！这对情人是多么渴望再见到那绿色的大地啊，他们这种渴望，比当初在阴云密布的天空下面，他们想看一眼天堂的愿望更加强烈。雾气逐渐向山顶弥漫，把那座孤独的峰顶全部遮掩住了，也就等于把他们看得见的全部空间都遮住了。这倒使他们的孤寂感得以减轻。然而他们两人还是紧紧地挨在一起，互相含情脉脉而又酸楚地注视着，唯恐漫天云雾会使他们迷失了彼此的身影。

如果不是汉娜开始觉得全身乏力，因此而失去了勇气的话，只要他们能找到立足之地，他们也许还会决心在这块天空和大地交接的地方继续攀登，尽量爬得更远、爬得更高的。她的呼吸愈来愈急促。她不愿用自己的重量增加她丈夫的负担，可是她却常常踉踉跄跄地倒在他身上，每一次都更加软弱无力地站起来。到了最后，她终于在斜坡的一级石阶上倒了下来。

“我们迷路了，亲爱的马修，”她悲伤地说道，“我们再也找不到回到平地去的路了。唉，如果我们还留在我们的农舍里，那该有多么幸福啊！”

“亲爱的人儿！我们还会在那里幸福地生活的，”马修回答道，“你瞧！太阳光从这个方向透过了阴惨惨的迷雾。我们能凭着阳光的帮助，找到通向峡谷的路了。我们回去吧，亲爱的，再也不要梦想得到那颗大红宝石了。”

“太阳不可能在那边，”汉娜灰心丧气地说，“现在已经是中午了。这里如果有太阳光的话，也应该是从我们头顶上照射下来的。”

“可是，瞧啊！”马修的语调稍稍有点改变了，“那光线愈来愈亮了。如果不是太阳光，又会是什么呢？”

就连年轻的新娘也不再能否认，一道光辉正透过浓雾，由模糊的光线逐渐变成深红色，这光辉变得越来越鲜亮，仿佛那黑暗被掺合进了无数光彩夺目的微小粒子。这时，浓云也开始翻动着离开山峰，当它缓慢地散开时，山峰上的草木山石也在一片模糊不清的幽暗中一件件地显现出来，给人的感觉，恰像是在原有的虚无缥缈的混沌尚未完全被吞没以前，新的事物便被创造出来了一样。这个过程还在继续的时候，他们看见脚边有一片水光在闪烁，这才发现他们正站在一片山顶湖泊的岸边。这是一片硬生生凿开坚硬的岩石而形成的盆状湖泊，湖水幽深明亮，清澈秀丽，一直流淌到岸边。一道辉煌的光线闪过湖面。两个来朝拜大红宝石的人抬眼想看看光线究竟射向何方，但是立刻又怀着无限赞美的激情闭上了眼睛，好避开闪耀在一座悬崖顶上的眩目光芒，这座悬崖正好峙立在那受魔法制约的湖泊之上。原来这对纯朴的夫妻已经到达了神秘之湖，找到了人们寻求已久的安放大红宝石的圣坛！

他们互相拥抱，为自己的成功而颤抖；因为，正当有关这颗神奇的宝石的传说一下子在他们的记忆里汹涌起伏的时候，他们觉得自己是被命运选中的，这就使他们内心感到畏惧。他们从童年时期就曾经常常看见它像一颗遥远的星辰那样闪烁放光。如今这颗星辰正在把它最强烈的光辉投射到他们的心上。在那映红了他们面颊的红色光芒的照耀下，他们在彼此眼里都好像变了样子。红光仿佛也在湖面上，在岩石上，天空中和在红光的威力之前逐渐消退的浓雾中点燃了同样的火焰。但是当他们再看一眼的时候，他们看见了另一件东西，竟使他们的注意力从那伟大的宝石上转移开去。在悬崖脚下，正好在大红宝石下面，出现了一个人的身形，他的双臂向前伸出，仿佛正在攀登，他的脸向上仰起，仿佛要痛饮那喷射而出的全部光辉，但是他一动也不动，仿佛已经变成了大理石雕像。

“那是寻宝人，”汉娜不由自主地抓住丈夫的胳臂，低声说道，“马修，他已经死了！”

“成功的欢乐害死了他，”马修答道，他全身在剧烈地颤抖，“或许大红宝石的光芒本身就意味着死亡！”

“大红宝石！”他们背后有个恼怒的声音喊了起来，“大谎话！你们如果真的发现了它，就请指给我看看。”

他们回过头来，原来那是玩世不恭者，他那副巨大的眼镜端端正正地架在鼻梁上，正在一会儿瞧瞧湖面，一会儿又瞧瞧岩石，一会儿瞧瞧遥远的一团团雾气，一会儿又对着大红宝石细瞧，但是仿佛一点也感觉不到它的光芒，仿佛那些已经消散开的云块又都围在他的四周了似的。虽说当这位怀疑者转过身去背对着这颗光耀夺目的宝石的时候，大红宝石的光辉把这位怀疑者的影子投射到了他自己脚下，他却不肯相信那里有一丝的光芒。

“你们的大谎话在哪里？”他重复道，“我要求你指给我看看它。”

“就在那里呀，”马修对这么固执的视而不见态度实在烦透了，他让玩世不恭者转过身来，面对着那块被映照得发亮的悬崖，“把你那副讨厌的眼镜摘下来，你就不可能看不见它了！”

也许正是这副有色眼镜使这位玩世不恭者的视线变得黑乎乎的，至少跟人们通过熏黑的玻璃观察日蚀的效果一样。然而，他摆出一副坚决的姿势，一下子把眼镜从鼻梁上摘了下来，大胆地定睛凝视着那大红宝石的红光。可是，他刚刚接触到那片红光，便发出了一声低沉而惊惶的呻吟，把头低了下去，举起双手，紧紧按住了他那双可怜的眼睛。从此以后，说实话，那位可怜的玩世不恭者便再也看不见大红宝石的光芒，而且也同样看不见大地上的任何光辉，以及天堂的光芒了。很久以来，他就习惯于通过一个使一切都变得黯然无光的工具来观察一切事物，因此他一旦用裸露的肉眼看了一眼如此光辉夺目的现象，他就永远成了一个盲人。

“马修，”汉娜紧紧抱住他说道，“我们快点离开这里吧！”

马修看出她快要晕倒了，便跪了下来，用胳臂抱住了他，把那有魔力的湖里冰凉透骨的水珠洒了几滴在她的脸上和胸口上。水滴使她苏醒过来，但是却无法恢复她的勇气。

“好吧，最亲爱的！”马修把她那不住颤抖的身体紧紧搂在怀里，“我们马上就离开这里，回到我们简朴的农舍去。在那里，圣洁的阳光和宁静的月光都会从我们的窗口照射进来。傍晚时分，我们会在火炉里点燃愉快的火光，在火光中享受幸福。全世界的人都可以和我们分享这点火光,我们从此再也不要求拥有比这更多的光明了。”

“是的,”他的新婚妻子说,“在那大红宝石的可怕光芒照耀下,我们白天怎么能平心静气地过日子,晚上怎么能安静地睡好觉呢!”

他们用双手捧起湖里的水,各自喝了几口。这里的湖水还从来没有被凡人的嘴唇污染过呢。然后他们领着瞎了眼的玩世不恭者,开始下山。那位玩世不恭者一言不发,把他的呻吟也压抑进了他那极端悲惨的心里。然而,当他们离开那座从未有人涉足的神灵之湖的岸边时,他们回头向悬崖投去了告别的一瞥,看见灰蒙蒙的雾气又一团团凝聚起来了,那颗宝石透过雾障还在幽幽地发出红光。

有关其他几位大红宝石的朝拜者,传说里是这样讲的:可敬的伊卡博德·皮格斯诺大爷很快就放弃了寻找,因为他认为这件生意太冒险了,他明智地决心回到波士顿市他那家靠近市镇码头的货栈去。但是,他在穿越大山的峡谷时,这位不走运的商人却被一支印地安武士俘虏去,把他带到了蒙特利尔囚禁起来,直到他付出一大笔赎金才得到释放。这笔赎金是他哭天抹泪地从他积蓄的松树先令里拿出来的。更不幸的是,由于他长期出门在外,他的生意就被弄得乱七八糟,他在后半生里,经常穷得连一个值六便士的铜板也拿不出来,更不要说在银币堆里打滚了。那个炼金术士卡卡福德尔博士带着一大片花岗岩回到实验室,把它研成了粉末,溶解在酸剂中,在坩埚里熔化,又用吹管点上火加以燃烧,并且把实验的结果写成了当时最厚最重的一本对开本著作。说起来,为了进行这些试验,那颗宝石还未必能像花岗石那么有用。那位诗人呢,他犯了一个颇为类似的错误。他在高山背阴处一道裂缝里找到了一大块冰,他便把它当作了宝物。他赌咒发誓,说那块冰在各个方面都符合他心目中的大红宝石的特征。批评家们说,他的诗歌虽说缺乏宝石的壮丽光辉,却保留了冰块的凛冽寒气。德·维尔勋爵回到了他祖先的厅堂,在那里他只要有一盏燃着蜡烛的灯架就心满意足了。过了一定的时间,他也躺进了祖先墓室的一具棺材里。葬仪的火炬在黑暗的墓穴里亮起的时候,他已不再需要大红宝石来炫耀世间的荣华富贵了。

那位玩世不恭者自从抛掉他的眼镜以后,便成了一个可怜的家伙,在世上到处漂泊,为了惩罚他前半生对一切事物视而不见,他总是痛苦地向往着光明。他整夜地抬起他那被光明照瞎了的眼珠,朝着月亮和星星;每当太阳升起的时候,他总是像波斯的太阳崇拜者那样,把脸转向东方;他到罗马去朝过圣,为的是看看圣彼得大教堂灿烂辉煌的灯火;他最后死在伦敦的大火中,他是自己投身到火里的,因为他绝望地想在这场照亮了大地和天空的大火里为自己攫取到一丝细微的光亮。

马修和他的新婚妻子平静地度过了许多年,他们总是喜欢对人讲大红宝石的传说。可是直到他们享受高寿的晚年时期,除了那些还记得那颗宝石的古老光芒的人以外,并没有什么人相信他们的故事。据说,自从有两个普通人,以他们纯朴的智慧,拒绝了这颗能使世上万物相比之下黯然失色的宝石以来,宝石的光芒便暗淡下去了。后来还有别的朝拜宝石的人去到那块悬崖下,却只看见一块不透明的石头,它的表面闪烁着云母碎片的光泽。还有人说,这对年轻夫妻离去以后,那颗宝石就从崖顶松开了,落入受魔法禁止的湖里。还说每天中午,人们还可以看见那个寻宝人的身形,仿佛他正俯身于那颗宝石从不熄灭的光辉之上。

也有少数几个人相信,这颗无价的宝石仍然像过去一样闪闪发光,他们说,他们曾经看见它的光芒,像夏日的闪电一般远远投射进萨科山谷里。应该承认,我在离水晶山许多英里外的地方,曾经见到过它的山尖环绕在奇妙的光辉中,说实在的,这片美景着实诱惑了我,使我当真想做最后一个朝拜这颗大红宝石的人呢。

海德格医生的实验[①]

那位十分古怪的人，老海德格医生，有一次邀请了四位可尊敬的朋友到他的书房和他会面。他们之中有三位是胡须雪白的绅士，梅德伯恩先生，基利格鲁上校，加斯科因先生，还有一位红颜早已凋谢的贵妇人，她是威彻利寡妇。他们都是些忧郁的老年人，在生活中历经艰辛，而他们最大的不幸是他们没有早些被埋进坟墓。梅德伯恩先生正当壮年时曾经是一位生意兴隆的商人，但是在一次疯狂的投机买卖中，他失去了全部财产，如今他比乞丐也好不了多少。基利格鲁上校为了追求穷奢极侈的享乐生活，虚度了他大有作为的青春年华，毁掉了自己的健康，耗尽了自己的家产，到头来只落下了浑身病痛，比如痛风啦，以及其他种种心灵的创伤和身体的疾病。加斯科因先生是一位穷愁潦倒的政客，他是个恶名昭彰的人，或者说，至少，他曾经恶名昭彰，直到时间埋葬了他，使当前的一代人对他一无所知，于是也从臭名远扬变成了默默无闻。至于威彻利寡妇，据说她在年轻时代曾经是个绝色美女；但是由于某些难听的丑闻，使得镇里的上流士绅对她产生了偏见，因而很久以来，她就一直闭门谢客，隐世蛰居了。值得一提的是，这三位老先生：梅德伯恩先生、基利格鲁上校和加斯科因先生，都曾经是威彻利寡妇早年的情人，那时，他们为了她，已经到了大打出手、自相残杀的地步。在继续讲下去之前，我想先向读者透露一句：在人们眼里，海德格医生和他的四个客人，有时都被认为神经有点不正常；每当老年人为眼前的烦恼或者悲伤的回忆所困惑的时候，常常会发生这种情况。

"我亲爱的老朋友们，"海德格医生说道，并且请他们坐下，"我为了消遣，常在书房里做些小小的实验。我希望你们帮助我做其中一个实验。"

如果传言全部属实，那么海德格医生的书房就必定是个非常奇怪的地方。

---

① 不久以前，在一期《英国评论》里，我被控从大仲马的一部小说的一章中剽窃了这篇故事的构思。看来，不论是我这方面，还是大仲马那方面，剽窃行为无疑是存在的；不过，由于我的故事是在二十多年前写的，而那部小说则写于晚得多的时期，我有幸认为，是大仲马先生赏脸，盗用了我早年的一篇幻想作品。他尽可以随意使用它；而且，据许多人说，这位伟大的法国传奇小说作家运用他那气势凌人的天才的特权，没收声名稍逊于他的人们的智力财产以供他个人之用，并不只此一次。1860年9月。——作者注

它是一间光线昏暗的老式房间，屋里到处挂满了蜘蛛网，蒙上了年深岁久的灰尘。靠着四面的墙壁竖着几个橡木书柜，下面几层放满了一排排巨大的对开本书卷和黑体字印刷的四开本书卷，上面几层放着羊皮纸封面的十二开本小书，中间一个书柜顶上放着一尊希波克拉底的半身铜像。据某些权威人士说，海德格医生每次遇到疑难病症时，总是要向它请教的。这间屋子的最黑暗的角落里放着一只又高又窄的橡木橱柜，柜门虚掩，里面隐隐约约有一架骷髅。在两个书柜之间悬挂着一面镜子，它那高大的镜面蒙满灰尘，镶在一个褪色的镀金镜框里。关于这面镜子流传着许多奇妙的故事，有一个故事是说，医生所有已故病人的鬼魂都栖身于这面镜子里，每当他朝镜子里看的时候，他们就会瞪眼瞧着他。屋子对面装饰着一幅年轻小姐的全身肖像。她身上穿着褪了色的华丽的绫罗绸缎衣服，她的面孔也像衣服一样褪了色。半个多世纪以前，海德格医生本来马上就要同这位年轻小姐结婚了；但就在这时，她偶感微恙，服了她心上人开的一副药，在举行婚礼之夜便死去了。但是我们还没提到书房里最奇特的珍藏品：那是一本沉重的对开本大书，用黑色皮革装订起来，安着结实的银搭扣。书脊上没有字，所以没有人能说出这本书的名称来。但是大家都知道它是一部魔法书；有一次一个女仆把它拿了起来，她只不过是想掸去上面的灰尘，但那具骷髅便在橱柜里咔啦咔啦地响了起来，画像上的年轻小姐的一只脚已经跨到了地板上，镜子里也探出几张鬼脸向外张望；而这时，希波克拉底的铜头皱起了眉头说道："住手！"

这就是海德格医生的书房。在我们故事发生的那个夏日的下午，房间正中摆放着一张像乌木一般漆黑的小圆桌，桌上放着一只式样美观、做工精致的雕花玻璃花瓶。太阳光从窗户外透过两条褪了色的锦缎窗帘的沉重穗子照进来，直接射到这只花瓶上；从花瓶上反射出柔和的光华，映照在围桌而坐的五个老人灰白色的面孔上。桌上还放着四只香槟酒杯。

"我亲爱的老朋友们，"海德格医生重复道，"我可以指望你们的帮助，来完成一项极其奇特的实验吗？"

海德格医生是一位非常古怪的老绅士，他的怪癖已经成了成百上千个荒诞不经故事的核心。说起来，其中有些离奇的故事还很可能追溯到我这个老实人身上，这真使我负疚于心；如果我正在讲的故事里有哪些细节使读者愕然惊骇的话，那么我也只好接受向壁虚构者的恶名了。

医生的四位客人听他谈起他建议做一个实验时，都以为不会有什么特别新鲜的东西，不外是在气泵里杀死一只老鼠，或者在显微镜底下观察一张蜘蛛网，以及其他这类他经常用来纠缠他的好朋友的荒唐把戏。但是,海德格医生不等他们回答,便一瘸一拐地走到屋子另一头,拿来了传闻中被公认为是魔法书的那本用黑色皮革装订的大部头书。他解开银搭扣,打开了书,取出夹在黑体字书页中的一朵玫瑰花,或者说,它曾经是玫瑰花,但如今碧绿的叶片和深红色的花瓣都已变成褐色,这朵年深日久的花,仿佛马上就会在医生手里化为灰烬。

"这朵玫瑰花,"海德格医生叹了一口气,说道,"这朵业已凋谢、即将化为尘土的花,在五十五年前曾经盛开过。它是西尔维亚·沃德赠给我的,她的肖像就挂在那边;我本想在我们的婚礼上把它戴在胸前的。五十五年来,它一直被珍藏在这本古书的书页中间。那么,你们认为,这朵半个世纪前的玫瑰花还能再一次开放吗?"

"胡说八道!"威彻利寡妇恼怒地甩了甩脑袋,"你还不如问,老太婆布满皱纹的脸蛋是不是还能重新变得千娇百媚。"

"瞧吧!"海德格医生回答道。

他打开花瓶,把枯萎的玫瑰花投进瓶中的水里。它起初只是轻飘飘地浮在那液体的表面,似乎并没有吸收它的水分。然而,不久就出现了奇特的变化。那压瘪的干枯花瓣颤抖起来,颜色变成了愈来愈深的红色,仿佛花朵正从死一般的沉睡中苏醒过来;那纤细的花茎和枝叶也变成了绿色;于是,这朵半个世纪前的玫瑰花看上去就像当初西尔维亚·沃德送给她的心上人时一样鲜艳。它显然还没有盛开;几片娇嫩的红色花瓣还羞答答地卷在那湿润的花蕊周围,花心里有两三滴露珠在闪着光。

"这可真是耍得非常漂亮的骗人花招。"医生的朋友们说;不过他们都有些满不在乎,因为他们曾经在一次魔法师的表演中目睹过比这更为了不起的奇迹。"请问这是怎么搞出来的?"

"难道你们没有听说过'青春之泉'?"海德格医生问道,"就是那位西班牙冒险家庞斯·德·利昂在两三个世纪前曾经去寻找过的那种泉水?"

"可是,庞斯·德·利昂到底找到了它没有?"威彻利寡妇说。

"没有,"海德格医生回答,"因为他一直都找错了地方。如果我得到的消息是正确的话,那著名的'青春之泉'应该是在佛罗里达半岛南部离麦卡科湖不远的地方。泉水的源头在几棵巨大的木兰树的树荫下,那些木兰树已经生长了无数个世纪,但是受到这种神奇泉水的滋润,仍然和紫罗兰花一样鲜艳。我的一位熟人,知道我对这类事情的好奇心,就把你们在这只花瓶里看到的泉水送给了我。”

“嗯，”基利格鲁上校说，他对医生讲的故事一个字也不相信，“请问这种液体对人体有什么作用？”

“你可以自己来判断，我亲爱的上校，”海德格医生回答道，“我尊敬的朋友们，欢迎你们大家来试一试这种美妙的液体，好恢复你们的青春活力。至于我嘛，我既然辛辛苦苦地活到了这么大的年纪，也就不再急于返老还童了。所以，只要你们允许的话，我就只在这里观察一下实验的进程了。”

海德格医生一面说，一面把青春泉水倒满了四只香槟酒杯。泉水里一定含有一种产生泡沫的气体，因为小小的气泡正不断地从杯底升起，在水面裂成银白色的细沫。由于这液体还散发出使人心旷神怡的芳香，老人们不再怀疑它具有滋补提神的功能；虽说他们对它返老还童的力量还抱着绝对怀疑的态度，可都已经想要把它一口喝下去。但是，海德格医生请他们稍等片刻。

“在你们喝下它之前，我尊敬的老朋友们，”他说道，“由于你们已经有了一生的经验来指导自己，在你们第二次度过青春时期的种种危险之前，最好你们能订下几条总的行为准则。请想想，如果你们具有了这么特殊的有利条件，却还不能成为当今所有年轻人在德行和智慧上的楷模，那将会是多么大的罪过和耻辱啊！”

医生的四位可尊敬的朋友们没有回答，只是发出一阵颤巍巍的虚弱的笑声；既然他们明明知道犯错误以后，紧接而来的是悔恨，他们还会再次误入歧途吗？这种想法实在太荒唐了。

“那么，请喝吧，”医生鞠了一躬，说道，“我很高兴能为自己的实验选中了如此出色的对象。”

他们用颤抖的手把杯子举到自己的唇边。如果这液体果真具有海德格医生赋予它的功效，那么再没有人比这四个受赐的人更迫切需要它了。他们看上去仿佛从来不知道什么是青春和欢乐，他们是大自然垂暮之年的子女，一出生便是些头发灰白、衰老枯萎、悲惨不幸的人。现在他们弯腰驼背围坐在医生的桌子周围，他们的灵魂和躯体里都缺乏足够的活力，哪怕是返老还童的希望，也无法使他们活跃起来。他们喝完了泉水，把杯子放回桌上。

几个人的容貌果然立刻就有了起色，有点像喝下了一杯香浓的酒，再加上一道欢快的阳光突然照耀进来所产生的效果，他们每个人的脸孔马上变得容光焕发了。他们的双颊不再是那种使他们看上去像死尸般的灰白色，而变成了健康的红色。他们相互对视,觉得一种魔力真正开始在抹去时间老人久已刻在他们眉际的深深的悲伤印记。威彻利寡妇正了正她的帽子,因为她感到自己几乎又像个女人了。

“再给我们一些这种奇妙的泉水吧!”他们热切地喊道,“我们变得年轻一些了——可是我们还是太老! 快些! ——再给我们一些泉水吧!”

“别急,别急!”坐在那里,以哲学家的冷静态度观察着这次实验的海德格医生说道,“你们变得衰老是经历了很长时间的。现在,在半个小时之内就变得年轻,你们总该满足了吧! 不过,那水你们是可以随便喝的。”

他再一次给他们的杯子斟满了青春泉水,花瓶里剩下的水还足够使城里一半的老人回到他们自己孙辈的年龄。水泡还在杯口闪耀,医生的四位客人已经迫不及待地从桌上抓起自己的杯子,一口喝下了杯里的水。难道这是幻觉! 就在那口水通过他们喉咙流下去的同时,它似乎已经使得他们全身都发生了变化。他们的眼睛变得清澈明亮了;他们的银白色卷发变成了深黑色;现在围坐在桌边的是三位中年绅士和一位体态丰满,尚在绮年的少妇。

“我亲爱的寡妇,你真迷人!”基利格鲁上校眼睛盯住她的脸庞,嚷道。这时,岁月的阴影正飞快地从她脸庞上消逝,就像黑夜在火红的黎明之前匆忙退却一样。

这位俏寡妇早就明白,基利格鲁上校的恭维话并不总是实话;所以她突然站了起来,跑到镜子前面,心里仍然害怕会看见一个老太婆丑陋的面孔。这时,三位绅士的举止也足以证明:青春之泉的泉水确实具有使人陶醉的功能;否则,他们那种高亢的兴奋状态只可能解释为岁月的重担突然消失在他们身上所引起的飘飘欲仙的眩晕感。加斯科因先生的头脑里想的似乎是政治问题,不过,究竟是有关过去的、现在的还是将来的政治问题,就很难断定了,因为五十五年来,流行的是同样的想法和措辞。他一会儿粗声粗气、喋喋不休地大谈爱国主义、民族的荣誉、人民的权利之类的词句;一会儿他又狡猾而含糊地喃喃低语着这样或那样的危险话题,他的态度是那么小心翼翼,甚至连他自己的良心也无法听清其中的秘密;再过一会儿,他又十分恭敬地用谨慎小心的语调讲起话来,仿佛皇上正在听他那巧妙得体的华丽辞藻。在这段时间里,基利格鲁上校一直在反复唱着一首快乐的饮酒歌,一面敲打着玻璃杯为歌中的合唱伴奏,一面却把眼睛溜过去瞄着威彻利寡妇的丰满身躯。坐在桌子另一边的梅德伯恩先生正在算一笔涉及元和分的账目,这笔账又奇怪地和另一个计划混在一起,那是一个套上一队鲸鱼到北极的冰山去，把那里的冰块运去供应东印度群岛的计划。

至于威彻利寡妇，她站在镜子前面，对着自己的形象屈膝行礼，作出媚笑，仿佛正在向一位她爱得比世界上任何别人都更深的朋友打招呼。她把自己的脸贴近镜子，看看脸上和眼角的那些难以忘怀的皱纹是否真的消失了。她仔细察看头上的白发是否已经像积雪一样融化得无影无踪，从而她便可以放心地扔掉自己那顶德高望重的帽子了。最后，她轻快地转过身来，迈着舞步走到桌子旁边。

“我亲爱的老医生，”她叫道，“请再给我一杯！”

“好的，我亲爱的夫人，当然可以！”殷勤的医生回答道，“瞧！我已经把杯子都倒满了。”

果然，四只杯子都装满了这种奇妙的泉水，轻柔的水沫在水面翻腾着，像是钻石在闪烁发光。这时太阳已经快要落山，屋里比以前更加昏暗；但是从花瓶里却发出一种柔和的月光般的光辉。停留在四位客人身上，同样也停留在那可尊敬的医生身上。他坐在一把雕刻精美的高背橡木扶手椅上，他那老年人的庄严神情和时间老人十分相像。那位时间老人享有无上权威，除了在座的这些幸运儿以外，还从来没有人敢抗拒他。就在他们喝下第三口青春泉水的时候，他那神秘莫测的面容险些儿使他们感到惶恐不安了。

可是，过了一会儿，一股使人兴奋的青春活力在他们的血管中奔驰而过。他们现在已回到了幸福的青春年代。衰老以及随之而来的一系列悲惨的焦虑、忧伤和疾病，回忆起来只不过是一场恶梦，而他们已经从恶梦中高高兴兴地苏醒过来了。他们的心灵早已失去的鲜明光彩，现在又重新将它的魅力投射到他们所有的前景里。缺少了这种光彩，世界上连续不断的场景就会变得像一座装满褪色的图画的美术馆。他们觉得自己像是一个新创造的宇宙里刚刚被创造出来的生物。

“我们年轻了！我们年轻了！”他们欣喜若狂地高喊道。

青春，像风烛残年一样，已经抹掉了中年的那些具有明显标志的特征，使他们都变成了一个样。他们成了一群快活的年轻人，几乎被他们这种年龄的爱打闹的旺盛精力激动得要发狂了。他们这种欢乐情绪的一个最奇特的效果，就是使他们产生了一种冲动，想去取笑一下不久以前还曾经使他们吃尽苦头的老迈衰朽的状态。他们高声嘲笑彼此的老式服装、嘲笑年轻人身上那宽下摆的外衣和下垂的背心，嘲笑那位娇艳的少女穿戴的古老的帽子和长袍。一个模仿患了痛风病的老爷爷一瘸一拐地走路的样子；另一个在鼻梁上架上一副眼镜，装作正在聚精会神地阅读那本魔法书的印着黑体字的书页;第三个则坐在一把扶手椅里竭力模仿海德格医生令人肃然起敬的庄严神态。然后大家便开心地大喊大叫起来,在屋子里到处蹦蹦跳跳。威彻利寡妇——如果这样娇媚的少女能够被称为寡妇的话——玫瑰色的脸蛋上露出了淘气的笑靥,轻盈地走到医生的椅子旁边。

"医生,你这可爱的老家伙,"她嚷道,"站起来和我跳个舞吧!"四个年轻人想着这可怜的老医生跳起舞来会显得多么古怪,便更加响亮地大笑起来。

"请原谅我,"医生平静地说道,"我老了,又有风湿病,我跳舞的日子早已过去了。但是,这几位快乐的年轻绅士一定十分乐意有这么美貌的舞伴的。"

"跟我跳吧,克拉拉!"基利格鲁上校喊道。

"不,不,我要做她的舞伴!"加斯科因先生高叫道。

"五十年前她就答应嫁给我了!"梅德伯恩先生嚷道。

他们一齐围住了她。一个用热情的手紧紧握住了她的双手——另一个用手臂搂住了她的腰肢——第三个把手伸进寡妇帽下面成团蜷伏着的光亮卷发里。她羞红了脸,喘着气,挣扎着,责骂着,欢笑着,她那温暖的呼吸轮番吹拂着每个人的脸孔。她使劲想挣脱开去,可是仍然停留在三个人的拥抱里。从来没有哪一幅图画比这幅年轻人为了夺取一位迷人的美女而相互争斗的图画更生动活泼了。然而,由于室内光线阴暗,加上他们仍然穿着老式服装,所以就使人产生了奇异的错觉,据说那面高大的镜子反映出来的,是三个白发苍苍、枯瘦衰弱的老头儿在荒唐可笑地争夺一个皮包骨头、相貌丑陋的干瘪老太婆。

但是他们是年轻人:他们燃烧着的激情证明了这一点。那位少女寡妇做出一副卖弄风情的媚态,半推半就,欲擒故纵,逗得三个情敌魂不守舍,开始恶狠狠地交换威胁的目光。他们仍然抓住那件如花似玉的宝贝不放,同时彼此狠狠地掐住了对方的脖子。就在他们你来我往地扭打成一团的时候,桌子被碰翻了,花瓶被打得粉碎,宝贵的青春泉水像一道明亮的小溪流过地板,打湿了一只蝴蝶的翅膀。那只蝴蝶在夏季将要结束之时已经衰老,它落在那里等待死亡。这时,蝴蝶却轻盈地飞了起来,穿过房间,停在海德格医生白发苍苍的头上。

"好啦,好啦,先生们!——好啦,威彻利太太,"医生喊道,"我实在不能不抗议这种胡闹了。"

他们呆呆地站住了,并且颤抖起来;因为白发的时间老人似乎正在把他们从愉快的青年时期召唤回来,重新坠入冰冷黑暗的老年的深谷中。他们看看海德格老医生。他坐在他那把雕花的扶手椅里，手里拿着他从摔碎的花瓶残片中抢救出来的那朵半个世纪以前的玫瑰花。他用手指了指，四个打闹的人便坐回了自己的座位；他们毫不迟疑地照他的意思做，因为激烈的活动使他们感到疲倦，虽说他们外表还是年轻的。

“我可怜的西尔维亚的玫瑰花！”海德格医生把花举到晚霞的光辉里，叹道，“它似乎又重新凋谢了。”

确实如此。就在在场的人注视着它的时候，花朵继续萎谢，直到它变得像医生最初把它扔进花瓶时那样干枯和脆弱。他甩掉了几滴仍然留在花瓣上的水珠。

“虽说它变成这样，我仍然像它在鲜嫩娇艳时一样深深地爱着它。”他说道，并且将那朵干瘪的玫瑰花贴到他干瘪的嘴唇上。在他说话的时候，那只蝴蝶从医生白发苍苍的头上飘落下来，跌在地板上。

他的客人们又颤抖起来。他们觉得，一股奇怪的寒意，说不清是身体上的还是精神上的，正在逐渐弥漫到他们全身。他们相互注视着，仿佛觉得飞逝的每一刻都夺走一分俊美，在原来光滑的地方留下一道越来越深的皱纹。这是不是幻觉？难道一生的变化竟会缩短到如此短暂的片刻，而现在他们仍然是同他们的老朋友海德格医生坐在一起的四位老年人？

“难道我们这么快就又变老了！”他们悲哀地惋叹道。

事实上，他们确是变老了。青春泉水所具有的功效比酒还要短暂。它所激起的极度兴奋状态已经消失。是的，他们又老了！寡妇显露出了女人的本能，她突然全身战栗着用皮包骨头的手遮住了脸孔，恨不得这张脸已经被压在棺材盖底下，因为它再也不能变得美丽了。

“是的，朋友们，你们又老了，”海德格医生说，“瞧吧，青春泉水全都浪费在地上了。好吧，我并不惋惜；即使泉水涌到了我的门槛边，我也不会弯下腰去用它沾湿我的双唇的——不，哪怕它们所造成的极度兴奋的效果能够持续许多年，而不是只持续片刻。这就是你们给我的教训。”

但是医生的四个朋友自己并没有接受这个教训。他们决定立刻动身到佛罗里达去，并且决定不分早晨、中午、夜晚地去痛饮那青春泉水。

三重命运

——一则神奇传说

有时，在我的想象中出现了一系列事件，其中神奇传说的精神和作用是和日常生活中的人物和风俗结合在一起的。这种想象产生了一种奇特的和并非不快意的感觉，但它的作用只限于对我个人的思想而言。在我下面要讲述的小小故事里，在描画新英格兰人物和景色时，微妙地混进了一丝野性的神奇成分，不过，我希望这种成分还不足以浓厚到完全抹杀了大自然冷静朴素的色彩。它不是一个号称真实发生的故事，最好还是让我们把它看作是一个寓言，就像18世纪的作家常常通过东方故事来表现的一样，不过比起那些幻想的作品来，我尽力使我的这个故事带上了更多的真实生活中的温暖色彩。

一个夏天黄昏，一个高大的、面色黝黑的人正在暮色中走进一个不属于"仙境般的伦敦"，而只属于我们熟悉的本地区的村庄，这人曾经长时期在远方旅行，所以也带上了一些异国气质。他拄着一支拐杖，那是在印度斯坦的丛林里砍下来以后就一直陪伴着他的；那顶盖住了他忧郁的前额的帽子，曾经为他挡过西班牙的太阳光；但是，他的面颊是在阿拉伯沙漠里被那火热的风烤灼得黝黑的，它还承受过北极地方的冰冻的寒气。他长期生活在狂暴危险的人们中间，现在仍然在背心下面佩戴着一把土耳其弯刀，他曾经把这把弯刀刺进一个土耳其强盗的咽喉。他每到一处异国他乡，便失去了一些新英格兰的特征；同时，他也许从每个异族人那里都借来了一种新的特征；所以，当这个漫游世界的人重新踏上故乡村庄的街道时，他没有被人认出来，也就不是什么奇怪的事情了，虽说他还是引来了所有人们的注视和好奇。然而，当他的手臂无意中碰上了一位正要上夜校听课的年轻女人的手臂时，那女人吃了一惊，几乎喊了出来。

"拉尔夫·克兰菲尔德！"她欲言又止地低声说出了这个名字。

"难道那是我早年的游玩伙伴费思·埃杰顿？"那个旅人回过头来望了望她的身影，想道。但是他并没有停住脚步。

拉尔夫·克兰菲尔德从少年时代就认为自己命中注定要成就伟大的事业。他接受了这样一个想法——我们不知道这个想法是通过巫术向他揭示出来的，还是在一个预言性的梦中得到的，或者是他自己爱好冥想的想象力，拿自己的幻想当作某位女巫的预言来哄骗他——但是他接受了这个想法，并且坚定不移地相信，在他生命中将会发生三个奇妙无比的事件，它们将会通过三个标志向他显示出来。

第一个命中注定的，也是他青春的想象力特别热衷的事件，就是一位世上无双的少女将要出现，并且用她的爱情使他获得幸福。他必须漫游世界，直到他遇见一位美女，她的胸前佩戴着一枚心形的珠宝首饰；至于那珠宝是珍珠、红宝石、绿宝石、红玉、或是易变的蛋白石，或者是一颗无价之宝的钻石，拉尔夫·克兰菲尔德并不在意，总之，只要那珠宝是一种特殊的心形就行了。他一见到这位美丽的陌生人，就必须这样对她说："姑娘，我给你带来了一颗沉重的心。我可以把这副重担交给你吗?"如果她是他命中注定的新娘——如果他们心灵相通，注定要在世上结成佳偶，而这美满的姻缘将会天长地久，直到永恒——她就会把手指按在心形首饰上回答："我用这件我佩戴了这么久的信物向你保证：你完全可以！"

再讲第二件。拉尔夫·克兰菲尔德坚信，在地底下某个地方，埋藏着一堆巨大的财宝，而埋藏地点除了他以外不会显示给任何其他的人。当他的脚踩在那个神秘的地点上时，在他面前就会出现一只指向下方的手——这只手是一只大理石雕刻成的手，还是刻在一座岩石林立的悬崖壁上的巨大无比的手，抑或是在空中出现一只火红的手，他也不知道；但是，至少，他会看见一只手，食指指向下方，下面还有一个拉丁文的词：挖！于是，只要在这里挖下去，就一定会有金币或金锭、宝石或是其他各种财宝，来报答他付出的劳动。

第三件，也就是最后一件将要发生在这个鸿运高照的人身上的奇妙事件，便是他将获得全面影响和统治他的同胞的权力。至于他会成为一位国王，创立一个世袭的王国，还是成为一位率领人民争取自由而大获全胜的领袖，还是成为一位宣讲一种净化和革新的宗教信仰的使徒，那就要看今后的事实了。为了使拉尔夫·克兰菲尔德识别召唤他的那个标志，将会有三位贤明的长者作为使者请求和他谈话。为首的是位庄重威严的长者，他将会身着一件古代贤人穿的宽大长袍，手执一根权杖，或是一根先知的手杖。这位可敬的贤人将会用这根权杖，或者手杖，或者拐杖，在空中画出一个一定的图形，然后讲出上天指示的使命，如果他照办了，便会获得光辉的成就。

拉尔夫·克兰菲尔德被如此值得自豪的前途推动着，充满了青春的想象和憧憬，便动身去寻找他的少女、财宝和那位可敬的贤人要赠给他的广阔帝国去了。他找到它们了吗?唉!从他现在回到他母亲的茅屋时的神态,完全不像一个完成了比他所有的同胞更为崇高的成就、如今凯旋归来的人那样,却很像一个曾经不断地和奇特的厄运作斗争的人那样愁眉不展。他回家来了,不过只打算作暂时的逗留,只是暂时放下香客的拐杖。他认为,在他曾经得到关于他的三重命运的启示的地方,他这个疲惫的成年人是能够恢复一些青春活力的。村子里没有多少变化;这里并不像那些兴旺发达的地方,在那些地方,一年的繁荣比一百年的衰败造成的破坏更大;它只不过是一座古色古香的小村镇,像一个年轻人头上的一根白发一样,这里多的是老处女、老榆树和青苔覆盖的房屋。这里的变化似乎很少。不错,低垂的榆树,枝叶变得更加繁茂壮观;被岁月熏染得发黑的房屋,顶上的青苔也更厚了一些;毫无疑问地,墓地里也添了几块墓碑,上面刻着乡村街道上曾经十分熟悉的名字。然而,总结一下十年的时光造成的破坏,那只不过好像是拉尔夫·克兰菲尔德这天早晨才离开村子,在外面做了一个白日梦。一直做到黄昏的时候,然后他便回来了。但是,他的心变得冰凉,因为这村庄并不记得他,不像他记得村庄那样。

"变化就在这里!"他叹道,用手捶打着胸膛,"这个深思熟虑、忧心忡忡、浪游天涯、疲惫不堪、饱受失望挫折的人是谁呀?那个如此兴高采烈地离开这里的年轻人呢,他再也回不来了!"

现在拉尔夫·克兰菲尔德已经走到了母亲的小房子门前。那位老太太只有一笔很少的收入,但是却已足够使她在儿子长期离家的日子里,过着不愁温饱的生活。他走进院子,靠着一棵高大的老树,故意压住自己急不可耐的心情,就像那些把多少年的时光压缩到片刻间的人们在这种间隙里常做的一样。他仔细地察看了这幢房子——它那被光线照亮的窗子,它那用半扇磨石充作台阶的门口,还有那条隐约可见的从门口通到大门的蜿蜒小道。他倚靠着的那棵老树,是他儿时的朋友,现在他又和它重新建立起了友谊;他顺着它的树身朝下看去,看见一件东西,使他忧伤地微笑了。那是一个刻上去的字,字迹已模糊不清——一个拉丁文的词:"挖"——他记得那时他刚刚开始冥想他的崇高的命运,于是便费了一整天时刻,用刀把这个字刻在了树皮上。可能是出于一种奇特的巧合,正好在刻的字上面,长出了一个树瘤,形状颇有点像一只手,食指斜着指向那个决定命运的字。至少,在昏暗的光线下,它看上去是这样的。

"一个容易上当的人,"拉尔夫·克兰菲尔德漫不经意地自言自语道,"还会以为我踏遍世界到处寻觅的财宝,到头来却埋在我母亲住房的门前呢。那可真是个笑话!”

他没有工夫再想这件事了;因为现在门开了,一位上了年纪的妇人出现在门口。她向黑暗中张望,想知道是谁闯进了她的院子,并且站在她的树影子底下,那是拉尔夫·克兰菲尔德的母亲。我们姑且不提他们的相互问候,留下他们俩——让她去高兴,也让他去休息,如果他能找到宁静的休息的话。

但是,当早晨来临的时候,他愁眉不展地起了床;因为不论在他睡着,还是在他醒着的时候,他都一直在做梦。他那曾经燃烧过的热情,现在又全部重新燃烧起来,一心想揭开他的命运的三重秘密。他那众多的早年幻梦似乎都在他母亲的屋子里等待着他,如今它们一拥而上,喧闹地欢迎他的归来。他在那间记忆犹新的卧室里——在他儿时曾经睡过的枕头上——度过了一个心烦意乱的夜晚,比起他睡在一个阿拉伯帐篷里的那次,或者是露宿在一座鬼魂出没的森林里令人毛骨悚然的树荫下时更加坐卧不安。有个影子般的少女曾经悄悄来到他的床边,把手指放在闪着火花的心上;一只火红的手在黑暗中闪亮起来,指着地下的秘密;一位白发苍苍的贤人挥舞着他的预言之棒,指点做梦的人走向王位。到了白天,这些幻影仍然在茅舍附近出没,只是略为模糊一点,它们还混进了一群熟悉的脸孔中,这些熟人听见了拉尔夫·克兰菲尔德回家的消息,为了他母亲的缘故,他们都前来向他表示欢迎。他们发现他是个高大庄严、肤色黝黑的人,外貌带着异国特色,举止有礼,言谈温雅,只不过眼神有些心不在焉,仿佛常常要抽空对看不见的事物瞧上一眼。

这时克兰菲尔德寡妇正在屋子里来来去去地忙着。她心中充满了欢乐,因为她又有了一个人可以去爱和照顾,为了这个人,她愿意让自己陷进日常生活琐碎事务的纠缠和烦恼中。快到中午的时候,她朝门外望去,看见三个有声望的人士穿过炎热的阳光和一簇簇榆树的树荫,沿着大街走了过来。最后他们来到了她家大门外,拨开了门栓。

“瞧呀,拉尔夫!”她怀着母亲的骄傲喊道,“霍克伍德老爷和另外两位市政委员特意来看望你了!快对他们好好地讲讲你在异乡外国的见闻吧。”

三位来客中,走在最前面的霍克伍德老爷是一位神态高傲、心地却十分善良的老绅士。他是一村之长,也是村里一切事务的主要推动者。他被公认为是世界上最聪明的人之一。他头上戴着一顶即使在当时也已经显得有点老式了的三角帽,手上握着一根顶部镶银的手杖,他似乎更喜欢用它在空中挥舞,而不是用它来帮助腿部行走。他的两个同伴也是上了年纪、受人尊敬的自耕农,他们保留了独立前对等级和世袭财富的尊重，稍稍退到老爷的身后一点。当他们从小路走上前来的时候，拉尔夫·克兰菲尔德正坐在一把橡木扶手椅里，有点无意识地注视着三位来客，把他们朴实的身影收纳进了弥漫于他的精神世界里的梦幻般的传奇之中。

“这里，”他想道，并且对自己的幻想露出微笑，“这里来了三位长者，打头的那位是握着权杖的可敬的贤人。难道这个使节当真会带来有关我的命运的指示！”

霍克伍德老爷和他的同事们进门时，拉尔夫从椅子里站了起来，走上前几步去迎接他们；在他有礼貌地躬身迎接客人时，他高大的身材和黝黑的面庞都带着天生的庄严气概；这和老爷倨傲自大的派头形成了鲜明的区别。这位老绅士按照一成不变的习惯，挥舞起手杖，在空中画了一个精巧的花样，接着摘下三角帽，好擦擦额头，最后才开口讲出来意。

“我的同事和我自己，”老爷开口说道，“是本村共同的市政委员，我们肩负着重大的责任。三天以来，我们一直在郑重考虑推选一个适当的人来承担一件极其重要的职务，如果他肯承担这件任务，并且贤明地执掌统治权的话，那么，他的地位将不会低于国王和君主。而你呢，我们的乡亲，天生就具有良好的才智，在国外旅游中又充分受到了培养和提高，至于你在青年时代的某些荒唐幻想，肯定早已改掉了；总之，我要说，经过充分考虑之后，我们认为是上帝在这个时刻把你派到这里，来满足我们的要求的。”

他讲这番话的时候，克兰菲尔德目不转睛地注视着他，仿佛在这个高傲自大的矮个子的身上，看见了某种神秘的、超自然的事物，仿佛这位老爷并不是身穿方下摆外衣、宽松背心、天鹅绒长裤和长丝袜，而是穿着古代贤人的宽大长袍，他的惊讶并不是毫无理由的；因为，说来也怪，老爷挥舞手杖时所画的花样，正好是克兰菲尔德踏遍全世界去寻找的那个空中的图形，他将要凭这个图形去证实那位预言家贤人所带来的指示。

“请问，”拉尔夫·克兰菲尔德问道，声音有点颤抖，“这件将要使我和国王及君主们处于平等地位的职务是什么？”

“那就是我们乡村小学的教师，”霍克伍德老爷回答道，“由于可尊敬的惠特克老师在任职五十年以后去世了，所以这个职位现在正空缺着。”

“我要考虑一下你的建议，”拉尔夫·克兰菲尔德匆忙地回答道，“我会在三天之内把我的决定告诉你们。”

村里这位大人物和他的同伴们又讲了几句话便告辞了。但是在克兰菲尔德的想象里,他们的形象仍然停留在那里,并且愈来愈带上了他梦中人物那模糊不清的威严样子。那些人物最初出现在他的梦中,后来在他清醒的时刻,他们也化作平凡的形态在熟悉的环境中间出现。他的脑海里萦绕着老爷的相貌,直到它们跟那位幻想中的贤人的容貌混淆在一起,其中一个仿佛只是另一个的影子罢了。他现在想起来了,那副同样的容貌,曾经在埃及法老基奥普斯的金字塔上注视着他;那个同样的形象曾经在爱尔汗布拉宫[1]的柱廊之间向他招手;那个同样的人形曾经在大喷泉蒸腾的水汽中朦胧地显露出来。每次他努力回忆,就能从村里这个高傲自大、吵吵嚷嚷、神气活现的矮小的大人物身上,认出那个梦中的命运使者的某些特征来。拉尔夫·克兰菲尔德陷进了这样的沉思,他整天都坐在茅舍里,几乎听不见他的母亲提出的上千个关于他的旅行和冒险的问题,对这些问题,他只是含含糊糊地作了回答。太阳落山的时候,他打起精神,到外面去散步,在经过那棵老榆树的时候,他的眼睛又一次注意到了那个很像一只手的树瘤,正朝下指着那模糊不清的铭刻之字。

克兰菲尔德顺着村里的街道走去,低低的夕阳把他的影子投射到他前面很远的地方;他觉得,正像他的影子在远处的事物中间行走一样,在他的生活里,始终有一种预感走在他的前面。当他走到他的影子曾经通过的每一件事物旁边时,他发现这件事物仍然是他童年和少年时代所熟悉的老样子。他记起了路上的每一个转弯。就连周围景物中一些带有暂时性质的特征,也都和过去一样。一群母牛正在路边草地上放牧,它们芳香的气息使他神清气爽。“这气息比从香料群岛[2]飘到我们船上的香气更加甜美。”他心里想道。一个胖得圆滚滚的小孩从一家门口跌跌撞撞地翻滚出来,几乎滚到克兰菲尔德脚下,然后便躺在那里哈哈大笑。那面色黝黑、身材高大的男子便弯下腰托起了孩子,把他送回他母亲的怀抱。“这些孩子,”他自言自语道——他叹了一口气,又微微一笑——“这些孩子以后就都归我管了!”一股出自本性的感情,像一泓清泉,涌入了他的心田,正在这时,他走到了一所住房外面,他忍不住想走进这座房子里去。一个美妙的声音,仿佛来自深沉而温柔的灵魂,正在屋子里吟唱着一首小小的悲伤曲调。

他低下脑袋,走进了那扇矮小的门。他的脚步声在门口响起的时候,一个年

① 爱尔汗布拉宫:著名古迹,位于西班牙城市格拉纳达,为13、14世纪摩尔人宫殿。——译者注

② 香料群岛,指印尼的马鲁古群岛,因盛产丁香、豆蔻等香料而得名。——译者注

轻女人从黑暗的屋里走了出来，起初步伐很急促，后来便有些犹豫，直到两人迎面相遇。这两个人形成了鲜明的对比：他脸色黝黑，个性突出——曾经和全世界战斗过——被不同的太阳照射过，也经受了所有来自不同方向的风吹刮过；而她则整洁、秀美、安静——即使在激动的时候也是安静的——就好似她的全部激情都被压制在她生活的平静进程之下一般。可是在他们两人如此不相同的面容上，却有一种似乎并不那么相互抵触的表情——那是意气相投的感情的火光，它是从尚未熄灭的余烬上重新燃烧起来的。

“欢迎你回家来！”费思·埃杰顿说道。

但是克兰菲尔德并没有立即回答；因为他的眼睛看见了一件心形的装饰品，那是费思戴在胸前的一枚胸针。它是用普通的白色石英制作的；他记得，它正是他自己用一个在古代印地安人经常出没的地方很容易找到的箭镞制作出来的。他完全是按照幻想中的少女所佩戴的那颗心的形状做的。当他出发去进行虚无缥缈的寻觅时，他把这枚用黄金镶嵌好的胸针送给了费思·埃杰顿，作为临别的礼物。

“哦，费思，你还保存着这颗心！”他好容易才说了这句话。

“是的，”她说道，她的脸羞得通红——然后，她又轻快地说，“你从大海那边给我带来了什么别的东西吗？”

“费思！”拉尔夫·克兰菲尔德回答道，出于无法压抑的冲动，他说的正好是那句命中注定的话：“我除了一颗沉重的心，什么也没有带给你！我可以把这副重担交给你吗？”

“我用这件我佩戴了这么久的信物向你保证，”费思用颤抖的手指接着那颗心，说道，“你完全可以！”

“费思！费思！”克兰菲尔德喊着，把她拥入自己的怀抱，“你解释了我那个狂热和疲惫的梦！”

是的，那个狂热的梦想家终于醒来了。要找到那神秘的财宝，他只需要耕种他母亲住所周围的土地，并且收割土地的产品就行了！他不需要指挥作战，也不需要君主或宗教的统治权，只需要管好村里的儿童就行了！而且，那个梦幻中的少女已经在他的想象中消失了，现在，代替那个少女的，是他儿时的游戏伙伴！但愿所有那些怀着狂热愿望的人，看看他们的周围。他们往往会在自己身边，在天意注定的地方，找到自己的工作岗位，找到成功，找到幸福。有些人没有经历漫游世界的艰苦寻觅过程，没有白白浪费一生的光阴，便解开了谜底，这样的人是幸福的！

总督府传说之三

——埃莉诺小姐的斗篷

我的好朋友，总督府酒店老板，有一天傍晚邀请蒂法尼先生和我去吃一顿蚝肉晚餐。由于那位别出心裁的讲故事人和我这个谦卑的故事记录者的通力合作，使得公众的注意被吸引到了他的酒店，老板慷慨地表示，这一点小小的敬意和谢意，还实在不足以报答我们的贡献呢。在他的酒店里，有那么多好奇的陌生人上门，吸了那么多支雪茄烟——喝了那么多杯葡萄酒，或是更为烈性的烧酒——吃了那么多顿晚餐，假如没有蒂法尼先生和我的幸运的合作，那些陌生人是绝不会冒险钻进那条通向总督府历史遗址的黑暗通道的。总之，如果托马斯·韦特先生的客气话句句属实，那么我们确实十分成功地把他那幢被人遗忘的大厦摆到了公众的眼前，简直等于说我们推倒了所有在华盛顿街上挡住了大厦贵族式门面的那排粗俗的鞋店和绸缎呢绒店一样。不过，我们最好还是不要过于高声地提到酒店近来生意兴隆的事，否则韦特先生就休想在租期满了以后仍然用那么便宜的价钱继续租用这幢房子了。

既然我们被看成了恩人，蒂法尼先生和我也就不再客气，放开肚皮享用起摆在我们面前的美食佳肴来。如果说，这桌筵席还比不上过去那个世纪里这些同样的镶壁板的墙壁曾经见证过的筵席那么富丽堂皇——如果说，我的东道主招待客人的仪表不像皇家总督们的继承人那么气派——如果说，出席这场筵席的客人比不上那些曾经在总督餐桌上享用过筵席，而今早已长眠于科普山上或国王小教堂旁刻着纹章的坟墓里的，戴着假发、扑着白粉、穿着刺绣衣服的贵人们神气——那么，我可以大胆地说，从安女王时代起，直到独立时期为止，还从来没有哪一桌客人，比聚集在总督府里的我们这小小一桌客人更感到舒适愉快。在座的还有一位德高望重的老人，他还记得盖奇和豪厄时代的事，甚至于还记得一两件哈钦森的不太可靠的逸事。他属于那种十分稀少而现在几乎已经完全绝了迹的人，他们热爱皇室，热爱和皇室有关的一切殖民制度和风俗习惯，这种热爱从来没有因为后来的民主的异端邪说而有所削弱。在年轻的英国女王的王国里，再没有比他更忠诚的臣民了——也许再也没有人会怀着如此虔诚的爱跪在女王的宝座前面，像这位在共和国宽厚的统治下白了头发的老爷爷，直到现在，当他微带醉意的时候，还会把共和国说成是王位篡夺者。然而，他虽然如此固执地怀着偏见，却并不是个粗暴或者难以对付的伙伴。老实说，这位老亲英分子是那样一个勉强度日、四处漂流的人物，他实在没多少朋友可供挑选，而且常常连一个朋友也找不到——所以我怀疑，哪怕他遇见了曾处死查理一世，成立共和国的奥利弗·克伦威尔或者第一个签署《独立宣言》的约翰·汉考克，他是不是会拒绝和他们友好地干上一杯；更不用说现在正在台上的民主党人了。在这一套故事的另一篇里，我或许会更详细地向读者介绍这个人物。

宴会进行到一定时刻，我们的东道主打开了一瓶马德拉白葡萄酒，酒香芬芳，酒味醇厚，说明这瓶酒肯定是他在最深的酒窑的最下面一个古老的酒库里找到的。一定是有一个愉快的老管家在那里收藏了总督最上等的美酒，可是死前却忘了讲出这个秘密。愿这个红鼻头的鬼魂安息吧，让我们斟一杯酒来祭奠他！蒂法尼先生喝起这种美酒来格外带劲，啜完第三杯后，他便来了兴致，给我们讲了一个最奇怪的传说，那是他刚刚从收藏这类故事的记忆库里找出来的。在我用自己的想象给它添加了些恰当的装饰之后，这个故事大致是这样的：

在大约一百二十年以前，就在舒特上校担任马萨诸塞湾行政管理长官不久，一位高贵而富有的年轻小姐从英国来到这里，请求她的监护人给以照顾。他只是她的远房亲戚，但是她家里的近亲逐渐去世，只剩下他还算得上是亲属关系最近的一个；因此，除了大西洋彼岸殖民地的总督府以外，便找不到更适合于收留富有而高贵的埃莉诺·罗奇克利夫小姐的地方了。况且舒特总督的夫人从她幼年便像母亲般照顾过她，现在更急着把她接来，因为她认为，一个年轻美丽的女人在新英格兰的纯朴社会里，比在充满阴谋和堕落的宫廷里要少冒许多风险。如果总督或者他的夫人曾经为自己的安逸舒适着想，他们很可能会设法把这副担子让给别人挑；因为埃莉诺小姐虽然具有一些高贵而优秀的性格特点，却以桀骜不驯的高傲脾气，以及对自己家世及个人优越地位而自命不凡的狂妄态度而闻名，这种毛病使她变得几乎无法控制。从许多流传下来的逸事看，这种特别的脾气简直已经成了偏执狂；或者说，由于这种脾气而做出种种行为的人，如果是神经健全的，那么，如此罪孽深重的骄傲，实在应该遭受到老天同样严厉的惩罚。在那些几乎被人遗忘的传说里，有不少都带上了神奇的色彩，也许正因为如此，才给埃莉诺·罗奇克利夫小姐的奇特故事添加了一些怪诞成分。

埃莉诺小姐乘坐的船抵达了纽波特，她便从那里坐上总督的马车，在一小队骑马的绅士陪同下，护送到了波士顿。当那辆四匹黑马拉着的沉重马车，被六位身佩长剑、腰插手枪，骑在腾跃的骏马背上的骑士簇拥着，轰隆隆地驶过康希尔时，它便引起了公众的注意。马车驶过时，人们从马车的巨大玻璃窗里，能够看见埃莉诺小姐的身影，她那几乎像女王般的高贵姿态，和一个还不到二十岁的少女的美丽和优雅，奇怪地结合在一起。在本省夫人们中间流传开了一个古怪的谣言，据说她们的美丽的对手之所以具有如此不可抗拒的魅力，是由于她拥有一件特别的衣服——一件绣花斗篷——它是伦敦最高超的手艺人缝制的，具有特殊的装饰魔力。不过在当前这个场合，她并没有依靠服装的魔力，因为她穿的是一件丝绒的骑装，这件服装穿在任何别的人身上，都会使穿它的人显得呆板和笨拙的。

马车夫勒住了四匹黑色的骏马，大队人马停在把总督府和大街隔开的绞花铁栏杆前面。正在这时，老南方教堂恰好为一场葬礼敲起了丧钟，这实在是使人尴尬的巧合；于是，通报埃莉诺·罗奇克利夫小姐到来的，不是通常欢迎陌生的贵人到来的喜庆钟声，而是凄凉的钟声，仿佛灾难已经化身为她的美丽形象前来了。

“这实在是大大的失礼！”兰福德上尉喊道，这位英国军官最近给舒特总督送来了一份急件，“应该让葬礼推迟，否则这样悲惨的欢迎，会扫了埃莉诺小姐的兴致。”

“请你原谅，先生，”克拉克医生说，他是位内科医生，并且是人民党的著名支持者，“不论先行官打着什么旗号，活着的女王也得给死了的乞丐让路。死亡之王是授予了非常特权的。”

这些话是在他们等待从人群中间通过的时候说的。大道两边已经聚起了许多人，只在中间留下一条通向总督府大门口的夹道。一个穿制服的黑奴这时从马车后面跳下来，打开了车门；同时，舒特总督也走下大厦的台阶，去扶埃莉诺小姐下车。然而，总督还没有走近，便被人抢了先，这不由得引起了大家的惊奇。一个有一头乱蓬蓬黑头发的面色苍白的年轻人，从人群中冲了出来，弯身跪倒在马车前，奉献自己的身体当踏脚凳，好让埃莉诺·罗奇克利夫小姐踩着下车。她退缩了片刻；然而她的表情，似乎是在怀疑这个年轻人是否值得让她的脚踩上去，而不是对于从一个同类那里接受如此可怕的敬意，感到有什么不满。

“站起来，先生，”总督严厉地说道，同时朝那个闯入者高高举起了手杖，“这疯子玩这种花招是什么意思?”

“不,”埃莉诺小姐开玩笑地说道,但是口气里轻蔑多于怜悯,“阁下别打他。当有些人只求别人踩在他们身上的时候,拒绝这样容易办到的请求,就未免太遗憾了——何况是理当接受的!”

然后,她像一朵云彩上的一丝阳光一样,轻盈地踏在那个匍匐的身躯上,把手递给了总督。埃莉诺小姐的这种姿势,只保持了短短的一刹那;然而,这两个人形当时呈现的姿态,却再恰当不过地标志了贵族和世袭的高傲正践踏着人类的同情和天然的血缘关系。然而,那些旁观者是如此为她的美貌所倾倒,而高傲又似乎是这样的人儿生存的基本条件,所以他们情不自禁地齐声喝彩叫好。

“这个厚脸皮的年轻家伙是谁?”仍然站在克拉克身边的兰福德上尉问道,“如果他神智正常,那么他的鲁莽无礼应该受笞刑的惩罚。如果他是疯子,就应该把他禁闭起来,以免埃莉诺小姐今后再受到打扰。”

“他的名字叫杰瓦斯·赫尔怀斯,”医生回答道,“一个既没有高贵出身,又没有财产和其他优越条件的年轻人,他有的只是造物主给他的才智和心灵;他是我们殖民地驻伦敦事务官的秘书,他不幸遇见了这位埃莉诺·罗奇克利夫小姐。他爱上了她——但是她的蔑视逼得他发了疯。”

“他既然想高攀,那就是疯狂。”英国军官评论道。

“也可能是这样,”克拉克医生皱着眉头说道,“但是让我告诉你,先生,如果没有什么引人注目的羞辱降临到这位正高傲地走进那座大厦的小姐身上,我就几乎要怀疑我们头上的上帝是否公正了。她妄想把自己置身于包罗所有人类灵魂的、我们共同天性的同情之上。瞧吧,且看这种天性会不会以某种方式在她身上占据支配权,到那时,她就会和地位最低下的人一样卑贱了!”

“绝对不会的!”兰福德上尉愤慨地喊了起来,“生前不会,当她被埋在她的祖先身边时也不会。”

没有过多少天,总督为埃莉诺·罗奇克利夫小姐举办了一个舞会。殖民地最重要的贵族绅士都接到了邀请。那些邀请信就像官方的急件一样,正式用火漆封好,由骑马的信差分送到远近各处的邸宅里。于是所有那些拥有地位、财产和美貌的人们便都应召而来;总督府宽阔的大门还很少像埃莉诺小姐的舞会那个晚上一样,接待过如此众多的高贵客人。整个场面,不需要故作夸张的赞词,就已经可以称得上“辉煌”二字了;夫人小姐们,按当时的时髦式样,在凸出的宽大裙环外面罩上华丽的绸缎衣裙,个个显得光彩照人;绅士们的外衣和背心是紫红、大红或天蓝色丝绒缝制的，上面慷慨地用金线刺绣出许多花样，使这些绅士们全身上下金光闪闪。绅士们的背心，是一件十分重要的服装，因为它裹住了身体，差不多一直裹到膝盖，上面绣满金色的花朵和枝叶，这样花哨的打扮，或许要花掉穿背心的人一年的收入。而今天，人们的鉴赏力已经大为改变——这种鉴赏力正是整个社会制度深刻变化的象征——他们简直会认为这些衣着豪华的人太荒唐可笑了；虽然在那个晚上，客人们在穿衣镜里寻找着自己的影像时，却免不了为在那些金碧辉煌的人群里找到自己光彩炫目的形象而沾沾自喜。可惜那些华丽的镜子，没有一面保留下了当时场面的图像，否则，那些昙花一现的容貌特征，可以教给我们多少值得认识和值得记忆的东西啊！

但愿至少有个画家或者有面镜子，能够使我们对这个传说里提到的一件衣服——埃莉诺小姐的绣花斗篷——有一个大致的概念，谣言早已赋予这件斗篷神奇的力量，据说她每次穿上它，便会使她增添一分新的、从未体验过的魅力！虽说这是毫无根据的想象，这件神秘的斗篷却使我心目中她的形象蒙上了令人敬畏的色彩，一部分由于它那谣传中的魔力，而另一部分则是因为，这件斗篷是一个垂死的女人缝制的，也许它那令人难以置信的美妙图案，是产生在她临死前的谵妄状态之中的。

埃莉诺·罗奇克利夫小姐在向众多客人一一作了礼节性的问候以后，便退到一边，被一小群尊贵的客人簇拥着，脱离了一般的来宾，她对这一小群人的接待，要比对普通来宾亲切得多。蜡油火炬把舞会的场面照得辉煌明亮，并且更加鲜明地显示了其中光彩夺目的地方；但她对这场面只是漫不经意地瞧上一眼，有时还流露出一种厌倦或者轻蔑的表情，不过这种表情被她那仪态万方的女性魅力大大地冲淡了，以至于她的听众几乎觉察不出，这种表情恰好表达了她丑陋的道德面貌。她倒不是因为不屑于对这场拙劣模仿宫廷气派的外省宴会表示赞赏，所以抱着世俗的嘲讽态度对待这个盛大场面，而是认为自己的心灵无比清高，不愿意参加其他人类心灵的娱乐，所以才对这个场面抱着更深一层的轻蔑。当天晚上见到她的人，不知是不是因为受到后来发生的和她有关的奇怪事件的影响，在他们的回忆里，她的形象永远带上了某种狂暴反常的特点；不过在当时，众人窃窃私语，讲的都是她如何美丽，她穿上斗篷显得如何充满魅力，使人陶醉，等等。有些观察细致的人确实发现，她的脸色时而像发烧般变得通红，时而又变得苍白，同时，她的情绪也相应地时而高涨，时而低沉，有一两次她痛苦而柔弱无力地显出无精打采的样子，仿佛她眼看就要倒在地上了。然后，她神经质地颤抖了一下，仿佛又勉强打起精神，说上几句活泼的却又微带嘲讽捉弄意味的玩笑话。她的举止和情绪都显得有些特别，使得她的每一个正常的听众都大为惊讶；后来他们仔细观察她的面部，看见上面露出若隐若现的令人费解的目光和微笑，使他们几乎要怀疑她的神智是否清醒正常了。围在埃莉诺·罗奇克利夫小姐身边的人逐渐减少了，直到最后，只剩下四位先生。他们是前面提到的英国军官，兰福德上尉；一位负有某种政治使命，来到马萨诸塞的弗吉尼亚种植园主；一个年轻的主教派牧师，他是英国一位伯爵的孙子；最后，还有舒特总督的私人秘书，他靠着阿谀奉承博得了埃莉诺小姐对他的某种容忍。

在那个晚上的不同时间里，总督府穿号衣的仆人捧着装满茶点和法国及西班牙葡萄酒的巨大托盘在客人们中间走来走去。埃莉诺·罗奇克利夫小姐的美丽朱唇，连一滴香槟酒也不肯碰，她倒进一张大花缎椅子里，看来像是被舞会的兴奋，或者是被舞会的沉闷弄得筋疲力尽了；就在她对于说话声、笑声和音乐声都已浑然不觉的时候，一个年轻人悄悄走上前来，跪倒在她的脚下。他手里拿着一只托盘，托盘上放着一只雕花高脚银酒杯，里面盛满了葡萄酒。他把托盘里的酒恭恭敬敬地献给她，就像献给一位女王，或者不如说，像一位祭司以极其严肃的虔诚向他的偶像供奉祭品一样。埃莉诺小姐觉得有人在碰她的衣裙，吃了一惊，睁开眼睛，看见了杰瓦斯·赫尔怀斯苍白狂热的面容和一头乱蓬蓬的头发。

“你为什么要到处缠着我？”她用慵懒的声调说，但是却比她平时的态度更和善一些，“他们告诉我说，是我害了你。”

“上帝知道，究竟是不是那样，”年轻人庄严地说，“不过，埃莉诺小姐，为了报复你的伤害，如果那果真是伤害的话，同时也为了你自己在大地上和天堂的幸福，我请求你喝一口这神圣的葡萄酒，并且把酒在客人们中间传过去。这就象征着你并不想使自己脱离人类同情的束缚——不论谁想摆脱这种束缚，他就只有和恶魔作伴了。”

“这个疯家伙是从哪里偷来那只圣餐杯的？”那个主教派牧师喊道。

这个问题把客人们的注意吸引到了那只银杯上，人们认出它属于老南方教堂的那套圣餐礼的器皿；而且说不定杯里盛得满满的，正是祝圣的葡萄酒。

“也许酒里下了毒。”总督秘书压低嗓子说道。

“把它灌进那个恶棍喉咙里去。”那个弗吉尼亚人恶狠狠地喊道。

“把他赶出这幢房子！”兰福德上尉喊道，同时如此粗暴地抓住杰瓦斯·赫尔怀斯的肩膀，以至于圣礼杯被打翻了，杯里的酒洒到了埃莉诺小姐的斗篷上。

“不管这家伙是坏蛋、傻瓜还是疯子，都不该让他随便跑来跑去。”

“先生们，请不要伤害我可怜的仰慕者，”埃莉诺小姐面带一丝疲倦的微笑说，“如果你们高兴，就把他带到我看不见的地方；不过，我打心眼里不想对他做什么，除了取笑他以外——其实，凭良心说，我应该为我造成的损害哭泣才对！”

但是，正当旁观者想把这不幸的年轻人带走的时候，他却挣脱了他们，并且以一种疯狂而热烈的认真劲头，向埃莉诺小姐提出了一个新的而又是同样奇怪的要求。这要求便是请她脱下那件斗篷。自从他硬要她接受那杯酒以后，她就一直更紧地把自己裹在斗篷里，简直全身都藏进斗篷里了。

“把它扔掉吧！”杰瓦斯·赫尔怀斯合起双掌痛苦地乞求道，“可能已经太晚了！把那件该死的衣服扔进火里去吧！”

可是埃莉诺小姐只轻蔑地笑了一声，便把那宽大的绣花斗篷拉到头上，使得她美丽的脸庞半隐半现，看起来完全变了样子——那脸庞似乎属于某个具有神秘个性和目标的生物。

“再见，杰瓦斯·赫尔怀斯！”她说，“把我现在的模样留在你的记忆里。”

“唉，小姐，”他回答道，这时他的声调一点也不狂热，却悲哀得像丧钟一样，“我们很快就会再见面的，那时候，你的脸孔会是另一个模样——我会把那个模样永远记在心中的。”

他不再抗拒在场的绅士和仆人的粗暴行动，他们几乎把他拖到房间外面，并且粗鲁地把他推出了总督府的铁门。在这次行动中十分卖力的兰福德上尉正要回到埃莉诺·罗奇克利夫小姐身旁，就遇见了克拉克医生。在她到达的那天，兰福德上尉曾经和这位医生随意交谈过几句。现在医生独自站在一边，和埃莉诺小姐中间隔着整个房间，却正在以十分敏锐精明的目光打量着她，这使得兰福德上尉不由自主地认为，医生一定发现了什么重大的秘密。

“你看来还是拜倒在这位女王般的少女的魅力之下了。”他说道，希望借此诱使这位内科医生泄露他所了解的秘密。

“但愿上帝不让这样的事情发生！”克拉克医生含着严肃的微笑说道，“如果你是个聪明人，你也应该为自己作出这样的祈祷。拜倒在这位美丽的埃莉诺小姐石榴裙下的人将要倒霉了！瞧，总督在那边——我有一两句话要对他私下讲讲。晚安！”

他于是走到舒特总督身边，对他低声说了几句旁观者都听不见的话；不过，阁下原来的愉快脸孔突然变了色，说明医生讲的是些令人不愉快的话。很快地，客人们便被告知，由于发生了意外的情况，宴会不得不提前结束。

总督府的舞会给殖民地首府提供了好几天的谈话题目，如果不是出现了另一件公众关心的话题，大家也许还会把这次舞会谈论下去。这就是一场可怕的瘟疫的出现。在那个时代，以及更早和更晚的时代，这种瘟疫曾经在大西洋两岸杀死了成百上千的人。在我们谈到的这次，这种瘟疫带着一种特殊的病毒，因此它便在这个国家的历史上留下了它的痕迹——用恰当的形象化说法，留下了它的麻点——国家大事在它的蹂躏下也陷入了混乱之中。起初，这种疾病和它通常的流行过程有所不同，这次它似乎只限于在社会上层圈子里蔓延，从那些高傲的、出身高贵的、富有的人中间挑选受害者，它满不在乎地跨进华丽的卧室，与睡眠的人一同躺在丝绸的床铺上。总督府最高贵的宾客里的一些人——就连傲慢的埃莉诺·罗奇克利夫小姐也认为接待这些人并不有辱她的身份——都染上这种致命的瘟疫。人们以一种胸襟狭窄的刻薄心情提到，舞会那天晚上，最殷勤地簇拥在她身边的四位绅士——那位弗吉尼亚人、美国军官、年轻牧师、总督的秘书——是最先染上这种传染病的人。但是瘟疫仍然继续发展，不久就不再是贵族的专利品了。它的红色烙印不再像是颁发的贵族的星形勋章，或者是骑士勋章。它弯弯曲曲地拐进狭窄曲折的街道，走进低矮破旧黑暗的住房，把它的死亡之手放在镇上的手工工人和劳动阶层的人们身上。到了这时，它才迫使富人和穷人感觉到，他们其实是同胞，它在三重山上凶猛地跨过来又跨过去，显得几乎像是一种新的瘟疫。那个了不起的征服者——我们祖先的灾难和恐怖——天花，它来了！

我们只看到今天这个怪物被拔掉毒牙的样子，是无法想象在那个时代瘟疫所引起的恐慌的。我们因此应该回忆，当时我们是何等畏惧地注视着亚洲霍乱迈着巨大的步伐，从大西洋此岸跨到彼岸，就像命运之神一般推进到遥远的城市，而那些城市里的人早已逃掉了一半。世上没有哪一种恐惧，比这样的恐惧更加可怕，更加使人丧失人性，它使得人不敢呼吸上天赐给的宝贵空气，害怕它含有毒素，它使得人不敢去握住兄弟或朋友的手，害怕这一握会使瘟疫缠上自己。随着疾病的传播，甚至在疾病还未到来之前，城里早已人心惶惶，一片惊慌。人们匆忙地挖掘好坟墓，又匆忙地掩埋了死于瘟疫的尸体，因为死者已经成了活人的冤家对头，他们仿佛要把活人也拉进他们那阴惨惨的坟墓里去。公众的议事机构不再开会了，似乎是因为有个非人间的篡位者占据了统治者的大厦，于是世俗的智慧便可以放弃它的努力了。如果有支敌人的舰队在海岸边游弋，或是敌人的军队正践踏着我们的土地，人民大概也会把自己的防卫职责交给那个造成了他们自己的灾难，并且不容许任何人加以干涉的可怕征服者的。这个征服者有他自己的胜利象征。那是一面血红色的旗帜，它挂在每一幢被天花侵入的住房的门上，在沾染了病毒的空气中飘荡。

这样的旗帜，早已挂在总督府大门上了；因为人们在追寻疾病的足迹时，发现这一场可怕的灾难，正是从那里开始的。人们循着它的足迹，追溯到了一位小姐的豪华卧室——追溯到了那位高傲者里最高傲的小姐——那位如此柔弱优雅，仿佛不食人间烟火的小姐——那位如此骄傲，把自己置身于人类同情之上的小姐——追溯到了埃莉诺小姐身上！现在已经没有半点疑问，传染病就是藏在那件使她在宴会上如此奇特地显得高雅出众的豪华斗篷里的。它那离奇的绚丽花纹，是一个垂死的女人谵妄错乱的头脑设计出来的，是她用变得僵硬的手指缝制出来的，这件最后的劳动，用金线把命运和苦难交织在了一起。这个阴惨的故事，最初只是有人低声讲述，现在则已经传遍了四面八方。人们纷纷谴责埃莉诺小姐，他们叫嚷说，是她的骄傲自大、盛气凌人，招来了魔鬼，正是由于她和魔鬼的合作，才造成了这场骇人听闻的灾难。人们的愤怒和绝望，有时候看上去像是兴高采烈的纵声大笑；每当瘟疫的红旗在一家又一家门上挂起的时候，他们便拍起了巴掌，沿着街道，刻薄地嘲笑道，“瞧瞧埃莉诺小姐的又一次胜利！”

在这样悲惨的日子里，有一天，一个疯疯癫癫的家伙来到了总督府的大门前，他叉起双臂，站在那里打量着那面红旗，这时，一阵微风刮得旗子忽闪忽闪地乱飘，仿佛要把它所象征的传染病散播到四面八方去。最后，他从铁栏杆爬到一根柱子上，取下了那面旗，把它在头顶上挥舞着，走进了大厦。他在大楼梯底下遇见了总督。总督穿着长靴，佩戴着靴刺，裹着斗篷，显然正要出门旅行。

“可恶的疯子，你到这里来要找什么？”舒特叫嚷道，一面伸出他的手杖，免得自己接触到了他，“这儿除了死亡，什么也没有。滚回去——不然你就会碰上死神！”

“死神不会碰我的，我是瘟疫的掌旗官！”杰瓦斯·赫尔怀斯高高举起红旗挥舞着，一面喊叫道，“死亡和瘟疫今天晚上要走遍大街小巷，瘟疫会扮成埃莉诺小姐的样子。我必须打着这面旗子在他们前面开路！”

“我干吗和这家伙多费唇舌呢？”总督喃喃自语道，同时拉起斗篷掩住自己的嘴，“连我们自己都不敢担保还能不能活上十二个小时，他这条卑贱的命又算得了什么？去吧，蠢货，找死去吧！”

他给杰瓦斯·赫尔怀斯让开了路,杰瓦斯·赫尔怀斯便立刻走上了楼梯,但是,在第一个楼梯平台上,他的肩膀便被一只手牢牢地抓住了。他恶狠狠地抬起头来,准备像疯人那样和他的对手打一架,把对手撕成碎片,但是他面对的是冷静严厉的目光,它仿佛具有使暴跳如雷的狂躁情绪化为乌有的魔力,这使他束手无策,无可奈何。他遇到的人,正是那位内科医生,克拉克大夫,他那悲哀的职业使他来到了总督府尽他的职责,而在欢乐的日子里,他却很少来这里做客。

"年轻人,你想干什么?"他质问道。

"我在找埃莉诺小姐。"杰瓦斯·赫尔怀斯谦恭地回答道。

"所有的人都从她身边逃走了,"那位内科医生说,"为什么你现在要找她?我告诉你,年轻人,她的看护已经倒在那间不祥的卧室门口死去了。你难道不明白,从来还没有比这位美丽的埃莉诺小姐更为可怕的灾星穿洋过海来到我们的国土上?你难道不明白,她的呼吸使空气里充满了毒素?你难道不明白,她摇晃着她那件该死的斗篷,便把瘟疫和死亡散布到了这片土地上?"

"让我看她一眼!"那个疯狂的年轻人比刚才更狂热地回答道,"让我看她一眼,看看她穿着瘟疫的皇袍时那威风凛凛的俊俏模样!她和死神同坐着一副宝座。让我在他们面前屈膝跪拜!"

"可怜的年轻人!"克拉克医生说道;他被这么赤诚的软弱人性所深深打动,以致在这样的时刻,他的嘴角上也不禁露出一丝诙谐的苦笑。"难道你还想去对那个毁灭者顶礼膜拜,即使她造成了更多的灾难,你也要用更庄严华丽的幻想去装饰她的形象吗?人类从来就是这样崇拜他们的暴君的!好吧,走过去!我早已发现,疯狂倒也有一种好处,它能使你避免传染,也许在那间卧室里,连你的疯病也会被治好。"

他走上另一段楼梯,打开了一扇门,挥手让杰瓦斯·赫尔怀斯进去。那个可怜的疯子很可能曾经抱着这样的幻想,认为他那高傲的心上人会丝毫不受瘟疫的损害,庄严地端坐在那里,同时又仿佛具有魔力似的,把瘟疫向她四周散播。毫无疑问,他梦想着她的美貌不但没有暗淡分毫,反而发出了超乎人类的光彩。他心里这么想着,一面恭恭敬敬地悄悄走到医生站立的那扇门口,但是,他在门槛边就停住了脚步,胆怯地朝黑沉沉的卧室张望。

"埃莉诺小姐在哪里?"他低声问道。

"呼唤她吧。"内科医生回答。

"埃莉诺小姐!——公主!——死亡的王后!"杰瓦斯·赫尔怀斯一面喊

叫，一面向室内迈了三步。“她不在这里！我看见在那边的桌上，有一颗钻石在闪光，她曾经把这颗钻石佩在胸前。瞧，”他颤抖了一下，“她的斗篷就挂在那里，一个死了的女人曾经把一种具有可怕威力的符咒编织进了这件斗篷里。可是，埃莉诺小姐在哪里呢？”

在一张遮着华盖的床上悬挂的丝绸帷幔后面，有什么东西在蠕动，并且发出了低沉的呻吟，杰瓦斯·赫尔怀斯侧耳细听，辨出那是个女人的声音，她正在悲哀地诉说着口渴。他甚至觉得那声调也是他熟悉的。

“我的喉咙！——我的喉咙干得像火烧似的，”那个声音喃喃说道，“给我一滴水！”

“你是什么东西？”那个神经错乱的年轻人走到床前，扯开帷幔说道，“你偷来了谁的声音？你的呻吟和苦苦哀求，会让人觉得埃莉诺小姐也会被人间疾病所折磨。呸，你这具病恹恹的行尸走肉，你怎么敢躲在我的小姐的卧室里？”

“唉，杰瓦斯·赫尔怀斯，”那个声音说道——那个人形一面说，一面扭动身体，竭力想藏起它那张毁了容颜的面孔，“不要看你曾经爱过的那个女人！上天的诅咒降到了我身上，因为我不屑于把男人称作我的兄弟，把女人称作我的姐妹。我用骄傲裹住自己，就像用斗篷裹住自己一样，我蔑视自然的同情心；所以大自然便使我这悲惨的躯体变成了传达可怕情感的工具。这下你报了仇——他们全都报了仇——大自然也报了仇——因为，我就是埃莉诺·罗奇克利夫！”

在杰瓦斯·赫尔怀斯的心里，由于神经错乱而产生了恶意。虽说他是个疯子，但是他那被损害和被毁掉的一生，以及他的爱情所遭到的冷酷嘲弄，都使他心底郁积着怨恨。现在，这些情感都被唤醒了。他伸出手指，朝着那个可怜的姑娘摇晃着，爆发出一阵疯狂的大笑，笑声在卧室里回响，震得床上的帷幔也晃动起来。

“埃莉诺小姐的又一次胜利！”他嚷道，“所有的人都成了她的牺牲品！现在除了她本人，还有谁更配得上做最后一个牺牲品呢？”

他在疯狂头脑里某种新幻想的驱使下，抓起了那件不祥的斗篷，冲出了卧室和那幢房子。那天夜里，一个打着火把的游行行列，穿过了大街小巷，队伍中间抬着一个裹着华丽的绣花斗篷的女人模型；而杰瓦斯·赫尔怀斯，则摇晃着一面瘟疫的红旗，阔步走在队伍前头。这群乌合之众来到总督府对面，便焚烧了那个模拟女人像，一阵狂风，刮走了它的灰烬。据说，恰好从那个时刻开始，瘟疫便逐渐减弱了，仿佛瘟疫的肆虐，从第一个传染病的受害者，到最后一个，都和埃莉诺小姐的斗篷有着某种神秘的联系。关于那位不幸的小姐命运如何,显然没有人确切知道。不过,有人认为,在这幢大厦的某一间卧室里,有时可以模糊地辨认出一个女人的形状,她蜷缩在屋子最黑暗的角落里,把她的脸孔遮在一件绣花斗篷里。如果这种传说属实,那么这个女人难道就是那位曾经如此高傲的埃莉诺小姐?

我的东道主和那位老亲英分子,以及我自己,全都热情地赞扬了那个使我们深感兴趣的故事;因为,读者很难想象,当我们能够完全相信故事讲述人的准确性,像目前的情况这样时,那么,故事的效果便无可比拟地增强了。就拿我个人来说,我十分了解蒂法尼先生在证实他的故事的细节时是如何一丝不苟,所以,哪怕他说,自己是可怜的埃莉诺小姐的经历和苦难的亲眼目睹者,我也不会认为他的故事会比我们听到的更真实。的确,有些持怀疑态度的人会要求提供书面证据,甚至要求他拿出那件绣花斗篷来,却忘记了——谢天谢地——它已经被烧成了灰烬。可是现在,那位老亲英分子的血液被一顿美餐暖得热烘烘的,于是他开始讲起有关总督府的传说来,并且暗示说,如果他高兴的话,也可能给我们搜集的传说再增加几条他的回忆。蒂法尼先生毫无理由害怕增加一个竞争者,便立刻请求他赏脸给大家讲一个故事;我呢,当然也作出了同样的请求;我们这位年高德劭的客人很高兴能找到这样热心的听众,表示只等托马斯·韦特先生一回来,他便开讲。韦特先生此刻正巧被唤去为几个新来的客人安排住处了。如果读者和我们同样乐意的话,那么读者便将在下一篇《总督府的传说》里,读到这个故事。

第四卷

瓦尔特·司各特

瓦尔特·司各特(1771—1832),英国著名历史小说家、诗人。生于爱丁堡,父亲是律师。毕业于爱丁堡大学法律专业。先后做过律师、郡长和高等民事法庭书记官等职。他前期以诗歌创作和收集民歌为主,一共创作了九部长诗,其中有《苏格兰边区歌谣集》《湖上夫人》等。后转向历史小说创作,他是欧洲历史小说的创始人。他一共写有二十七部历史小说,最为著名的有《威弗利》《清教徒》《罗布·罗伊》《艾凡赫》和《昆丁·达沃德》等。他的小说既充满浪漫色彩,又具有现实主义描写特点,生动地再现了以往的历史,流露出强烈的民族感情。他的历史小说突破了个人遭遇和日常生活的狭隘视野,具有广阔的历史场景,而且情节复杂生动,人物多姿多态,对欧洲历史小说的发展具有重大的影响。除了长诗和历史小说,他还写有中短篇小说、传记和文学评论等。《流浪汉威利的故事》原是长篇小说《雷德冈脱利特》中的一个片断,后人常常把它独立出来,成为其著名的一篇短篇小说。

流浪汉威利的故事

你一定听说过雷德冈脱利特府有个罗伯·雷德冈脱利特爵士,在物价上涨的那些年以前,他就住在这一带。这一乡的人们忘不了他;老一辈的人听见他的名字就吓得倒抽冷气。他参加过蒙特罗斯[①]指挥的苏格兰高地军。在1652年那年,他又同格伦凯恩[②]进了山。所以,自从国王查理二世回来,谁也比不上雷德冈脱利特老爷更受国王恩宠。国王召他到伦敦宫里,用自己的佩剑亲自封他为爵士。这位爵士不愧是个狂热的国教派,他领了张中尉的委任状,就疯头疯脑,像只暴跳如雷的狮子,跑到乡下来讨伐辉格党和誓约派。那些辉格党,个个都是犟脾气,不管骑士派多凶,他们都不买账。两家碰到一起,简直相持不下,于是只好使用武力。雷德冈脱利特一向主张严办,弄得他在乡下的名气和克拉弗豪斯、汤姆·代耶尔[③]这两个人一样大。只要雷德冈脱利特亲自出马,那些逃到山里的可怜的誓约派,不论躲进深山老林,还是钻进峡谷山洞,一个也逃不脱。雷德冈脱利特吹起猎号,带着猎犬,像打鹿一样围猎誓约派。他们抓到誓约派,就跟高地人对付獐子一样,毫不客气,问一句:"你承不承认国教?"只要道半个不字,那就一声令下:"举枪——瞄准——放!"那个不信国教的就一命归阴。

远近的人们又恨罗伯爵士,又怕罗伯爵士。大家认为他跟撒旦订过直接的合同,说他刀剑不入,说子弹打在他的水牛皮外套上,就会骨碌碌地往下滚,好像掉到火炉上的冰雹。他们还说,他有一匹母马,到了卡里弗拉冈悬崖那一头就变成了一只野兔。总而言之,讲他这类事情的多得很,下面还要谈。大家提起他,没有一句好听的话,最客气的话是"让魔鬼把雷德冈脱利特抓了去吧!"不过,话说回来,他对家里的下人倒还不错,佃户们也还喜欢他。至于他的那些亲随啦、骑兵啦,一向是跟着他出去干那些被辉格党叫作"宗教迫害"的杀人勾当的,更是个个都愿意为他的健康干杯,喝个酩酊大醉。

你知道,我爷爷是雷德冈脱利特家的佃户,租种着他家一个名叫樱草丘的田庄。很久以前,当约克郡还没有划成三个区的时候,我们家就住在那里,种着雷德冈脱利特家的地。那地方山清水秀,我觉得附近再也找不出比它空气更新鲜更清爽的地方。现在呢,那座田庄已经荒无人烟。三天前我还去过那里,我坐在那个破门槛上,心里想,幸亏我眼睛瞎,看不见田庄的荒凉景象。噢,我又说离了题。再说我爷爷斯蒂尼·斯蒂森住在樱草丘,年轻的时候是个爱玩爱闹的小伙

---

① 蒙特罗斯侯爵在1642年的英国内战中是个保皇派,他站在查理二世方面,组织苏格兰高地军从背后牵制苏格兰起义军队。1645年败于菲利普霍,1650年被判处死刑。

② 格伦凯恩,苏格兰贵族,1653年曾经企图为流亡国外的查理二世募集一支苏格兰高地军队。

③ 詹姆士二世在位时(1685—1689)残酷地镇压苏格兰清教徒(即誓约派),当时克拉弗豪斯和汤姆·代耶尔两个将领尤以暴虐著名。

子,吹得一口好风笛。他最拿手的曲子是《箍桶匠》。他吹起《小伙子拉廷》来,全苏格兰找不到第二个。要说奏轻快的舞曲,从贝里克到卡莱尔,谁也比不上他手指头灵活。斯蒂尼这种人不是当辉格党的材料。那时候,不跟着这边,就得跟那边。他没有办法,只好跟了托利党,当时他们叫它托利党,现在我们管它叫雅各党。他跟辉格党无冤无仇,也不喜欢杀人流血。不过,他既然迫不得已跟着罗伯爵士出去跟踪搜索,捉拿犯人,就常常看见别人为非作歹,有时候自己也免不了随着干点坏事。

说起来,斯蒂尼也算得上是老爷跟前得宠的人。爵爷城堡里来往的人,他全都认识。他们寻欢作乐的时候,总是打发人叫斯蒂尼来奏风笛。罗伯爵士有个贴身仆人叫作老杜格尔·麦卡勒姆,一直辛辛苦苦跟随主人,不辞艰难,寸步不离。主人对他倒也言听计从。杜格尔最喜欢听笛子,常常在老爷面前替我爷爷说上几句好话。

再说后来,正赶上那次革命[①],杜格尔和他的东家难过得心都要碎了。其实他们根本用不着发愁。革命带来的变化,并不像有些人盼望的那样大。辉格党人大声疾呼,说他们要怎样怎样对付他们的老对头,特别是罗伯·雷德冈脱利特爵士。但是参加过追捕的贵人太多了,没有办法一扫帚扫出个清清爽爽的世界。所以议会也就宽大为怀,不咎既往,没有碰罗伯爵士一根汗毛。从此以后,他除了不能再去追捕誓约派,只好去狩猎狐狸之外,还像往常一样,照样大摆宴席,饮酒作乐,他的客厅里照旧灯烛通明。不同的是,以前靠那些非国教徒的罚款,他的储藏室和酒窖总是装得满满的,现在少了这笔进项,佃户们觉得老爷逼租比以前紧得多。佃户们到时候交不齐租子,老爷就要发脾气。老爷的脾气特别暴躁,谁都不想惹他生气;他骂起人来,火冒三丈,凶相毕露,简直使人以为有魔鬼附在他身上。

我爷爷不会过日子,虽然算不上败家子,但是手头总是存不住钱,结果欠了老爷两季租钱。第一回要账是在圣灵降临节,他讲了一大堆好话,又靠了那支风笛,总算混了过去。到了圣马丁节,账房送来传票,命令斯蒂尼在某月某日必须前去交租,否则就让他搬家。我爷爷为了这笔钱四处奔走,幸亏他的人缘好,最后凑齐了全部款子——一千个默克[②]。大部分是向一个叫劳里·拉普雷克的邻

① 指英国1688年的革命,在这次革命中,詹姆士二世被推翻,资产阶级和新贵族的代表拥护奥伦治的威廉三世即英国王位。英国历史上称这次革命为"光荣革命"。

② 默克,苏格兰银币名,每个值十三先令四便士。

居借来的。这人狡猾得像只狐狸，手头有的是钱。他最会见风使舵，两面讨好，谁都不得罪，一会是辉格党，一会又成了托利党，一会当圣徒，一会又当罪人，随着风向转。他虽说宣誓效忠革命后的新王朝，对新王朝的规矩也不是样样都爱，有时还是爱听听风笛。他肯借钱给我爷爷，主要因为我爷爷的樱草丘农庄牲口农具都齐全，有这样可靠的抵押品，他知道自己吃不了亏。

我爷爷动身赶到雷德冈脱利特城堡去，他腰里揣着沉甸甸的钱袋，心头格外轻松，庆幸自己能逃脱老爷这一关。他刚到城堡，就听说老爷因为他十二点钟还没有赶到，大发雷霆，痛风病又犯了。杜格尔说，老爷倒不一定那么急着要租钱，恐怕是舍不得让我爷爷搬走。杜格尔看见斯蒂尼来了，心里欢喜，连忙带他来到橡木大客厅。老爷独自坐在客厅里，旁边只有一只他心爱的玩物，那是一只丑八怪似的大猴子。这只畜生格外招人讨厌，到处捣乱，又爱发火，实在不易侍候。它成天在城堡里乱窜，乱叫乱抓，见人就咬。每逢天气变坏，或者国家发生变乱，它就闹得更欢。过去有个巫师，名叫韦尔少校，后来被判处火刑而死。罗伯爵士便给猴子起名叫韦尔少校。大家不喜欢这名字，也不喜欢这只畜生的身份地位，总觉得这里头有点蹊跷。我爷爷每次到客厅来，总有许多旁的人在场。这回客厅的门关上以后，我爷爷看见屋里没有别人，只有老爷、杜格尔和少校，心里不免有点嘀咕。

罗伯爵士的座位是一把大靠背椅。他穿着一件富丽堂皇的丝绒袄，并不是坐在椅子上，而是直挺挺躺在椅子里，两只脚搁在脚凳上。他害了痛风病，还害着肾结石，因此面孔惨白，双颊凹陷，就像魔鬼一般。韦尔少校坐在他对面，身穿一件镶花边的红外衣，头上戴着老爷的假发；罗伯爵士痛得龇牙咧嘴，猴子也歪着嘴扮怪相，像一只用火钳夹住了在火上燎毛的羊头。这两个的面相又丑陋又狞恶，正好是一对。老爷的水牛皮外套挂在他背后，腰刀和手枪放在他手边。这是他的老规矩：武器永远不离身，不论白天黑夜，都有一匹备好鞍子的马拴在门外。过去他一接到报告就立即跳上马去追捕山里人。现在还摆着这副架势，有人说这是为了怕辉格党来报仇，我看倒不一定。他一向天不怕地不怕，这恐怕只是老习惯。他身边有一本黑封面的收租簿，封面上还有铜扣环。这本簿子正翻到樱草丘佃户欠租那一页，用一本下流唱本压在上面。罗伯爵士狠狠地瞅了我爷爷一眼，好像想用这一眼让他的心脏吓得停止跳动。你知道，他皱眉毛的样子跟别人不同，一皱眉毛，前额上就出现一个深深的马蹄印，像是踩出来的。

“狗杂种，你是空着手来的吗？”罗伯爵士说，“他妈的，你要是……”

我爷爷摆出一副笑脸，上前打了一个千，又装出机灵能干的样子，很利落地一下子把钱袋放到桌上。老爷急忙一把抓住钱袋，问他："都在这里头吗，斯蒂尼？"

"老爷您数吧，一文也不少。"我爷爷回答。

"喂，杜格尔，"老爷说，"让斯蒂尼到楼下喝杯白兰地，我数完钱就给他写收据。"

哪知道他俩刚刚走出门，只听见罗伯爵士狂吼一声，震得城堡直摇晃。杜格尔往回就跑，家人也都飞奔过来。老爷不住气地嘶叫，一声比一声更凄厉。我爷爷吓得站也不是，逃也不是，斗着胆走进客厅。客厅里乱成一团，没有人说"请讲"，也没有人叫他"出去"。老爷高声吼叫，让人拿凉水来冰他的脚，又让人拿酒来给他润润嗓子；嘴里还不停地喊着"地狱，地狱，地狱，地狱里的火呀！"听差给他端来一盆水，刚把他肿胀的双脚按到水里，他就喊烫死了。据人们说，那盆水当真又冒气又泛泡，像一锅滚烫的开水。他把一杯酒扔到杜格尔头上，说他端来的是血，不是什么葡萄酒。第二天，使女洗地毯，果真洗下一团团凝结的血块。那只名叫韦尔少校的猴子对着老爷吱哇乱叫，好像在嘲笑他的主人。我爷爷吓得糊里糊涂，把租钱和收据的事一齐忘在脑后，三脚两步跑下楼去。就在他跑的工夫，嘶叫声越来越低，后来只听见一声长长的发抖的呻吟，接着从城堡里传出消息，说老爷去世了。

我爷爷提心吊胆回到家里。既然杜格尔看到了那只钱袋，又听见老爷说要写收据，我爷爷便把全部希望寄托在他身上。少爷现在当上了约翰爵士，从爱丁堡赶回来清理财产。约翰爵士自小就和他父亲合不来。他学的是法律，后来当选为苏格兰最后一届议会的议员，听说他得了一笔可观的酬劳，就在议会上投了一票，赞成"合并条例"[①]。他父亲要是能够爬出坟墓，一定会因为这件事就在自己家里把他的脑袋砸个稀烂。有些人觉得粗里粗气的老爵爷比温文尔雅的年轻爵士还容易对付些——不过这是后话了。

可怜的杜格尔·麦卡勒姆，不哭也不喊，在府邸里走来走去，像是活尸，可是还吩咐备办棺材，给老爷安排隆重的葬礼，因为这是他分内的工作。每到晚上，天越黑，杜格尔的脸色就越发灰白，他总是等到别人都睡了才上床。杜格尔睡觉的小房间正对着东家生前睡的那间大卧室。东家现在就停放在这间屋里，唉，他

---

① 1707年英国政府贿买了苏格兰贵族，在议会里通过英格兰和苏格兰合并条例。

们说这叫“停灵”。举行葬礼的头天晚上，杜格尔实在沉不住气了，他低声下气请求老哈奇翁陪他在小屋里坐个把钟头。他们两人进了房间，杜格尔自己倒了一杯白兰地，又递给哈奇翁一杯，祝他健康长寿。还说，他自己在人世上活不长久了。他说，罗伯爵士在世的时候，每天晚上要吹起银哨，唤杜格尔去帮他在床上翻翻身，罗伯爵士死掉以后，他每天晚上都听见大卧室里吹银哨的声音。但是，谁都不肯按规矩给罗伯爵士守灵，整座楼上到了夜晚只有他一个人，所以他听到哨子不敢答应。现在他受到良心责备，觉得自己没有尽到做仆人的责任。麦卡勒姆说：“虽说人死了不用侍候，可是我一辈子侍候罗伯爵士，永不变心。下次他再吹起哨子，我就要去侍候他，哈奇翁，希望你帮帮忙，陪我一起去。”

哈奇翁心里并不愿意，但是杜格尔和他是久经患难的生死之交，在这节骨眼上不能扔下朋友不管，于是他们坐下来慢慢喝着一瓶白兰地。哈奇翁当过办事员，他提议读一节《圣经》，杜格尔不同意，要他读几段戴维·林赛[①]写的诗。其实他们还是读《圣经》好些。

到了半夜，整座房子寂静得像坟墓一般。银哨声果然响起来，又尖又脆，就像是罗伯爵士亲自在那里吹。两个老家人站起身来，蹒跚地走进停放死人的房间。哈奇翁睁眼一看，吓得不轻，只见屋里燃着火把，火光照见魔鬼显了原形，坐在老爷的棺材上面。当时他一下子倒在房门口，昏了过去。他不知过了多久才苏醒过来，就去叫杜格尔，怎么叫也听不见回答，他连忙叫醒全家人，这才发现杜格尔躺在离主人的棺材只有两步路远的地方，已经死了。从此以后，那只哨子也就失踪了。不过，在屋顶上还常常听得见哨声，有时候在塔楼上，有时候又在旧烟囱和角塔之间猫头鹰做窝的地方。约翰爵士设法把事情遮掩过去，办完丧事，没有再闹什么鬼。

丧事办完，少爷开始清理财产，命令所有的佃户偿清旧债，让我爷爷缴纳收租簿上的全部欠额。我爷爷急忙赶到城堡去说明情由，人家领他去见约翰爵士。爵士身穿重孝服，袖口扎着黑纱，胸前垂着黑领带，坐在他父亲的椅子上。他身边没有放那把连柄带鞘足足一百一十二磅重的旧腰刀，只放着一根不算长的佩剑手杖。他们见面的时候，我还没有出世，但是听爷爷讲的次数太多了，我仿佛觉得自己当时也在场（艾伦[②]，我的旅伴确实很有风趣地对我模仿了两人讲话的

---

① 戴维·林赛，是16世纪苏格兰受群众喜爱的诗人。

② 艾伦是小说《雷德冈脱利特》里的主人公拉蒂默的朋友。拉蒂默在一封写给艾伦的信中转述了流浪汉威利对他讲的故事。这段话是拉蒂默的插话。

神情，他一会儿学着佃户巴结讨好的口气，一会儿又扮起地主那种假惺惺的伤心样子。他说他爷爷一面讲话，一面将眼睛盯住收租簿，似乎它是一只大狼狗，老是害怕它会扑上来咬他一口）。

“恭喜爵爷，承受了先人的产业，又接了爵位。老太爷对朋友和下人一向厚道，但愿爵士少爷今后跟着他的鞋印儿走。不，我说错了，是靴印儿。老爷从来不穿鞋，除非犯了痛风病，才穿上拖鞋。”

“唉，斯蒂尼。”少爷深深叹了口气，用手帕捂住眼睛，“他死得太突然了，这一乡的人们都会想念他的。他还来不及把家务事安排好就去了。至于他的灵魂，当然早就准备好接受上帝的召唤，这是最主要的。不过，他给我们留下的是一团乱麻，斯蒂尼。咳，咳，还是谈正题吧，我忙得很，事情办不完哪！”

他打开那本催命簿。听说有本叫作“末日清算簿”[1]的东西，我看那一定是指佃户欠租的账簿。

“斯蒂芬，”约翰爵士还是用那种甜得叫人腻味的声调说，“斯蒂芬·史蒂文森，又名斯蒂森，这上面记着你欠租一年，上一季度已经到期。”

斯蒂芬：“约翰爵士，请您听我说，我已经把租钱交给您父亲了。”

约翰爵士：“那么你一定拿到了收据啰！斯蒂芬。把收据拿给我看看。”

斯蒂芬：“少爷，我还没有来得及拿收据。我刚放下钱，已故的老爷罗伯爵士刚刚拿过去，正要数钱、写收据，就发了病，后来就去世了。”

“真是不巧，”约翰爵士沉吟片刻说，“付钱的时候一定有人在场吧？有人作证也行，斯蒂芬，我并不愿意跟穷人为难。”

斯蒂芬：“老天在上，约翰爵士，当时没有旁人在场，只有管事的杜格尔·麦卡勒姆。少爷您知道，后来他也跟着老主人去了。”

“又是个不巧，斯蒂芬。”约翰爵士说，一点也没有改变声调，“收钱的人死了，看见你交钱的也死了。那笔钱，明明应该在那里，但是库里又没有收到这笔账，你叫我怎么能相信你的话？”

斯蒂芬：“我也不知道，少爷。这笔钱我跑了多少家才借来的，都写有字据。老天爷可怜，我至少借了二十家的钱，我敢担保，借钱给我的人个个都愿意起誓，证明我是借钱还债的。”

---

① 即 Doomsday Book，亦作 Domesday Book，是 1086 年英王威廉一世下令制作的英格兰土地清丈簿。Doomsday 原义为“世界末日”，所以威利误以为是“末日清算簿”。

约翰爵士:“我不怀疑你借钱的事,斯蒂尼,我只问你要证据,证明钱付给了我父亲。”

斯蒂芬:“钱一定在这座房子里,约翰爵士,既然您没有拿到钱,去世的老爷也不会把钱带走,也许家里有人见到过这笔钱。”

约翰爵士:“你说的话也合乎情理,斯蒂芬。我们就去问问家里的佣人。”

但是不论是听差、使女,还是马夫、打杂的,都异口同声地回答,他们从来没有看见我爷爷说的那袋钱。更糟糕的是,我爷爷对谁也没有讲他是来交租的。有个使女看见他胳臂下面夹着一包东西,还以为夹的是风笛。

约翰·雷德冈脱利特爵士吩咐仆人退出房间,对我爷爷说:“喂,斯蒂尼,我对你算得上仁至义尽了。我看只有你自己才最清楚钱在什么地方。咱们打开天窗说亮话,我看你还是放明白些,收起那套把戏。告诉你,斯蒂尼,不交租你就马上给我搬家。”

“愿老天爷原谅您的话,”斯蒂芬被逼得走投无路,对他说,“我是个规矩人。”

“我也是规矩人,斯蒂芬,”少爷说,“我看这座房子里个个都是规矩人。这里头要是出了坏蛋,就是那个说瞎话拿不出证据来的人。”他歇了一口气,沉下脸说,“老兄,你是不是听见外头有人恶意中伤我们家,散播一些跟我父亲突然去世有关的谣言,你就以为可以借机会赖账?说不定你还想往我脸上抹黑,说我收了钱又向你讨债,是不是?钱到底在哪里?你非告诉我不行!”

我爷爷一瞧,一件件罪名都堆在他头上,把他逼得简直想拼命——可是他忍住了,两只脚在地上来回地蹭,眼睛瞧着别的地方,一句话也不回答。

“你说啊!”少爷怒容满面,像他父亲生前一样,眉头一皱,眉心里好像也有一只可怕的马蹄印,“说啊,老兄,你到底在想什么?是不是认为我拿了这笔钱?”

“那我不敢。”斯蒂芬说。

“那么说是我家佣人偷了钱啰?”

“我可不敢冤枉好人,”我爷爷说,“就算有人偷钱,我也没有拿到证据。”

“你讲的要是有一句真话,钱总归会在什么地方的。”约翰爵士说,“你说,钱到底在哪里?你一定得回答我。”

“钱在地狱里。你逼我讲,我就讲。”我爷爷急了,迸出这句话来,“钱在地狱里,你父亲,他那只猴子,还有他那只银哨子,都在那里!”

讲完这句话，客厅里他再也待不住了，他转身就跑下楼去，只听见少爷在背后破口大骂，像罗伯爵士一样凶，嘴里一迭连声地叫人去请县长和警官来。

我爷爷骑上马去找他的头号债主，就是那个叫劳里·拉普雷克的，希望从他那里找出点办法来。谁知道他刚刚讲完事情的经过，就挨了一顿臭骂。他骂我爷爷是小偷、叫花子、赖账鬼，还有许多更难听的话。劳里骂过不算，又翻开了老账，说我爷爷手上也沾着圣徒们的鲜血。其实地主老爷下令出马，尤其是像罗伯·雷德冈脱利特爵爷这种地方老爷，又有哪个佃户敢违抗呢？我爷爷一忍再忍，到这时早就按捺不住，两个人就对骂起来。我爷爷真倒霉透了，他不但骂拉普雷克本人，还把他那一派的教规也骂得一钱不值。总而言之，他说的话叫听的人都吓得毛骨悚然。这也难怪他，他当时实在气昏了，而且他年轻时候，来往的都是些亡命之徒。

后来两个人分了手，我爷爷骑马回家，中间要穿过皮特穆基森林。森林里一色的枞树，听说叫黑枞。我很熟悉这个森林，不过我说不清它们是白枞还是黑枞。森林口上有片荒地，荒地边上有家孤零零的小客店，我记得开店的老板娘大概叫蒂比·福。可怜的斯蒂尼整天没有吃饭，走到这里要了一品脱白兰地。蒂比一再让他吃点肉，他都回绝了，也没有下马，就骑在马上两大口喝完了酒，喝一口祝一次酒。第一口酒，敬的是罗伯·雷德冈脱利特爵士。我爷爷说，要是他不给可怜的佃户昭雪冤情，就愿他在坟墓里永世不得安宁。第二口酒祝的是魔鬼的健康，请魔鬼帮他找回那袋钱，要不然把钱的下落告诉他也行。因为我爷爷想起远近一带的人马上就会把他看成小偷和骗子，他宁可家破人亡，也不愿这样名声扫地。

他骑着马赶路，自己也不知道走到了哪里。这天夜色特别黑，浓密的树丛使四周显得更加阴暗。我爷爷松了缰绳，听任马儿在林中自己寻路。他的马早已疲倦不堪，突然一下子暴跳起来，奔腾跳跃，差点儿把我爷爷甩下马来。正在这时，一个骑马的人忽然出现在我爷爷身边，对他说："你这匹马挺有精神，朋友，你卖不卖？"一面说，一面用马鞭轻轻碰了一下马的颈项。这匹马一下子就恢复了常态，继续踉踉跄跄地赶路。"我看它的劲头不持久，"陌生人说，"很多人也跟这匹马一样，原来勇气十足，以为自己能干一番大事业，一碰到考验就泄了气。"

我爷爷无心听他说话，道了一声"晚安，朋友"，夹了夹马，就向前驰去。

那个陌生人看样子相当固执，不管斯蒂尼骑得多快，他总是紧紧跟在旁边。

后来我爷爷斯蒂尼·斯蒂森有点生气,说老实话,他心里也有点害怕。

“朋友,你干吗老跟着我?”他说,“你要是想抢劫,我身上没有一文钱。你要是个老实人,想找个人作伴,我现在没有心思陪你闲聊寻开心。你要问路呢,我自己也摸不清方向。”

“你有什么忧心事,告诉我吧。”陌生人说,“虽然我在世上受过很多挫折,但是我最喜欢为朋友出力。”

我爷爷想,帮忙倒在其次,把话讲出来至少心里会痛快些。他就把事情原原本本讲给陌生人听了。

“事情确实难办,”陌生人说,“不过我倒有办法帮你的忙。”

“先生,你肯帮忙,就请你借给我钱,把期限放宽一些。除此以外,在这个世界上没有别的办法能帮我的忙。”我爷爷说。

“我看在另一个世界里或许倒有人能帮你的忙。”陌生人说。

“实话对你讲,你只要跟我订张合同,我就能借钱给你,只怕你不肯答应我的条件。现在我可以告诉你,你的老东家在坟墓里听见你的咒骂和你家里人的哭声,闹得他不得安宁,只要你敢去见他,他愿意把收据给你。”

我爷爷听了这番话,吓得头发一根根竖了起来。他转念一想,他的同路人或许是个爱开玩笑的小伙子,想吓唬他一下,说不定过后会借钱给他。再说他仗着点酒势,也是实在找不到办法了,决心豁出命去。他就回答说,只要讨得到收据,哪怕叫他到地狱去走一遭,他也无所畏惧。

陌生人哈哈大笑。

他们骑马穿过森林里树木最稠密的地方,突然来到一座堂皇的建筑物前面。我爷爷明明知道,雷德冈脱利特城堡离这里足足有十英里路,但是,他眼前出现的却正好是这座城堡。他们走进双扇大门,钻过古老的吊闸,骑着马进入府邸的大院子里。整座房屋灯火辉煌,传来风笛和提琴的音乐声,人们正在跳舞作乐。这里简直和过去罗伯爵士家里过复活节和圣诞节这类喜庆日子一样热闹。他们翻身下马,把马拴在柱子上。我爷爷觉得那天早晨他去见年轻的约翰爵士,也正是在这根柱子上拴的马。

“天哪!”我爷爷说,“难道罗伯爵士没有死?难道是我在做梦?”

他像往常一样敲敲大厅的门。他的老相识杜格尔·麦考勒姆也像往常一样来开门,对他说:“吹风笛的斯蒂尼,你来啦,罗伯爵士找你好久了!”

我爷爷像做梦一样——再找那个陌生人,已经不见了。他迟疑半晌,才吞吞吐吐地说:“哟,拼命鬼杜格尔,你还活着? 我还当你死啦。”

“你少替我操心,”杜格尔说,“还是照顾你自己吧。不管这屋里什么人给你什么东西,不论是吃的、喝的,还是钱,你都不要接着,只要收据,那才是你的。”

他说完就领着我爷爷穿过一道道熟悉的厅堂和楼梯口,走进那间古老的橡木客厅。客厅里像往日一样喧闹:张灯设宴,狂呼滥饮,那些人嘴上唱的、说的都是些亵渎神明、狎邪下流的调调儿。

但愿老天爷保佑我们吧!原来,坐在桌上吃喝玩乐的人,一个个样子都是那样阴森可怕。我爷爷认识里面不少人,他们都死了很久了。他过去常常在雷德冈脱利特的大厅里为他们吹奏风笛。坐在这里的有凶恶的米德尔顿,放荡的罗瑟思,狡猾的劳德代尔,还有秃顶的代耶尔,他那一把大胡子直垂到他胸前。这里还有手上沾满卡梅伦的鲜血的厄尔沙尔;还有野蛮的鲍肖,他曾经紧紧捆住神圣的卡吉尔先生的手和脚,直勒得他手脚流血;还有叛徒邓巴顿·道格拉斯,他背叛祖国,背叛国王,反复无常;这里还坐着残忍的大法官麦肯耶,他的同伙个个都佩服他的聪明才智;这里还有克拉弗豪斯,他像生前一样俊美,一头又黑又长的鬈发一直垂到镶花边的皮大衣上。他的左手一直捂着右肩上银弹打穿的伤口。他坐在一旁,神色高傲,面容忧愁,看着别人又唱又闹,哈哈大笑,震得屋子嗡嗡响。但是这些人的笑脸常常变成痛苦的怪相,笑声听起来像鬼哭狼嚎,吓得我爷爷全身发抖,两手冰凉。

侍候他们的都是生前为他们效过劳、干过坏事的那些狠心的随从和骑兵,其中有那个参加捉拿阿盖尔的内瑟镇的兰·莱德,还有被人称为“魔鬼哨子”的主教传令官。还有作恶多端的警卫队员们,一个个都穿着有花边的大衣;还有那些杀人不眨眼、野蛮透顶的高地阿莫尔人。另外还有好多态度傲慢、手上沾满鲜血的亲兵,他们低声下气追随阔人,怂恿他们为非作歹,阔人们压碎了穷人的骨头,亲兵们还不肯罢休,一定要把他们的骨头磨成粉。大厅里还有许多人来来往往,一个个都干着他们生前的本行。

只听见罗伯·雷德冈脱利特爵士高声叫唤吹风笛的斯蒂尼到他跟前去,声音像响雷一样,压倒了四周围那一片使人害怕的喧闹声。罗伯爵士坐在桌子上首,两腿伸到前面,包着绒布,身边放着带枪套的手枪,大腰刀搁在他椅子旁边,跟我爷爷在他生前最后一次见到他时一模一样。猴子的坐垫也在他身边,却不见那只猴子,大概是因为它的时辰没有到。因为他一面走,一面听见有人在问:“少校还没有来吗?”又有人回答:“明天上午猴子就到。”我爷爷走到桌子前面,罗伯爵士——或者是他的鬼魂，要不就是魔鬼装成他的样子——对我爷爷说：“吹风笛的，你跟我儿子算清了去年的租钱了吗？”

我爷爷费了好大劲才鼓起勇气说，约翰爵士不见老爷的收据不肯销账。

“斯蒂尼，奏支曲子给我听，我就给你收据，”长得像罗伯爵士的那个人说，“给我们吹一曲《摇摆得好哇，勒基》吧。”

这支曲子，原来是个巫师在朝拜魔鬼的仪式上听来的，他把这支曲子教会了我爷爷。有时候，雷德冈脱利特城堡举行吵吵嚷嚷的晚宴，我爷爷曾经奏过这支曲子，每次都是不得已。现在他听到这个曲子的名字就周身发凉，只得推托说，没有带风笛。

“麦卡勒姆，你这魔鬼的狗腿子，”那个瞧着使人害怕的罗伯爵士说，“快把我给斯蒂尼准备下的风笛拿来！”

麦卡勒姆拿来的那只风笛，给赫布里底岛上的唐纳德[①]家里的风笛手用也不会嫌寒碜。他递过风笛，却又悄悄用胳臂撞撞我爷爷。我爷爷偷眼细看，发现风笛的指管是用钢做的，烧得白热，他当然不敢用手指碰它，就推托说，他又累又怕，中气不足，吹不动风笛。

“那么你就来吃点、喝点吧，斯蒂尼，”那个人形对他说，“我们在这里什么也不干，整天吃喝。饿着肚子跟吃饱肚子的人是谈不到一块去的。”

那个喜欢杀人的道格拉斯伯爵，在斯雷夫城堡接见国王派来的使者，为了拖延时刻，说的正是这句话。当时他一面款待使者，一面派人砍掉了邦比的麦克莱伦的头。所以斯蒂尼听了这话更加起了戒心。他正气凛然地对爵士说，他到这里来，不是为了吃喝，也不是为了吹奏笛子，是为自己的事情来的。他想知道他交的租钱在哪里，他来要一张收据。他越说越觉得理直气壮，就让罗伯爵士问问自己的良心（他不敢让他问问上帝），叫他为了自己的安宁，不要拖他下水，赶快把欠他的东西还给他。

那个人形的东西咬牙切齿地狞笑，但是后来还是从一个大钱袋里取出一张收据，交给斯蒂尼。“拿着你的收据，下贱杂种！告诉我那狗崽子儿子，到‘猫窝’里去找那笔钱。”

我爷爷连声道谢，转身要走，只听罗伯爵士大吼一声：“且慢，你这娼妇养的混蛋，你的事情还没有完呢。我们这里从来不白白给人帮忙。明年今天，你给我

---

① 赫布里底岛上的唐纳德，是15世纪苏格兰的一个大部落首领。

回来,到这里向你的老爷请安,感谢老爷我对你的庇护之恩。”

我爷爷的舌头忽然灵便起来,他大声说:“你不用对我发号施令,我只听上帝的吩咐。”

话音未落,周围忽然变得一片黑暗,他受了一下强烈的震荡,倒在地上,失去了知觉。

斯蒂尼自己也不知道躺了多少时候。他醒来以后,发现自己躺的地方是雷德冈脱利特教区的老教堂坟地。他正躺在雷德冈脱利特家墓地门口,头上悬的是老罗伯爵士的纹章盾牌。晓雾弥漫,笼罩着他身旁的草地和墓碑。他的马跟牧师家的两头母牛在一起安安静静地吃着草。斯蒂尼起初还以为自己做了一场梦,后来看见手里明明有一张收据,上面有老地主的亲笔签字,只不过签名的最后一个字母写得有点歪扭,好像写字的人突然间感到疼痛似的。

他满肚子心思,离开了这个凄凉的地方,骑上马,穿过晨雾,来到雷德冈脱利特城堡。他费尽了口舌,才见到少爷。

少爷劈头就问:“好哇,你这个泼皮的赖账家伙,租钱带来了吗?”

“没有,”我爷爷回答,“钱,我没有带来,不过,罗伯爵士的收据,我倒是带来了。”

“怎么,罗伯爵士的收据?——你不是说他没有给你收据吗?”

“请您看看收据。”

约翰爵士拿着收据,一字一句地仔仔细细看了一遍;最后,看上面的日期。我爷爷没有注意到这个日期。“本年十一月二十五日,”他念道,“于吾安息之处。”……“什么,那不是昨天吗!坏蛋,你为了搞这张收据,一定到地狱里去过了。”

“收据是您父亲写的,他到底是在天堂还是在地狱,我也不知道。”斯蒂尼说。

“我要到枢密院去告发你,你是个巫师!”约翰爵士说,“我要给你刷上柏油,点上火把,把你打发到你主子魔鬼那里去!”

“不用您告发,我自己马上去长老会出首,”斯蒂尼说,“我要把昨天晚上碰见的事情统统报告长老会,他们会比我这个乡下人更清楚这是怎么一回事。”

约翰爵士住了口,压住心头的怒火,让我爷爷从头到尾讲给他听,我爷爷就详详细细告诉了他,像我现在讲给你听的一样,一句也没添,一句也不少。

约翰爵士听了之后沉默了很久。最后他平心静气地说:“斯蒂尼,你讲的不单牵涉我一家，还牵涉到好多家名门望族的名声。你若是怕我向你要债，才编出这套谎话，我看至少也应该用烧红的烙铁烫掉你的舌头。我看，烫掉舌头不见得比烧红的风笛烫手指头更好受。你说的也可能是真话，斯蒂尼。钱要是当真找到，连我也会觉得莫名其妙的。但是，'猫窝'在什么地方呢？这座老房子里面，猫倒是不少，但是，我想它们生养小猫恐怕不需要床也不需要窝吧！"

"我们最好问问哈奇翁，"我爷爷说，"他和另外一个仆人最熟悉这座老住宅里的每一个旮旯缝儿。另外那个人已经死了，我就不提名道姓啦。"

哈奇翁果然告诉我们，钟楼旁边有间年久失修、早已不用的塔楼，过去大家管它叫"猫窝"。这间塔楼的门朝外开，在城垛的顶上，用梯子才能爬上去。

"我马上去。"约翰爵士说。他从堂屋桌上拿起一支他父亲用过的手枪（天知道他想干什么），那支手枪从老爷去世的晚上就放在那里没有人动过。他拿着枪就赶忙到城堞那里去了。

这块地方很危险，不容易爬上去。梯子也已经朽坏，中间还缺了好几级。约翰爵士总算爬上去，钻进了塔楼的门。塔楼全靠这扇门得到一线光亮。他一进门就把亮光挡住了。只见有个东西向他猛扑过来，险些把他扑翻——砰的一声，爵士手里的枪响了。哈奇翁正扶着梯子，我爷爷站在他身边，两个人都听见一声尖嚎，过了一会，约翰爵士把猴子的尸体扔了下来，喊着说钱已经找到了，又叫他们上去帮忙。那袋钱果真在那里，另外还有好多早就遗失的东西。约翰爵士仔细搜查完塔楼，就把我爷爷带到餐厅，拉着他的手，和颜悦色地对他说，他起先不相信他的话，现在觉得很抱歉，从今以后，他要做个宽厚的主人，以资补报。

"斯蒂尼，"约翰爵士说，"你看见的那个幻形，虽然为人行事没有丢我父亲的面子，证明他是个正人君子，就是在死后也要给你这样的穷人主持公道。不过，你也知道，有些恶意的家伙一定会利用这样的事添油加醋，诽谤他老人家的灵魂。所以我的意见还是把这件乱子一股脑儿推到那只喜欢捣乱的韦尔少校身上，不必提你在皮特穆基森林里做的梦。你那天喝多了白兰地，什么事都记不清啦。还有，斯蒂尼，这张收据，"拿收据的手有点发抖，"这张证明来得实在奇怪，我们最好还是不声不响把它烧掉。"

"管他娘，随它怎么奇怪，也是我交租的凭证哪。"我爷爷忙说，他害怕烧了罗伯爵士的收据，他又要吃亏。

"不要紧，我会给你在收租簿上销账，还要亲手给你另开一张收据。"约翰爵士说，"我马上就给你开。斯蒂尼，你把嘴巴闭紧些，不要出去讲这件事，从这一季开始我就给你减租子。”

“多谢少爷。”斯蒂尼说。他一眼就看出了风吹的方向。“我一定听您的吩咐，不过，我想去请教一位有道行的牧师，您父亲指定了约会时间，我有些害怕……”

“你敢把那个妖怪叫作我父亲！”约翰爵士打断了他的话。

“好吧，那么，就是那个外表像他的东西，”我爷爷说，“他让我一年以后回去见他，我一直担心这件事。”

“这么办吧，”约翰爵士说，“你当真害怕，就去找我们教区的牧师谈谈。他是个稳当的人，不会泄漏跟我家名誉有关的事，况且，他还指望我照顾他哩。”

谈到这里，我爷爷痛痛快快地答应烧掉收据。少爷亲自把收据扔到火炉里。可是这张纸头怎么也烧不着，它一下子钻进烟囱，飞了出去，尾巴上冒出一长串火花，还像爆竹一样发出嗞嗞的响声。

我爷爷来到牧师住宅。牧师听完他的话，对他说，如果让他讲心里话，那么，他认为我爷爷被牵累到这件危险的事情里，已经陷得相当深。幸亏我爷爷没有收魔鬼的定钱（吃肉、喝酒，就算收了定钱），也没有听魔鬼吩咐，吹奏风笛，朝拜魔鬼。所以只要今后小心谨慎，魔鬼就钻不了他的空子。我爷爷以后果然戒了酒，从此也不再吹奏风笛，直到一年已满，过了那指定的日子，他才重新吹起风笛，喝上一点威士忌，或者喝两便士的啤酒。

约翰爵士随口编了一套猴子捣乱的故事，直到今天还有人信以为真，以为那只野兽爱偷东西，才闯了这场祸。居然也有人说杜格尔和我爷爷[①]在老爷屋里看见的，不是魔鬼，只是那只倒霉的少校在棺材上跳跳蹦蹦。还说老爷死后听见的哨声，也是那只畜生干的。那畜生确实会吹哨子，本领不在老爷之下。反正人家想怎么说就怎么说，我们也拦不住。只有老天爷知道实情。这件事最后真相暴露，是在约翰爵士和牧师两人都入土以后，由牧师的老婆讲出来的，我爷爷那时腿脚已经不灵便了，可是脑子还很好使，至少没有什么大毛病。他为了保全自己的名誉，不得不把实际情况对亲友们说清楚，不然人家要把他当成巫师来惩办。

我的向导讲完这个长长的故事，夜色已经降临，他用一条教训结束了这个故

① 此处当系作者笔误，应为“杜格尔和哈奇翁”。

事："年轻人，在荒郊野外找不认识的人做向导可有点不吉利啊！"

"我不同意你的结论。"我说，"你爷爷的遭遇说明他还是幸运的，结果使他避免了倾家荡产。地主遇到这件事也算是他的运气，使他没有冤枉无辜的人。"

"是啊，但是他们两人迟早逃不脱应得的报应。"流浪汉威利说，"虽然当时没有应验，后来还是躲不掉。约翰爵士刚过六十岁就去世了，也是得急病死的。我爷爷虽然活到很大岁数，可是我爹只活了四十五岁，正当壮年。那一天，他一头栽倒在犁耙下面，就再也起不来，丢下我这个可怜的孤儿，无爹无娘，瞎了眼睛，什么活儿也干不了。起先我的日子还算过得顺利。约翰爵士有个独生子，是老罗伯爵士的亲孙子，叫雷德沃尔德·雷德冈脱利特爵士，是这个名门世家的最后一个人。他把我们家的田庄收了回去，把我收养在他家里。他喜欢音乐，给我请了英格兰和苏格兰最有名的音乐教师。我在他身边过了好多年快活日子。但是在1745那一年，他跟了许多英武的好汉们一起去打仗……后来怎样，我不用多说了。我失去了主人，从此头脑就不太正常。我不能再讲了，讲下去，今晚就没有心思奏曲子了。"他说话的声调改变了，"大爷你瞧，现在可以看见布罗肯伯恩峡谷的灯光了。"

弗吉尼亚·伍尔夫

弗吉尼亚·伍尔夫(1882—1941),英国现代女作家和批评家。她是“意识流小说”的代表作家。父亲莱斯利·斯蒂芬是“英国传记辞典”的主编。她从小就受到家庭文化的熏陶,虽未受过正规教育,却饱览群书,很早便开始写作。后与著名批评家和经济学家伦纳德·伍尔夫结婚,她在布卢姆斯伯里的寓所成了当地著名的文化生活中心,常在此聚集的小说家、艺术家也被称为“布卢姆斯伯里集团”。伍尔夫主张小说家应着重描写人物的内心活动和各种事件在人物身上引起感觉上的反应和复杂感情,她所强调的是作家应表达瞬间的印象,也就是“意识流”。其理论和创作对现代文学产生了深刻的影响。她的代表作有《达罗卫夫人》《到灯塔去》《浪》等。《墙上的斑点》就是她的意识流的名篇之一。

墙上的斑点

大约是在今年1月中旬,我抬起头来,第一次看见了墙上的那个斑点。为了要确定是哪一天,就得回忆当时我看见了些什么。现在我记起了炉子里的火,一片黄色的火光一动不动地照射在我的书页上;壁炉上圆形玻璃缸里插着三朵菊花。对啦,一定是冬天,我们刚喝完茶,因为我记得当时我正在吸烟,我抬起头来,第一次看见了墙上那个斑点。我透过香烟的烟雾望过去,眼光在火红的炭块上停留了一下，过去关于在城堡塔楼上飘扬着一面鲜红的旗帜的幻觉又浮现在我脑际，我想到无数红色骑士潮水般的骑马跃上黑色岩壁的侧坡。这个斑点打断了这个幻觉，使我觉得松了一口气，因为这是过去的幻觉，是一种无意识的幻觉，可能是在孩童时期产生的。墙上的斑点是一块圆形的小迹印，在雪白的墙壁上呈暗黑色，在壁炉上方大约六七英寸的地方。

我们的思绪是多么容易一哄而上，簇拥着一件新鲜事物，像一群蚂蚁狂热地抬一根稻草一样，抬了一会，又把它扔在那里……如果这个斑点是一只钉子留下的痕迹，那一定不是为了挂一幅油画，而是为了挂一幅小肖像画——一幅鬈发上扑着白粉、脸上抹着脂粉、嘴唇像红石竹花的贵妇人肖像。它当然是一件赝品，这所房子以前的房客只会选那一类的画——老房子得有老式画像来配它。他们就是这种人家——很有意思的人家，我常常想到他们，都是在一些奇怪的地方，因为谁都不会再见到他们，也不会知道他们后来的遭遇了。据他说，那家人搬出这所房子是因为他们想换一套别种式样的家具，他正在说，按他的想法，艺术品背后应该包含着思想的时候，我们两人就一下子分了手，这种情形就像坐火车一样，我们在火车里看见路旁郊外别墅里有个老太太正准备倒茶，有个年轻人正举起球拍打网球，火车一晃而过，我们就和老太太以及年轻人分了手，把他们抛在火车后面。

但是，我还是弄不清那个斑点到底是什么；我又想，它不像是钉子留下的痕迹。它太大、太圆了。我本来可以站起来，但是，即使我站起身来瞧瞧它，十之八九我也说不出它到底是什么；因为一旦一件事发生以后，就没有人能知道它是怎么发生的了。唉！天哪，生命是多么神秘！思想是多么不准确！人类是多么无知！为了证明我们对自己的私有物品是多么无法加以控制——和我们的文明相比，人的生活带有多少偶然性啊——我只要列举少数几件我们一生中遗失的物件就够了。就从三只装着订书工具的浅蓝色罐子说起吧，这永远是遗失的东西当中丢失得最神秘的几件之一——哪只猫会去咬它们，哪只老鼠会去啃它们呢？再数下去，还有那几个鸟笼子、铁裙箍、钢滑冰鞋、安女王时代的煤斗子、弹子戏球台、手摇风琴——全都丢失了，还有一些珠宝，也遗失了。有乳白宝石、绿宝石，它们都散失在芜菁的根部旁边。它们是花了多少心血节衣缩食积蓄起来的啊！此刻我四周全是挺有分量的家具，身上还穿着几件衣服，简直是奇迹。要是拿什么来和生活相比的话，就只能比作一个人以一小时五十英里的速度被射出地下铁道，从地道口出来的时候头发上一根发针也不剩，光着身子被射到上帝脚下！头朝下脚朝天地摔倒在开满水仙花的草原上，就像一捆捆棕色纸袋被扔进邮局的输物管道一样！头发飞扬，就像一匹赛马会的跑马尾巴。对了，这些比拟可以表达生活的飞快速度，表达那永不休止的消耗和修理；一切都那么偶然，那么碰巧。

那么来世呢？粗大的绿色茎条慢慢地被拉得弯曲下来，杯盏形的花倾翻了，它那紫色和红色的光芒笼罩着人们。到底为什么人要投生在这里，而不投生到那里，不会行动、不会说话、无法集中目光，在青草脚下，在巨人的脚趾间摸索呢？至于什么是树，什么是男人和女人，或者是不是存在这样的东西，人们再过五十年也是无法说清楚的。别的什么都不会有，只有充塞着光亮和黑暗的空间，中间隔着一条条粗大的茎干，也许在更高处还有一些色彩不很清晰的——淡淡的粉红色或蓝色的——玫瑰花形状的斑块，随着时光的流逝，它会越来越清楚、越……我也不知道怎样……

可是墙上的斑点不是一个小孔。它很可能是什么暗黑色的圆形物体，比如说，一片夏天残留下来的玫瑰花瓣造成的，因为我不是一个警惕心很高的管家——只要瞧瞧壁炉上的尘土就知道了，据说就是这样的尘土把特洛伊城严严实实地埋了三层，只有一些罐子的碎片是它们没法毁灭的，这一点完全能叫人相信。

窗外树枝轻柔地敲打着玻璃……我希望能静静地、安稳地、从容不迫地思考，没有谁来打扰，一点也用不着从椅子里站起来，可以轻松地从这件事想到那件事，不感觉敌意，也不觉得有阻碍。我希望深深地、更深地沉下去，离开表面，离开表面的生硬的个别事实。让我稳住自己，抓住第一个一瞬即逝的念头……莎士比亚……对啦，不管是他还是别人，都行。这个人稳稳地坐在扶手椅里，凝视着炉火，就这样——一阵骤雨似的念头源源不断地从某个非常高的天国倾泻而下，进入他的头脑。他把前额倚在自己的手上，于是人们站在敞开的大门外面向里张望——我们假设这个景象发生在夏天的傍晚——可是，所有这一切历史的虚构是多么沉闷啊！它丝毫引不起我的兴趣。我希望能碰上一条使人愉快的思路，同时这条思路也能间接地给我增添几分光彩，这样的想法是最令人愉快的了。连那些真诚地相信自己不爱听别人赞扬的谦虚而灰色的人们头脑里，也经常会产生这种想法。它们不是直接恭维自己，妙就妙在这里，这些想法是这样的：

“于是我走进屋子。他们在谈植物学。我说我曾经看见金斯威一座老房子的地基上的尘土堆里开了一朵花。我说那粒花籽多半是查理一世在位的时候种下的。‘查理一世在位的时候人们种些什么花呢?’我问道——(但是我不记得回答是什么)也许是高大的、带着紫色花穗的花吧。于是就这样想下去。同时,我一直在头脑里把自己的形象打扮起来,是爱抚地、偷偷地,而不是公开地崇拜自己的形象。因为,我如果当真公开地这么干了,就会马上被自己抓住,我就会马上伸出手去拿过一本书来掩盖自己。说来也真奇怪,人们总是本能地保护自己的形象,不让偶像崇拜或是什么别的处理方式使它显得可笑,或者使它变得和原型太不相像以至于人们不相信它。但是,这个事实也可能并不那么奇怪?这个问题极其重要。假定镜子打碎了,形象消失了,那个浪漫的形象和周围一片绿色的茂密森林也不复存在,只有其他的人看见的那个人的外壳——世界会变得多么闷人、多么浮浅、多么光秃、多么凸出啊!在这样的世界里是不能生活的。当我们面对面坐在公共汽车和地下铁道里的时候,我们就是在照镜子,这就说明为什么我们的眼神都那么呆滞而蒙眬。未来的小说家们会越来越认识到这些想法的重要性,因为这不只是一个想法,而是无限多的想法;它们探索深处、追逐幻影,越来越把现实的描绘排除在他们的故事之外,认为这类知识是天生具有的,希腊人就是这样想的,或许莎士比亚也是这样想的——但是这种概括毫无价值。只要听听概括这个词的音调就够了。它使人想起社论,想起内阁大臣——想起一整套事物,人们在儿童时期就认为这些事物是正统,是标准的、真正的事物,人人都必须遵循,否则就得冒打入十八层地狱的危险。提起概括,不知怎么使人想起伦敦的星期日,星期日午后的散步,星期日的午餐,也使人想起已经去世的人的说话方式、衣着打扮、习惯——例如大家一起坐在一间屋子里直到某一个钟点的习惯,尽管谁都不喜欢这么做。每件事都有一定的规矩。在那个特定时期,桌布的规矩就是一定要用花毯做成,上面印着黄色的小方格子,就像你在照片里看见的皇宫走廊里铺的地毯那样。另外一种花样的桌布就不能算真正的桌布。当我们发现这些真实的事物、星期天的午餐、星期天的散步、庄园宅第和桌布等并不全是真实的,确实带着些幻影的味道,而不相信它们的人所得到的处罚只不过是一种非法的自由感时,事情是多么使人惊奇,又是多么奇妙啊!我奇怪现在到底是什么代替了它们,代替了那些真正的、标准的东西?也许是男人,如果你是个女人的话,男性的观点支配着我们的生活,是它制定了标准,订出惠特克[1]的

① 约瑟夫·惠特克(1820—1895),英国出版商,创办过《书商》杂志,于1868年开始编纂《惠特克年鉴》。

尊卑序列表;据我猜想,大战后它对于许多男人和女人已经带上幻影的味道,并且我们希望很快它就会像幻影、红木碗橱、兰西尔版画、上帝、魔鬼和地狱之类的东西一样遭到讥笑,被送进垃圾箱,给我们大家留下一种令人陶醉的非法的自由感——如果真存在自由的话……

在某种光线下面看墙上那个斑点,它竟像是在墙上凸出来的。它也不完全是圆形的。我不敢肯定,不过它似乎投下一点淡淡的影子,使我觉得如果我用手指顺着墙壁摸过去,在某一点上会摸着一个起伏的小小的古冢,一个平滑的古冢,就像南部丘陵草原地带上的那些古冢,据说,它们不是坟墓,就是宿营地。在两者之中,我倒宁愿它们是坟墓,我像多数英国人一样偏爱忧伤,并且认为在散步结束时想到草地下埋着白骨是很自然的事情……一定有一部书写到过它。一定有哪位古物收藏家把这些白骨发掘出来,给它们起了名字……我想知道古物收藏家会是什么样的人?多半准是些退役的上校,领着一伙上了年纪的工人爬到这儿的顶上,检查泥块和石头,和附近的牧师互相通信。牧师在早餐的时候拆开信件来看,觉得自己颇为重要。为了比较不同的箭镞,还需要做多次乡间旅行,到本州的首府去,这种旅行对于牧师和他们的老伴都是一种愉快的职责,他们的老伴正想做樱桃酱,或者正想收拾一下书房。他们完全有理由希望那个关于营地或者坟墓的重大问题长期悬而不决。而上校本人对于就这个问题的两方面能否搜集到证据却感到愉快而达观。的确,他最后终于倾向于营地说;由于受到反对,他便写了一篇文章,准备拿到当地会社的季度例会上宣读,恰好在这时他中风病倒,他的最后一个清醒的念头不是想到妻子和儿女,而是想到营地和箭镞,这个箭镞已经被收藏进当地博物馆的橱柜,和一只中国女杀人犯的脚、一把伊丽莎白时代的铁钉、一大堆都铎王朝时代的土制烟斗、一件罗马时代的陶器,以及纳尔逊用来喝酒的酒杯放在一起——我真的不知道它到底证明了什么。

不,不,什么也没有证明,什么也没有发现。假如我在此时此刻站起身来,弄明白墙上的斑点果真是——我们怎么说才好呢?——一只巨大的旧钉子的钉头,钉进墙里已经有两百年,直到现在,由于一代又一代女仆耐心擦拭,钉子的顶端得以露出到油漆外面,正在一间墙壁雪白、炉火熊熊的房间里第一次看见现代的生活,我这样做又能得到些什么呢?——知识吗?还是可供进一步思考的题材?不论是静坐着还是站起来我都一样能思考,什么是知识?我们的学者除了是蹲在洞穴和森林里熬药草、盘问地老鼠、记载星辰的语言的巫婆和隐士们的后代,还能是什么呢?我们的迷信逐渐消失,我们对美和健康的思想越来越尊重,我们也就不那么崇敬他们了……是的,人们能够想象出一个十分可爱的世界。这个世界安宁而广阔,在旷野里盛开着鲜红和湛蓝色的花朵。这个世界里没有教授、没有专家、没有警察面孔的管家,在这里人们可以像鱼儿用鳍翅划开水面一般,用自己的思想划开世界,轻轻地掠过荷花的梗条,在装满白色的海鸟卵的鸟窠上空盘旋……在世界的中心扎下根,透过灰暗的海水和水里瞬间的闪光以及倒影向上看去,这里是多么宁静啊——假如没有《惠特克年鉴》——假如没有尊卑序列表!

我一定要跳起来亲眼看看墙上的斑点到底是什么!——是只钉子?一片玫瑰花瓣?还是木块上的裂纹?

大自然又在这里玩弄她保存自己的老把戏了。她认为这条思路至多不过白白浪费一些精力,或许会和现实发生一点冲突,因为谁又能对惠特克的尊卑序列表妄加非议呢?排在坎特伯里大主教后面的是大法官,而大法官后面又是约克大主教。每一个人都必须排在某人的后面,这是惠特克的哲学。最要紧的是知道谁该排在谁的后面。惠特克是知道的。大自然忠告你,不要为此感到恼怒,而要从中得到安慰;假如你无法得到安慰,假如你一定要破坏这一小时的平静,那就去想想墙上的斑点吧。

我懂得大自然耍的什么把戏——她在暗中怂恿我们采取行动以便结束那些容易令人兴奋或痛苦的思想。我想,正因如此,我们对实干家总不免稍有一点轻视——我们认为这类人不爱思索。不过,我们也不妨注视墙上的斑点,来打断那些不愉快的思想。

真的,现在我越加仔细地看着它,就越发觉得好似在大海中抓住了一块木板。我体会到一种令人心满意足的现实感,把那两位大主教和那位大法官统统逐入了虚无的幻境。这里,是一件具体的东西,是一件真实的东西。我们半夜从一场噩梦中惊醒,也往往这样,急忙扭亮电灯,静静地躺一会儿,赞赏着衣柜,赞赏着实在的物体,赞赏着现实,赞赏着身外的世界,它证明除了我们自身以外还存在着其他的事物。我们想弄清楚的也就是这个问题。木头是一件值得加以思索的愉快的事物。它产生于一棵树;树木会生长,我们并不知道它们是怎么样生长起来的。它们长在草地上、森林里、小河边——这些全是我们喜欢去想的事物——它们长着、长着,长了许多年,一点也没有注意到我们。炎热的午后,母牛在树下挥动着尾巴;树木把小河点染得这样翠绿一片,以至于使我们觉得当一只雌的红松鸡一头扎进水里去的时候,它应该带着绿色的羽毛冒出水面来。我喜欢去想那些像被风吹得鼓起来的旗帜一样逆流而上的鱼群；我还喜欢去想那些在河床上一点点地垒起一座座圆顶土堆的水甲虫。我喜欢想象那棵树本身的情景：首先是它自身木质的紧密干燥的感觉；然后感受到雷雨的摧残；接下去就感到树液缓慢地、舒畅地一滴滴流出来。我还喜欢去想这棵树怎样在冬天的夜晚独自屹立在空旷的田野上，树叶紧紧地合拢起来，对着月亮射出的铁弹，什么弱点也不暴露，像一根空荡荡的桅杆竖立在整夜不停地滚动着的大地上。6月里鸟儿的鸣啭听起来一定很震耳，很不习惯；小昆虫在树皮的折皱上吃力地爬过去，或者在树叶搭成的薄薄的绿色天篷上面晒太阳，它们红宝石般的眼睛直盯着前方，这时候它们的脚会感觉多么寒冷啊……大地的寒气凛冽逼人，压得树木的纤维一根根地断裂开来。最后的一场暴风雨袭来，树倒了下去，树梢的枝条重新深深地陷进泥土。即使到了这种地步，生命也并没有结束。这棵树还有一百万条坚毅而清醒的生命分散在世界上。有的在卧室里，有的在船上，有的在人行道上，还有的变成了房间的护壁板，男人和女人们在喝过茶以后就坐在这间屋里抽烟。这棵树勾起了许许多多平静的、幸福的联想。我很愿意挨个儿去思索它们——可是遇到了阻碍……我想到什么地方啦？是怎么样想到这里的呢？一棵树？一条河？丘陵草原地带？《惠特克年鉴》？盛开水仙花的原野？我什么也记不起啦。一切在转动、在下沉、在滑开去、在消失……事物陷进了大动荡之中。有人正在俯身对我说：

“我要出去买份报纸。”

“是吗？”

“不过买报纸也没有什么意思……什么新闻都没有。该死的战争，让这次战争见鬼去吧！……然而不论怎么说，我认为我们也不应该让一只蜗牛爬在墙壁上。”

哦，墙上的斑点！那是一只蜗牛。

欧·亨利

欧·亨利(1862—1910),美国小说家,美国短篇小说的创始人。他出身于贫穷医生家庭,做过学徒、会计、出纳员,曾因被控盗用公款出逃拉美,后因回国探亲而被捕入狱。1901 年出狱后,移居纽约,专门从事写作,在嗣后的十多年里他写出了三百多篇短篇小说和一部长篇小说。他的作品以构思巧妙、情节复杂、结局意外而著称。在他的小说中,辛辣地讽刺和揭露了资本家和金融骗子们的剥削本质,而在描写城市小人物的困苦和辛酸时,常常是充满同情,带着含泪的微笑。《最后一片叶子》是欧·亨利的著名佳篇之一。

最后一片叶子

在华盛顿广场西边的一个小区里,街道都横七竖八地伸展开去,又分裂成一小条一小条的“胡同”。这些“胡同”稀奇古怪地拐着弯儿。一条街有时自己本身就交叉了不止一次。有一回,一个画家发现这条街有一种优越性:要是有个收账的跑到这条街上,来催要颜料、纸张和画布的钱,他就会突然发现自己两手空空,原路返回,一文钱的账也没有要到!

所以,不久之后不少画家就摸索到这个古色古香的老格林尼治村来,寻求朝北的窗户、18 世纪的尖顶山墙、荷兰式的阁楼,以及低廉的房租。然后,他们又从第六街买来一些锡蜡酒杯和一两只火锅,这里便成了“艺术区”。

苏和琼西的画室设在一所又宽又矮的三层楼砖房的顶楼上。“琼西”是琼娜的爱称。她俩一个来自缅因州，一个是加利福尼亚州人。她们是在第八街的“台尔蒙尼歌之家”吃份饭时碰到的，她们发现彼此对艺术、生菜色拉和时装的爱好非常一致，便合租了那间画室。

那是5月里的事。到了11月，一个冷酷的、肉眼看不见的、医生们叫作“肺炎”的不速之客，在艺术区里悄悄地游荡，用他冰冷的手指头这里碰一下，那里碰一下。在广场东头，这个破坏者明目张胆地踏着大步，一下子就击倒几十个受害者，可是在迷宫一样、狭窄而铺满青苔的“胡同”里，他的步伐就慢了下来。

肺炎先生不是一个你们心目中行侠仗义的年老绅士。一个身子单薄，被加利福尼亚州的西风刮得没有血色的弱女子，本来不应该是这个有着红拳头的、呼吸急促的老家伙打击的对象。然而，琼西却遭到了打击，她躺在一张油漆过的铁床上，一动也不动，凝望着小小的荷兰式玻璃窗外对面砖房的空墙。

一天早晨，那个忙碌的医生扬了扬他那毛茸茸的灰白色眉毛，把苏叫到外边的走廊上。

“我看，她的病只有十分之一的恢复希望，”他一面把体温表里的水银柱甩下去，一面说，“这一分希望就是她想要活下去的念头。有些人好像不愿意活下去，喜欢照顾殡仪馆的生意，简直让整个医药界都无能为力。你的朋友断定自己是不会痊愈的了。她是不是有什么心事呢？”

“她——她希望有一天能够去画那不勒斯的海湾。”苏说。

“画画？——真是瞎扯！她脑子里有没有什么值得她想了又想的事——比如说，一个男人？”

“男人？”苏像吹口琴似的扯着嗓子说，“男人难道值得——不，医生，没有这样的事。”

“哦，那么就是她病得太衰弱了，”医生说，“我一定尽我的努力用科学所能达到的全部力量来治疗她。可要是我的病人开始算计会有多少辆马车送她出丧，我就得把治疗的效果减掉百分之五十。只要你能想法让她对冬季大衣袖子的时新式样感兴趣而提出一两个问题，那我可以向你保证把医好她的机会从十分之一提高到五分之一。”

医生走后，苏走进工作室里，把一条日本餐巾哭得一团湿。后来她手里拿着画板，装作精神抖擞的样子走进琼西的屋子，嘴里吹着爵士音乐调子。

琼西躺着，脸朝着窗口，被子底下的身体纹丝不动。苏以为她睡着了，赶忙停止吹口哨。

她架好画板，开始给杂志里的故事画一张钢笔插图。年轻的画家为了铺平通向艺术的道路，不得不给杂志里的故事画插图，而这些故事又是年轻的作家为了铺平通向文学的道路而不得不写的。

苏正在给故事主人公，一个爱达荷州牧人的身上，画上一条马匹展览会穿的时髦马裤和一片单眼镜时，忽然听到一个重复了几次的低微的声音。她快步走到床边。

琼西的眼睛睁得很大。她望着窗外，数着……倒过来数。

"十二，"她数道，歇了一会儿又说，"十一。"然后是"十"和"九"，接着几乎同时数着"八"和"七"。

苏关切地看了看窗外。那儿有什么可数的呢？只见一个空荡阴暗的院子，二十英尺以外还有一所砖房的空墙。一棵老极了的常春藤，枯萎的根纠结在一块，枝干攀在砖墙的半腰上。秋天的寒风把藤上的叶子差不多全都吹掉了，只有几乎光秃的枝条还缠附在剥落的砖块上。

"什么呀，亲爱的？"苏问道。

"六，"琼西几乎用耳语低声说道，"它们现在越落越快了，三天前还有差不多一百片。我数得头都疼了，但是现在好数了，又掉了一片，只剩下五片了。"

"五片什么呀，亲爱的，告诉你的苏娣吧。"

"叶子，常春藤上的。等到最后一片叶子掉下来，我也就该去了。这件事我三天前就知道了，难道医生没有告诉你？"

"哼，我从来没听过这种傻话，"苏十分不以为然地说，"那些破常春藤叶子和你的病好不好有什么关系？你以前不是很喜欢这棵树吗？你这个淘气孩子。不要说傻话了，瞧，医生今天早晨还告诉我，说你迅速痊愈的机会是——让我一字不改地照他的话说吧——他说有九成把握。噢，那简直和我们在纽约坐电车或者走过一座新楼房的把握一样大。喝点汤吧，让苏娣去画她的画，好把它卖给编辑先生，换了钱来给她的病孩子买点红葡萄酒，再给她自己买点猪排解解馋。"

"你不用买酒了，"琼西的眼睛直盯着窗外说道，"又落了一片。不，我不想喝汤。只剩下四片了，我想在天黑以前等着看那最后一片叶子掉下去，然后我也要去了。"

"琼西，亲爱的，"苏俯着身子对她说，"你答应我闭上眼睛，不要瞧窗外，等我画完,行吗?明天我非得交出这些插图。我需要光线,否则我就拉下窗帘了。"

"你不能到那间屋子里去画吗?"琼西冷冷地问道。

"我愿意待在你跟前,"苏说,"再说,我也不想让你老看着那些讨厌的常春藤叶子。"

"你一画完就叫我,"琼西说着,便闭上了眼睛。她脸色苍白,一动不动地躺在床上,就像是座横倒在地上的雕像。"因为我想看那最后一片叶子掉下来,我等得不耐烦了,也想得不耐烦了。我想摆脱一切,飘下去,飘下去,像一片可怜的疲倦了的叶子那样。"

"你睡一会儿吧,"苏说道,"我得下楼把贝尔门叫上来,给我当那个隐居的老矿工的模特儿。我一会儿就回来的。不要动,等我回来。"

老贝尔门是住在她们这座楼房底层的一个画家。他年过六十,有一把像米开朗基罗的摩西雕像那样的大胡子,这胡子长在一个像半人半兽的森林之神的头颅上,又卷曲地飘拂在小鬼似的身体上。贝尔门是个失败的画家。他操了四十年的画笔,还远没有摸着艺术女神的衣裙。他老是说就要画他的那幅杰作了,可是直到现在他还没有动笔。几年来,他除了偶尔画点商业广告之类的玩意儿以外,什么也没有画过。他给艺术区里穷得雇不起职业模特儿的年轻画家们当模特儿,挣一点钱。他喝酒毫无节制,还时常提起他要画的那幅杰作。除此以外,他是一个火气十足的小老头子,十分瞧不起别人的温情,却认为自己是专门保护楼上画室里那两个年轻女画家的一只看家狗。

苏在楼下他那间光线黯淡的斗室里找到了嘴里酒气扑鼻的贝尔门。一幅空白的画布绷在一个画架上,摆在屋角里,等待那幅杰作已经二十五年了,可是连一根线条还没等着。苏把琼西的胡思乱想告诉了他,还说她害怕琼西自个儿瘦小柔弱得像一片叶子一样,对这个世界的留恋越来越微弱,恐怕真会离世飘走了。

老贝尔门两只发红的眼睛显然在迎风流泪,他十分轻蔑地嗤笑这种痴呆的胡思乱想。

"什么,"他喊道,"世界上真会有人蠢到因为那些该死的常春藤叶子落掉就想死?我从来没有听说过这种怪事。不,我才不给你那隐居的矿工糊涂虫当模特儿呢。你干吗让她胡思乱想?唉,可怜的琼西小姐。"

"她病得很厉害很虚弱,"苏说,"发高烧发得她神经昏乱,满脑子都是古怪想法。好吧,贝尔门先生,你不愿意给我当模特儿,就拉倒,我看你是个讨厌的老——老啰唆鬼。”

“你简直太婆婆妈妈了！”贝尔门喊道，“谁说我不愿意当模特儿？走，我和你一块去。我不是讲了半天愿意给你当模特儿吗？老天爷，琼西小姐这么好的姑娘真不应该躺在这种地方生病。总有一天我要画一幅杰作，我们就可以都搬出去了。一定的！”

他们上楼以后，琼西正睡着觉。苏把窗帘拉下，一直遮住窗台，做手势叫贝尔门到隔壁屋子里去。他们在那里提心吊胆地瞅着窗外那棵常春藤。后来他们默默无言，彼此对望了一会儿。寒冷的雨夹杂着雪花不停地下着。贝尔门穿着他的旧的蓝衬衣，坐在一把翻过来充当岩石的铁壶上，扮作隐居的矿工。

第二天早晨，苏只睡了一个小时的觉，就醒来了，她看见琼西无神的眼睛睁得大大地注视着拉下的绿窗帘。

“把窗帘拉起来，我要看看。”她低声地命令道。

苏疲倦地照办了。

然而，看呀！经过了漫长一夜的风吹雨打，在砖墙上还挂着一片藤叶。它是常春藤上最后的一片叶子了。靠近茎部仍然是深绿色，可是锯齿形的叶子边缘已经枯萎发黄，它傲然挂在一根离地二十多英尺的藤枝上。

“这是最后一片叶子。”琼西说道，“我以为它昨晚一定会落掉的。我听见风声了。今天它一定会落掉，我也会死的。”

“哎呀，哎呀，”苏把疲乏的脸庞挨近枕头边上对她说，“你不肯为自己着想，也得为我想想啊。我可怎么办呢？”

可是琼西不回答。当一个灵魂正在准备走上那神秘的、遥远的死亡之途时，她是世界上最寂寞的人了。那些把她和友谊及大地联结起来的关系逐渐消失以后，她那个狂想越来越强烈了。

白天总算过去了，甚至在暮色中她们还能看见那片孤零零的藤叶仍紧紧地依附在靠墙的枝上。后来，夜的降临带来了呼啸的北风，雨点不停地拍打着窗子，雨水从低垂的荷兰式屋檐上流泻下来。

天刚蒙蒙亮，琼西就毫不留情地吩咐拉起窗帘来。

那片藤叶仍然在那里。

琼西躺着对它看了许久。然后她招呼正在煤气炉上给她煮鸡汤的苏。

“我是一个坏女孩子，苏娣，”琼西说，“天意让那片最后的藤叶留在那里，证明我是多么坏。想死是有罪过的。你现在就给我拿点鸡汤来，再拿点掺葡萄酒的牛奶来，再——不，先给我一面小镜子，再把枕头垫垫高，我要坐起来看你做饭。”

过了一个钟头，她说道：

“苏娣，我希望有一天能去画那不勒斯的海湾。”

下午医生来了，他走的时候，苏找了个借口跑到走廊上。

“有五成希望，”医生一面说，一面把苏细瘦的颤抖的手握在自己的手里，“好好护理，你会成功的。现在我得去看楼下另一个病人。他的名字叫贝尔门——听说也是个画家。也是肺炎。他年纪太大，身体又弱，病势很重。他是治不好的了，今天要把他送到医院里，让他更舒服一点。”

第二天，医生对苏说：“她已经脱离危险，你成功了。现在只剩下营养和护理了。”

下午苏跑到琼西的床前，琼西正躺着，安详地编织着一条毫无用处的深蓝色毛线披肩。苏用一只胳臂连枕头带人一把抱住了她。

“我有件事要告诉你，小家伙，”她说，“贝尔门先生今天在医院里患肺炎去世了。他只病了两天。头一天早晨，门房发现他在楼下自己那间房里痛得动弹不了。他的鞋子和衣服全都湿透了，冰凉冰凉的。他们搞不清楚在那个凄风苦雨的夜晚，他究竟到哪里去了。后来他们发现了一盏没有熄灭的灯笼、一把挪动过地方的梯子、几支扔得满地的画笔、还有一块调色板，上面涂抹着绿色和黄色的颜料，还有——亲爱的，瞧瞧窗子外面，瞧瞧墙上那最后一片藤叶。难道你没有想过，为什么风刮得那样厉害，它却从来不摇一摇，动一动呢？唉，亲爱的，这片叶子才是贝尔门的杰作——就是在最后一片叶子掉下来的晚上，他把它画在那里的。”

附录

文美惠著译作品一览表

一、著作(包括论著、编著)

1.《塞万提斯和〈堂吉诃德〉》,北京出版社,1981年。

2.《司各特研究》,编译,外语教学与研究出版社,1982年。

3.《外国文学作品提要》1—4卷,合编,上海文艺出版社,1984—1987年。

4.《外国名剧故事500》1—3卷,合编,中国戏剧出版社,1987年出版,2001年再版。曾获1988年全国优秀图书奖。

5.《外国妇女文学辞典》,合编,漓江出版社。曾获首届全国优秀外国文学图书三等奖。

6.《超越传统的新起点——英国小说研究1875—1914》,主编。为国家社科七五规划重点项目《英国小说研究》四卷中之第二卷。中国社会科学出版社,1995年。

二、译著

1.吉卜林:《老虎!老虎!》,漓江出版社,1988年。

2.吉卜林:《野兽的烙印》,山东文艺出版社,1999年。

3.吉卜林:《动物小说》,上海文艺出版社,1994年;百家出版社,2000年。

4.劳伦斯:《美妇人》,解放军文艺出版社,1999年。

5.海尔:《爱与恨的抉择》,中国文联出版公司,1986年。

6.内·舒特:《花衣吹笛人》,重庆出版社,1992年。载《世界反法西斯文学书系:英国卷》。

7.霍桑:《霍桑集:故事和小品》上下卷,合译,三联书店,1997年。

8.吉卜林:《吉卜林短篇小说选》,人民文学出版社,2004年。

9.吉卜林:《丛林故事》,合译,人民文学出版社,2004年。后被多次再版,被多家出版社出版。

10.吉卜林:《白海豹》,合译,人民文学出版社,2006年。

11.劳伦斯:《狐》,安徽文艺出版社,2004年。

12.吉卜林:《野兽的烙印》,上海译文出版社,2008年。

13.《吉卜林短篇小说选》(图文链接读本),中国文联出版社,2009年。

14.克里斯琴·赫根:《疑案迷情》,春风文艺出版社,2001年。

15.约翰·加德纳:《破冰船》,中国文联出版公司,1998年。

三、主编的文集

1.《世界短篇小说经典:英国卷》,春风文世出版社,1994年。

2.《司各特小说故事总集》,上海文艺出版社,1995年。

3.《世界中篇小说经典:英国卷》,春风文艺出版社,1996年。

4.《世界戏剧经典全集:英国卷》(上、下卷),浙江文艺出版社,2000年。

5.《斯蒂文森精选集》,山东文艺出版社,1998年。

6.参加《阅读与欣赏》(外国文学部分)1—8辑的编辑工作。

7.参加《大百科全书——外国文学卷:上、下》英美文学的编辑工作。

四、论文和文章

1.《从〈战争与和平〉看托尔斯泰的世界观和创作方法》,《文学研究集刊》第四辑,1956年。

2.《略谈〈堂吉诃德〉》,《文学评论》,1978年第3期。

3.《中洛辛郡的心脏》译本序,人民文学出版社,1982年。

4.《意识流和意识流小说》,《文学知识》,1985年第7期。

5.《西班牙诗坛的新风——加西亚·洛尔伽的吟唱诗》,载王秋荣等编的

《西方诗苑揽胜》,语文出版社,1986 年版。

6.《想象新颖、风格雄浑的叙事大师——评吉卜林的短篇小说》,《老虎！老虎》译本序,漓江出版社,1988 年。

7.《苏格兰文学在中国》,载《苏格兰图书》1988 年春季号。

8.《性描写在外国文学作品中》,《文艺报》,1988 年 12 月 10 日。

9.《十九世纪欧洲文学的两大思潮》,载《文学鉴赏概要》,求实出版社,1988 年。

10.《阿诺德·班奈特和他的〈五镇小说〉》,载《自然主义》论文集,1988 年。

11.《惋叹一个古老社会的消逝——读吉卜林的〈苏格兰之书〉》,《世界文学》,1992 年第 6 期。

12.《继承、追求、尝试——当代英国小说创作的一些动向》,《文艺报》,1990 年 7 月 7 日。

13.《女作家的队伍在壮大——澳大利亚妇女文学一瞥》,《世界文学》,1991 年第 5 期。

14.《司各特小说故事总集——序》,上海文艺出版社,1995 年。

15.《翱翔在想象天地的文学大师》,(《斯蒂文森精选集》序言),山东文艺出版社,1998 年。

16.《英国戏剧发展概述》,(《世界戏剧经典全集:英国卷》前言),浙江文艺出版社,2000 年。